Türkisch-
l

Dirk Hegmanns

Kriege in der Mitte der Welt

istolé

Dirk Hegmanns:
Kriege in der Mitte der Welt

ISBN: 978-3-910347-50-2
ISBN E-Book (EPUB): 978-3-910347-51-9

1. Auflage 10/2024
© 2024 AKRES Publishing
Das Werk ist vollumfänglich urheberrechtlich geschützt.

Lektorat: Dr. Ulrich Korn
Umschlagabbildung: Freepik AI Product License.
Schrifttypen: Linux Libertine by SIL Open Font License 1.1.

Herstellung und Verlag: *istolé* Belletristik, Imprint des Verlags AKRES Publishing
Remscheider Straße 45, D-42369 Wuppertal
Tel.: 0049 (0)202 5198830, E-Mail: info@akres-publishing.com

Besuchen Sie uns im Internet: www.akres-publishing.com

Bibliografische Information der Deutschen Nationalbibliothek:
Die Deutsche Nationalbibliothek verzeichnet diese Publikation in der Deutschen Nationalbibliografie; detaillierte bibliografische Angaben sind im Internet
über http://dnb.ddb.de abrufbar.

Für die Flüchtlinge aus Syrien
und vielen anderen Ländern,
die viel zu viele Opfer bringen müssen.

Für Carol, die mir in schwierigen Zeiten
stets beigestanden hat und ohne die ich dieses Buch
nicht hätte schreiben können.

1

Richard streckte den Kopf aus dem Seitenfenster, als der Wagen auf dem holprigen Feldweg anhielt, und horchte. Irgendwo in der Ferne, aber auch nicht allzu weit weg, grollte das Geschützfeuer der türkischen Artillerie. In einem ruhigen Rhythmus, der eine gewisse Gleichgültigkeit ausdrückte, schoss die Armee ihre Granaten hinüber auf die syrische Seite der Grenze, die nur wenige hundert Meter entfernt war. Dort drüben, unsichtbar und abwartend, verschanzten sich die Kämpfer des Islamischen Staats.

Richard stieg aus dem Wagen und schaute über die Felder von Elbeyli, der türkischen Kleinstadt, die nur einige Minuten Autofahrt weiter östlich lag. Die Nähe des Krieges beunruhigte ihn nicht. Bei seinen zahlreichen humanitären Einsätzen in Krisengebieten hatte es in den vergangenen zwei Jahrzehnten weitaus brenzligere Situationen gegeben. Daher war er mittlerweile ziemlich abgebrüht. Seit er vor sechs Monaten in der Türkei die Leitung einer deutschen Flüchtlingsorganisation übernommen hatte, war der Krieg sein ständiger Begleiter. Meistens fand er zwar dort statt, wo er ihn nicht unmittelbar erlebte, aber manchmal kam er auch bis auf Reichweite heran, wie jetzt vor Elbeyli.

Der Fahrer stellte den Motor ab und beeilte sich, Richards Kollegen Levent und den beiden Journalisten beim Aussteigen zu helfen.

„Das hört sich aber nicht gut an." Mit einem Ausdruck von Skepsis trat Harald, der Radioreporter, neben Richard und blickte in die Richtung, aus der das Geschützfeuer kam. „Sind wir hier sicher?" Er fingerte unentschlossen an seinem Aufnahmegerät herum.

„Keine Sorge." Richard lächelte ihn beruhigend an. „Elbeyli ist das letzte Mal vor zwei Monaten vom IS beschossen worden. Jetzt ist das Gebiet hier unter Kontrolle. Sonst hätten wir euch nicht hierhergebracht."

Auf dem Feld vor ihnen bearbeiteten ein paar ärmlich gekleidete Männer den Boden mit Hacken und Schaufeln: Flüchtlinge aus Syrien, die in der Türkei Zuflucht gefunden hatten und durch Richards Organisation unterstützt wurden. Richard hob grüßend den Arm. Sie winkten zurück. Wenige Tage zuvor hatten seine Kollegen sie auf diesen Besuch vorbereitet, denn wenn Journalisten kamen, durfte nichts schiefgehen.

Richard deutete auf die Männer auf dem Feld. „Ihr werdet erwartet", sagte er zu Harald und hoffte, dass sich dessen Bedenken zerstreuten, sobald er mit der Arbeit beschäftigt war. „Ihr könnt hier mit den Interviews anfangen, und später besuchen wir noch die Familie eines der Bauern."

Harald zögerte und schaute unsicher in Richtung des Artilleriedonners. „Also, ich weiß nicht …"

Bevor Richard etwas erwidern konnte, trat Haralds iranische Kollegin Faribaa zu ihnen und rückte die zwei Kameras zurecht, die ihr um den Hals hingen. „Worauf warten wir noch?", fragte sie und schaute Harald mit hochgezogenen Augenbrauen an. „Legen wir los!"

„Vielleicht sollten wir uns einen weniger gefährlichen Ort suchen, um die Leute zu interviewen", warf Harald ein.

„Euch droht hier ganz bestimmt keine Gefahr", versuchte Richard noch einmal zu beschwichtigen. „Ich war auch schon mit anderen Besuchern hier."

Harald und Faribaa sollten über Flüchtlinge aus Syrien und über die Arbeit einer Hilfsorganisation berichten, und zum Einstieg begleiteten Richard und sein Kollege Levent sie an diesem Tag zu den syrischen Bauern auf den Feldern vor Elbeyli. Hier konnten sie aus erster Hand erfahren, wie die Bauern mit der Unterstützung von Richards Organisation ihr Land bestellten, wie sie sich eine neue Existenz aufbauten, wie sie lebten. Und die Reportagen dienten nicht nur der Information, für Richard und sein Team waren sie mehr als notwendig, um weitere Spenden für ihre Arbeit einzuwerben. Er konnte den Besuch jetzt nicht einfach abbrechen und mit leeren Händen zurück zum Büro fahren.

Faribaa schaute sich um und stemmte die Hände in die Hüften. „Komm schon, Harald. Wir wussten doch genau, auf was wir uns einlassen", sagte sie voller Überzeugung. „Die Kanonen sind weit genug weg. Uns wird hier schon nichts passieren. Und je eher wir mit den Leuten geredet haben, desto früher können wir auch wieder fahren." Sie warf Richard einen kurzen Blick zu, und er war ihr in diesem Moment dankbar für die unerwartete Hilfe.

Harald atmete tief durch und kratzte sich am Kopf. „Okay", sagte er schließlich. „Bringen wir's hinter uns." Er gab Faribaa ein Zeichen. Die junge Frau nahm die Abdeckung der Kameraobjektive ab und folgte ihm auf das Feld. Nach ein paar Schritten drehte sie sich noch einmal um und lächelte Richard komplizenhaft an. Er nickte ihr erleichtert zu.

Levent, der Projektassistent, der eigentlich ausgebildeter Archäologe war, ging etwas abseits mit dem Handy am Ohr auf und ab und diskutierte gestenreich mit jemandem auf Türkisch. Als er fertig war, kam er zu Richard und lehnte sich an den Wagen. Sie beobachteten Harald und Faribaa, die gerade auf dem Feld ihre ersten Eindrücke mit Aufnahmegerät und Kamera festhielten. Richard wischte sich den Schweiß von der Stirn. „Ist ziemlich warm geworden", sagte er auf Englisch und blinzelte in den wolkenlosen, kaltblauen Himmel.

Levent nickte. „Ja, zu dieser Jahreszeit unterschätzt man leicht die Kraft der Sonne."

„Ich hätte heute Morgen einen Hut mitnehmen sollen."

„Bist du empfindlich?"

Richard nickte. „Hab' schon öfter einen Sonnenstich gehabt. Ist kein Vergnügen."

Richard trug gerne Hut. Sein Lieblingsexemplar war ein Panama-Hut, den er tatsächlich in Panama gekauft hatte, irgendeine

Dienstreise hatte ihn vor ein paar Jahren dorthin verschlagen. Unglücklicherweise hatte er ihn heute in seiner Wohnung an einem Garderobenhaken hängen lassen. Also knallte ihm die Sonne auf den Schädel, und er konnte trotz der windstillen Frühlingskühle regelrecht spüren, wie sich seine Blutgefäße erweiterten und einen baldigen Kopfschmerz ankündigten. Aber es gab weit und breit keinen Schatten, nur baumlose, weite Felder und irgendwo, halb eingegraben, die Stellung der türkischen Artillerie.

Auf dem Feld hielt Harald sein Aufnahmegerät in die Höhe und drehte sich in verschiedene Richtungen, um die akustische Atmosphäre aufzuzeichnen. Vogelgezwitscher; das dumpfe Geräusch, wenn die Spaten oder Hacken der Bauern in die Erde fuhren und sie umgruben; das regelmäßige Donnern der türkischen Artillerie. Auf Richard wirkte er mit seinen roten Haaren und der roten Jacke wie ein Farbklecks in der erdfarbenen Landschaft. Er schritt mal in diese Richtung, mal in die andere, rückte von Zeit zu Zeit seine randlose Brille zurecht und war völlig vertieft in seine Arbeit. Etwas abseits fotografierte Faribaa die Männer, die den Boden bearbeiteten. Sie ging in die Knie, um den richtigen Winkel zu finden, beugte sich nach vorne oder zurück und drückte ununterbrochen auf den Auslöser. Hin und wieder schaute sie prüfend auf den kleinen Bildschirm ihrer Kamera, um danach wieder auf ihre Motive anzulegen.

Nach einer Weile drehte sie sich kurz zu Richard und Levent um, als wollte sie sich vergewissern, ob sie noch da waren, und lächelte. Sie sah gut aus, fand Richard. Umwerfend gut. Anfang dreißig, lange, schwarze Haare, schwarz gerändterte Brille, lange Wimpern, einen Kopf kleiner als er, ein wenig zu schlank für seinen Geschmack, aber eben umwerfend gutaussehend. Wenn sie lachte, setzten ihre weißen, perfekten Zähne einen leuchtenden Kontrapunkt zu dem dunklen Rahmen ihrer Haare. In Richards Hose vibrierte das Handy. Er griff in die Tasche und zog es hervor. Es war Şaban, der Sicherheitschef der Hilfsorganisation.

„Hallo, Şaban", grüßte Richard ihn. „Was gibt´s?"

„Hallo, Richard", sagte Şaban. „Ihr müsst auf dem Rückweg nach Gaziantep leider einen kleinen Umweg fahren."

„Warum?", fragte Richard, obwohl er ahnte, was das bedeutete.

„Die Polizei hat eben die Hauptverbindung zwischen Elbeyli und Gaziantep gesperrt, weil sie eine Bombe in einem abgestellten Auto vermutet. Das wird eine Weile dauern."

„Alles klar", sagte Richard. Dies war bereits die dritte Bombenwarnung innerhalb einer Woche.

„Kann ich dann mal mit dem Fahrer sprechen?"

Richard reichte dem Fahrer das Handy. „Şaban", sagte er nur.

Der Fahrer sprach sich kurz mit dem Sicherheitschef ab und gab dann das Handy zurück.

„Probleme?", fragte Levent.

„Bombenwarnung", erwiderte Richard knapp. „Wir müssen später einen Umweg zum Büro nehmen." Er fuhr sich mit der Hand durch die Haare, die zwar immer noch dicht, doch ebenso wie sein stoppeliger Bart in den vergangenen Jahren merklich grauer geworden waren.

„Willst du eigentlich irgendwann wieder zur Archäologie zurückkehren?", fragte Richard, um die Zeit ein wenig zu überbrücken, die Harald und Faribaa für die Aufnahmen ihrer ersten Eindrücke brauchten.

Levent, ein fast immer gutgelaunter Typ, den Richard auf Anfang dreißig schätzte, wiegte den Kopf mit den schwarzen, gelockten Haaren. „Die Region ist ein Paradies für Archäologen. Auch aus Deutschland kommen viele, um hier zu graben. Aber ich habe mich schon während des Studiums zu sehr politisch engagiert, das macht die Jobsuche schwierig. Deshalb bin ich sehr froh, dass ich für euch arbeiten kann."

„Seit wann bist du dabei?"

„Seit fast zwei Jahren."

„Und? Gefällt dir unsere Arbeit?"

„Oh ja! Es ist eine sehr dankbare Aufgabe, Menschen dabei zu unterstützen, sich ein neues Leben aufzubauen."

„Dazu sind wir hier, das Überleben sichern, ein neues Leben aufbauen. Es kann einem aber auch ziemlich an die Nieren gehen."

„Weil man viel Leid sieht?"

„Ja, man rettet zwar viele Menschen vor Kriegen, vor Naturkatastrophen oder vor dem Verhungern, aber man erlebt auch viel Elend. Und Tod. Und das bleibt immer in deinem Kopf – und hier." Richard tippte sich mit dem Finger auf die Brust.

Levent nickte nachdenklich.

Richard schaute ihn mit ernster Miene an. „Wenn du das zu deinem Beruf machen willst, musst du vorbereitet sein", sagte er und meinte es nicht nur als Ratschlag. „Ich war´s anfangs nicht immer."

„Ich werde mir Mühe geben".

„Ich weiß, und du wirst das schaffen." Richard klopfte Levent freundschaftlich auf die Schulter. Er schätzte ihn sehr, nicht nur als gewissenhaften Projektassistenten, sondern auch als klugen Gesprächspartner, der sich mit der Geschichte und Politik der Region auskannte und den Richard immer mal wieder ansprach, wenn er eine Erklärung über das – wie er es nannte – *türkische Wesen* brauchte. Denn das Land an der Grenze zwischen Europa und dem Orient war weit mehr als nur das europäische Istanbul mit seiner Hagia Sophia oder das touristische Antalya mit seinen weißen Stränden. Richard befand sich in einer Region, die als Wiege der Zivilisation galt. Doch in dieser Region herrschte ein brutaler Krieg. Und dieser Krieg sollte ihm zeigen, wie schnell und einfach die dünne Schicht der Zivilisation zerbrechen konnte.

Harald winkte zu Richard und Levent herüber. „Können wir?", rief er und deutete auf die Flüchtlinge auf dem Feld.

„Dein Part", sagte Richard zu Levent.

Levent ging gemeinsam mit Harald zu den syrischen Bauern, um zu übersetzen, neben Englisch sprach er auch fließend Arabisch.

Richard blieb am Wagen und nahm eine Flasche Wasser vom Rück-sitz, um sich die Haare anzufeuchten. Dann griff er wieder zum Handy, um seine E-Mails durchzugehen.

Harald war gut vorbereitet, das hatte Richard schon bei dessen Anruf zwei Wochen zuvor erfahren. Im Gegensatz zu manch an-deren Journalisten, denen Richard Rede und Antwort stehen musste, hatte er Ahnung von der Entwicklung des Syrienkrieges, von den Flüchtlingen in der Türkei, von den politischen Problemen des Landes, von den Schwierigkeiten einer unabhängigen und au-thentischen Berichterstattung. Sie diskutierten eine gute Stunde am Telefon, bevor sie seinen Besuch absprachen. Er würde eine Fotografin mitbringen, hatte Harald angekündigt. Sie und ihr Mann hatten ein Projekt entworfen, um ein paar syrische Jugend-liche im Oudbau auszubilden. Aber darüber wollten sie dann reden, wenn er in Gaziantep war.

Faribaa war also verheiratet. Das konnte Richard eigentlich egal sein, schließlich war er nicht in der Türkei, um sich eine Frau zu suchen. Und in Deutschland hatte er zwei Kinder von zwei Ex-Ehe-frauen, das reichte ihm erstmal. Außerdem wollte er ganz bestimmt kein *Dirty Old Man* sein, der solch jungen, umwerfend gutaussehenden Frauen, wie Faribaa es war, hinterherschaute.

Zugegeben, ein paar Gedanken gingen ihm schon durch den Kopf, als er Faribaa zum ersten Mal in der Lobby des Hotels sah, in dem sie und Harald untergebracht waren. Er hatte sich mit ihnen dort am Morgen verabredet, um gemeinsam zum Büro zu fahren. Sie kam die Treppe heruntergestakst, fast ein wenig unsicher, und Harald, der in der Sofaecke am Hoteleingang schon neben ihm saß, machte Richard auf sie aufmerksam. Sie kam mit einem offenen Lächeln auf ihn zu und gab ihm förmlich die Hand. Sie setzte sich ihm gegenüber, nahm ihre Kamera hervor und blickte ihn fragend aus ihren kajalumrandeten Augen an. Richard nickte, und irgendwie drängte sich der eine oder andere Gedanke auf, der sich jedoch schnell wieder verflüchtigte. In einem Leben, wie Richard es führte, gab es ohnehin keinen Platz für eine Frau.

Während Richard mit Harald redete – sie sprachen auf Englisch, damit Faribaa sich nicht ausgeschlossen fühlte –, fotografierte sie ihn, zuerst frontal, wenig später, ohne dass er es merkte. Wie beiläufig hatte sie ihre Kamera auf einem Beistelltisch platziert und drückte von Zeit zu Zeit auf den Auslöser, während Richard auf das Gespräch konzentriert war. Harald nahm noch nichts auf, er fühlte lediglich vor. Mit einer Geste der Gewohnheit setzte er immer wieder seine Brille auf und nahm sie wieder ab, um sie mit einem gelben Tuch zu putzen. Wenn er sie aufhatte, strich er sich nachdenklich über die Bartstoppeln und komponierte seine Fragen. Wenig später fuhren sie zum Büro, wo Richard die Besucher seinen Mitarbeitern vorstellte. Dann machten sie sich auf nach Elbeyli.

Nach ihrer Rückkehr am frühen Nachmittag machten Harald und Faribaa im Büro Interviews mit dem Team, während Richard sich mit seinen beiden Programmdirektoren zusammensetzte, um die dringendsten Probleme zu besprechen. Und in einer der größten Flüchtlingskrisen seit dem Zweiten Weltkrieg gab es jede Menge dringendster Probleme.

Danach kam Julian, einer seiner Projektleiter, in sein Zimmer und schloss die Tür hinter sich. Wenn er das machte, ging es entweder um Personalangelegenheiten oder um etwas, das ihm an die Nieren ging. Julian war emotional, manchmal etwas zu emotional, fand Richard. Er ließ die Dinge zu nahe an sich heran, konnte keinen Abstand mehr halten. Richard hatte ihn schon in Tränen aufgelöst irgendwo allein in einer ruhigen Ecke im Büro gefunden, wo er versuchte, sich zu beruhigen. Wenn er so aufgewühlt war, konnte Richard ihn keine Entscheidungen treffen lassen.

„In Azaz sind in den vergangenen Wochen fast dreißigtausend neue Flüchtlinge aus Aleppo angekommen", sagte Julian.

„Die Lager haben keine Kapazitäten mehr."

Richard schaute ihn fragend an. Die Flüchtlingslager von Azaz lagen im Norden Syriens, etwa zwanzig Kilometer vom türkischen Grenzübergang in Kilis entfernt.

„Man hat mich gefragt, ob wir helfen können", fuhr Julian fort. „Man weiß nicht, wohin mit den vielen Leuten."

„Wer hat dich gefragt?"

„Die Katastrophenbehörde ALERT und der Flüchtlingskoordinator von Kilis."

„Was brauchen sie?"

„Zelte und Latrinen. Aber zuerst müsste das Gelände planiert und die Drainage angelegt werden. Sonst versinken die Menschen dort beim nächsten Regen im Schlamm."

„Hast du eine Idee, wie viel das kostet?"

„Die Vorbereitung des Geländes plus fünfhundert Zelte plus Latrinen ... Übern Daumen um die hunderttausend ."

„Aber das reicht doch nicht für dreißigtausend Menschen", wandte Richard ein.

„Das wäre nur unser Teil", erklärte Julian. „Die Norweger und drei andere Organisationen würden ebenfalls mitmachen. Dann würde es reichen."

„Das klingt nicht schlecht. Und woher nehmen wir die hunderttausend ?"

„In meinem Projekt habe ich Geld für solche Notfälle. Das könnte ich dafür verwenden, wenn du einverstanden bist."

Richard dachte kurz nach. „Wem gehört das Land, auf dem das Lager errichtet werden soll?", fragte er dann. „ALERT muss dafür sorgen, dass das alles legal ist!"

„ALERT würde das Gelände für fünf Jahre von einem syrischen Bauern pachten. Das habe ich schon geklärt."

„Wenn das so ist, dann machen wir das."

Julian lächelte, und wenn Richard nicht alles täuschte, wurden seine Augen wässrig. Er war glücklich, wenn er etwas

Gutes tun konnte.

Vor der Tür warteten schon Harald und Faribaa und kamen jetzt in Richards Zimmer. Harald und er drapierten sich vor einer großen Landkarte der Region, die an der Wand hing, damit Faribaa ein paar Fotos schießen konnte. Besonders ansehnlich fand Richard sich und Harald nicht. Sie sahen beide überarbeitet aus, mit Ringen unter den Augen und tiefen Falten im Gesicht. Als Faribaa fertig war, hielt Harald Richard das Mikrofon vor den Mund und stellte förmlich seine Fragen.

„Was genau macht eine humanitäre Organisation wie Ihre hier in der Türkei?"

„Wir verteilen vor allem Geldkarten, mit denen sich die Flüchtlinge in Geschäften selbst versorgen können", antwortete Richard ebenso förmlich. „Sie werden einmal im Monat von uns mit einem bestimmten Betrag aufgeladen. So können die Flüchtlinge selbst bestimmen, was sie kaufen. Wir stellen auch medizinische Güter in der Türkei und in Syrien bereit, reparieren Krankenhäuser und Schulen und bieten noch viele andere Dinge an, die die Menschen zum Überleben brauchen."

„Wie viele Mitarbeiter haben Sie hier in der Türkei?"

„Unsere Organisation hat vor fünf Jahren mit einem Dutzend angefangen, inzwischen sind es achtzig. Und wenn die Flüchtlingsströme weiter anhalten, werden wir noch mehr brauchen."

„Sie sind der Leiter dieses humanitären Programms. Wie wird man so etwas?"

Richard dachte kurz nach. „Da gibt es kein eindeutiges Profil", sagte er dann. „In solchen Positionen findet man Sozialwissenschaftler, Ökonomen oder auch Betriebswirte. Ich selbst bin Politologe und habe einige Jahre in Lateinamerika als Entwicklungsexperte verbracht, bevor ich ins Krisenmanagement eingestiegen bin. Dadurch bin ich dann nach Sierra Leone, Somalia und in andere Länder gekommen. Und jetzt bin ich hier in der Türkei."

Harald ließ sich geduldig Projekte beschreiben, Zahlen nennen und Details erklären. Nach einer knappen Stunde lächelte er Richard an. „Das war gut", sagte er. „Gibt es sonst noch etwas, das du loswerden willst?"

„Du hast mir doch schon ein Loch in den Bauch gefragt", erwiderte Richard und lachte. „Ich glaube, wir haben so ziemlich alles abgedeckt."

„Wunderbar!", sagte Harald zufrieden und begann damit, seine Ausrüstung zusammenzupacken. „Können wir noch über das Oudprojekt sprechen?", fragte er dann.

Richard schaute kurz auf seinen Terminkalender, aber da stand nichts weiter für den Rest des Nachmittags.

„Können wir", erwiderte er. „Aber dazu sollten wir uns einen angenehmeren Ort suchen. Und Leon sollte dabei sein."

„Leon?"

„Er ist einer meiner beiden Programmdirektoren und für die Entwicklung von neuen Projekten zuständig."

Richard ging den Flur hinunter und trat durch eine offenstehende Tür. In dem kleinen Zimmer stand ein ausladender Schreibtisch, umgeben von mit Dokumenten und zusammengerollten Karten vollgestopften Regalen. Leon saß eingesunken vor seinem Laptop und tippte konzentriert mit vier Fingern auf der Tastatur herum.

„Lust und Zeit, in der Altstadt einen Tee mit uns zu trinken?", fragte Richard.

Leon schaute auf. „Keine schlechte Idee", sagte er. „Lass mich nur noch die E-Mail zu Ende schreiben."

Ein paar Minuten später schlurfte er in Richards Büro und blieb vor dem Schreibtisch stehen. Er hatte eine Halbglatze, trug eine Brille mit farblosem Rahmen und mochte etwa eins fünfundachtzig groß sein, aber er stand auch im Stehen eingesunken und war damit kaum größer als Richard. Und wenn er ging, dann ging er nicht, sondern schlurfte. Insgesamt machte er nicht gerade einen dynamischen Eindruck, was Richards Wertschätzung für ihn jedoch keineswegs minderte.

Sie machten sich auf den Weg. Mit dem Auto fuhren sie bis zu Richards Wohnung und gingen von dort aus zu Fuß weiter. Bis zur Altstadt waren es kaum fünfzehn Minuten, und in den engen Gassen war ein Auto nicht gerade das geeignetste Fortbewegungsmittel. Sie gingen an den kleinen Läden vorbei, die den Atatürk Bulvar säumten und in denen alles das angeboten wurde, was man für das tägliche Leben brauchte. Daneben gab es natürlich Dönerbuden, auf Baklava spezialisierte Konditoreien – in Gaziantep sollte es das beste Baklava der Türkei geben – Restaurants und kleine Hotels.

Der Atatürk Bulvar war eine nervöse Straße. Da die Autos oft in zweiter oder gar dritter Reihe parkten, blieb nur eine schmale Gasse frei, durch die sich Busse, Autos, Mopeds, Motorroller und manchmal sogar der eine oder andere mutige Fahrradfahrer drängten. Ständig wurde gehupt und aus den heruntergekurbelten Autofenstern gerufen oder gewinkt, um das Durcheinander zu organisieren. Aus gelben Taxis hingen lässige Hände, die qualmende Zigaretten zwischen den Fingern hielten. Mopedfahrer drehten am Gasgriff und ließen die quäkenden Motoren aufheulen, als ob sie dadurch Stärke demonstrieren könnten. Motorroller transportierten vierköpfige Familien, aber es ging noch mehr, wie Richard schon oft beobachtet hatte.

Vor einigen Läden, an denen sie vorbeigingen, hieß man sie willkommen und zeigte auf die Körbe mit Pistazien, Gewürzen oder getrockneten Früchten. Alles war bunt und einladend, aber sie dankten mit einem Lächeln und gingen weiter. Vor einer kleinen Teestube saßen drei Männer und spielten Domino, jeder mit einer Zigarette im Mund. In der Tür eines Tattoo-Ladens stand ein Mann im T-Shirt und machte mit seinen Armen Werbung für sein Handwerk. Frauen mit und ohne Kopftuch trieben ihre Kinder zur Eile an, da die Geschäfte bald schließen würden. Geschäftsmänner trugen ihre Statussymbole zur Schau: die überdimensionierte goldene Armbanduhr oder den Schlüssel für ihren Mercedes.

Die Altstadt lag unterhalb der gewaltigen Festung, deren erste Mauern man schon in der Antike angelegt hatte. Vor einiger Zeit hatte man damit begonnen, die Altstadt stückweise zu restaurieren, um mehr Touristen anzulocken. Sie war nicht allzu groß, aber mit ihren verwinkelten, kopfsteingepflasterten Wegen eine entschleunigte und ruhige Oase in der Zwei-Millionen-Stadt Gaziantep. In vielen Innen- oder Hinterhöfen der Häuser waren Teestuben eingerichtet.

Sie setzten sich in eine dieser Teestuben und bestellten – natürlich – Tee, der in weniger als zwei Minuten vor ihnen stand. Sie hatten einen Tisch im Garten gewählt, denn es gab kaum einen Gast, der nicht rauchte. Im Innern der Teestube war es nebelig wie in einer Herbstnacht. Dann erklärten Harald und Faribaa ihr Oudprojekt.

Richard erfuhr, dass Faribaas Mann Mohammad nicht nur Musiker und Komponist war, sondern im Iran auch Saiteninstrumente gebaut hatte, darunter die traditionellen Ouds. Syrische Jugendliche, die nun in der Türkei auf eine mögliche Rückkehr in ihr zerbombtes Land warteten, brauchten eine Perspektive, erklärte Faribaa. Eine Ausbildung, einen Beruf, irgendetwas, auf das sie aufbauen konnten. Oudbauer, syrische Jugendliche, Ausbildung. Das passte doch. Auch Harald fand die Logik dahinter einleuchtend.

„Wie viele Jugendliche sollen ausgebildet werden?", wollte Leon nun wissen.

„Vielleicht zwölf bis fünfzehn", antwortete Faribaa. „Für den Anfang. Wir wissen noch nicht genau, wie viele der Markt verkraften kann."

Leon grinste. „Ist aber gut, dass ihr euch darüber schon Gedanken gemacht habt. Und wie lange soll die Ausbildung dauern?"

„Zwei bis drei Jahre."

„Und wovon leben sie in diesen zwei bis drei Jahren?"

„Sie sollen pro Monat eine finanzielle Unterstützung bekommen. So wie die Lehrlinge bei euch in Deutschland."

Faribaa antwortete geduldig auf Leons Fragen, und Richard merkte, sie hatte sich Gedanken gemacht. Oder ihr Mann. Jedenfalls klang alles durchdacht und sinnvoll. Das einzige Problem war das Geld.

Es gab viele Probleme bei Projekten, doch wenn das Geld fehlte, um ein Projekt durchzuführen, hatte man ein ziemlich großes Problem. Hier also kam Richards Organisation ins Spiel. Sie sollte das Projekt nicht nur durchführen, sondern auch die Finanzierung sichern.

„Ich denke, da lässt sich was machen", sagte Richard nach kurzem Überlegen. „Die Idee passt jedenfalls zu unseren Plänen, neben der Nothilfe auch langfristige Arbeitsmöglichkeiten für Flüchtlinge zu schaffen."

„Und ich werde das Projekt von Anfang bis Ende begleiten", sagte Harald begeistert. „Das ist eine schöne Geschichte. Wir wollen zeigen, dass es Hoffnung gibt für Flüchtlinge. Mediale Begleitung ist also garantiert."

Richard nickte, wenn auch nicht ganz überzeugt. Harald hatte sicher Recht. Drei Millionen traumatisierte, vom Krieg vertriebene Menschen lebten in der Türkei. Die Hoffnung auf Besserung war überlebenswichtig. Aber *mediale Begleitung*? Wie sich das schon anhörte! Da stiegen die Flüchtlinge ja schon fast ins Showgeschäft ein.

Richard fand Haralds Enthusiasmus zwar ein wenig übertrieben, respektierte aber den guten Willen, der hinter seiner Idee steckte. Und wenn es tatsächlich klappte, das Projekt als Erfolgsstory ins Radio zu bringen, waren ein paar zusätzliche Spendeneinnahmen so gut wie sicher.

Sie einigten sich darauf, dass Faribaa oder ihr Mann einen vernünftigen Projektantrag schreiben sollte und Richards Team sich um die Finanzierung kümmern würde. Darauf tranken sie noch einen Tee und waren so guter Laune wie nach einem Bier. Aber das gab es in der Teestube leider nicht.

Sie besprachen noch den Ablauf des folgenden Tages und machten sich dann auf den Weg nach Hause oder ins Hotel. Richard bot an, später vielleicht zusammen noch irgendwo ein Bier trinken zu gehen, um den Tag abzurunden, aber Faribaa und Harald lehnten höflich ab. Sie schienen geschafft von den Eindrücken des Tages, der ihnen wahrscheinlich mehr Flüchtlingsrealität vor Augen geführt hatte als sie aus den Nachrichten des letzten Jahres gewohnt waren.

Und das ging ans Eingemachte. Das steckten sie nicht so einfach weg. Nicht so wie Richard, der so etwas fast jeden Tag miterlebte. Seit Jahrzehnten. In brasilianischen Favelas, wo Kinder an Masern oder Durchfall starben. Bei Nomaden im Nordosten Kenias, denen die Dürre zuerst die Ziegen und dann die Kinder wegraffte. Und jetzt in der Türkei, wo Millionen ohne Hilfe nicht überleben würden.

Richard steckte das weg, irgendwohin, wo es das Eingemachte nicht erreichte, fest verschlossen in einer Schublade. Und manchmal, wenn Richard ein paar Single Malts im Blut hatte, sprang die Schublade auf und alles fiel heraus. Und es kostete einiges, um alles wieder aufzusammeln und dorthin zu packen, wo es keinen Schaden anrichtete.

2

Faribaa stammte aus einem kleinen Nest nicht weit von der Grenze zum Irak. Es war eine ruhige Gegend, in die der Fortschritt nur langsam einzog. Die Bevölkerung war genügsam, viele arbeiteten in der Landwirtschaft. Man sprach Kurdisch, und Farsi lernte Faribaa erst, als sie in die Schule ging.

Von den fünf Schwestern und zwei Brüdern in der Familie war sie die jüngste. Daher sahen es die Eltern ihr nach, dass sie schon in jungen Jahren ein wenig rebellisch und starrköpfig war. Sie war ein Kind mit ausgeprägtem eigenem Willen, das lieber Bilder malte, tanzte, sang und Gedichte schrieb, anstatt den Koran auswendig zu lernen. Oft ging sie hinaus auf die Felder außerhalb des Dorfes, wanderte über die Wiesen, streifte durch die Olivenhaine oder beobachtete von einem Hügel aus die Schafherden beim Weiden. Immer nahm sie einen Zeichenblock mit, setzte sich irgendwann auf den Boden oder einen Baumstumpf und brachte ihre Eindrücke auf das Papier: eine einzelne Blume, ein knorriger Olivenbaum, ein Mensch hinter einem Zaun, eine unendliche Landschaft. Vielfache Einsamkeit.

Es hatte sich bereits zu dieser Zeit abgezeichnet, dass sie nicht den traditionellen Weg heranwachsender Frauen in einem kurdischen iranischen Dorf gehen würde, der die frühe Heirat, das Kinderkriegen, den Gehorsam und die Ergebenheit einem Mann gegenüber vorsah, den sie nicht liebte.

Als es dann so weit war, hatte sie die Dinge selbst in die Hand genommen und Mohammad, ihren besten Freund aus Kindheitstagen, gebeten, sie zu heiraten. Beide hatten Gemeinsamkeiten: die Musik, die Kunst, das freie Denken. Und Mohammad wusste, dass sein innerstes Geheimnis, das er Faribaa schon Jahre zuvor anvertraut hatte, bei niemandem besser aufgehoben war als bei ihr. Daher musste er nicht lange überlegen, um das Angebot anzunehmen.

Zwischen beiden gab es die Abmachung, dass die Ehe sie nicht daran hindern sollte, jedem ein Leben jenseits der Verpflichtungen auf dem Papier zu ermöglichen, eben das zu tun und zu sein, was jeder tun und sein wollte.

Sie zogen nach Teheran, wo Mohammad genug verdiente, damit sie ein angenehmes Leben führen konnten. Er spielte in Restaurants, komponierte für Sänger und wurde von Zeit zu Zeit als

Studiomusiker engagiert. Er schrieb auch Lieder für Faribaa, die sie auf privaten Festen singen konnte. In der Öffentlichkeit durfte sie das nicht. Sie war eine Frau, und bis eine Frau im Iran öffentlich singen durfte, waren viele Hürden zu nehmen und etliche Geschenke an einflussreiche Männer zu geben.

Zur Fotografie kam Faribaa eher zufällig, als Mohammad ihr eine Kamera zum Geburtstag schenkte. Nachdem sie ein wenig herumexperimentiert und zwei Dutzend Bücher über Fotografie gewälzt hatte, fand sie Gefallen an den Ergebnissen und nannte sich fortan Fotografin. Schließlich musste man ja irgendetwas sein. Faribaa war es, um sich in der Welt zu verorten.

Sie und Mohammad hätten sicher so weitermachen können, in den schmalen Lücken der starren Regeln der Mullahs einen Hauch von Bohème leben. Aber Faribaa wollte mehr. Sie wollte nicht nur die Rolle der Ehefrau ihres kreativen Mannes einnehmen, sie wollte selbst kreativ sein. Sie wollte ein anderes, ein selbstbestimmtes Leben. Und um dies zu verwirklichen, um sich vollends aus den Traditionen ihres Landes zu befreien und sich zu emanzipieren, musste sie radikaler sein, wusste sie. Sie musste den Iran verlassen.

„Was hältst du davon, nach Istanbul zu gehen?", fragte sie eines Abends Mohammad, als sich beide eine TV-Serie anschauten. „Zumindest für eine Weile."

„Warum?", fragte Mohammad, ohne den Blick vom Fernseher zu wenden.

„Ich könnte dort als Fotografin arbeiten."

„Du arbeitest doch schon als Fotografin."

„Nicht wirklich. Ich habe zwar eine Webseite, aber niemand kauft meine Fotos, weil sie ohne Aussage sind. Sie sind nur Dekoration."

„Dann mach doch Fotos mit Aussage."

„Du weißt, dass das hier im Iran nicht möglich ist. Die Revolutionswächter sind überall. Und wir haben nicht so viel Geld, um die richtigen Leute zu bestechen."

Mohammad starrte weiter auf den Bildschirm und steckte sich Pistazien in den Mund.

„Mohammad!", sagte Faribaa jetzt lauter und stieß ihren Mann leicht an der Schulter an. „Ich meine es ernst! Du könntest dort auch freier leben."

Jetzt drehte Mohammad sein Gesicht zu Faribaa, von seinen Lippen fielen ein paar Pistazienkrümel. „Daran habe ich noch gar nicht gedacht", sagte er. „Interessant."

„Als Musiker kannst du überall auf der Welt arbeiten", fügte Faribaa lächelnd hinzu. „Lass es uns ausprobieren."

„Das muss gut geplant werden."

„Dann fangen wir doch damit an!"

Zwei Monate später zog Faribaa mit Mohammad nach Istanbul um.

Faribaa war auf der Suche. Istanbul war ein erster Schritt, doch sie war entschlossen, noch weitere Schritte zu gehen, viele weitere. Vielleicht nach Europa? Nach Frankreich oder nach Deutschland? Dort hatten die Frauen die gleichen Rechte wie die Männer!

Europa aber war Mohammad zu fremd. Dort würde er die Inspiration missen, die er für seine Musik brauchte, sagte er. Seine Musik war die des Irans, des Orients, und der war weit weg von Europa.

Also ein Weg ohne Mohammad? Er würde sie gehen lassen, da war sich Faribaa sicher. Doch wie sollte es ihr gelingen, allein nach Europa zu gehen? So viele Fragen, wie es sein könnte, wer sie sein könnte.

Harald, der Journalist, war gerade zur rechten Zeit in Faribaas Leben getreten, das jedoch nur, weil sie sich verirrte. Eigentlich suchte sie das Studio, in dem Mohammad Musikaufnahmen machte und das im selben Gebäude wie das Studio des deutschen Radiosenders lag, für den Harald arbeitete. Faribaa landete im falschen Stockwerk, in dem sie Harald antraf. Ein paar Fragen und

Erklärungen später stand Harald im Musikstudio und ging seiner journalistischen Neugierde auf die Kultur der Region nach. Die zufällige Begegnung führte schließlich zu der beruflichen Zweierbeziehung, die die beiden nun auf das Feld an der syrischen Grenze gebracht hatte.

Faribaa wechselte das Objektiv, hob die Kamera vors Auge und drückte auf den Auslöser. Sie stapfte zu den Bauern, die den Boden bearbeiteten, ging in die Hocke und schoss drei, vier Fotos in schneller Reihenfolge. Dann drehte sie sich um, zoomte Levent und Richard heran und fotografierte die beiden, ohne dass diese davon Notiz nahmen. Sie standen ans Auto gelehnt und unterhielten sich.

Sie zupfte das türkisblaue Tuch zurecht, das sie um den Kopf gelegt hatte. Das Tuch war eine Andeutung des Respekts gegenüber der muslimischen Tradition, von der sie sich bereits so weit entfernt hatte. Denn die engen Jeans und der blaue Pulli, den sie unter der offenen, gesteppten Weste trug, zeichneten sehr deutlich die Formen ihres Körpers nach. Und dies entsprach ganz und gar nicht den Interpretationen des Korans durch die Mullahs in ihrer Heimat. In Istanbul hätte sie auch das Tuch nicht getragen, aber hier, bei den syrischen Bauern und ihren Familien, ging sie den Kompromiss ein.

Nachdem sie und Harald genug Bilder, Tonaufnahmen und ein Interview mit den syrischen Bauern gemacht hatten, fuhren sie mit Richard und Levent zur Wohnung eines der Bauern.

„Das ist ja furchtbar", rutschte es Faribaa heraus, als sie durch die Eingangstür des niedrigen Häuschens schaute.

„Was ist furchtbar?", fragte Richard.

„Wie sie wohnen."

„Ja, das ist wirklich schrecklich", sagte auch Harald.

Der Bauer Fawad, seine Frau und die fünf Kinder hausten in einem Raum, der in früheren Zeiten als eine Art Stall gedient haben mochte und lange nicht mehr benutzt worden war. Die Wände waren feucht, der Boden bestand aus festgestampfter Erde, die unter den ausgelegten, verschlissenen Teppichen hervorlugte. In einer Ecke stand ein kleiner Ofen, dessen Abzugsrohr durch eine zerschlagene Fensterscheibe führte. Die Lücken waren durch eine transparente Plastikfolie abgedichtet. Zwei Einzelmatratzen lehnten an der Wand, zwei weitere lagen auf dem Boden für die Besucher, die Gäste aus Deutschland, der Türkei und dem Iran, damit diese sich setzen konnten.

Faribaa und die anderen zogen vor der Tür die Schuhe aus und nahmen Platz. Fawad blieb stehen und sagte etwas zu seiner Frau, die nach draußen ging und in einer angedeuteten improvisierten Küche an der äußeren Hauswand damit begann, Tee zuzubereiten. Die zwei jüngsten Kinder, blass und unterernährt, blieben dicht bei ihr und hatten die kleinen Hände in ihre Schürze gekrampft, als könnte die Mutter jeden Augenblick davonrennen.

Faribaa rückte ein wenig zur Seite und fotografierte die anderen beim Gespräch. Harald bat Levent zu übersetzen, er sei sehr dankbar, dass der Bauer ihm ein Interview auf dem Feld gegeben hatte. Es folgten einige Höflichkeiten und dann noch weitere Fragen, auch an die Frau, als sie den Tee brachte.

Seit wie vielen Jahren leben Sie in Elbeyli?

Seit vier Jahren. Die beiden jüngsten Kinder sind hier geboren.

Woher sind Sie gekommen?

Aus Aleppo.

Haben Sie noch Familie dort?

„Ja, meine Eltern und zwei Schwestern", sagte Fawad. Ein Bruder hatte sich den Rebellen angeschlossen, ein anderer Bruder war tot.

„Ja", sagte auch seine Frau. „Mein Vater, meine vier Schwestern und drei Brüder." Die Mutter war tot.

Wovon leben Sie?

Vom Acker, auf dem Paprikaschoten wachsen.

Wollen Sie wieder zurück nach Syrien?

Ja, wenn der Krieg vorbei ist.

Fragen und Antworten fürs Radio, für die Menschen in Deutschland, damit die einen Eindruck vom Leben der Flüchtlinge bekamen.

Denn in Deutschland hatten sie Angst vor den Flüchtlingen, vor Männern mit Bärten und Frauen mit Kopftüchern, vor dieser Invasionsarmee aus dem Orient, die den deutschen Sozialstaat besetzte, den Deutschen die Arbeit stahl, Moscheen baute und womöglich Terroristen für den IS ausbildete. In einigen Teilen Deutschlands ging es der Wirtschaft und den Menschen nicht so gut, da kam dieses Feindbild gerade recht, auf dem man allerlei Schuld für die eigenen Probleme abladen konnte. Das hatte früher schon einmal gut geklappt.

Im Haus des Bauern dagegen bot man einem Ankömmling Essen und Trinken an, woher er auch immer kommen, wie wenig der Bauer auch immer haben mochte. Seine Frau hatte neben dem Tee in Gläsern auch eine ungeöffnete Packung mit Keksen gebracht. Sie fragte, ob die Gäste Kekse essen wollten, aber Levent lehnte dankend ab. Es würden andere Gäste kommen, für die diese symbolische Versorgung angemessener erschien.

Die Besucher tranken den dampfenden Tee, stark und dunkel, während die Gespräche den Raum füllten. Faribaa sprach in gebrochenem Arabisch mit der Frau über ihre Alltagssorgen und machte Fotos. Die Kinder, alle barfuß, scharten sich um sie und hatten Spaß dabei, sich auf dem kleinen Bildschirm der Kamera selbst zu betrachten.

Die anderen sprachen über Ernteerträge, Marktpreise und andere Dinge, und Harald machte sich bei eingeschaltetem Mikrofon Notizen. Levent übersetzte. Sein Kopf zuckte hin und her, immer wieder rückte er seine Brille zurecht. Er gestikulierte, erklärte, fragte nach und ergänzte mit eigenem Wissen, wenn es nötig war.

Eine Frau erschien im Türrahmen, auf dem Arm ein vielleicht zweijähriges Kind, an der Hand einen kleinen Jungen. Sie nickte grüßend in den Raum hinein, mit Fragen in den Augen. Fawad deutete auf die Besucher und erklärte ihr gestenreich die Umstände.

„Wer ist das?", fragte Harald.

Levent übersetzte ins Arabische, deutlich wortreicher und mit einem höflichen Lächeln. Fawad antwortete anstelle der Frau, während die Gäste am Tee nippten.

„Sie ist auch aus Aleppo", sagte Levent, als der Bauer fertig war. „Ihr Mann ist auf der Flucht vor sechs Monaten gestorben. Sie war allein mit ihren beiden Kindern. Sie hatte nichts, kein Geld, keine Arbeit, keinen Besitz. Fawad hat sie als seine zweite Frau angenommen."

„Er hat eine Zweitfrau?", fragte Harald. Die Überraschung stand ihm im Gesicht. „Er hat doch selbst kaum etwas zu essen!"

„Ohne Mann war sie schutzlos", erklärte Levent. „Er hat sie zu ihrem eigenen Schutz als zweite Frau angenommen."

Harald schaute ungläubig. „Und seine ... Erstfrau hat das akzeptiert?"

„Ja", antwortete Levent wie selbstverständlich. „Dort, wo sie herkommen, macht man das so. Auch anderswo im Orient."

„Ist das legal?"

„Sie leben zusammen. Natürlich haben sie nicht wirklich geheiratet. Bigamie ist in der Türkei verboten. Aber es ist eine Abmachung, ein Vertrag. Der Mann hat eine Verpflichtung übernommen. Und alle sind einverstanden."

„Ah ja." Harald notierte fleißig. „In Deutschland kann man auch noch Verträge per Handschlag machen", sagte er. „Aber ich glaube, das geht nur im Handwerk."

„Aber man könnte auch mit mehreren Partnern leben, wenn man wollte, oder?"

„Nun ja." Harald wiegte nachdenklich den Kopf. „Im Prinzip wäre das möglich."

„Ist also gar nicht so anders als hier oder in Syrien", meinte Levent lächelnd.

Eine Weile noch redeten sie über den Krieg, die Flucht und die neuen Lebensumstände, während Faribaa unaufdringlich ihre Fotos schoss. Sie fing die Gesichter ein und mit ihnen die Geschichten, die sie erzählten. Da waren Erschöpfung, Leid, Trauer, Furcht, und ein kurzes Aufblitzen der Freude im Lächeln der Kinder, wenn sie für einen Moment Krieg und Flucht vergaßen.

Schließlich erhoben sich die Besucher und verabschiedeten sich vom Bauern und seinen Frauen. Vor dem Häuschen wartete der Wagen, der sie zurück nach Gaziantep bringen sollte.

„In Deutschland kann man sich gar nicht vorstellen, wie die meisten Flüchtlinge leben müssen", sagte Harald nachdenklich, als sie Elbeyli hinter sich ließen.

„Könnt ihr solchen Familien keine bessere Unterkunft besorgen?", wandte sich Faribaa an Richard.

Richard, der auf dem Beifahrersitz saß, drehte sich zu ihr um. „Das würden wir gerne", erwiderte er. „Aber es fehlt das Geld."

„Im Iran gibt es auch Armut, aber so etwas wie hier habe ich dort noch nicht gesehen."

„Kommst du aus Teheran?"

„Nein, aus einem kleinen kurdischen Dorf nicht weit von der Grenze zum Irak. Ich habe dort bis zu meiner Heirat mit Mohammad gelebt."

Faribaa saß am Fenster auf der Rückbank hinter dem Fahrer und beobachtete Richard, der sich immer wieder umwandte, um die Fragen zu beantworten. Von Zeit zu Zeit hob sie die Kamera und machte Fotos aus dem Fenster heraus, aber auch – ohne dass jemand Notiz davon nahm – von Richard, indem sie nicht durch die Kamera schaute, sondern aus der Hüfte schoss. Sie fühlte sich angezogen von Richard, wenn er auch wesentlich älter war als sie. Sie mochte seine Authentizität, mit der er seine Arbeit machte, und sein Engagement erschien ihr echt. Er war, was er tat.

Und seine Augen gefielen ihr. Sein Gesicht mochte noch so müde und faltig, sein Bart noch so stoppelig und angegraut sein.

Die Augen wirkten wach und jung. Auch sein Körper schien sich dem Anrennen der Zeit entgegenzustemmen. Die Bewegungen waren dynamisch, der Bauchansatz hielt sich in Grenzen. In seinem Alter konnte man ihm ein paar kleine Reserven zugestehen.

Faribaa wollte mehr erfahren über Richard. Er sprach anders als sie, dachte anders als sie, und er war ganz und gar anders als sie, vor allem ganz anders als die Männer im Iran oder in der Türkei. Sie spürte eine bisher unbekannte, unbestimmte Verlockung, mental wie körperlich. Und sie spürte eine Notwendigkeit, dem nachzugehen.

Ihre Gedanken kreisten um Möglichkeiten, wie sie es anstellen könnte, mit Richard allein zu sprechen. Sie hatte seine Visitenkarte. Sie konnte ihn von ihrem Hotelzimmer aus anrufen.

Natürlich waren da ein paar Unwägbarkeiten. Vielleicht wartete zu Hause seine Frau oder Freundin auf ihn. Oder er fand sie nicht attraktiv. Oder waren ihre Gedanken einfach nur schlichte Tagträumereien, hinter denen sich ihre verborgenen Wünsche und Sehnsüchte versteckten?

3

Es gehörte zu Richards Aufgaben, die Presse mit Informationen zu versorgen. Das war nicht immer einfach, denn man wollte Einschätzungen von ihm hören, zu den Kriegsparteien, zum Krieg, zu Flüchtlingszahlen, zu Menschenrechten, zu den politischen Konstellationen und Interessen und Verwicklungen. Natürlich verurteilte er den Krieg, die Fassbomben, die Angriffe auf Krankenhäuser und Schulen, die Missachtung der Menschenrechte. Natürlich war er auf der Seite der Schwachen, der Flüchtlinge, der Misshandelten. Aber gleichzeitig wurde von ihm als Leiter einer humanitären Organisation Neutralität erwartet, soweit es ging jedenfalls. Im Falle des Syrienkrieges ging das nicht mehr.

Dennoch musste Richard mit seinen Antworten vorsichtig sein, denn wer wusste schon, wie sich die Dinge entwickeln würden. Politik war unberechenbar, bisweilen auch opportunistisch, besonders in dieser Region. Wer gestern noch Feind war, konnte morgen schon Freund und Verbündeter sein. Die deutschen Journalisten hatten Verständnis für Richards Vorsicht. Da konnte er Dinge bei ausgeschaltetem Mikrofon erklären und weniger deutliche Worte wählen, wenn es wieder eingeschaltet wurde.

Die regierungstreue türkische Presse dagegen wollte gar nicht erst hören, was die internationalen Hilfsorganisationen zu sagen hatten. Fast täglich musste Richard in den übersetzten Zusammenfassungen der Tagesnachrichten die haltlosen Anklagen lesen, dass die internationalen Helfer nichts weiter als Spione waren, die Hunderte von Millionen Euro an terroristische Gruppen weiterleiteten oder gar selbst einsteckten. Kommentatoren riefen dazu auf, sich gegen die ausländischen Einflüsse zusammenzuschließen, um die Moral vor dem Verfall zu bewahren. Es gab zwar noch ein paar unabhängige und kritische Journalisten im Land, die sich der Wahrheit verpflichtet fühlten, aber die gehörten zu einer aussterbenden Spezies.

Richard arbeitete gern mit Journalisten wie Harald und Faribaa zusammen, nicht nur der Spenden wegen, sondern weil es ihm wichtig war, dass die Menschen in Deutschland wussten, wie es hier aussah, was hier vor sich ging, wozu er und seine Kollegen hier waren. Damit sie wussten, wovor die Menschen flohen – auch nach Deutschland. Damit sie wussten, dass ein Zufluchtsort in der Türkei, in Griechenland oder im Libanon noch nicht bedeutete, dass man sicher war. Vor Bomben vielleicht, aber nicht vor Hunger, Krankheit und Armut.

Am Abend nach dem Besuch in Elbeyli saß Richard zu Hause, einer möblierten Vier-Zimmer-Wohnung mit Balkon im Zentrum von Gaziantep, und ging durch seine E-Mails. Er bekam am Tag etwa hundertzwanzig bis hundertfünfzig E-Mails, und es war unmöglich, sie alle während der Bürozeiten zu beantworten. Ständig kam jemand in sein Zimmer, damit er irgendeine Entscheidung traf. Ständig klingelte das Telefon, ständig eilte er von einem Meeting zum anderen. Also saß er abends im Wohnzimmer und beantwortete E-Mails, nicht selten bis nach Mitternacht. Das Lesen von Berichten, Analysen oder Projektanträgen dagegen legte er auf die Wochenenden.

Obwohl die Einrichtung der Wohnung ganz und gar nicht seinem Geschmack entsprach, hatte er sich eingelebt, die goldfarbenen Vorhänge und Sofas und allerlei glitzernde Dekoration akzeptiert und diesen Platz schließlich sein Zuhause nennen können. Eigentlich war die Wohnung viel zu groß für ihn, aber im Vergleich zu anderen, die er sich angesehen hatte, bot sie einen gewissen Komfort mit Waschmaschine, Spülmaschine, großem Esstisch im Wohnzimmer, einem geräumigen Schlafzimmer mit King-Size-Bett und Spiegelschrank und zwei weiteren Räumen, in denen eventueller Besuch schlafen oder er die Wäsche zum Trocknen aufhängen konnte. In anderen Gegenden der Stadt kamen in Wohnungen solcher Größe gut zwei Dutzend Flüchtlinge unter, zwar ohne Einrichtung und Komfort, ohne goldfarbene Vorhänge und glitzernde Dekoration, aber mit der Sicherheit, eine Bleibe, ein Dach über dem Kopf, einen Zufluchtsort zu haben, den man sein Zuhause nennen konnte. Der Begriff *Wohnung* war in diesen Tagen dehnbar in seiner Definition.

Richard hatte sich für diese Wohnung entschieden, weil sie nicht nur eine komplette Einrichtung bot, sondern auch in einem einigermaßen gepflegten Zustand war. Keine Schimmelflecken an den Außenwänden oder im Badezimmer, kein bröckelnder Putz, keine Fensterscheiben mit Sprüngen. Der Parkettboden in den Zimmern war zwar alt, aber völlig intakt und verlieh der Wohnung eine gemütliche Atmosphäre. Richard betrachtete dies als ein großes Plus und verstand nicht, warum der Vormieter sämtliche

Zimmer mit Teppichen ausgelegt hatte, die jetzt frisch gereinigt und zusammengerollt in der Abstellkammer lagen. Ein weiteres Plus der Wohnung war, dass sie in einer ruhigen Seitenstraße lag und man bequem zu Fuß zum nahegelegenen Park oder bis in die Altstadt gehen konnte. Und irgendwie fühlte Richard sich nie allein, denn im Wohnzimmer standen zwei dreiflügelige, kopfhohe Schränke und eine schlanke Eckvitrine mit Glastüren und verspiegelten Rückwänden. Wenn er sich bewegte, bewegte es sich an anderer Stelle im Zimmer ebenfalls. Und wo immer er sich gerade befand, schaute ihn von irgendeiner Seite sein Spiegelbild an.

Die Temperaturen waren jetzt, im April, erträglich. Tagsüber reichte eine leichte Jacke, wenn man unterwegs war, abends musste man einen Pullover überstreifen, auch in Richards Wohnung. Die zentrale Kohleheizung im Keller des Gebäudes wurde erst am Abend hochgefahren. Von den drei Heizkörpern im Wohnzimmer funktionierten nur zwei, im Schlafzimmer waren sie defekt, aber dort brauchte er sie ohnehin nicht. Er schlief besser, wenn es ein wenig frisch war. In den anderen beiden Zimmern drehte er sie nur auf, wenn er Besuch hatte, und das war selten. Im Mai würde man die Heizung im Keller abschalten, egal wie kalt oder warm es werden würde. Der türkischen Wirtschaft ging es nicht sonderlich gut, die Menschen wollten sparen.

Die quäkende Stimme des Muezzins klang herüber. Am Ende der Straße, in der Richard wohnte, stand eine kleine Moschee, und der Muezzin rief fünfmal am Tag zum Gebet. Plötzlich summte Richards Handy. Er nahm es vom Tisch und warf einen Blick darauf. Er hatte eine Nachricht von *Unbekannt* auf WhatsApp bekommen, aber *Unbekannt* stellte sich in der ersten Zeile sofort vor. Es war Faribaa, die Fotografin.

Richard war nicht in der Stimmung, zu dieser Zeit noch irgendwelche journalistischen Fragen zu beantworten, blieb in seiner Antwort jedoch höflich und wünschte einen guten Abend.

Wie geht es dir? hieß dann die erste Frage.

Gut, danke, antwortete Richard knapp. Das mochte lustlos klingen, aber er war immer kurz angebunden, wenn er auf dem Handy schrieb. Er brauchte eine halbe Ewigkeit, um auf der winzigen Tastatur einen Satz zu formulieren.

Ich sitze in der Lobby des Hotels, weil hier das Internet besser funktioniert, schrieb Faribaa.

Soso, dachte Richard. Was sollte er darauf erwidern?

Aber bevor er reagieren konnte, sandte Faribaa schon die nächste Nachricht. *Ich habe eben an dich gedacht.*

Das war nicht verwunderlich, schließlich hatten sie fast den ganzen Tag zusammen verbracht und Faribaa hatte jede Menge Eindrücke zu verarbeiten.

Ich bin nicht wirklich verheiratet, schrieb sie.

Jetzt war Richard überrascht. Mit einer solchen Mitteilung hatte er nun wirklich nicht gerechnet. Er hatte keine Ahnung, worauf Faribaa hinauswollte. Wenn jemand mit ihm flirtete, bekam er dies in der Regel nicht mit, und wenn, dann mit reichlicher Verspätung. Aber in Faribaas Fall schwante ihm ab dieser Nachricht, dass hier irgendetwas Interessantes passieren würde.

Wieso ...? Weiter kam er nicht, da schon die nächste Zeile erschien.

Meine Ehe ist fake, schrieb Faribaa. Ich bin nur auf dem Papier verheiratet.

Wollte sie etwa mit Richard über Eheprobleme reden? Er kannte etliche Ehen, die nur noch auf dem Papier existierten, weil sich ein Paar auseinandergelebt hatte, aber was ging ihn Faribaas Ehe an? Sie kannten einander doch erst seit einem Tag! Wollte sie ihren Frust mit einem Flirt kompensieren?

Er konnte sich kaum vorstellen, dass Faribaa Ernsthaftes mit ihm vorhatte, schließlich hätte sie seine Tochter sein können. Vielleicht langweilte sie sich, vielleicht wollte sie einfach nur mit jemandem reden oder vielleicht tatsächlich mit einem Mann in seinen besten Jahren herumflirten und ihn herausfordern.

Richard musste zugeben, dass er sich tatsächlich herausgefordert fühlte, war aber bemüht, nicht die Beherrschung zu verlieren, sondern auf dem Boden der Tatsachen zu bleiben.

Nur auf dem Papier verheiratet? schrieb er zurück.

Mohammad und ich kennen uns seit unserer Kindheit, erklärte Faribaa. Wir sind Freunde, aber kein Ehepaar.

Was sollte Richard davon halten? War das ein Angebot? War das mehr als nur ein Flirt?

Bist du verheiratet? war die nächste Zeile.

Nein, antwortete Richard.

Lebst du mit einer Freundin zusammen?

Nein. Richard zog die Augenbrauen hoch. So viel Direktheit hatte er von einer Iranerin nicht erwartet.

Es folgte eine Pause. Offenbar überlegte Faribaa, wie sie mit dieser Information umgehen sollte.

Ich finde dich sehr attraktiv, schrieb sie dann.

Also ein waschechter Flirt, dachte Richard. *Vielen Dank,* schrieb er. *Ich fühle mich geschmeichelt.*

Ich will mit dir schlafen, erschien auf dem Bildschirm.

Richard musste die Nachricht dreimal lesen, bis er sicher war, dass Faribaa das wirklich geschrieben hatte. Er hätte alles für möglich gehalten, aber nicht das. Eine Iranerin, noch dazu verheiratet, wollte mit ihm ins Bett! Mit einem Mann, der ihr Vater hätte sein können! Sie war drauf und dran, ihm den Boden der Tatsachen unter den Füßen wegzureißen.

Richard holte ein Glas aus der Küche, goss sich einen Single Malt ein und nahm einen großen Schluck. Der Whisky war mild und rauchig. Er ließ ihn ein paar Sekunden im Mund, um ihm ein wenig Zeit zur Entfaltung zu geben und sich selbst eine Antwort zu überlegen, und schluckte ihn dann hinunter.

Faribaa muss doch sehen, dass das nicht zusammenpasst, dachte Richard. Er sah vielleicht nicht übel aus für sein Alter. Er hielt sich auch einigermaßen fit mit Gymnastik und gelegentlichen Läufen im Park, aber er fand sich absolut durchschnittlich. Durchschnittliche Größe, durchschnittliches Aussehen, eben ziemlich normal. Und nun kam so eine umwerfend gutaussehende Göre daher und wollte ihm etwas anderes einreden?

Nun gut, dachte Richard, in lateinamerikanischen und afrikanischen Ländern mochte er in den Achtzigern mit seinen blonden Haaren und blauen Augen bei den Frauen gut angekommen sein, aber das galt für so ziemlich jeden blauäugigen Blonden, der damals dort unterwegs war. Inzwischen waren mit dem Massentourismus diese Zeiten vorbei, und er war Durchschnitt, wohin auch immer er reiste.

Warum sagst du nichts? fragte Faribaa.

Ich bin überrascht, erwiderte Richard. In Wahrheit war er sprachlos.

Warum?

Ich bin viel zu alt für dich.

Wenn ihm schon der Boden unter den Füßen weg glitt, wollte er zumindest auf dem Teppich bleiben. Er hätte nicht im Entferntesten daran gedacht, mit Faribaa irgendetwas anzufangen, das über einen oberflächlichen Flirt hinausging.

Du hast genau das richtige Alter, schrieb sie. Mein Vater ist auch viel älter als meine Mutter. Das ist so im Iran.

Vorsicht! dachte Richard. Das gibt nur Probleme!

Magst du mich nicht? fragte sie. Findest du mich nicht attraktiv?

Natürlich finde ich dich attraktiv, antwortete Richard. Du bist eine sehr schöne, junge Frau.

Würdest du gerne mit mir schlafen?

Richard zögerte. *Sicher,* schrieb er dann. Warum sollte er lügen?

Dann müssen wir uns treffen!

Richard ging durch den Kopf, dass dies keine gute Idee sein mochte, aber der Boden der Tatsachen war bereits Geschichte. Und der Teppich schien sich langsam in Glatteis zu verwandeln.

Ich wohne nicht weit vom Hotel, schrieb er. Er gab dem Testosteron, das jetzt in sein Blut schwemmte, die Schuld dafür. Er fühlte sich als Opfer des Kampfes zwischen Geist und Fleisch.

Jetzt geht es nicht, war die Antwort. Ich will nicht, dass Harald etwas merkt. Ich komme ein anderes Mal nach Gaziantep.

Richard stutzte. Was für ein Spielchen trieb Faribaa mit ihm? Erst machte sie ihn an und nun wich sie zurück.

Harald weiß nicht, dass meine Ehe fake ist, erklärte Faribaa. Und er ist mit Mohammad befreundet.

Nun gut, das konnte Richard gelten lassen. Beziehungen sind kompliziert. Faribaa musste wissen, was sie wem zumuten konnte.

Wie würdest du gerne Sex mit mir machen? fragte sie.

Blöde Frage! dachte Richard. Bis vor wenigen Minuten war Sex etwas, das er schon seit geraumer Zeit aus seinem Kalender gestrichen hatte.

So, dass es dir gefällt, antwortete er dennoch.

Ich würde gerne viele Sachen mit dir machen.

Richard wurde heiß. Er musste tief durchatmen und schüttelte den Kopf, in dem inzwischen das Testosteron dominierte. Das konnte doch alles nicht wahr sein!

Aber die Wahrheit manifestierte sich in einem ausgewachsenen Ständer, den er in seiner Hose zurechtrückte. Er nahm einen weiteren großen Schluck Single Malt, dem er jedoch diesmal keine Zeit zur Entfaltung gab.

Aber erst, wenn du wieder nach Gaziantep kommst, oder? fragte er.

Ja.

Und wann kommst du wieder nach Gaziantep?

Sag mir, wann ich wiederkommen soll.

Richard versuchte, sich seinen Terminkalender ins Gedächtnis zu rufen. Soweit er sich erinnerte, standen für die nächsten Wochen etliche Reisen an. *Übernächsten Monat,* schlug er dann vor.

Ja, das wäre wunderbar.

Richards feuchte Finger rutschten auf der winzigen Tastatur aus, so dass er etwas länger für seine Frage brauchte. *Hat dein Mann nichts dagegen?*

Er fragt nicht danach, was ich genau mache, schrieb Faribaa. Wir beide sind unabhängig. Er macht auch, was er will.

Das hatte Richard von einem iranischen Mann nicht anders erwartet. Doch der eigenen Frau Unabhängigkeit einzuräumen, das war nun doch etwas Überraschendes. So viel Toleranz war ja geradezu revolutionär, zumindest für den Iran.

Aber was, wenn er doch nachfragte? Was, wenn er die Unabhängigkeit doch als einseitiges, als *sein* Privileg verstand? Lief Faribaa dann nicht Gefahr, gesteinigt zu werden? Oder schlimmer: Lief *Richard* etwa Gefahr, gesteinigt zu werden? Galt im Iran nicht die Scharia? Das traditionelle, religiöse Gesetz des Islam?

Weißt du schon, an welchem Tag genau du kommen kannst? schrieb er dennoch.

Warte bis morgen, antwortete Faribaa. Dann sage ich dir, an welchem Tag ich komme.

Kein Problem.

Und wie lange soll ich bleiben?

Richard überlegte kurz. *Eine Woche?* schlug er dann vor.

Perfekt! meinte Faribaa.

Richard glaubte nicht so richtig, was er da machte. Was sollte das werden? Eine Affäre? Ein Abenteuer? Ein dritter Frühling? Die Erfüllung einer Männerfantasie?

Ich gehe wieder auf mein Zimmer, schrieb Faribaa. Ich freue mich auf dich.

Richard schluckte. Und da sein Mund ganz trocken war, spülte er einen weiteren Mundvoll Single Malt hinunter.

Gewieftes Biest! dachte er. Sie wusste sehr genau, wie sie einen Mann scharf machen konnte.

Ich werde auch gleich schlafen gehen, schrieb er. Ich bin müde.

Mehr wollte er in diesem Moment über seinen Zustand nicht

mitteilen. Um seinen fast schmerzenden Ständer würde er sich gleich kümmern, aber das musste er ja nicht unbedingt zum Thema machen.

Gute Nacht, wünschte Faribaa ihm.

Gute Nacht.

Als Faribaa am folgenden Tag mit Harald in Richards Büro trat, deutete nichts auf den erotischen Flirt vom Vorabend hin. Richard hätte verstohlene Blicke erwartet, vielleicht ein Augenzwinkern oder ein konspiratives Lächeln, aber Faribaa blieb ihm gegenüber sachlich und professionell. Erst auf dem Weg zum Mittagessen spürte er plötzlich ihre Finger. Wie zufällig berührten sie seine Hand, während sie nebeneinander gingen. Einmal. Zweimal. Und dann zwickten sie in seinen kleinen Finger. Ein leichter Stich fuhr ihm durch die Brust.

Richard schaute sich um. Aber da war kein Kollege, der sie hätte beobachten können. Harald, Leon und Julian gingen vor ihnen und hatten nichts bemerkt. Richard räusperte sich und kratzte sich am Kopf. Dann ließ er den Arm zurückschwingen und provozierte eine weitere Berührung ihrer Hände. Aus den Augenwinkeln erkannte er, dass sich Faribaas Mundwinkel zu einem amüsierten Grinsen verzogen.

Als nach dem Essen der Tee serviert wurde, erhob sich Richard. „Ich muss mich leider schon von euch verabschieden", sagte er zu Harald gewandt. „Ich habe zwei Meetings außerhalb des Büros."

„Dann sehen wir uns nicht mehr vor unserem Abflug heute Abend?", fragte Harald.

„Ich fürchte nein. Es wird wohl etwas länger dauern."

Auch Harald erhob sich jetzt und streckte die Hand aus. „Es war wirklich außerordentlich interessant, euch und eure Arbeit kennenzulernen. Ich kann euch gar nicht genug danken."

Richard ergriff seine Hand und schüttelte sie. „Wir haben zu danken", sagte er. „Es ist wichtig, darüber zu berichten." Dann reichte er Faribaa die Hand. „Schickst du uns ein paar Fotos?"

„Natürlich", erwiderte Faribaa und lächelte ihn an. „Ganz bestimmt."

Als Richard sich am Abend einen Single Malt eingoss und sich auf dem Sofa erschöpft zurücklehnte, warf er einen Blick auf sein Handy.

Als wir uns heute berührt haben, war ich wie elektrisiert, hatte Faribaa geschrieben. Es passiert etwas zwischen uns. Bis übernächsten Monat!

Es ist schon etwas passiert, antwortete er. Bis übernächsten Monat.

4

Yehia lag auf dem Bauch und spähte durch das Loch in der Hauswand. Er konnte etwa zweihundert Meter der Straße unter ihm überblicken. Es war sein Abschnitt, und es war seine Aufgabe, an dieser Stelle keinen feindlichen Kämpfer die Straße überqueren zu lassen oder besser: jeden russischen oder syrischen Soldaten auszuschalten, den er ins Fadenkreuz bekam.

Durch das Zielfernrohr suchte er die türlosen Hauseingänge, verkohlten Fensterlöcher, rauchenden Ruinen und alles andere ab, das als Deckung dienen konnte. Sein Finger lag ausgestreckt über dem Abzug seines österreichischen Präzisionsgewehrs, bereit, auf einen Impuls hin einen Zentimeter nach unten zu rutschen und abzudrücken.

Auf der gegenüberliegenden Seite und ein wenig weiter die Straße hinunter lagen zwei weitere Scharfschützen wie er auf dem Bauch, seit Stunden, und warteten. Das taten sie die meiste Zeit: warten. Auf den Feind, auf eine Bewegung, einen Lichtreflex, die Rauchfahne einer Zigarette. Und wenn es so weit war, drückte man ohne zu zögern ab, spürte den harten Rückschlag an der Schulter und sah einen Menschen zusammensinken. Yehia war dafür ausgebildet worden, nicht zu zögern, wenn es darauf ankam, und nicht zu zweifeln. Denn Zweifel und Zögern waren die größten Hindernisse, die einen Scharfschützen versagen ließen.

Yehia versagte nie. Er war trainiert, im richtigen Moment weder ein Gewissen zu haben noch einen Gedanken daran zu verschwenden, dass er ein Leben auslöschte. Bei Assads Armee hatten sie ihm das beigebracht.

Er war ein guter Soldat gewesen. Vier Jahre lang hatte er den Befehlen gehorcht und mehrere Spezialausbildungen durchlaufen, darunter auch die eines Scharfschützen. Die hatte er bei Sergej gemacht, einem russischen Ausbilder. Eigentlich ein ganz patenter Typ, hatte Yehia damals gedacht, der aber zu viel trank, meistens Wodka. Yehia trank keinen Alkohol.

Yehia hätte Karriere in der syrischen Armee machen können, denn er galt als loyal und völlig unpolitisch. Und als Alawit gehörte er zu der Bevölkerungsgruppe, die den größten Teil der politischen Ämter und der militärischen Führung besetzte. Auch Präsident Assad war Alawit.

Aber jetzt lag Yehia im zweiten Stock eines halbzerstörten Hauses ohne Dach in Ost-Aleppo und wartete und beobachtete. Mit kaum wahrnehmbaren und ruhigen Bewegungen tastete er sich durch das Zielfernrohr an den Häuserfassaden entlang. Er wusste, er hatte es mit einem ebenbürtigen Feind zu tun. Die Soldaten Assads oder Putins waren mindestens so gut ausgebildet wie er selbst, daher durfte er sich keinen Fehler erlauben.

Über ihm und seinem Gewehr lag ein Tarnnetz, um vor Drohnen oder Blicken aus Hubschraubern sicher zu sein. Er schwitzte, aber er wischte sich die Tropfen nicht ab, sie rannen von seiner Stirn in die Augen und verursachten ein leichtes Brennen. Keine überflüssige Bewegung! Das war ein ehernes Gesetz. Zwar konnte er durch den dünnen Schlauch, der in seinem Mund steckte, aus einer Wasserflasche trinken, ohne mit der Hand danach greifen zu müssen, aber wenn er pinkeln musste, dann eben in die Hose. Besser als entdeckt und erschossen zu werden.

Manchmal, wenn er wusste, er würde den halben Tag oder länger fast bewegungslos auf der Lauer liegen müssen, öffnete er vorher die Hose und ließ den Schwanz herausschauen. Im Winter aber war es zu kalt dafür, da blieb nur die Erleichterung direkt in die Hose. Oder in eine Windel. Aber das machte kaum jemand freiwillig.

Manche der Rebellen, die er in den letzten Jahren ausgebildet hatte, wollten dies nicht begreifen. Wie konnte man als junger und gesunder Mensch absichtlich in die Hose pinkeln? Zwei ihrer Kameraden mussten zuerst ein Beispiel geben, bevor jeder es verstand. Die beiden hatten sich sicher gefühlt in ihrem Versteck und waren aufgestanden, um sich an einer Wand zu erleichtern, und hatten wahrscheinlich nicht einmal die Schüsse gehört, die sie getötet hatten. Auch der Feind hatte Scharfschützen, und die bewegten sich nicht, solange sie auf der Lauer lagen, nicht mal zum Pinkeln.

An einer Hausecke nahm Yehia plötzlich eine flüchtige Bewegung wahr. Ein Schatten an einer Säule, die eine Arkade getragen hatte, für weniger als eine Sekunde. Aber dies war genug, um Yehia zu signalisieren, dass sich dort jemand versteckte.

Der Schatten tauchte nicht mehr auf. Wahrscheinlich hatte der, dem der Schatten gehörte, selbst gemerkt, dass es keine gute Idee war, bis zu dieser Ecke zu gehen, um in die Straße zu blicken. Die Sonne stand hinter ihm und sein Schatten eilte ihm voraus.

Yehia beobachtete durch das Zielfernrohr die Fassade des Hauses. Wer auch immer sich hinter der Ecke verbarg, würde nun wahrscheinlich an der Seite in das Haus eindringen und versuchen, durch eines der glaslosen Fenster zu spähen. Vielleicht würde er nicht einmal bis ans Fenster kommen, sondern weiter hinten im Raum bleiben und von dort aus auf die Straße schauen.

In den Fensterhöhlen blieb es ruhig. Im ersten Stock wehte der

Rest einer Gardine, die den Blick ins Innere des Raumes behinderte. Im zweiten Stock hatte eine Granate die Fassade unter dem Fenster aufgerissen, so dass man bis an die hintere Wand des Raumes schauen konnte. Keine gute Deckung. In der dritten Etage schließlich war die Decke eingestürzt. Wahrscheinlich war der Zugang zu dieser Wohnung durch die Trümmer versperrt, aber das konnte Yehia nicht sehen.

Er entschied sich, die erste Etage im Auge zu behalten, auch wenn der wehende Gardinenrest den Blick teilweise und im Rhythmus der lauen Windstöße behinderte. Der Raum lag im Halbdunkel, doch durch das Zielfernrohr konnte er hinten links eine Tür sehen, rechts war ein Teil eines Schranks erkennbar.

„Palmyra Eins an Palmyra Vier", raunte er in sein Sprechfunkgerät.

„Was gibt´s, Palmyra Eins?", hörte er kaum eine Sekunde später aus seinem Ohrstöpsel.

„Bewegung in Haus Sieben", sagte er.

„Brauchst du Unterstützung?"

„Negativ. Stand by."

Die Sprache des Krieges war knapp, direkt und eindeutig, keine überflüssigen Worte, keine Schnörkel in der Sprache, denn meistens musste alles sehr schnell gehen. Ein Wort konnte ein Leben retten, für einen ganzen Satz mochte es zu spät sein.

Yehias Einheit, eine Gruppe von zwölf jungen Männern, war jetzt alarmiert und bereit, einzugreifen, wenn es zu brenzlig wurde. Zu ihr gehörten auch die anderen beiden Scharfschützen in der Straße, Palmyra Zwei und Drei, der Rest der Gruppe verbarg sich in einem fast unzerstörten Keller einen Steinwurf entfernt. Die meisten von ihnen ruhten sich aus, nur Palmyra Vier am Sprechfunkgerät war hellwach und würde einen Einsatz mit den anderen zur Unterstützung von Yehia leiten, wenn es notwendig werden sollte.

Die Einheit verfügte außer über drei Scharfschützen und sechs mit Kalaschnikows ausgerüsteten Kämpfern noch über einen

Mann mit einem Granatwerfer, einen mit einem schweren Maschinengewehr und einen mit einer Panzerfaust, in dessen Rucksack noch drei weitere Sprengköpfe steckten. Der mit dem Maschinengewehr stand jetzt auf, griff aus einer Metallkiste einen Patronengurt, den er sich um den Nacken legte, und trat an das Sprechfunkgerät.

„Entspann dich", sagte Palmyra Vier zu ihm. „Noch ist nichts passiert."

„Hat er Kontakt?", fragte der mit dem Maschinengewehr.

Palmyra Vier nickte. „Haus Sieben."

In Haus Sieben nahm Yehia jetzt eine Bewegung in der ersten Etage wahr. Durch das Zielfernrohr erkannte er einen Armeestiefel, der sich durch die Tür auf der linken Seite des Raumes schob. Dann wurde der Unterschenkel des Soldaten sichtbar.

Der Soldat hielt inne. Offenbar spähte er durch den Türspalt in den Raum und durch das Fenster nach draußen. Yehias Finger rutschte ein wenig nach unten und legte sich auf den Abzug.

Nach einer halben Minute wurde die Tür nach innen geöffnet, der Soldat trat einen Schritt nach vorne und war für Yehia nun bis zum Bauch sichtbar. Davor hielten die behandschuhten Hände eine Maschinenpistole. Die Beine streckten sich, als der Soldat sich auf die Zehenspitzen stellte, um die Straße einzusehen. Dann ging er langsam seitwärts an der Wand entlang, sein Oberkörper trat in Yehias Fadenkreuz.

Yehia krümmte den Finger um den Abzug, bis er den Widerstand spürte. In dem Moment, in dem der Soldat sich noch einmal auf die Zehenspitzen stellte, drückte er ab. Schlaff fiel der Körper in sich zusammen.

Augenblicklich stürmten zwei weitere Soldaten in den Raum, gingen am Fenster in Deckung und feuerten aus ihren Maschinenpistolen in die Richtung, aus der der Schuss gekommen war. Hinter ihnen eilten zwei andere zu dem Erschossenen und schleiften ihn durch die Tür aus dem Raum. Yehia wusste, dass ihm nicht mehr zu helfen war.

Und er wusste auch, dass ihm nicht viel Zeit blieb, sich in Sicherheit zu bringen. Zwar feuerten die zwei Soldaten am Fenster in seine Richtung, aber es war unmöglich, seinen genauen Standort zu bestimmen. Er lag etwa einen Meter hinter dem Loch in der Wand, sein Schuss hatte ihn nicht mit Pulverdampf verraten. Doch Assads Soldaten würden seinen ungefähren Standort bombardieren lassen. Wahrscheinlich hatten sie bereits einen Funkspruch abgesetzt und das Gebäude markiert. In wenigen Minuten würde ein russisches Flugzeug seine lasergesteuerte Bombe über Yehia abwerfen.

Dennoch blieb Yehia ruhig. Die beiden Soldaten feuerten immer noch, verschwanden hinter ihrer Deckung, streckten die Köpfe kurz hervor, um ein paar Feuerstöße abzugeben, und duckten sich erneut weg. Das Fadenkreuz verharrte dort, wo gerade noch der Kopf eines der beiden abgetaucht war, Yehias Finger war um den Abzug gekrümmt.

Die Kugel traf den Soldaten in den Kopf, sobald er über den Fenstersims schaute und bevor er einen weiteren Schuss abgeben konnte. Er kippte nach hinten weg.

Yehia robbte zurück und rollte sich zur Seite. Mit schnellen Bewegungen raffte er das Tarnnetz zusammen, schulterte das Gewehr und kroch durch ein Loch in der Seitenwand in den angrenzenden Raum. Dann richtete er sich halb auf und lief geduckt durch weitere Räume, bis er in ein Treppenhaus gelangte. Dort stieg er ins Erdgeschoss hinunter und rannte durch ein paar Häuser, durch deren Wände man einen Fluchtweg geschlagen hatte, bis er zu dem Haus gelangte, in dessen Keller sich seine Einheit verbarg. Als er im Keller eintraf und wortlos seine Kameraden grüßte, griff Palmyra Vier zum Funkgerät und rief die anderen beiden Scharfschützen zurück. Dann warteten sie und horchten.

„Wie viele waren es?", fragte Palmyra Vier leise.

„Ich habe fünf gesehen", sagte Yehia. „Jetzt sind es nur noch drei."

Palmyra Vier presste die Lippen zusammen. Wenige Augenblicke später hörten sie hastige Schritte die Treppe herunterkommen, und ein in Staub gehüllter junger Mann mit Gewehr trat in den Kellerraum: Palmyra Zwei. Er setzte sich außer Atem auf einige aufgeschichtete Trümmerteile und sah kurz zu den anderen.

„Palmyra Drei, bitte Status", sagte Palmyra Vier ins Funkgerät. Er musste seine Bitte zweimal wiederholen, bevor er eine Antwort bekam.

„Ich habe mich ein Stück nach Osten abgesetzt", sagte Palmyra Drei. „Zu euch schaffe ich es nicht mehr. Müsste reichen."

Mit *müsste reichen* meinte er, dass er sich außerhalb eines Bombeneinschlags befand. Wahrscheinlich, denn man wusste nie, wie viele Bomben die feindlichen Piloten abwerfen würden und welchen Radius sie unter Beschuss nahmen. Aber Yehia war zuversichtlich, dass Palmyra Drei in Sicherheit war. Er hatte ihn ausgebildet.

Das weit entfernte Rauschen von Triebwerken wurde hörbar. Die Einheit kannte das schon. Die meisten Angriffe der Rebellen wurden umgehend mit ein paar Bomben beantwortet, daher musste alles sehr schnell gehen. Angreifen, zurückziehen, in Deckung gehen vor den russischen Jagdbombern.

Die donnerten jetzt über die Stadt hinweg, und einen Moment später ließen zwei dicht aufeinanderfolgende Explosionen die Kellerwände erzittern. Von der Decke rieselte Putz. Yehia wusste, dass das Haus, in dessen zweiter Etage er vor wenigen Minuten noch auf dem Bauch gelegen hatte, nicht mehr existierte.

Sie warteten auf einen zweiten Angriff, aber die Flugzeuge kamen nicht zurück.

„Zwei Bomben?", fragte Yehia mit hochgezogenen Augenbrauen. „Mehr bin ich ihnen nicht wert?"

Die anderen lachten, der Verstaubte stand auf und schlug ihm auf die Schulter. „Das wird ihnen zu teuer", sagte er. „Wenn wir so weitermachen, werden wir Russland noch in den wirtschaftlichen Ruin treiben."

Ihre Erleichterung machte sich Luft. Sie rissen Witze und tranken Wasser aus Metallflaschen. Palmyra Vier griff wieder zum Funkgerät.

„Palmyra Drei, Status bitte", sagte er.

„Ich lebe noch", kam es sofort zurück. „Aber das hat ganz schön geknallt."

„Schön, dass du noch lebst. Irgendwelche Feindbewegungen?"

„Vor dem Knall habe ich drei Soldaten gesehen. Sie haben sich aber zurückgezogen. Keine weitere Feindbewegung."

„Gut", sagte Palmyra Vier. „In einer Stunde an Point Sunshine. Schaffst du das?"

„Point Sunshine, eine Stunde", sagte Palmyra Drei. „Ja, schaffe ich."

Yehia schaute seine Männer ermutigend an. „Machen wir, dass wir hier rauskommen."

Sie befanden sich in einer Art Niemandsland mitten in Aleppo. Die Rebellen hielten den Osten der Stadt, die syrischen Truppen den Rest. Zwischen den Fronten gab es einige Straßen, die mal von den Rebellen, mal von Assads Armee besetzt wurden, ohne dass es einen endgültigen Sieger gab. Täglich schwärmten sie in dieses Niemandsland aus, lieferten sich Gefechte mit dem Feind, zogen sich wieder zurück oder blieben ein paar Tage und wiederholten das Ganze, ohne dass es einen merklichen Fortschritt gab. Aber auch das Fehlen eines Fortschritts feierten sie wie einen Sieg, denn solange sie Ost-Aleppo hielten, war Assad der Verlierer.

Drei Stunden später erreichten sie ein fast vollständig zerbombtes Gebäude, das einmal Teile der Stadtverwaltung beherbergt hatte. Sie stiegen über die Trümmer bis zu einem Krater, an dessen Rand eine schmale, mannshohe Öffnung ins Innere der Ruine führte. Auf beiden Seiten lugten hinter aufgeschichteten Steinen die Mündungen von zwei Kalaschnikows hervor.

„Einheit Palmyra", sagte Yehia laut. „Die Geschichte wird uns Recht geben." Das war die Parole des Tages.

„Die Geschichte wird neu geschrieben", kam es von den Steinen zurück, und zwei grinsende junge Männer schauten hervor, einer mit einem grünen Stirnband, der andere mit einer blauen Baseballkappe.

Die Einheit trat durch die schmale Öffnung und folgte einem Gang, den man freigeschaufelt und mit Holzbalken befestigt hatte. Nach etwa zwanzig Metern mündete er in eine weitläufige, aber niedrige Halle: die ehemalige Tiefgarage des Gebäudes.

Yehia und seine Leute gingen an anderen Kämpfern vorbei, die sie flüchtig grüßten, und ihre Augen gewöhnten sich an das Halbdunkel, das nur durch Lücken in der rauchgeschwärzten Decke und einige batteriegespeiste Lampen erleuchtet wurde. Die Tiefgarage war eingeteilt in Abschnitte für die verschiedenen Kampfeinheiten, die hier Unterschlupf suchten, für Waffen- und Munitionslager, Lebensmitteldepots, für Kochstellen, eine Kranken- und eine Funkstation. An vielen Stellen waren zusätzliche Betonpfeiler errichtet worden, um die Decke abzustützen, damit sie nicht von der Last der auf ihr liegenden Trümmer eingedrückt wurde. Die Tiefgarage war eines der größeren Rebellenquartiere, die über den ganzen Osten der Stadt verteilt waren. Hier sammelten sich insgesamt zwölf Einheiten, die jeden Morgen ihre Taktik und Strategien besprachen und dem Kommando eines Mannes folgten. Der Mann hieß Omar und war wie Yehia ein Deserteur aus Assads Armee. Viel wusste man nicht über ihn, aber das war vielleicht auch besser so, denn wenn man in Gefangenschaft geraten sollte, war es so gut wie sicher, dass man unter der unmenschlichen Folter, die auf jeden Gefangenen wartete, jede Information preisgeben würde. Omar, der vielleicht fünfundvierzig Jahre alt war, war Offizier gewesen. Er wusste, wie die syrische Armee vorging, kannte ihre Verwundbarkeiten und konnte ihre Reaktionen erahnen. Und er stand ganz oben auf der Liste derer, auf deren Kopf das Assad-Regime eine hohe Belohnung ausgesetzt hatte, tot oder lebendig.

Yehia und seine Männer ließen sich in vier durch Plastikplanen abgetrennte Parkbuchten auf die Strohmatten nieder, die sie dort ausgelegt hatten. Jeder hatte mit ein paar persönlichen Dingen eine Art Privatbereich abgesteckt, wo er schlief, alte Fotos betrachtete oder sich ganz einfach an die Zeit vor dem Krieg erinnerte.

Yehia zog seine Stiefel aus, trank Wasser und lehnte sich gegen einen Betonpfeiler. Er öffnete einen kleinen Pappkarton und entnahm ihm eine Schachtel Zigaretten und ein Feuerzeug. Er zündete sich eine Zigarette an, inhalierte tief und legte den Kopf in den Nacken. Die ganze Zigarette lang starrte er in die Schwärze der Decke, und niemand störte ihn dabei, niemand sprach ihn an. Erst als er die Kippe ausdrückte und in Richtung eines Kanaldeckels warf, trat Palmyra Vier auf ihn zu und bot ihm wortlos ein Stück Schokolade an. Yehia lächelte ihn an und steckte sich die Schokolade in den Mund. Dann streckte er sich auf seiner Strohmatte aus.

Die Tiefgarage war erfüllt von den Geräuschen einer Kampfpause. Magazine wurden mit Patronen gefüllt; Waffen zerlegt, gesäubert und wieder zusammengesetzt; Metall gesägt und gefeilt; Ausrüstung zurechtgelegt. Dazwischen hörte man das Schaben von Besteck auf Metalltellern, das Schnarchen von Erschöpften, das Stöhnen von Verwundeten. Seit vier Jahren war dies das Leben von Yehia, und dies war inzwischen der einzige Platz, der ihm in diesem Land geblieben war. Er konnte nur noch kämpfen, bis zum Sieg oder bis zum Tod. Wer sich den Rebellen anschloss, hatte keine andere Wahl. Ein Zurück in ein normales Leben gab es nicht mehr. Denn außer Assads Soldaten und den Rebellen gab es nur noch den IS, der Teile des Ostens Syriens und ein kleines Gebiet nahe der türkischen Grenze beherrschte. Und Yehia war nicht sicher, wer schlimmer und grausamer war: Assads Schergen oder die Religionsfanatiker des IS.

Yehia schloss die Augen. Er war erschöpft, doch seine Anspannung ließ langsam nach. Er atmete tief durch und biss in die Schokolade. Der süßlich-bittere Geschmack erfüllte seinen Mund

und erinnerte ihn an die Tage in Damaskus, an denen er mit Freunden in einem Café gesessen und heiße Schokolade oder Tee getrunken hatte. Er hätte dieses Leben vielleicht noch heute haben können, aber er hatte vor vier Jahren eine Entscheidung getroffen.

Yehias Bataillon war damals in Damaskus stationiert gewesen. Es gab nicht viel zu tun, außer den regelmäßigen Militärübungen oder den stundenlangen Märschen durch die Wüste. Bis zum März 2011.

Yehia hatte schon von Demonstrationen in Daraa südlich von Damaskus gehört, dem aber kaum Beachtung geschenkt. Er fand es fast logisch, dass der Arabische Frühling auch in Syrien ein paar Sympathisanten fand, aber deshalb musste sich doch niemand ernsthaft aufregen. Ein paar unzufriedene Jugendliche, die sich noch die Hörner abstoßen mussten, weiter nichts. Das dachte Yehia damals.

Aber dann wurde sein gesamtes Bataillon nach Daraa geschickt. Mit Panzerfahrzeugen rückten die Soldaten gegen die Demonstranten vor, um sie einzuschüchtern, aber die ließen sich nicht beeindrucken . Zuerst flogen Steine gegen die Soldaten, dann Molotow-Cocktails. Es wurde ernst. Am Abend bekamen die Soldaten für den nächsten Tag den Schießbefehl.

„Warum sind sie nur so wütend?", fragte Yehia seinen Kameraden Mohannad, als sie Wache schoben. „Es geht ihnen doch gut."

Yehia war nicht gegen das Assad-Regime. Gut, es mochten manchmal Leute verschwinden, die irgendwelche Attentate geplant hatten, es mochte auch in dem einen oder anderen Fall Folter geben, aber im Grunde war Syrien doch ein Land, in dem man gut leben konnte, oder? Yehia machte sich jedenfalls nicht viele Gedanken darüber, aber er war überzeugt, dass es einen starken Führer brauchte, um ein Land in dieser Region zu regieren, einen Führer, der sich auch mal über Menschenrechte oder andere aus dem Westen importierte Standards hinwegsetzen konnte, um für

Ruhe und Ordnung im Land zu sorgen. Das war doch das Wichtigste: Ruhe und Ordnung. Damit man nicht so ein Chaos wie zum Beispiel im Libanon hatte! Yehia war klar auf der Seite von Ruhe und Ordnung - und er hoffte, dass die Demonstranten am folgenden Tag nicht mit Steinen werfen würden.

„Das ist alles vom Westen aus gesteuert", sagte Mohannad bestimmt. „Er will Syrien destabilisieren und unseren Präsidenten stürzen. So ein Schwachsinn."

„Würdest du auf die Leute schießen?", fragte Yehia.

„Wir haben unsere Befehle", sagte Mohannad. „Wenn jemand mit Steinen nach dir wirft, sollst du schießen."

„Es sind Zivilisten", warf Yehia ein.

„Wer gegen die eigenen Streitkräfte Gewalt einsetzt, ist ein Terrorist! Und bei Terroristen fackelt man nicht lange."

„Befehl ist Befehl", sagte Yehia nachdenklich und mehr zu sich selbst als zu Mohannad. Als Soldat hatte er den Befehlen zu folgen.

„Ja, Befehl ist Befehl", wiederholte Mohannad. „Aber auch von den Demonstrationen werden ihre Kinder nicht wieder lebendig."

Yehia stutzte. „Welche Kinder?", fragte er.

„Hast du nicht davon gehört? Der ganze Schlamassel hat mit ein paar Kindern und Jugendlichen angefangen, die auf die Straße gegangen sind, Parolen geschrien und Schmierereien an die Hauswände gepinselt haben. Die Sicherheitskräfte haben sie verhaftet."

„Und?"

„Na ja, du weißt, wie das ist. Bei den Verhören ist man nicht gerade zimperlich. Jedenfalls sind ein paar ... nicht wieder aufgetaucht."

„Du meinst, sie sind gestorben?"

„Was weiß ich." Mohannad zuckte die Achseln. „Geht mich ja auch nichts an."

„Und jetzt protestieren die Leute dagegen", schlussfolgerte Yehia.

„Zuerst haben nur die Angehörigen der Kinder protestiert", erklärte Mohannad. „Dann haben sich auch andere Leute eingemischt und die Sache hat sich hochgeschaukelt. Und wir müssen jetzt wieder die Ordnung herstellen."

Aber deshalb auf Unbewaffnete schießen? dachte Yehia. Es gab doch Wasserwerfer, Tränengas und Gummigeschosse!

Die Regierung hat Angst, schoss es Yehia plötzlich durch den Kopf. Sie ist weit schwächer als sie vorgibt. Sie hat Angst vor dem Umsturz!

Noch vor Morgengrauen des folgenden Tages besetzte die Armee die wichtigsten Straßenkreuzungen der Stadt und sperrte einige Viertel vollständig ab. Autos wurden angehalten und durchsucht, Ausweise kontrolliert und Verdächtige verhaftet. Doch trotz aller Einschüchterungsversuche sammelten sich die Menschen auf den Plätzen im Stadtzentrum, schwenkten die syrische Flagge, hielten beschriebene Pappschilder hoch und schrien ihren Zorn heraus.

„Gebt uns unsere Kinder zurück" und *„Demokratie"* stand auf ihren Schildern. Beides, das war Yehia klar, würde man ihnen nicht geben, zumindest nicht freiwillig. Wenn überhaupt, dann nur über viele Leichen.

Yehia, Mohannad und etwa fünfzehn andere Soldaten sprangen vom Lastwagen und begannen sofort damit, eine Zugangsstraße zu einem der Plätze abzusperren, auf dem sich bereits Dutzende Demonstranten versammelt hatten. Sie stellten sich im Abstand einer Armlänge auf, die Maschinenpistolen auf den Rücken geschnallt, und blickten die Straße hinunter, auf der sich kaum ein Mensch aufhielt. Niemand sollte durch diese Straße zum Platz gelangen. Die Soldaten waren nervös, denn in den Magazinen ihrer Maschinenpistolen steckte scharfe Munition. Yehia und die meisten von ihnen hofften, dass es einigermaßen friedlich blieb.

Zwischen ihnen und dem Platz positionierte sich jetzt ein gepanzertes Fahrzeug mit aufmontiertem Maschinengewehr. Yehia drehte sich um. Der MG-Schütze schaute grimmig und schwenkte den Lauf des Gewehrs von Zeit zu Zeit drohend über die Köpfe der Demonstranten, die schon auf dem Platz waren. Aber Yehia blieben weder seine unsicheren Bisse auf die Unterlippe noch seine nervösen Bewegungen verborgen, mit denen er sich den Schweiß aus dem Gesicht wischte.

„Da spielt die Musik!" Mohannad stieß ihn mit dem Ellbogen an, er hatte die Befehlsgewalt über die Gruppe. Yehia drehte sich zu ihm um, Mohannad deutete mit dem Kinn in die Straße hinein. Am Ende der zweispurigen Straße, auf deren Seiten zahlreiche parkende Autos die Fahrgasse verengten, tauchten Menschen mit Fahnen und Spruchbändern auf. Zuerst waren es nur etwa fünfzig, doch aus den Seitengassen kamen ununterbrochen weitere hinzu, um sich den Demonstranten anzuschließen. Binnen weniger Minuten schwoll die Menge auf vielleicht dreihundert Menschen an, und sie marschierten mit entschlossenen Schritten auf die Soldaten zu.

Yehia, Mohannad und die anderen Soldaten schauten einander an, sie hatten ihre Befehle. Sie bildeten eine gerade Linie, nahmen ihre Maschinenpistolen vom Rücken und ließen sie am Riemen von der Schulter hängen, die Hand fest um den Griff geschlossen. In den meisten Fällen reichte dies schon aus, um übermütige Rockkonzertbesucher, betrunkene Fußballfans oder eben Demonstranten einzuschüchtern.

Die Menschenmenge war höchstens noch einhundert Meter entfernt, aber sie machte immer noch keine Anstalten, innezuhalten. Erst als die Demonstranten nur noch etwa achtzig Meter entfernt waren, verlangsamten sie ihren Schritt, aber sie kamen immer noch näher.

„Lasst uns durch!", schrien sie. „Schließt euch uns an!"

Auf den Spruchbändern, die alle in Arabisch verfasst waren, las Yehia *Demokratie, Freiheit, Schluss mit Folter* und Ähnliches. Und dazwischen wehte immer wieder die syrische Flagge. Später, als jeder wusste, dass die Welt zuschaute, schrieben sie auf Englisch, aber auch das nützte nicht viel.

Auf den kurzen Befehl Mohannads griffen Yehia und seine Kameraden ihre Gewehre und hielten sie vor der Brust in Bereitschaft. Die Demonstranten blieben stehen, sie waren jetzt weniger als fünfzig Meter entfernt. Yehia war erleichtert. Die Einschüchterungsstrategie funktionierte, wie sie schon so oft funktioniert hatte. Dennoch schrien die Menschen weiter, mit erhobenen Fäusten, zornig, wütend und in der Überzeugung, dass dies nun endlich der Moment der Veränderung war.

Die Soldaten rührten sich nicht. Yehia konnte die Gesichter der Demonstranten erkennen: gerötete Gesichter, schwitzende Gesichter, verzerrte Gesichter.

Von irgendwoher flog plötzlich ein Stein. Er verfehlte die Soldaten und knallte hinter ihnen gegen das gepanzerte Fahrzeug, die Menge johlte ohrenbetäubend. Der MG-Schütze zog den Kopf zwischen die Schultern, aber er behielt den Platz im Auge. Die Straße war Sache seiner Kameraden.

Yehia und die anderen luden jetzt ihre Waffen durch und richteten sie über die Köpfe der Demonstranten. Aus der Mitte der Menge flogen weitere Steine, die Soldaten wichen aus. Einer wurde am Bein getroffen, doch die Kunststoffschützer an Knie und Schienbein bewahrten ihn vor Verletzungen.

„Verdammte Terroristen!", fluchte Mohannad, entsicherte sein Gewehr und richtete es auf die erste Reihe der Demonstranten.

Yehia schoss als erster. In kurzer Reihenfolge gab er fünf Schüsse in die Luft ab, die Menge stob auseinander und suchte hinter Autos und in Hauseingängen Deckung. Mohannad schaute ihn mit einer Mischung aus Erstaunen und Zorn an.

„Warte gefälligst auf meinen Befehl!", fuhr er ihn an.

Yehia schluckte und nickte stumm.

Dann grinste Mohannad. „Ich hätte draufgehalten", sagte er.

„Ich weiß", sagte Yehia nur. Im Bruchteil einer Sekunde hatte er zwischen richtig und falsch entscheiden müssen. Und er war zu dem Schluss gekommen, dass es falsch war, auf Demonstranten zu schießen. Und die einzige Möglichkeit, dass dies nicht geschah, war, Mohannad zuvorzukommen und selbst zu schießen. In die Luft. Damit die Menschen wegliefen und sich in Sicherheit brachten. Sie wussten nichts von dem Schießbefehl mit scharfer Munition. Sie mussten weg von hier und vielleicht ein anderes Mal zum Protestieren zurückkommen, aber nicht heute. Nicht an diesem Tag, an dem die Regierung beschlossen hatte, den Tod von Unzufriedenen, Trauernden und Hoffenden in Kauf zu nehmen und so jedes Verlangen nach Veränderung im Keim zu ersticken.

Als nichts weiter geschah, streckten die Demonstranten die Köpfe aus ihrer Deckung hervor und blickten zu den Soldaten. Einige, die in der Straße geblieben und in die Knie gegangen waren oder sich zu Boden geworfen hatten, richteten sich jetzt wieder auf und blieben abwartend stehen.

„Wollt ihr auf euer eigenes Volk schießen?", rief jemand.

„Wollt ihr eure Brüder und Schwestern töten?", rief ein anderer.

Die Soldaten hielten die Läufe ihrer Gewehre über die Köpfe gerichtet.

„Assad muss weg!", schrie ein junger Mann. In seinem Gesicht spiegelten sich Wut und Angst.

„Ja, Assad muss weg!", stimmten andere ein, und einen Augenblick später schrien sie alle zusammen. Sie bildeten wieder eine geschlossene Wand, hoben die Fäuste und bewegten sich langsam auf die Soldaten zu.

Die Soldaten feuerten erneut einige Warnschüsse ab, doch diesmal floh niemand hinter Autos oder in Hauseingänge. Sicher, sie zuckten zusammen und gingen in die Knie, aber sie blieben auf der Straße.

„Assad muss weg!", skandierten sie, und die rhythmische Wiederholung der Forderung machte ihnen Mut. Sie hakten die Arme ineinander, spürten das *Wir*, das Miteinander, den gemeinsamen Willen.

Dann flogen wieder Steine. Zwei Soldaten wurden getroffen, schrien auf und sackten zusammen.

„Jetzt reicht es!", schrie Mohannad und legte an. Auch andere Soldaten richteten nun die Waffen auf die Menge.

„Es sind Zivilisten!", rief Yehia.

„Es sind Terroristen!", erwiderte Mohannad, ohne Yehia anzusehen. Er visierte ein Ziel an.

Yehia starrte auf die Demonstranten, die jetzt vielleicht noch dreißig Meter entfernt waren. Er konnte deutlich ihre Gesichter erkennen, in denen alle Gefühle zu lesen waren. Aber egal, ob sie zornig, wütend oder voller Angst waren: Sie waren überzeugt von dem, was sie taten.

In der ersten Reihe der Menge sah Yehia eine junge Frau in einem grünen Kleid, die sich die syrische Flagge um die Schultern gelegt hatte. Sie war weder wütend noch zeigte sie Angst, sie lächelte, während sie *Assad muss weg* rief. Sie schien sich zu freuen, vielleicht war sie sogar glücklich, dass es zu diesem Moment des Protests gekommen war, glücklich nach einer Ewigkeit des Stillhaltens und Schweigens. Und plötzlich waren sie zu Tausenden, die nicht mehr schwiegen.

„Jetzt ist's aus mit der Schönheit, meine Liebe", hörte Yehia Mohannad noch sagen, bevor der feuerte. Auch andere Soldaten feuerten auf die Menschen, und augenblicklich brach Panik aus. Jeder suchte Deckung oder rannte geduckt irgendwohin, wo ihn die Kugeln nicht erreichen konnten, während die Soldaten wahllos auf die Fliehenden schossen. Wenige Sekunden später war die Straße leer, fast leer.

Entsetzt blickte Yehia auf die Toten und Verwundeten. Er konnte nicht glauben, was gerade geschehen war. Ja, er war Soldat, und er hätte ganz sicher getötet, im Krieg, gegen einen Feind, der ihn ebenfalls töten wollte. Aber diese Menschen hier waren Zivilisten! Menschen, die gestern noch ihrer Arbeit in einer Bank oder einer Fabrik nachgegangen waren, die den Tag in der Bibliothek der Universität verbracht, die am Abend einen Film im Kino gesehen hatten. Und jetzt waren diese Menschen tot!

Einige der Verwundeten schleppten sich außer Sichtweite, andere wurden von jungen Männern davongetragen oder -geschleift. Die Frau in dem grünen Kleid lag verrenkt auf dem Asphalt, die syrische Flagge war ihr von den Schultern gerutscht und färbte sich rot. Neben ihr kniete der junge Mann, der vor einem Augenblick noch neben ihr gegangen war. Er hielt ihre tote Hand und sprach zu ihr.

Yehia trat näher. Er sah, dass Mohannads Kugel das linke Auge der Frau in ein blutiges Loch verwandelt hatte. Aus dem Hinterkopf sickerte Blut, Hirn war ausgetreten und lag daneben auf dem Asphalt.

Yehia drehte sich zu Mohannad um und schüttelte verständnislos den Kopf.

„Was ist?", fragte Mohannad. „Sie haben uns angegriffen! Wir hatten Befehl zu schießen!"

„Sie haben Steine geworfen!"

„Ob Steine, Molotowcocktails oder Granaten. Ist doch alles dasselbe. Und wir haben Verletzte!" Mohannad deutete auf die Soldaten, die von den Steinen getroffen worden waren.

„Aber deshalb muss man doch nicht sofort Menschen erschießen!"

„Was regst du dich so auf!? Es sind Terroristen!" Mohannad trat auf Yehia zu, seine Augen wurden zu schmalen Schlitzen. „Du sympathisierst doch nicht etwa mit diesem Gesindel?"

„Natürlich nicht!", erwiderte Yehia sofort. „Aber sie wären davongelaufen, wenn wir weiter in die Luft geschossen hätten."

„Bei solchen Sachen muss man sofort hart durchgreifen! Sonst nehmen sie dich nicht ernst! Und dann hast du schnell Chaos."

Yehia hatte Mühe, seine Fassungslosigkeit zu verbergen und blickte verstört auf die toten und angeschossenen Demonstranten. Der junge Mann neben der Frau im grünen Kleid schien weder das

Stöhnen der Verwundeten noch die Geschehnisse um ihn herum wahrzunehmen. Er sprach weiter mit der Toten und streichelte ihr die Hand. Zwei andere Männer eilten nun zu ihm und redeten auf ihn ein, doch er reagierte nicht. Sie schauten aus angsterfüllten Augen zu den Soldaten und rüttelten ihn an den Schultern, schließlich packten sie ihn an den Oberarmen und zogen ihn mit sanfter Gewalt von der Frau weg. Erst jetzt schien er zu begreifen, was geschehen war. Er sträubte sich gegen die Männer, blickte zurück auf die Tote und brach in Schluchzen aus. Seine Beine knickten ein. Die beiden Männer schlangen seine Arme um ihre Schultern und wollten ihn davontragen. Doch er riss sich los und drehte sich um. Heftig atmend starrte er auf die Soldaten.

Yehia sah seine Augen, und die wilde Verzweiflung im Blick des jungen Mannes traf ihn wie ein mächtiger Faustschlag. Eine Anklage, wie sie lauter kaum sein konnte. Er umklammerte sein Gewehr, spürte die Hitze des Metalls. Stumm schüttelte er den Kopf und hoffte, dass der junge Mann nicht zurückkam. Der hob jetzt den Arm und zeigte auf Yehia. Er schien etwas sagen zu wollen, doch erstickten seine Worte im Schluchzen, das seinen ganzen Körper schüttelte.

„Verschwinde!", murmelte Yehia in sich hinein, und es klang nicht wie ein Befehl, sondern wie eine Bitte. „Lauf!"

Der junge Mann tat einen Schritt auf Yehia zu, wurde dann jedoch wieder von den beiden anderen Männern gepackt und weggezerrt. Yehia schloss die Augen und atmete tief durch. Jetzt hörte er auch Schüsse von anderswo, in der Nähe des Platzes hinter ihm und weiter entfernt. Später sollte er erfahren, dass an diesem Tag mehr als dreißig Menschen durch die Kugeln der Soldaten gestorben waren, etwa einhundert waren verletzt worden. Wenige Tage nach dem Tod der Frau in dem grünen Kleid stahl sich Yehia in einer nebeligen Neumondnacht Richtung Norden davon, eine Pistole in der Tasche und vor seinen Augen den Blick des jungen Mannes, der sich in seinem Gedächtnis für immer eingebrannt hatte.

Mehr als vier Jahre war das her, und seitdem hatte Yehia mehr Tod und Zerstörung erlebt, als ein einzelner Mensch ertragen kann. Auch er selbst hatte getötet, vielfach, mechanisch, kaltblütig. Aber das alles erreichte ihn nicht mehr, es prallte an ihm ab wie Regentropfen auf der Haut. Und selbst die spürte er nicht mehr, wenn er irgendwo auf dem Bauch lag und ein Ziel anvisierte.

5

Das Flugzeug sackte ein wenig durch. Richards Herzschlag antwortete mit spontaner Beschleunigung. Obwohl er bestimmt schon hundertfach solche Situationen erlebt hatte, wurde er bei Turbulenzen immer noch nervös. Oder vielleicht auch trotz der hundertfachen Erfahrung, denn bisher war nie etwas passiert, außer dass mal ein Passagier in Panik ein Stoßgebet in den Himmel geschickt hatte. Daher setzte sich seit einigen Jahren der Gedanke in seinem Kopf durch, dass irgendwann einfach etwas passieren *musste*. Flugreisen waren für ihn inzwischen zu einer Tortur geworden.

Und dann diese ständige Furzerei. Schon oft hatte sich Richard gefragt, ob es wohl auch Statistiken darüber gab, dass in Flugzeugen mehr gefurzt wurde als auf dem Boden, ihm jedenfalls schien es so. Das musste am Unterdruck in den Flugzeugen liegen. Je weniger Luftdruck in der Umgebung herrschte, desto mehr dehnten sich die Gase im Darm aus und suchten nach einem Ausweg. Das war seine Theorie. Auch jetzt verbreitete sich wieder dieser unverkennbare Gestank. Richard rieb seine Nase und schaute vorwurfsvoll-anklagend zu den Seiten, um deutlich zu machen, dass es nicht an ihm lag. Aber das hätte er auch getan, wenn es tatsächlich an ihm gelegen hätte. Seine Sitznachbarn reagierten nicht. Sie saßen stoisch da und ignorierten den Gestank. Auch eine Art, jegliche Schuld von sich zu weisen. Nach zwei Minuten nahm er die Finger von der Nase, nachdem die Klimaanlage wieder für frische Luft gesorgt hatte.

Richard saß ein wenig verkrampft in seinem Sitz und warf ab und an einen Blick auf seine Kollegen Jakob und Merve, die auf der anderen Seite des Ganges saßen und vor sich hindösten. Fast wurde er neidisch auf ihre Gelassenheit.

Jakob, sein zweiter Programmdirektor, saß direkt am Gang, auf dem Klapptisch vor ihm stand ein Plastikbecher mit Wasser, den er halb ausgetrunken hatte und danach eingenickt war. Er hatte einen Vier- oder Fünftagebart, der teilweise die kleinen Narben überdeckte, die die Akne, die er während der Pubertät gehabt haben musste, hinterlassen hatte. Sein Mund stand offen, ein leises Schnarchen war zu hören.

Merve saß auf dem Mittelplatz, ihr Kinn war auf die Brust gesackt. Ihre braunen Haare waren zu einem Dutt geknotet, durch den sie eine silberne Spange gesteckt hatte. Bis vor drei Monaten hatte sie in Julians Projekt gearbeitet, aber ihr routinierter und selbstsicherer Umgang mit den türkischen Behörden, Bürgermeistern und anderen Autoritäten empfahl sie Richard für weitergehende Aufgaben. Er hatte sie zur Verbindungsfrau gemacht, die sich um die regelmäßigen Kontakte zu den türkischen Behörden kümmerte, ohne die die Arbeit nicht möglich war. Und wenn sie gemeinsam zu Treffen mit Gouverneuren, Ministerialbeamten oder eben Bürgermeistern gingen, übernahm sie praktischerweise auch gleich die Übersetzung.

Sie waren auf dem Weg nach Ankara, wo sie Termine mit der staatlichen Katastrophenbehörde ALERT, der Deutschen Botschaft und der Chefin der Europäischen Organisation für humanitäre Hilfe hatten.

Richard versuchte ebenfalls, sich zu entspannen, legte den Kopf in den Nacken und schloss die Augen. Er war um vier Uhr am Morgen aufgestanden, um diesen Flug um halb sieben zu nehmen, und war entsprechend müde. Die Turbulenzen waren inzwischen auf tolerierbares Kopfsteinpflasterniveau abgeebbt, und er war nach zwei Minuten eingeschlafen.

Er wachte ziemlich unsanft wieder auf, als die Maschine hart auf der Landebahn aufsetzte. Na ja, der Pilot war natürlich auch früh aufgestanden und vielleicht noch nicht so richtig fit für eine weiche Landung.

Jakob, Merve und Richard hatten lediglich ihre kleinen Rucksäcke mit den Laptops dabei, so dass sie an den Gepäckbändern vorbei unmittelbar zum Ausgang gingen. Sie nahmen den bequemen Shuttle-Bus, der direkt in die Innenstadt fuhr. Das dauerte nochmal eine knappe Stunde und war für Richard eine weitere Gelegenheit, wegzunicken.

In der Innenstadt suchten sie sich ein Café, denn sie hatten noch etwas Zeit bis zu ihrem Termin mit den ALERT-Leuten. Jakob bestellte einen Cappuccino, Merve einen schwarzen Tee und Richard einen Rooibostee und ein Croissant. Es war kurz nach neun, und sie waren noch nicht sonderlich gesprächig, holten ihre Laptops hervor und gingen durch ihre E-Mails. Erst nach einer Weile wurden sie zu sozialen Wesen und kamen auf den bevorstehenden Besuch bei ALERT zu sprechen.

Sie flogen etwa alle sechs bis acht Wochen nach Ankara, um ALERT über ihre Arbeit zu informieren. Die Katastrophenbehörde koordinierte sämtliche mit den Flüchtlingen verbundenen Aktivitäten, und an ihr führte kein Weg vorbei, wenn man humanitäre Hilfe leisten wollte. Ihr Vizepräsident persönlich empfing sie dann, flankiert von seinem für internationale Organisationen zuständigen Direktor und ein oder zwei weiteren Assistenten, die in der Regel nichts sagten, sich aber eifrig Notizen machten.

Schon bei Richards erstem Treffen kurz nach seiner Ankunft in der Türkei hatte der Vizepräsident sich nicht die Mühe gemacht, seine Abneigung gegenüber den internationalen Hilfsorganisationen zu verbergen. Zwar warf er ihnen nicht vor, Spione zu sein, betrachtete aber ihre Aktivitäten als Einmischung in Dinge, die nur die Türkei etwas angingen. Richard versicherte ihm damals, dass seine Organisation die türkische Regierung lediglich bei der Bewältigung der Flüchtlingskrise unterstützen wollte und ausschließlich der humanitären Hilfe und ihren Prinzipien verpflichtet war, aber davon wollte der Vizepräsident nichts wissen. Richard verstand, dass es hier nicht nur um die Überwindung einer Krise ging, sondern auch um Nationalstolz und das Selbstwertgefühl eines Landes.

„Wir brauchen die internationalen Organisationen nicht", hatte der Vizepräsident damals gesagt. „Aber da sie nun einmal hier sind, müssen wir das Beste daraus machen." Kein Wort der Anerkennung, und erst recht kein Dank für die Hilfe der humanitären Organisationen, ohne die die Türkei die Flüchtlingskrise niemals auch nur halbwegs in den Griff bekommen hätte.

Gegen halb elf legten Richard und Jakob die Krawatten an, Merve schloss den obersten Knopf ihrer schwarzen Bluse. Dann nahmen sie ein Taxi und fuhren zu ALERT.

Die Behörde war kürzlich in ein anderes Gebäude umgezogen, das ihren durch die Flüchtlingskrise aufgewerteten Status unterstrich. Sie war nun nicht mehr in einem früheren Wohnhaus untergebracht, von dem die Farbe abblätterte, sondern in einem protzigen Neubau aus Stahl, Beton und Glas neben dem – ebenfalls neu gebauten – Innenministerium. Richard fragte sich, ob das Milliardenpaket, das die Türkei vor einigen Monaten von der EU bekommen hatte, auch für solche Bauten vorgesehen war. Das ging ihn zwar nichts an, aber es interessierte ihn halt.

Im weitläufigen Eingangsbereich befand sich eine Rezeption mit drei Frauen in Uniform, die sich unterhielten und erwartungsvoll aufschauten, als Richard, Jakob und Merve ungefragt ihre Ausweise vorlegten und Merve auf ihren Termin verwies. An den rätselnden Gesichtsausdrücken beim Betrachten von Jakobs und Richards türkischem Ausweis – es war der blaue für Ausländer – und den unsicheren Handgriffen war erkennbar, dass das Empfangspersonal noch keine Routine in den Abläufen hatte. Es war in seiner Funktion mindestens so neu wie das ganze Gebäude.

Nachdem sie sich untereinander verständigt hatten, griff eine der Angestellten zum Telefon, suchte aus einer Liste eine Nummer heraus und kündigte die Besucher an. Dann bekam jeder einen Besucherausweis und sie durften mit dem Aufzug in die zweite Etage fahren.

Die Tür zum Vorzimmer des Vizepräsidenten stand offen. Merve streckte den Kopf vor und wünschte einen guten Morgen.

Die Sekretärin des Vizepräsidenten stand sofort auf, kam ihnen lächelnd entgegen und grüßte ebenfalls. Sie kannten einander, und Jakob und Richard erwiderten den Gruß auf Türkisch. Die wichtigsten Höflichkeitsfloskeln hatten sie nach einem Türkisch-Crashkurs fast fließend drauf.

Die Sekretärin erklärte mit einem Blick auf die geschlossene Tür zum Zimmer des Vizepräsidenten, dass es einen Moment dauern würde, und bot Tee an. Die Besucher nahmen an und setzten sich auf die kunststoffgepolsterten Stühle vor ihrem Schreibtisch. Alles war neu und roch auch so. Es würde eine Zeit lang dauern, bis die Räume und Gänge den Geruch der Routine annehmen würden.

Richard hatte schnell gelernt, dass der Tee zur Türkei gehörte wie das „T" in ihrem Staatsnamen. Überall und bei jeder Gelegenheit bekam man Tee angeboten, manchmal auch Kaffee: beim Friseur, in der Buchhandlung, an der Tankstelle, im Gewürzladen und eben bei Gesprächen und Treffen mit wem auch immer. Es war mehr als ein Ritual, es war Ausdruck der Gastfreundschaft, die dem gesamten Orient eigen ist, und es galt als unhöflich, die Einladung abzulehnen. Hatte man mehrere Termine am Tag, trank man Tee, bis einem der Magen schmerzte.

Richard und seine Kollegen schlürften ihn aus kleinen, verzierten Gläschen, an denen sie sich die Finger verbrannten. Er war stark und bitter, aufgegossen aus einem Konzentrat, das in einer kleinen Kanne auf dem Samowar vor sich hin köchelte und mit heißem Wasser gemischt wurde. Richard half mit drei Stückchen Zucker nach, um ihn für sich genießbar zu machen, und richtete sich geduldig auf das obligatorische Warten ein. Auch das hatte er gelernt. Es gab keine Behörde, kein Amt, keine Institution, in der man nicht warten musste, obwohl man pünktlich zum Termin erschienen war. Jeder, der etwas auf sich hielt und zeigen wollte, dass er mit Autorität ausgestattet war, ließ seine Besucher warten, zwar nicht lange, aber zumindest etwa so lange, wie es brauchte, um einen Tee zu trinken.

Richard, Merve und Jakob hatten gerade ihren Tee ausgeschlürft und die Gläschen auf den niedrigen Tisch vor ihren Stühlen abgestellt, als sich die Tür zum Zimmer des ALERT-Vizepräsidenten öffnete. Richard wunderte sich manchmal darüber, wie sie das schafften: immer genau dann den Besuch zu empfangen, wenn der gerade im Vorzimmer seinen Tee ausgetrunken hatte. Hatten sie irgendwo eine Kamera installiert, um den richtigen Zeitpunkt abzupassen? Oder gab die Sekretärin ein Zeichen mit einem versteckten Signalknopf?

Der Vizepräsident machte ein ernstes Gesicht und schüttelte ihnen zur Begrüßung die Hände. Richard und Jakob kramten wieder ihre spärlichen Türkischkenntnisse hervor, aber die rhetorische Frage nach dem Befinden kam ihnen inzwischen recht flüssig über die Lippen. Bülent – so der Vorname des Vizepräsidenten – bat sie in sein Büro.

Richard gefiel es, dass man einander mit dem Vornamen ansprach, selbst wenn es sich um einen so wichtigen Mann wie Bülent handelte. Dennoch wäre es ein Trugschluss gewesen, anzunehmen, dass damit gleichzeitig eine gegenseitige Vertrautheit verbunden war. Bülent galt als knallharter Verhandler und konnte jeden eiskalt abblitzen lassen, wenn er nicht das bekam, was er wollte. Und Richard hatte ihn noch nie lächeln gesehen.

Bülent war so groß wie er, trug einen dunkelblauen Anzug und eine diagonalgestreifte Krawatte und hatte einen kräftigen, halbmondförmigen Schnurrbart. Dies war keineswegs eine Nebensächlichkeit, denn irgendwann sollte Richard erfahren, dass es ein Erkennungszeichen der Nationalisten war. Eine kantige Brille unter dem sauber gescheitelten, schwarzen Haar unterstrich Bülents Autorität. In der linken Hand hielt er sein Handy, das er kaum einmal losließ. Es schien fast zu einem Körperteil geworden zu sein, der immer wieder seine Aufmerksamkeit erforderte.

Die Besucher betraten sein Büro, und Richard war beeindruckt. Seine gesamte Wohnung hätte in diesen Saal gepasst. Vor dem überdimensionierten Schreibtisch standen sechs feine, mit schwarzem Leder bezogene Stühle. Etwas abseits, vor der Fensterfront, breiteten sich zwei ausladende Sofas und mehrere Sessel aus, ebenfalls in schwarzem Leder. Auch hier der Geruch des Neuen, intensiver noch als im Vorzimmer.

Aus einem der Sessel erhob sich jetzt Fatih, der für die internationalen Organisationen zuständige Direktor, und schüttelte den Ankömmlingen lächelnd die Hand. Er war ein wenig kleiner als Bülent und hatte eine Halbglatze, die er jedoch zu verbergen suchte, indem er die Haare seines Haarkranzes darüber und nach vorne kämmte, so dass sie ihm wie Fransen in die Stirn hingen. Trotz seiner Mühen sah er stets irgendwie unfrisiert aus und so, als wäre er gerade aus dem Bett gestiegen. Sein Halbmond zwischen Nase und Oberlippe war ein wenig angegraut.

Wie bestellt traten hinter den Besuchern zwei Assistenten mit ihren Schreibblocks ein, um sich ein wenig ungelenk vorzustellen und dann abwartend vor einem der Sofas zu postieren. Bülent ging zu einem der Sessel und lud die Gäste mit einer Armbewegung ein, sich zu setzen. Sie nahmen Platz. Richard und Jakob schlugen die Beine übereinander, wie sie das in Deutschland oder anderswo in solchen Situationen gewohnt waren. Als Merve ihnen jedoch umgehend einen warnenden Blick zuwarf, stellten sie ihre Beine wieder nebeneinander und bedankten sich bei ihr mit einem kurzen Nicken. Übereinandergeschlagene Beine galten gegenüber Autoritäten als Zeichen von Respektlosigkeit. Kleinigkeiten, die Bedeutung hatten und an die sie sich erstmal gewöhnen mussten.

Natürlich galt Bülents erste Frage dem Tee. Oder lieber türkischen Kaffee?

Da dies mit Sicherheit nicht die letzte Einladung zum Tee oder Kaffee an diesem Tag sein würde, entschied Richard sich für Tee. Der türkische Kaffee war noch einmal eine Kategorie stärker und hätte seinem Magen zu sehr zugesetzt. Jakob, dessen Magen fast zwanzig Jahre jünger war, setzte auf Kaffee, Merve wie Richard auf Tee. Ein kurzer Wink Bülents, und einer der Assistenten ging noch einmal zurück ins Vorzimmer, um die Bestellung aufzugeben.

Richard eröffnete das Gespräch mit ein paar Höflichkeitsfloskeln und nannte Bülents Büro „schön" und überhaupt den gesamten neuen Bau „beeindruckend". Bülent bedankte sich und rückte seine Krawatte zurecht. Dann kamen sie auf die Projekte zu sprechen, während Bülents Sekretärin Tee und Kaffee vor ihnen abstellte.

Der Ablauf der Besuche bei ALERT folgte fast immer einer eingespielten Routine. Richard und seine Kollegen berichteten zuerst von den Projekten, nicht zu detailreich, um keine unnötigen Fragen aufzuwerfen, aber doch so, dass sich jeder eine Vorstellung davon machen konnte, auf welche Weise die Flüchtlinge versorgt wurden. Bülent hörte in der Regel geduldig bis gelangweilt zu, nickte von Zeit zu Zeit, stellte manchmal Fragen oder gab Kommentare ab und sprach ein paar Empfehlungen aus, von denen er erwartete, dass man sie befolgte.

Nach den Projekten folgte die Planung für die folgenden Wochen und Monate, und schließlich sprachen sie Probleme und Hindernisse an mit einer höflichen Anfrage, ob Bülent ihnen vielleicht in der einen oder anderen Sache weiterhelfen könnte. Dann griff er üblicherweise kommentarlos zu seinem Handy, sprach ein paar Minuten mit jemandem und gab danach einen Namen und eine Telefonnummer weiter. Die Probleme und Hindernisse waren damit aus dem Weg geräumt.

Auch dieses Mal fing Richard mit den Projekten an und gab einen groben Überblick, wie sich die Dinge in den vergangenen Wochen entwickelt hatten. Dann übergab er an Jakob, der ungefähre Zahlen nannte, von neuen Projektgebieten erzählte und ein paar nette Beispiele parat hatte, die die Arbeit illustrierten. Natürlich hatte er auch eine Mappe dabei mit Bildern und Kurzbeschreibungen , die er Fatih überließ.

Als er ein Projekt in Mardin erwähnte, das vor wenigen Wochen begonnen hatte, stutzte Bülent und beugte sich vor. Er hob den Zeigefinger.

„Wenn ihr in Mardin arbeitet, dann arbeitet ihr für die Kurden", sagte er ernst. „Und das wollen wir nicht."

Richard und seine Kollegen waren für einen Moment sprachlos. Ein paar Sekunden lang gab niemand einen Mucks von sich.

Wieso hatte Richard nicht vorher daran gedacht, dass dies ein sensibles Thema sein könnte!? Mardin liegt im kurdischen Osten der Türkei, seit Monaten herrschten in der Region bürgerkriegsähnliche Zustände. Die türkische Armee ging rücksichtslos gegen die verbotene PKK vor, die bewaffnete Arbeiterpartei der Kurden, setzte Panzer und Bomber ein und legte ganze Stadtviertel in Diyarbakir, Cisre oder Silopi in Schutt und Asche. Die Bilder in den sozialen Netzwerken ähnelten denen aus dem Krieg auf der anderen Seite der Grenze, Bilder der Zerstörung, von toten Frauen und Kindern. War die humanitäre Arbeit in Mardin bisher toleriert worden, so stand plötzlich der Verdacht im Raum, dass Richards Organisation die *kurdische Sache* unterstützte.

Schließlich räusperte Richard sich. „Unsere Arbeit ist ausschließlich humanitär", sagte er. „Wir arbeiten nicht für die Kurden, sondern für die Flüchtlinge."

„Es gibt dort keine Flüchtlinge", erwiderte Bülent. „Und wenn es welche gibt, dann kümmern wir uns selbst um sie."

Richard wusste, dass das gelogen war. Die Statistiken des Flüchtlingshilfswerks der Vereinten Nationen sprachen von siebzigtausend Flüchtlingen in der Region um Mardin, und Richards Hilfsorganisation war die einzige vor Ort. Niemand sonst kümmerte sich dort um sie, auch ALERT nicht.

Richard hielt es für besser, das Thema nicht weiter zu vertiefen, sondern es wegzuschlucken, bevor Bülent verlangte, dass sie ihre Arbeit dort einstellten.

„Ach ja, gut", sagte er, aber gut war hier im Moment überhaupt nichts. Er machte sich keine Mühe, einen Übergang zu finden, und erwähnte ein kleines Kulturprojekt in Gaziantep, das wenige Wochen zuvor begonnen hatte. Wieder übergab er an Jakob, der sofort verstand und ein wenig zu wortreich von den Musik- und Theaterkursen erzählte, an denen syrische und türkische Kinder teilnahmen und die der Integration dienen sollten. Politisch unverfänglich, und Projekte mit Kindern gingen immer, auch bei Bülent.

Denn überraschenderweise ließ er sich ablenken und kam nicht wieder auf die Kurden zurück. Er hatte seinen Standpunkt deutlich gemacht. Andererseits hatte er nicht ausdrücklich verlangt, dass man sich aus Mardin zurückziehen sollte. Er überließ es den Besuchern, seine Äußerungen zu interpretieren.

Typisch für einen Mann in seiner Position, bei Treffen mit ähnlich hohen Beamten hatte Richard bereits dieselben Erfahrungen machen müssen. So machte Bülent alles richtig. Sein Präsident konnte ihm nicht vorwerfen, dass er die Arbeit in Mardin billigte, und die humanitären Organisationen konnten ihn nicht anklagen, die humanitäre Hilfe in den Kurdengebieten zu blockieren.

Welche Konsequenzen Richard und seine Kollegen aus Bülents Äußerungen zogen, war demnach völlig offen. Je nach politischem Klima konnten sie alles richtig oder alles falsch machen. Seine Erwartungen würde Bülent später vielleicht mal deutlicher formulieren, oder vielleicht nachträglich anpassen. Irgendwie würde er jedenfalls auf der richtigen Seite stehen.

Von anderen Organisationen wusste Richard, was es hieß, Bülents Erwartungen nicht zu folgen. Die Erteilung der Arbeitserlaubnis von internationalen Mitarbeitern zog sich dann ebenso in die Länge wie die Erneuerung der Registrierung der Organisationen. Lief die Registrierung aus, war man plötzlich illegal im Land, und wenn die Behörden es drauf ankommen ließen, landete schon mal der eine oder andere Mitarbeiter für eine oder zwei Nächte in einer Gefängniszelle. Normalerweise lief alles glimpflich ab, aber man konnte ja nie wissen …

Nachdem Jakob geendet hatte, übernahm Richard wieder und erzählte von ihren Plänen, mehrere Schulen auszubauen und ein großes Ausbildungsprojekt zu entwickeln. Um den Ausbau der Schulen hatten sie die Vertreter von drei Gemeinden gebeten, die nicht genug Platz hatten, um die Flüchtlingskinder zu unterrichten, zudem fehlte es an Lehrern, die Arabisch sprachen.

Das Ausbildungsprojekt dagegen hatten Richard und sein Team in den vergangenen Wochen selbst entwickelt. Seit Jahren lebten die Flüchtlinge von der Unterstützung durch Hilfsorganisationen, in den Städten wohnten die meisten von ihnen in Bauruinen, Garagen, Verschlägen, Kellern oder auf Dachböden. Sie ernährten sich von Reis, Bulgur, Brotfladen und Tee mit viel Zucker, nicht unbedingt menschenwürdig, aber sie lebten. Manche konnten den einen oder anderen Gelegenheitsjob auftreiben, in dem sie nach zwölf Stunden Arbeit zwei Euro ausbezahlt bekamen. Andere sammelten Altpapier, das sie für einen Euro pro hundert Kilo verkaufen konnten. Oder Plastik, das gab zwei Euro pro hundert Kilo. Das Lumpenproletariat schien wiedergeboren, vielleicht keine industrielle Reservearmee, aber eine Armee von verarmten Heimatlosen, ausgenutzt und ausgebeutet, ohne Hoffnung auf ein besseres Morgen. Doch, eine Hoffnung gab es: dass der Krieg in

Syrien irgendwann endete. Irgendwann. Und das konnte lange dauern.

Bülent schien nachzudenken. „Wollt *ihr* die Leute ausbilden?", fragte er.

„Nein", erwiderte Richard. „Es gibt doch bestimmt Ausbildungszentren, die das machen können. In Deutschland haben wir ..."

„Ja, die gibt es", unterbrach ihn Bülent. „Einen Moment."

Er schaute auf sein Handy, suchte eine Nummer heraus und rief jemanden an. Richard sah Merve fragend an.

„Er ruft ein Ausbildungszentrum hier in Ankara an", flüsterte sie.

Richard zog die Augenbrauen hoch. Bülent mochte ein Machtmensch und gelegentlich ein Kotzbrocken sein, aber in solchen Momenten war er unschlagbar. Er war uneingeschränkt ergebnis- und lösungsorientiert, ein Macher. Ganz anders als die Beamten in den Ministerien, die sich erst einmal auf Vorschriften beriefen und etliche Koordinationstreffen und Abstimmungsrunden mit anderen Ministerien organisierten, um dann nach Monaten eine Entscheidung zu treffen.

Bülent nahm das Handy vom Ohr und stellte Merve eine Frage. Merve wandte sich zu Richard und übersetzte: „Können wir heute zu diesem Zentrum gehen und mit dem Leiter sprechen?"

„Wir können dorthin fahren, sobald wir hier fertig sind", sagte Richard. Der Termin mit der deutschen Botschaft war erst um zwei, sie hatten also noch etwas Zeit. Dann musste das Mittagessen eben ausfallen.

Ein paar Sekunden später war alles abgesprochen und Bülent legte sein Handy vor sich auf den Tisch. Nun wollte auch Fatih, der wie ein eifriger Schüler auf der Vorderkante des Sessels saß, ein wenig Aufmerksamkeit. Im Gegensatz zu Bülent lächelte er fast immer, war freundlich und überraschte manchmal mit technischen Details, die ihn als Experten in der humanitären Hilfe kennzeichneten. Er wies auf einige Verordnungen hin, die beim Schulausbau und bei der Ausbildung von Flüchtlingen zu beachten waren und stellte einige Nachfragen zu den laufenden Projekten. Schließlich lehnte er sich zufrieden zurück und schaute Bülent an.

„Noch irgendwelche Fragen?", bemerkte der.

„Ich glaube, wir sind durch", sagte Richard und schaute Jakob und Merve an.

Alle erhoben sich. Händeschütteln, ein mehrfaches *Teşekkürler* – Vielen Dank – von allen Seiten, dann wurden Richard, Jakob und Merve aus dem Büro begleitet.

„War doch gar nicht so schlecht", meinte Jakob, während sie vor dem Gebäude auf das Taxi warteten. „Aber machen wir unser Büro in Mardin jetzt dicht?"

„Natürlich nicht!", erwiderte Richard. „Das Projekt wird von der EU finanziert, das machen wir nicht einfach dicht."

„Aber wenn Bülent meint, dass wir die Kurden unterstützen?"

„Erstens hat er nicht ausdrücklich verlangt, dass wir das Projekt beenden", sagte Richard. „Und zweitens ...". Er überlegte.

„Und zweitens?"

„... werden wir es in Zukunft nicht mehr erwähnen", entschied Richard. „Wir lassen es einfach weiterlaufen und hängen es nicht an die große Glocke."

„Werden denn jetzt alle Kurden als Terroristen betrachtet?", fragte Jakob ironisch. „Auch die Kinder?"

„Die Regierung macht da keinen Unterschied", erklärte Merve. „Sie hat Angst vor einem kurdischen Staat, umso mehr, seitdem die syrischen Kurden den Nordosten Syriens als ihr Gebiet proklamiert haben. Der Präsident fürchtet nichts mehr, als dass sie sich mit den türkischen Kurden vereinen und einen autonomen Kurdenstaat gründen."

„Im Nordirak haben sie den schon", sagte Richard. „Und ihre Peschmerga werden sogar von den Deutschen ausgebildet."

„Aber auch nur, damit sie den IS bekämpfen", meinte Jakob.

„Kann ja sein. Aber ich glaube nicht, dass sie das Gebiet wieder herausrücken."

„Ob die Regierung in Bagdad das akzeptiert?"

„Keine Ahnung." Richard zuckte die Achseln. „Wenn nicht, dann könnte das den nächsten Krieg geben."

„Wer ist eigentlich in dieser Region nicht in irgendwelche Kämpfe verwickelt?", fragte Jakob eher rhetorisch. „Die Russen, der Iran und die libanesische Hisbollah unterstützen Assad in Syrien; Israel beschießt iranische Eliteeinheiten, die seiner Grenze zu nahe kommen; die Türkei kämpft im eigenen Land gegen die Kurden; im Jemen führt Saudi-Arabien mit seinen Verbündeten Krieg; der Irak schickt seine Truppen gegen den IS. Das ist ja wie im Mittelalter."

„Wenn du tatsächlich alle zusammenzählst, die allein in den Syrienkrieg verwickelt sind, kommst du locker auf über zwanzig Länder. Und jedes Land verfolgt seine eigenen Interessen. Das ist schlimmer als Mittelalter, das ist Steinzeit, nur mit viel tödlicheren Waffen."

Das Taxi brachte sie zu dem Ausbildungszentrum, das ihnen Bülent vermittelt hatte. Der Leiter des Zentrums war sehr an einer Zusammenarbeit interessiert, aber sie hielten sich mit Zusagen zurück. Hier ging es zunächst einmal um ein paar Ideen, und sie brauchten einen Geber, der das Ganze auch finanzierte. Danach konnte man an mehr denken.

Anschließend fuhren sie zur deutschen Botschaft, wo sie der Wirtschaftsreferent und der Sicherheitsbeauftragte der Botschaft empfingen. Sie hatten diese Treffen ebenso regelmäßig wie mit ALERT, und sie waren Teil ihrer Routine während der Besuche in Ankara. Sie tauschten Informationen aus über die politische Lage und die Arbeitsbedingungen, und Richard erzählte von ihrem Gespräch mit ALERT.

„Glauben Sie, dass Sie Probleme bekommen wegen Mardin?", fragte der Sicherheitsbeauftragte.

„Das wird sich zeigen", erwiderte Richard. „Bisher hat man uns nicht gebeten, unsere Aktivitäten dort einzustellen."

„Halten Sie uns bitte über die Entwicklungen auf dem Laufenden", bat der Wirtschaftsreferent. „Und wenn wir etwas für Sie tun können, lassen Sie es uns bitte wissen. Die Kurden sind hier ein sensibles Thema."

„Das ist schon fast untertrieben", meinte der Sicherheitsbeauftragte. „Seit wieder gekämpft wird, ist die Rhetorik der türkischen Regierung martialisch bis ... na ja, sie erinnert manchmal an unsere eigene dunkle Epoche. Da ist von *Vernichtung* die Rede oder von *Ausradierung* und *Ausrottung*."

„Ja, das wissen wir", sagte Richard. „Wir haben auch nicht vor, mit dem Thema hausieren zu gehen."

Die Chefin der EU-Organisation für humanitäre Hilfe sah dies ähnlich. „Solange Sie sich nicht zu weit damit aus dem Fenster lehnen, wird man Sie wahrscheinlich in Ruhe lassen", sagte sie, nachdem Jakob ihr einen neuen Projektvorschlag vorgestellt hatte, der ebenfalls für Mardin vorgesehen war. „Halten Sie sich mit der Öffentlichkeitsarbeit zurück. Wir machen es auch so."

Darauf konnte man sich verständigen. Die Presseabteilung der Zentrale in Berlin würde zwar nicht sehr begeistert davon sein, war Richard sicher, aber in düsteren Zeiten musste man eben Kompromisse machen.

Später, in der Abflughalle des Flughafens, ließ Richard seine Schuhe putzen, eine Angewohnheit, die er sich bei seinen Besuchen in Ankara angeeignet hatte. Er hatte diesen Service sein Leben lang unterschätzt, ja sogar abgelehnt, da er die Haltung des Schuhputzers – gebückt zu Füßen seines Kunden – demütigend fand. Inzwischen war er jedoch zu dem Schluss gekommen, dass es eine kolossal unterbewertete Dienstleistung war, die, wenn sie von einem Profi ausgeführt wurde, zu exzellenten Ergebnissen führte. Wie schmutzig oder verbraucht seine Schuhe auch immer vor der Behandlung aussahen, nach der umsichtigen Pflege durch den Schuhputzer sahen sie stets aus wie neu. Schuhputzer genossen daher seinen größten Respekt.

Richard, Jakob und Merve setzten sich in eines der vielen Restaurants im Flughafen. Sie hatten die Zeit für die Besuche in Ankara großzügig kalkuliert, der Flug ging erst gegen elf Uhr abends. Zeit für ein Essen und ein Bier. Das war der Vorteil der Hauptstadt: Hier bekam man in fast jedem Restaurant Bier, nicht nur im Flughafen. In Gaziantep dagegen musste man danach suchen. Ein weiterer Vorteil der Hauptstadt war, dass es bisweilen auch Musik gab, die Richards Geschmack entsprach. Live-Musik, keine Popmusik, die interessierte Richard weniger. Aber die seltenen Orte, an denen Jazz gespielt wurde, die interessierten ihn. Schon einige Male hatte er sich vorgenommen, mal ein Wochenende in Ankara zu verbringen und in einem Jazzclub so richtig genießerisch zu versacken, aber bisher hatte er es noch nicht so weit gebracht. Vorerst flog er morgens hin und abends wieder zurück, wenn er nicht unbedingt wegen seiner Termine in der Stadt übernachten musste. Er fand Ankara etwa so attraktiv wie Bonn zu Hauptstadtzeiten: viel Verwaltung, irgendwie international und doch irgendwie provinziell und langweilig.

An solchen Tagen war er zwar gut zwanzig Stunden unterwegs, aber dafür schlief er auf dem Rückflug meistens schon kurz nach dem Start ein. Etwaige Turbulenzen existierten einfach nicht mehr, statistische Wahrscheinlichkeiten lösten sich in Luft auf ebenso wie das ständige Gefurze. Momente, in denen das Leben schon fast leicht schien.

6

Richards samstägliche Routine lief meistens nach dem gleichen Schema ab: aufstehen, duschen, ein kleines Frühstück, Einkauf für die Woche, Skypeanrufe mit Freunden, kochen fürs Wochenende und das abarbeiten, das er während der Woche nicht hatte erledigen können. Und das war nicht wenig. Berichte und Analysen wollten gelesen, Konzepte und Strategien mussten entwickelt werden, für die er Ruhe außerhalb der Bürohektik brauchte. Manchmal ein Mittag- oder Abendessen mit Kollegen anderer Organisationen, um gemeinsame Projekte zu planen oder Strategien abzustecken. Am Sonntag wiederholte sich das Ganze, außer den Einkäufen und dem Kochen. Und wenn er zu erschöpft war, entspannte er sich im Wohnzimmer auf der Couch, legte ruhigen Jazz auf und schloss die Augen für eine halbe Stunde. Das alles klang nicht sonderlich interessant. Aber es hatte etwas Kontemplatives, und das brauchte er nach einer anstrengenden Woche. Und die Wochen waren *immer* anstrengend.

Natürlich nutzte er die Zeit an den Wochenenden auch, um mit seinen beiden Kindern zu sprechen, über Alltag, Schule, Studium und wie es überhaupt so ging. Von beiden hatte er vor längerer Zeit je eine Tasse geschenkt bekommen mit der Aufschrift *Für den besten Papa der Welt.* Das war mehr als geschmeichelt. Er war weit weg davon, ein guter Vater zu sein, und zwar im wahrsten Sinne des Wortes, ständig unterwegs, nie da, nie greifbar. Nun, es hatte sich gebessert über die Jahre. Es gab Skype, WhatsApp und andere Kommunikationsmöglichkeiten, aber alles war weit weg von tatsächlicher Anwesenheit.

In den Gesprächen klammerte Richard den Krieg, das tägliche erlebte Elend und seine eigene ständige Anspannung aus. Die Kinder sollten sich keine Gedanken oder Sorgen um ihn machen, er gab sich Mühe, sich ihnen gegenüber entspannt zu zeigen.

Besonders das Kochen entspannte ihn. Während der Woche ging er gewöhnlich mittags mit seinen Kollegen in irgendeiner Imbissbude essen. Aber an den Samstagen kochte er. Für zwei Tage, denn es lohnte sich ja kaum, nur für sich selbst eine einzige Mahlzeit zu kochen. Das entsprach nicht seiner Vorstellung von Effizienz.

An diesem Samstag allerdings sollte Faribaa kommen. Dass sie keine Vegetarierin war, hatten sie in den Tagen zuvor bereits per

WhatsApp geklärt, wie auch einige andere Dinge. Zum Beispiel, dass diese Sache – der Sex oder was auch immer da ablaufen sollte – ausschließlich zwischen ihnen beiden bleiben sollte. Im Büro hatte Richard angekündigt, dass Faribaa eine schon lange geplante Fotoserie über die Hilfsprojekte erstellen sollte und bei ihm unterkommen würde. Zwar war es nicht gerade üblich, dass eine verheiratete Iranerin ein paar Tage bei einem fremden Mann wohnte, doch das konnte man erklären. Richard war halt ein väterlicher Freund, einer, der ihr ein wenig unter die Arme griff und ihr zumindest das Hotel ersetzen konnte.

Er fuhr zum größten Supermarkt der Stadt, um frischen Fisch, Gemüse und alles das zu kaufen, was zu einem Abendessen zu zweit gehörte, auch ein französischer Wein war darunter. Frauen mögen Wein! Jedenfalls eher als Whisky oder Bier, dachte Richard. Dabei fiel ihm auf, dass er noch nicht einmal Weingläser zu Hause hatte. Also auch Weingläser! Der Einkaufswagen füllte sich.

Richard betrachtete sich als relativ genügsamen und anspruchslosen Menschen. Seine Einkäufe beschränkten sich normalerweise auf das Nötigste. Es musste halt etwas zu essen im Haus sein: Brot, Cracker, Käse, Fischkonserven, Nudeln, Reis, Tomatensoße, Obst. Natürlich gönnte er sich auch sein tägliches Bier, für einen gebürtigen Rheinländer ging das gar nicht anders. Und ein halbes Dutzend Flaschen ausgewählter Single Malts zwischen zehn und achtzehn Jahren, zumeist mit rauchigem Aroma, standen auf einem Buffet in seinem Wohnzimmer. Das war sein Luxus.

Freunde hatten ihn schon mal als *Spartaner* oder *Asketen* bezeichnet, nachdem sie ihn in den verschiedenen Einsatzgebieten besucht hatten, in denen er nach Erdbeben, Überschwemmungen oder jahrelangen Dürren unterwegs war, um humanitäre Hilfe zu leisten. Sie vermissten fließendes Wasser oder eine verlässliche Stromversorgung, Dinge, auf die zu verzichten Richard gelernt hatte, wenn es nötig war.

Die Ansprüche, die ihm das Leben angenehmer gestalteten, hielten sich in Grenzen. Eine beachtliche Musiksammlung auf seinem Laptop, ein paar gute Bücher für Momente ohne Arbeit und ohne Menschen und die Single Malts. Es hatte sich halt so entwickelt.

Nachdem er den Einkauf erledigt hatte, verstaute er die Lebensmittel und räumte ein wenig die Wohnung auf. Als er einen Blick in einen der Spiegelschränke warf, entschloss er sich, noch einen kurzen Besuch beim Friseur einzuschieben. Zwei junge Männer betrieben ihr Geschäft in einem der Nachbargebäude, und er grüßte freundlich, als er eintrat. Selbstverständlich bekam er einen Tee und wurde nach wenigen Minuten gebeten, sich vor einen der halb blinden Spiegel zu setzen. Mit Gesten machte er deutlich, was mit seinen Haaren geschehen sollte. Der Friseur steckte sich zunächst eine Zigarette an und studierte Richards Kopf wie ein Chirurg, der die geeignete Stelle für den Eingriff suchte, während er sich mit seinem Kollegen unterhielt, der einem Kunden auf dem anderen Stuhl gerade eine grüne Maske ins Gesicht schmierte. Dann wurden Richards Haare geschnitten.

Der Friseur nahm sich Zeit, trat manchmal zurück, um sein Werk zu betrachten, arbeitete mal hier, mal dort etwas nach und rundete die ganze Sache innerhalb einer knappen Stunde nach der fünften Zigarette ab. Richard nickte zufrieden und wollte sich schon erheben, als der Friseur ihn zurückhielt. Er zückte ein Feuerzeug und sagte etwas. Richard wartete einfach ab. Wollte der Friseur sich noch eine Zigarette anstecken?

Der nahm jedoch Richards Ohr zwischen Daumen und Zeigefinger, spreizte es ein wenig vom Kopf ab und zündelte mit dem Feuerzeug herum, um die kleinen Haare im Ohr abzufackeln. Er war geschickt, denn Richard trug keine ernsthaften Verbrennungen davon.

Dann war die Nase dran. Nach einem fachmännischen Blick in die Tiefen der Nasenlöcher machte der Friseur deutlich, dass ein weiterer Eingriff bevorstand. Er verstopfte Richard die Nase mit warmem Wachs, drückte alles ein wenig zurecht, wartete eine Weile und rupfte dann das Wachs mit einer brüsken Bewegung wieder aus den Nasenlöchern. Richard traten die Tränen in die Augen, so dass er kaum die beiden Wachsbällchen sah, die ihm der Friseur grinsend vors Gesicht hielt und die gespickt waren mit kleinen, aber kräftigen Härchen. Was konnte jetzt noch passieren?! Richard fühlte sich um Jahre verjüngt und perfekt darauf vorbereitet, mit einer jungen, schönen Frau jede Menge toller Dinge zu machen.

Am späten Nachmittag fuhr er zum Flughafen, der gut dreißig Kilometer außerhalb der Stadt lag. Faribaa kam wenige Minuten, nachdem ihre Maschine gelandet war, durch den Ausgang.

Sie lächelten und umarmten einander kurz, bevor Richard Faribaa den kleinen Rollkoffer abnahm. Ein paar Begrüßungsworte, während sie zum Wagen gingen. Obwohl Richard unabhängig und niemandem Rechenschaft schuldig war, kam er sich vor wie ein Betrüger. Diese ganze Geheimnistuerei, dieses Versteckspiel vor allen anderen – vor Faribaas Mann, vor Harald, vor seinen Kollegen – das war nicht sein Ding. Irgendwie kam er sich unwürdig vor.

Aber das hätte er sich vorher überlegen sollen. Denn jetzt war Faribaa hier und saß neben ihm im Wagen.

„Willkommen zurück!", sagte er und atmete tief durch.

„Danke", erwiderte Faribaa mit einem breiten Lächeln.

Richard schien es, als hätte sie nochmal Lippenstift aufgelegt, bevor sie durch den Ausgang gekommen war. Natürlich wusste sie, dass das tiefe Rot ihrer Lippen perfekt zu den schwarzen Haaren und Augenbrauen passte. Sie leuchtete! Sie war eine schöne Frau.

Während der Fahrt redeten sie nicht viel. Ein Auto war auch nicht unbedingt der Ort, an dem man die Dinge besprach, die Richard in diesem Moment durch den Kopf gingen. Er hatte etliche Fragen, und er war ziemlich neugierig auf die Antworten.

Er parkte den Wagen direkt vor dem Gebäude, in dem im zweiten Stock seine Wohnung lag. In den Nebengebäuden rechts und links gab es unten eine Reparaturwerkstatt für elektronische Geräte und einen kleinen Kiosk, in dem er sich alle paar Tage mit Mineralwasser versorgte. Weitere dreißig Meter entfernt lag sein Friseur. Allesamt sympathische Nachbarn, die er stets im Vorbeigehen grüßte, mit denen er darüber hinaus jedoch noch nie ein weiteres Wort gewechselt hatte. Sein Türkisch beschränkte sich auch nach Monaten im Land nur auf die nötigsten Höflichkeitsformeln.

Als Richard jetzt mit Faribaa aus dem Auto stieg und den Rollkoffer aus dem Kofferraum holte, begleiteten sie die fragenden Blicke seiner nachbarlichen Bekanntschaften. Natürlich war es nichts Neues, dass er von Zeit zu Zeit Besuch bekam. Einmal im Monat lud er seine Direktoren, Projektleiter und Abteilungsleiter zu sich nach Hause ein zu Snacks, Bier und was sonst noch dazu gehört. Ein Freund aus Deutschland hatte zwei Wochen bei ihm gewohnt, eine Freundin aus Spanien drei Tage. Aber Faribaa war eine Frau aus dieser Region, und das sah man ihr an.

Richard grüßte mit einem freundlichen *Merhaba* und beeilte sich, die Eingangstür zu seinem Gebäude aufzuschließen und mit Faribaa im Hausflur zu verschwinden. In seiner Wohnung angekommen, stellte er den Koffer ab. Faribaa und er standen einen wortlosen Moment lang einander gegenüber und umarmten sich dann, diesmal lange und mit einer gewissen Erleichterung. Richard sog den Duft ihres Parfüms ein.

„Ich bin froh, dass ich hier bin", sagte Faribaa.

Richard war sich noch nicht ganz sicher, wie er sich fühlen sollte, aber für den Moment behauptete er dasselbe. Und nun?

In Richards Studentenzeiten wären zwei wie sie jetzt ohne größere Umstände im Bett gelandet. Vielleicht ein bisschen Knutscherei vorher, aber im Grunde wären die Formalitäten und

Absichten mit dem erotischen WhatsApp-Vorspiel bereits geklärt gewesen.

Aber weder Faribaa noch er hatten es eilig. Er führte sie ins Wohnzimmer und sorgte für ruhige Hintergrundmusik. Dann setzten sie sich auf eines der beiden Sofas.

„Hast du Hunger?", fragte Richard.

„Ein wenig", antwortete Faribaa. Sie schien angespannt.

„Wie geht es dir?" Richard meinte es ehrlich. Er wollte, dass sie sich wohl fühlte.

„Ich bin ein wenig nervös", sagte sie. „Ich war noch nie in so einer Situation."

„Bereust du es, gekommen zu sein?"

„Nein." Sie schüttelte den Kopf. „Ich wollte dich wiedersehen. Allein." Sie machte eine kurze Pause. „Bereust *du* es, dass ich hier bin?", fragte sie dann.

„Nein", sagte Richard. „Und ich bin ziemlich neugierig."

„Worauf?"

„Auf das, was passieren wird."

Faribaa lächelte schüchtern. Fast schien es, als hätte sie jetzt, da nicht mehr die schützende WhatsApp-Distanz zwischen ihnen lag, der Mut verlassen. Richard schlug vor, das Abendessen vorzubereiten.

„Magst du Fisch?", fragte er, während er aufstand und in Richtung Küche ging. Faribaa folgte ihm. Auf dem Küchentisch stand die Flasche Rotwein, die er geöffnet hatte, bevor er zum Flughafen gefahren war. Rotwein musste atmen! Er nahm die beiden neuen Weingläser aus dem Schrank und fragte Faribaa, ob er ihr Wein eingießen solle.

„Ich trinke keinen Wein", sagte sie zu seiner Überraschung. Mit dieser Möglichkeit hatte er nicht gerechnet. Er hatte völlig ausgeblendet, dass sie Muslimin war.

„Keinen Wein?", wiederholte er und war ein wenig ratlos. „Vielleicht Bier?"

„Nein, danke. Ich trinke keinen Alkohol."

Wieso hatte er nicht daran gedacht?! Sie war Iranerin! Wenn auch eine ungewöhnliche. Und selbst wenn er von einer Iranerin niemals auch nur eine einzige erotische Anspielung erwartet hätte, so war doch seine Annahme, dass Erotik und der Genuss von Alkohol in irgendeiner Weise verwandt wären, offenbar aus der Luft gegriffen.

„Was möchtest du denn trinken?", fragte er, wohl wissend, dass seine Optionen recht eingeschränkt waren.

„Wasser", sagte Faribaa. „Oder Saft."

Okay, dachte Richard. Wasser hatte er reichlich. Aber das entsprach nun ganz und gar nicht seiner Vorstellung von einer angemessenen Bewirtung an einem Abend zu zweit.

Er öffnete den Kühlschrank. In der Tür stand eine angebrochene Flasche Granatapfelsaft, von der er nicht mehr wusste, wann er sie geöffnet hatte, aber das Haltbarkeitsdatum war noch nicht überschritten. Unauffällig öffnete er die Flasche und roch daran. Kein verdächtiger Geruch kroch in seine Nase. Er beschloss, dieses kalkulierbare Risiko einzugehen.

„Granatapfelsaft?", fragte er und drehte sich zu Faribaa um.

„Ja, gerne", erwiderte sie.

Fürs Erste war der Abend gerettet. Richard füllte eines der Weingläser mit dem Saft, das andere mit Wein. Äußerlich war kaum ein Unterschied festzustellen. Er stieß mit Faribaa an und trank. Dann nahm er das Lachsfilet aus dem Kühlschrank und legte es auf die Anrichte neben dem Herd.

„Kann ich helfen?", fragte Faribaa.

Richard hatte die Frage erwartet und gab ihr ein paar Möhren, ein Küchenmesser und ein Schälmesser. „Die müssen geschält und in Stücke geschnitten werden", sagte er. Die Situation gewann an Selbstverständlichkeit.

Faribaa stellte sich an seine Seite und machte sich an die Arbeit, während Richard den Lachs mit einer Mischung aus Knoblauch und Salz einrieb. Er goss reichlich Olivenöl in eine rechteckige beschichtete Metallkasserolle, legte den Lachs hinein und stellte ihn zur Seite. Dann nahm auch er ein Messer.

Während Faribaa und er sich übers Kochen und andere Belanglosigkeiten austauschten, schnitten sie Zwiebeln, Knoblauch, rote und grüne Paprikaschoten, Zucchini, Auberginen und Tomaten. Zusammen mit den Möhren verteilte Richard alles um den Lachs herum, streute die notwendige Dosis Salz und ein wenig Curry darüber und gab zuletzt noch einmal einen Schuss Olivenöl dazu. Er bedeckte die Kasserolle mit Alufolie und schob sie in den Ofen.

„Ist in einer Dreiviertelstunde fertig", sagte er und nippte am Wein.

Sie kehrten aufs Sofa im Wohnzimmer zurück. Die Belanglosigkeiten hatten die Atmosphäre entspannt. Faribaa erzählte von ihrem kurdischen Heimatdorf im Iran und zeigte Fotos: weites Land, viel Natur. Der kurdische Teil des Landes sei der schönste, sagte sie.

„Bedeutet es viel für dich, Kurdin zu sein?", fragte Richard.

„Die Geschichte der Kurden ist ein Teil von mir", erwiderte sie überzeugt.

„Eines Volkes ohne Land?"

„Ja, genau! Des *größten* Volkes ohne Land! Frankreich und England haben nach dem Ersten Weltkrieg willkürlich Grenzen mitten durch unser Volk gezogen, und heute leben wir auf fünf Staaten verteilt. Und da wundern sich Leute, dass es Konflikte gibt."

„Uns macht es auch die Arbeit schwerer", sagte Richard und erzählte von seinem Gespräch mit ALERT über Mardin.

„Werdet ihr das Projekt in Mardin beenden?", fragte Faribaa.

„Nein, das wäre schlimm für die Menschen dort. Wir sind die einzige humanitäre Organisation in Mardin. Wenn wir weggingen, wären die Flüchtlinge aufgeschmissen."

„Warum hast du das diesem Bülent von ALERT nicht gesagt?"

„Das hätte ich gern getan", erwiderte Richard. „Aber das könnte unsere Arbeit gefährden. Nicht nur in Mardin."

„Das weißt du nicht. Du hättest es versuchen können. Man kann doch die humanitäre Hilfe nicht stoppen, nur weil in dem Gebiet Kurden leben!"

„Das stimmt. Aber hier in der Türkei kann ich manche Dinge nicht laut sagen, sonst könnte ich meine Arbeit nicht machen. Da ziehe ich es vor, lieber nicht mehr davon zu reden."

„Aber wenn du schweigst und nichts tust, ändert sich nie etwas. Man kann nicht durchs Leben gehen, ohne etwas zu riskieren."

Ein Anflug von Ärger stieg in Richard auf, obwohl er wusste, dass Faribaa mit ihrem Vorwurf Recht hatte. „In meinen Jobs gehe ich viele Risiken ein", erklärte er. „Aber ich muss auch Prioritäten setzen! Wenn ich dafür andere Dinge zurückstellen muss, dann mache ich das eben. Es ist ja nur für eine begrenzte Zeit. Damit kann ich leben."

„Du bist also unpolitisch?"

„Ganz und gar nicht. Ich bin sogar sehr politisch. Aber hier kann ich es eben nicht sein."

Faribaa schaute Richard einige Sekunden lang schweigend an. „Darüber musst du nachdenken", sagte sie dann.

Ihre Worte klangen fremd aus ihrem Mund. Sie schienen Richard nicht zu ihrer Jugend und ihrer zerbrechlich wirkenden Erscheinung zu passen.

„Das werde ich", sagte er und lächelte sie an.

Sie redeten über die Kurden, das Politische und das Humanitäre, bis das Lachsfilet gar war. Zwischendurch hatte Richard noch Reis auf den Herd gestellt, der inzwischen auch fertig war. Er deckte den Tisch im Wohnzimmer und füllte Faribaas Teller, danach den eigenen. Sie ließen sich Zeit mit dem Essen, und Faribaa erzählte von ihrem Dorf und ihrer Familie. Fast schien es, als hätten sie den eigentlichen Grund ihres Besuchs vergessen.

Aber nachdem Faribaa die Flasche Granatapfelsaft und Richard ein zweites Glas Wein ausgetrunken hatten, fiel er ihnen in einer

Gesprächspause wieder ein. Sie saßen auf dem Sofa, Richard rückte näher an Faribaa heran und nahm ihre Hand. Sie lächelte.

„Was möchtest du jetzt machen?", fragte Richard.

Faribaa zuckte die Achseln und schlug die Augen nieder. „Seit ich vor zwei Monaten von hier abgereist bin, habe ich fast jeden Tag an diesen Moment gedacht und mir vorgestellt, wie es sein könnte."

„Und wie könnte es sein?"

Wieder Achselzucken und ein unsicheres Lächeln. „Ich will Sex mit dir haben."

Das war eine klare Aussage. So war das in Richards Studentenzeit gelaufen. Eine herrliche, leichtfüßige Zeit!

Er beugte sich vor und küsste Faribaa, aber sie beantwortete den Kuss mit nur halbgeöffnetem Mund. Ihre Lippen waren angespannt, ihre Zunge erreichte er nur andeutungsweise. Er war verwirrt. Wollte sie also nur puren, unpersönlichen Sex?

„Willst du nicht küssen?", fragte er. Soweit er sich erinnerte, hatte er diese Frage zum letzten Mal als Sechzehnjähriger jemandem gestellt.

Faribaa räusperte sich. „Bevor eine iranische Frau einen Mann küsst, muss sehr viel passieren", erklärte sie und schaute ihn lächelnd aus ihren großen Augen an.

„Aha", sagte Richard und versuchte zu verstehen, was sich hinter dem *sehr viel* verbergen mochte. Die ganze Sache schien komplizierter zu sein, als er es sich vorgestellt hatte. „Du willst Sex mit mir haben, aber mich nicht küssen?"

Faribaa strich sich eine Haarsträhne aus dem Gesicht und schaute nachdenklich nach oben, als ob sie nach Worten suchte. „Sex bedeutet uns nicht so viel wie ein Kuss", sagte sie dann. „Wie ein *richtiger* Kuss."

Und das sollte er glauben?! Sie wollte ihm ihren Körper überlassen, aber nicht ihre Zunge? Prostituierte küssten ihre Kunden nicht, sagte man. Aber Faribaa?

Nach einem Moment des Zweifels beschloss er, ihr das abzunehmen, vorerst. Denn er hatte weiteren Diskussionsbedarf, den er jetzt aber zurückstellte. Schließlich war er jemand, der Prioritäten setzte.

Er stand auf und führte Faribaa an der Hand ins Schlafzimmer. Er schaltete die kleine Lampe auf dem Nachttisch ein und begann, ihre Bluse aufzuknöpfen. Ihr Blick fiel auf den Wandschrank gegenüber dem Bett, dessen Türen sich zu einem großen Spiegel zusammenfügten.

„Können wir weniger Licht machen?", fragte sie.

Das gefiel Richard nicht. Er betrachtete gerne den Körper einer Frau, wenn er Sex mit ihr hatte: die pochende Bauchdecke; die Gänsehaut, wenn er mit den Fingerspitzen die Brüste berührte; die sich aufrichtenden Brustwarzen; die Erregung, wenn die Lippen leicht zitterten; die Augen, die ihm sagten, dass er auf dem richtigen Weg war. Aber er ging hinaus, schaltete die Deckenleuchte in der Diele an und die Nachttischlampe wieder aus. Durch die zwei schmalen Milchglasscheiben in der Tür fiel noch ausreichend Licht ins Schlafzimmer, um zu erkennen, was sie taten.

Faribaa hatte inzwischen ihre Bluse und die Jeans ausgezogen und lag jetzt im Bett, die Decke bis ans Kinn hochgezogen. Auch so etwas hatte Richard zuletzt im Teenageralter gesehen.

Er zog sich ebenfalls bis auf seine Boxershorts aus und schlüpfte zu Faribaa unter die Decke. Er zog sie an sich, küsste sie auf die Lippen, ohne dass seine Zunge aufdringlich wurde, und strich ihr über den Rücken. Ihre Haut war straff und viel zu jung für ihn.

Faribaa drängte sich ihm entgegen, aber er brauchte noch etwas Zeit. Dass er sie weder vernünftig küssen noch deutlich sehen konnte, irritierte ihn, und der Gedanke, so sehr viel älter zu sein als sie, drängte ihm die Frage auf, ob seine Libido mit ihrer mithalten konnte.

Er öffnete ihren BH, den sie unter der Decke abstreifte und neben das Bett fallen ließ. Jetzt wurde es ihm zu bunt. Er schlug die

Decke bis auf Hüfthöhe zurück und betrachtete Faribaas Brüste. Faribaa wollte die Decke wieder hochziehen, doch Richard hielt sie zurück und drückte sie sanft aufs Kissen zurück. Sie lag jetzt auf dem Rücken und er begann, ihre Brüste zu streicheln und zu küssen. Jetzt kam auch er langsam in Stimmung.

Aber da war etwas, das ihn störte. In ihrem Blick war etwas Sachliches. Nicht unbedingt kalt, aber sachlich. So, als erledigte sie etwas, das sie sich vorgenommen hatte, ohne überzeugt davon zu sein. Sie hielt Distanz. Das passte auch zu der Kussvermeidung.

„Geht's dir gut?", fragte Richard.

„Sehr gut!", bestätigte Faribaa und lächelte.

Also machte er weiter. Er streifte ihren Slip ab, wobei sie darauf bedacht war, dass die Decke nicht weiter nach unten rutschte. Auch Richard zog sich nun vollständig aus und schmiegte sich an sie. Er strich mit der Hand über ihren Po und die Oberschenkel. Sie öffnete ein wenig die Beine und sog zischend die Luft zwischen den Zähnen ein.

Richard rutschte nach unten unter die Decke, küsste ihren Bauch und ihre Leisten und legte sich zwischen ihre Beine.

Als Faribaa in Fahrt kam, zog Richard die Decke behutsam weg. Er hatte angefangen zu schwitzen und brauchte mehr Luft. Faribaa machte einen kurzen Versuch, die Decke wieder hochzuziehen, überließ sich dann aber ihrer Lust.

Richard legte sich wenig später wieder neben sie und schaute ihren Körper an. Ihre Rippen zeichneten sich unter der Haut ab. Ihr Bauch pulsierte leicht, ihre Schamhaare glitzerten von der Feuchtigkeit.

Faribaa sah ihn mit klaren Augen an. Die Sachlichkeit darin war verschwunden.

Richard ließ ihr etwas Zeit, bevor er sie wieder an sich zog. Sein Ständer pochte, und eigentlich wäre jetzt der richtige Moment gewesen, dass Faribaa sich seiner annahm. Aber außer ihren Umarmungen passierte nichts. Innerlich runzelte er die Stirn. War's das?

Er hätte es bestimmt auch verkraftet, dieses Mal nicht auf seine Kosten zu kommen, dennoch wollte er nichts unversucht lassen. „Soll ich ein Kondom nehmen?", fragte er leise.

Faribaa lehnte sich zurück und zeigte ein breites Lächeln. „Ja", sagte sie. Auf Englisch. Wobei sie das Yes zischend in die Länge zog.

Richard griff in die Schublade des Nachttisches, nahm das Kondom aus der Plastikverpackung und streifte es über. Er rollte sich über Faribaa und stützte sich auf den Armen ab, damit sein Gewicht nicht auf ihr lastete. Faribaa begleitete seinen Rhythmus und schaute ihm dabei in die Augen. Ihr Atem wurde heftiger, die Spannung in Richards Lenden stieg. Faribaa fasste mit beiden Händen seine Taille und zog ihn kraftvoll und in erhöhtem Takt an sich. Richard spürte ihre Fingernägel in seinem Fleisch, sie stöhnte. Er kam halblaut, damit die Nachbarn nichts hörten.

Sobald sie wieder zur Ruhe gekommen waren, ging Faribaa ins Badezimmer. Während Richard das Kondom abstreifte, hörte er, dass sie duschte. Ein paar Minuten später lag sie wieder neben ihm im Bett, ohne dass sie unter der Decke verschwand.

„Hat es dir gefallen?", fragte sie.

„Natürlich", erwiderte Richard und betrachtete sie. Sie lag da in ihrer kindlichen Schönheit und er konnte immer noch nicht glauben, dass dies alles passierte. Gut, er mochte nicht hässlich sein und hatte keinen Bauch. Na ja, einen ganz kleinen. Aber sein Körper hatte schon einiges hinter sich. Die Brusthaare waren grau, die Pigmentflecken waren über die Jahre zahlreicher geworden und in einer seiner Herzarterien steckte ein Stent. Dieser Körper, der da neben ihm im Bett lag, passte einfach nicht zu ihm. Er machte ihn zu einem Dirty Old Man.

Aber natürlich bereute Richard nicht, was sie vor einigen Minuten gemacht hatten. Vielmehr fühlte er sich privilegiert, von einer solch jungen und schönen Frau begehrt zu werden – obwohl ihm das immer noch rätselhaft war. Faribaa hätte jeden anderen Mann haben können.

„Warum wolltest du Sex mit mir haben?", fragte er geradeheraus. Die Frage brannte ihm schon seit geraumer Zeit auf der Zunge.

„Warum?", fragte sie zurück.

„Ja, warum ausgerechnet mit mir?"

Faribaa setzte sich auf, zog die Beine an, stützte die Arme auf ihre Knie und schaute Richard nachdenklich an. „Schon als ich dich zum ersten Mal in der Hotellobby gesehen habe, habe ich diese Anziehung gespürt", sagte sie. „Ich weiß nicht, woher das kommt, es war ganz einfach da. Und als ich dich dann bei der Arbeit sah, bei den Interviews, bei den Flüchtlingen ... Du machst das alles mit so viel Überzeugung."

Richard zuckte die Achseln. „Ohne Überzeugung könnte ich meinen Job nicht machen."

„Ja, ich weiß. Aber es ist schön, das zu sehen."

„Und deshalb sind wir jetzt hier?"

„Deshalb und ...". Sie suchte nach Worten. „Du hast mich gar nicht so angeschaut, wie die Männer mich sonst anschauen. Du weißt schon ..."

Richard nickte lächelnd. „Du hast dich also herausgefordert gefühlt."

„Nein, das war es nicht. Du bist ... anders. Du bist tolerant, du respektierst mich, du hast andere Werte. Werte, die ich kennenlernen will. Und ... ich mag dich einfach."

„Und was sagt dein Mann dazu?"

„Ich habe dir doch gesagt, dass wir nur auf dem Papier verheiratet sind. Jeder von uns lebt sein eigenes Leben."

„Weiß er auch, warum du hier bist?"

„Er kann es sich denken. Wir reden nicht über solche Dinge."

Richard dachte wieder an Steinigungen und andere Strafen, die laut der Scharia auf Ehebruch standen. Was, wenn Faribaas Mann es sich anders überlegte?

„Es ist schwer zu glauben, dass ein iranischer Mann so tolerant ist", sagte er.

Faribaa schaute ihn an, als suchte sie etwas in seinen Augen. Dann atmete sie tief durch. „Mohammad ist schwul", sagte sie.

„Oh!", stieß Richard überrascht aus. Gleichzeitig spürte er so etwas wie Erleichterung.

„Ich weiß es schon, seit wir Teenager waren, aber es ist unser Geheimnis. Niemand sonst weiß davon. Und es darf auch niemand sonst davon wissen. Im Iran ist es lebensgefährlich, schwul zu sein."

„Von mir wird niemand etwas erfahren", sagte Richard und hob die Hand wie zum Schwur. „Aber wieso habt ihr dann geheiratet?"

Faribaa zuckte die Achseln. „Weißt du, in meinem Land sind wir Frauen Menschen zweiter Klasse. Aber anstatt sich verheiraten zu lassen, machen manche Frauen es so wie ich. Sie gehen eine Scheinehe ein, damit sie ein wenig ... freier sind. Es traf sich halt gut, dass mein bester Freund schwul war. Aber durch die Ehe mit mir ist er über jeden Verdacht erhaben."

„Ihr habt also nie Sex miteinander gehabt?"

Faribaa lachte. „Einige Male. Aber es war nicht so toll."

Eine unbekümmerte Leichtigkeit breitete sich unvermittelt aus und trug sie beide durch den Rest des Abends. Sie redeten wie vertraute Freunde, und als sie sich schließlich schlafen legten, musste Richard sich in Erinnerung rufen, dass es hier doch wirklich nur um Sex ging.

Am Montagmorgen fuhr Richard mit Faribaa ins Büro. Mit einem der Projektteams hatte er abgesprochen, an diesem Tag eine Fotoserie über das Projekt zu machen. Sie war also den Tag über beschäftigt. Richard setzte sich mit Leon, Jakob und den Projektleitern zusammen und plante die Woche. Berichte mussten geschrieben, die Verwendung der Geldkarten überprüft, Lebensmittelpreise erhoben, ein Gewächshaus besucht werden. Für Richard stand ein Termin mit dem Flüchtlingskoordinator von Kilis an der syrischen Grenze auf dem Kalender. Er war zuständig für die Flüchtlingslager auf der syrischen Seite und wollte mit ihm über Möglichkeiten reden, die Lager besser auszustatten.

Richard fuhr am Mittwoch nach Kilis, zusammen mit Merve und Levent. Ahmed, der Flüchtlingskoordinator, war ein junger Typ, hemdsärmelig und ohne Schnauzbart, und empfing sie lächelnd mit Handschlag und Schulterklopfen. Er versorgte sie mit den neuesten Flüchtlingszahlen in den Lagern und zählte auf, was alles gebraucht wurde, welche Organisationen was liefern konnten und wo es noch dringenden Bedarf gab. Er war pragmatisch und lösungsorientiert, ganz einfach so, wie man sich einen Profi vorstellen musste, der eine Krise zu bewältigen hatte.

Zelte brauchte er, eigentlich Wohncontainer, aber die waren um ein Vielfaches teurer als Zelte. Am besten dreitausend.

Dazu noch Öfen für den nächsten Winter und Toiletten, oder besser: Latrinen. Einfach und effizient und schnell zu installieren.

Und er brauchte ein neues Lager. „Könnten Sie die Bodenvorbereitung des Grundstücks finanzieren?", fragte er.

Richard schaute Levent an. „Hatten wir das nicht schon kürzlich gemacht?"

„Ja, nicht weit von diesem neuen Lager", erwiderte er. „Aber der Bedarf ist halt so hoch."

„Und Zelte?"

„Haben wir geliefert. Sie stehen alle in dem Flüchtlingslager, für das wir auch den Boden vorbereitet haben."

„Da ist also nichts mehr übrig?"

„Nein. Alle fünfhundert Zelte sind dort."

Richard wandte sich wieder an Ahmed. „Wie groß ist das Grundstück?", fragte er.

„Wir fangen mit zwei Hektar an", antwortete Ahmed. „Später soll es erweitert werden auf fünf Hektar, vielleicht zehn."

An Richards Gesichtsausdruck erkannte er, dass dies eine Nummer zu groß war. „Wenn Sie wenigstens einen Teil übernehmen könnten, wäre uns schon sehr geholfen", lenkte er daher ein. „Wir fragen auch andere Organisationen."

Julian, der das Projekt in Elbeyli leitete, hatte Richard gesagt, dass er durch den Verfall der türkischen Lira mehr Geld zur Verfügung hatte als geplant. Außerdem hatten sie von einem deutschen Unternehmen kürzlich eine großzügige Spende bekommen, die sie frei verwenden konnten. Schnell rechnete Levent durch, was sie anbieten konnten.

„Dreihundert Zelte, einhundertfünfzig Öfen und fünfzig Latrinen wären drin", sagte er. „Wenn wir etwa siebzigtausend Euro für die Bodenvorbereitung einkalkulieren, grob geschätzt."

Ahmed lächelte breit. „Können wir Ihnen einen Projektvorschlag machen?", fragte er.

„Schicken Sie ihn an Levent", sagte Richard. „Er wird Ihnen dann sagen, welche Unterlagen wir brauchen."

„Perfekt! Werden wir machen."

So gefiel Richard das. Eben pragmatisch und lösungsorientiert, ganz anders als in den Ministerien in Ankara. Hier vor Ort wusste man um die alltäglichen Probleme und ging sie an, in der Hauptstadt dagegen grätschte man mit politischen Argumenten dazwischen. Für die Hilfsorganisationen ein ständiger Balanceakt zwischen dem Notwendigen und dem Möglichen.

Julian und sein Team besorgten die Zelte, Öfen und Latrinen, doch hatte Ahmed in seinem Eifer sämtliche internationalen Organisationen angesprochen, die ihm in den Sinn gekommen waren, und wer konnte, lieferte. Da war mehr guter Wille als nötig, und einige hundert Zelte konnten nicht aufgestellt werden, da es keinen Platz mehr gab. Zweihundert Zelte standen nun im Flüchtlingslager auf der syrischen Seite, akkurat aufgestellt auf ihren abgemessenen Parzellen, mit dem Logo von Richards Organisation auf den Seiten und auf dem Dach, ebenso fünfundzwanzig Latrinen. Das machte sich gut für die Öffentlichkeit und zeigte, dass Spenden sinnvoll verwendet wurden. Aber was sollten sie mit den übrigen hundert Zelten machen? Und sollten sie auch auf den restlichen Öfen und Latrinen sitzen bleiben?

„ALERT kann sie in den eigenen Lagerräumen unterbringen", schlug Ahmed vor. „In Elbeyli gibt es ein Lagerhaus. Und wenn Sie sie brauchen, sagen Sie einfach Bescheid. Es wird Sie auch nichts kosten."

Das war ein faires Angebot. Richard schätzte, dass sie es wahrscheinlich kaum mehr als ein paar Wochen in Anspruch nehmen würden, da der Flüchtlingsstrom an die türkische Grenze nicht abriss. Wieder eine pragmatische Lösung. Der Mann verstand sein Geschäft.

Am letzten gemeinsamen Abend ging Richard mit Faribaa in ein syrisches Restaurant, das ihm empfohlen worden war. Er merkte zu spät, dass es dort kein Bier gab, es gab überhaupt keinen Alkohol. Also bestellte er Ayran. Faribaa trank Cola.

„Wenn ich wollte, könnte ich dann bei dir wohnen?", fragte sie plötzlich.

Fast verschluckte Richard sich am Ayran. „Ich halte das für keine gute Idee", sagte er. Was dachte sie sich dabei? Sie konnte doch nicht im Ernst annehmen, dass sie ein Paar werden könnten!

„Warum nicht? Mohammad würde das nicht stören."

„Faribaa", sagte Richard eindringlich. „Ich bin über zwanzig Jahre älter als du."

„Du hast genau das richtige Alter. Ich sagte doch, dass auch mein Vater viel älter als meine Mutter ist! Im Iran ist das normal."

„Aber für mich ist das nicht normal!"

„Magst du mich nicht?"

„Natürlich mag ich dich! Das hat damit überhaupt nichts zu tun!"

Faribaa schwieg einen Moment lang und sah nachdenklich auf die Tischdecke. „Ich will ja auch gar nicht bei dir wohnen", sagte sie dann, und es klang ein wenig beleidigt. „Ich wollte es nur wissen."

Richard hoffte, dass damit das Thema beendet war.

Später, als sie nach dem Sex nebeneinander lagen, fragte sie: „Möchtest du, dass ich wiederkomme?"

Richard drehte sich zu ihr und war sich nicht sicher. Aber sie sah so verletzlich und zerbrechlich aus, dass er darüber hinwegschaute. „Ja", sagte er. „Und du?"

„Natürlich", sagte sie lächelnd. „Wann?"

„Weiß ich noch nicht. Ich habe etliche Termine in den nächsten Wochen. In Antakya, Istanbul, Ankara ..."

„Ich könnte mitkommen."

„Ich werde mit meinen Kollegen unterwegs sein", wandte Richard ein. „Das würde sich herumsprechen."

Faribaa dachte einen Moment lang nach. „Schade", sagte sie dann.

„Ich gebe dir Bescheid, wenn es wieder geht", versprach Richard.

Am nächsten Morgen brachte er Faribaa zum Flughafen. Er wartete, bis sie durch die Sicherheitskontrolle gegangen war und winkte ihr noch einmal zu, bevor er wieder in die Stadt zurückfuhr. Es war Sonntag, die Straßen waren leer. Der Geruch von gebratenem Fleisch lag in der Luft. Überall wurde jetzt gekocht, und am Mittag kamen die Familien zusammen, um gemeinsam zu essen, drei oder vier Generationen an einem Tisch. In Deutschland hatte Richard so etwas zuletzt in seiner Kindheit erlebt.

Zu Hause bereitete er einen Tee zu und setzte sich auf eines der Sofas. Er schüttelte den Kopf über sich selbst. Er hätte ein schlechtes Gewissen haben sollen! Bei Faribaa und ihm passte eigentlich gar nichts zusammen: das Alter, das Aussehen, die Reife und was sonst noch alles. Dennoch fühlte er sich geschmeichelt, dass er so etwas mit einer so schönen und jungen Frau erleben durfte. Aber das war's dann auch!

Richard war Realist, und was hier passiert war, war nicht vereinbar mit der Realität, mit *seiner* Realität! Er konnte sich auch schlecht vorstellen, dass Faribaa irgendwelche ernsten Absichten verfolgte. In zehn Jahren würde er sich der Siebzig nähern, während sie immer noch eine junge Frau wäre. Das Verfallsdatum ihrer Beziehung rückte damit in greifbare Nähe. Er durfte Faribaas Erwartungen oder Träumereien nicht weiter nähren, aber WhatsApp dazu zu benutzen, wäre stil- und taktlos gewesen. Sollte sie kommen nach Gaziantep! Aber es würde das letzte Mal sein. Dazu war Richard entschlossen.

7

Am folgenden Sonntag wachte Richard durch einen lauten Knall auf. Ein ungewöhnlicher Knall, der die Fensterscheiben vibrieren ließ, kein Feuerwerkskörper oder Autounfall. Vielleicht der Überschallknall eines Düsenjets?

Er schaute auf die Uhr. Halb acht. Er stand auf und ging auf die Toilette. Danach legte er sich wieder aufs Bett und überlegte, ob er schon aufstehen sollte. Er hätte noch ein gutes Stündchen weiterschlafen können, da er bis nach Mitternacht gearbeitet hatte.

Sein Handy klingelte, das Display zeigte Şaban an. Richard ahnte etwas.

„Guten Morgen, Şaban", sagte er mit belegter Stimme.

„Guten Morgen", grüßte Şaban. „Es hat einen Anschlag in Gaziantep gegeben. Vor einer Polizeistation ist eine Bombe hochgegangen."

Jetzt war Richard hellwach. „Ich glaube, ich habe die Explosion gehört."

„Ja, es ist etwa dreihundert Meter von deiner Wohnung entfernt passiert. Ich kenne die Details noch nicht, aber wir müssen unser Sicherheitsprotokoll einhalten und sichergehen, dass niemandem von unseren Angestellten etwas geschehen ist."

Damit meinte er die Telefonkette. Dazu musste Richard seine Manager und Abteilungsleiter anrufen und die wiederum ihre Mitarbeiter. Sollte sich irgendjemand nicht melden, würde Şaban nachforschen und vielleicht sogar Krankenhäuser und Polizeistationen anrufen.

„Ich fange mal mit den Telefonanrufen an", sagte Richard. Er war ziemlich sicher, dass niemandem etwas passiert war. Wer sollte an einem Sonntagmorgen um halb acht ausgerechnet an einer Polizeiwache vorbeigehen, die Ziel eines Anschlags war? Da mussten schon viele Zufälle zusammenkommen.

„Gut, ich kümmere mich um mehr Informationen", sagte Şaban und legte auf.

Wie erwartet ging es allen Mitarbeitern gut. Aber es kostete Şaban und Richard fast drei Stunden, bis sie jeden erreicht hatten. Der Anschlag hatte zwei Polizisten und den Attentäter getötet, der sein Auto mit der Bombe vor der Wache in die Luft gesprengt hatte. Ein vergleichsweise glimpflicher Ausgang, wenn man bedachte, dass es bei anderen Anschlägen Dutzende von Toten gegeben hatte.

Inzwischen erlebte Richard kaum einen Tag, an dem nicht irgendwo im Land ein Sprengstoffanschlag verübt wurde oder eine Schießerei stattfand. Im Osten tobte der Bürgerkrieg zwischen der türkischen Armee und kurdischen Milizen, in den großen Städten herrschte Alarmstimmung, nachdem der IS als auch die PKK mit Anschlägen gedroht hatten. In Gaziantep führte die Polizei regelmäßig Razzien durch und hob Schläferzellen des IS aus. Bei einer dieser Aktionen hatte sich kürzlich ein IS-Kämpfer mit einer Handgranate in die Luft gesprengt. Und nun war eine Bombe nur dreihundert Meter von Richards Wohnung entfernt explodiert.

Natürlich war der Anschlag am nächsten Tag auch Gesprächsthema auf den Fluren des Büros, doch Şaban mahnte alle zur Ruhe, schließlich war niemand von ihnen ein Ziel, außer man war zur falschen Zeit am falschen Ort. Für Richard und seine Kollegen war dies kein dahingesagter Machospruch, sondern ein zufälliger Unterschied zwischen Leben und Tod.

Am späten Vormittag trat Christian in Richards Büro, ein neuer Mitarbeiter, der die Leitung eines gerade genehmigten Projekts in Kahramanmaras übernehmen sollte. Er hatte zuvor in einem Nahost-Forschungsinstitut in Madrid gearbeitet und sprach fließend Türkisch. Er war zwar Deutscher, hatte jedoch niemals in Deutschland gelebt. In Chile als Sohn eines Botschaftsmitarbeiters geboren, in Brasilien und Peru aufgewachsen, hatte er in London studiert und war dann in Madrid hängengeblieben.

Schon als Richard ihn telefonisch für die Stelle interviewt hatte, war ihm sein etwas merkwürdiges Deutsch aufgefallen. Er formulierte umständliche und geschwurbelte Sätze, die einer Übersetzung aus verschiedenen Sprachen entsprungen zu sein schienen. Aber Richard brauchte schließlich keinen Schriftsteller, sondern einen Projektmanager, und dafür schien er mit seinen internationalen Erfahrungen in verschiedenen Funktionen qualifiziert.

Als Christian jetzt vor ihm stand, fand er, dass seine Sprache zu seinem Auftreten passte. Er trug ein kariertes Hemd, ausgelatschte Sportschuhe und hielt einen Turnbeutel in der Hand. Und er hatte braune Cordhosen an. So etwas hatte Richard zuletzt in den Siebzigern gesehen.

„Willkommen!", begrüßte Richard ihn und schüttelte ihm die Hand.

„Ich danke Ihnen", erwiderte Christian.

Schwurbel, dachte Richard. Das konnte ja lustig werden. „Wir duzen uns hier, wenn du nichts dagegen hast", sagte er.

„Nein", sagte Christian und machte ein erschrockenes Gesicht. „Ich meine, ja. Ich meine, ich bin damit einverstanden."

Richard bot ihm einen Stuhl an und sie setzten sich an den kleinen, runden Besprechungstisch, der vor dem Fenster stand. Christian legte den Turnbeutel auf den Tisch. Was da wohl drin war, fragte Richard sich. Belegte Brote in einer Plastikschachtel? Oder vielleicht doch Turnzeugs? Eine kurze Turnhose und ein Feinrippunterhemd?

Sie begannen mit ein wenig Small Talk, bis Jakob eintrat und Christian begrüßte. Christian stand auf und deutete beim Handschlag eine Verbeugung an. Jakob warf Richard einen kurzen, vielsagenden Blick zu. Die folgende halbe Stunde erklärten sie Christian die Struktur des Büros und sein zukünftiges Projekt. Er nickte einige Male und legte die hohe Stirn in Falten, stellte Fragen und strich sich dabei über die Halbglatze.

„Tamam", sagte er schließlich anstatt eines Okay. „Habt ihr noch Fragen an mich?"

„Im Moment nicht", sagte Richard. „Hast du noch Fragen an uns?"

„Ja." Christian zog die Augenbrauen hoch. „Wo ist die Toilette?"

Richard konnte sich ein Grinsen nicht verkneifen. „Wenn du hier rausgehst, die erste Tür links."

Jakob wartete, bis Christian den Raum verlassen hatte. „Was'n das für'n Kauz?", fragte er dann mit gedämpfter Stimme.

„Wenn man Bewerbungsgespräche nur am Telefon führt, bekommt man halt manchmal so ein Überraschungsei", sagte Richard. „Aber ich glaube nicht, dass es mit ihm langweilig wird."

„Hauptsache, er kann das Projekt managen."

„Er hat Erfahrung, einen Doktortitel, spricht Türkisch, hat Mitarbeiter geführt ...". Richard machte eine ausladende Armbewegung. „Es spricht nichts dagegen –außer seine Cordhose."

Jakob lachte. „Einen Modewettbewerb gewinnt er jedenfalls nicht."

Als Richard Christian später noch einmal aufsuchte, lag an dessen Arbeitsplatz die Kopie eines Textes, den er wohl in seinem Turnbeutel aufbewahrt hatte. *Die Geschichte des Tränengases* las er. Ja, bei Christian passte alles perfekt zusammen. Die Sprache, die

Cordhose, seine Interessen. Richard freute sich darauf, mit ihm zusammenzuarbeiten.

Ihm gefielen solche Typen wie Christian, die nicht unbedingt dem Bild eines stromlinienförmigen Angestellten entsprachen, sondern Eigenschaften besaßen, mit denen nicht jeder klarkommen mochte. Vielleicht hatte Richard ihn ja auch gerade deshalb angeheuert – abgesehen von seinen Qualifikationen.

Die meisten seiner Projekt- und Abteilungsleiter waren so, jedenfalls die, die er selbst rekrutiert hatte. Julian, der Leiter des Elbeyli-Projektes, war ein Sturkopf und ewiger Nörgler, aber seine kritischen Bemerkungen waren stets gut begründet, und er machte seinen Job mit Leib und Seele. So sehr, dass er nicht selten mitten in einer Besprechung unter Tränen aufstand und den Raum verließ, weil einige der Stadtviertel an den verschiedenen Projektstandorten von den Verteilungen ausgeschlossen werden mussten, da das Geld nicht ausreichte. Man konnte nicht allen Flüchtlingen helfen, auch nicht all denjenigen, die Julian während seiner ungezählten Besuche kennengelernt und als *dringend bedürftig* eingestuft hatte.

Viel später erfuhr Richard, dass Julian einige Familien mit seinem eigenen Geld unterstützt hatte. Strategisch nicht hilfreich, da seine Kollegen dadurch ständig auf eine „persönliche" Spende angesprochen wurden, aber menschlich richtig. Weil dies den Menschen ausmacht, weil Gerechtigkeit und Frieden zu den höchsten Werten menschlichen Daseins gehören.

Auch die Programmdirektoren Leon und Jakob waren nicht gerade pflegeleicht. Wenn sie nebeneinander standen, wirkten sie grundverschieden: Leon mit eingezogenen Schultern und einem ständigen, angedeuteten Grinsen in den Mundwinkeln, stets auf der Lauer, um in Diskussionen einen vielleicht politisch nicht korrekten, aber bisweilen entlarvenden Kommentar abzugeben. Richard war sich nicht sicher, ob sich in Leon Ironie oder Sarkasmus oder beides personifizierte. Jakob dagegen aufrecht und mit akkuratem Haarschnitt. Als ausgebildeter Jurist – und da konnte er sprachlich durchaus mit Christian konkurrieren – hatte er nach dem Studium ein Praktikum an der deutschen Botschaft in Sambia absolviert und sich dann entschlossen, dass die Juristerei wohl doch nichts für ihn war. Bevor Richard ihn angeheuert hatte, war Jakob seit über zehn Jahren als Projekt- und Programmleiter in Tansania und Kenia unterwegs gewesen und hatte gelernt, dass man ohne Humor in einem solchen Job nicht bestehen konnte. Für Richard war Humor Teil jeder Stellenausschreibung.

Sein Finanzmanager Philip schien diesen Teil überlesen zu haben. Er musste zugeben, dass er Vorurteile gegenüber Finanzmenschen hatte. In seinen Augen waren sie zu sachlich, meistens unglaublich langweilig, und irgendwie machten sie einem das Leben schwer mit ihrem ewigen *Das geht so nicht* und *Dafür haben wir kein Geld.*

Doch Finanzmanager müssen ernst und sachlich sein, wusste Richard. Vielleicht sogar langweilig, das ist ihr Geschäft. Aber Philip, ein Holländer, gab sich zumindest Mühe, humormäßig mit den anderen mitzuhalten, solange es nicht um Finanzen ging. Denn wenn es um Finanzen ging, war mit ihm nicht zu spaßen. Dann war ihm mit keiner Art von Humor beizukommen, und das war gut so. Das Programmbudget der Organisation lag bei über vierzig Millionen Euro, und wenn man da etwas nicht ernst nahm, konnte das schnell ein paar Zigtausend kosten. Da verstand auch Richard keinen Spaß mehr.

Wenn es gerade passte, aß Richard mittags mit Leon, Jakob und Philip in einer der vielen Imbissbuden in der Nähe des Büros. Dann kam auch George aus Simbabwe hinzu, der Logistikchef, oder Şaban, der ehemalige türkische Polizist, der für die Sicherheit des Büros und der Mitarbeiter sorgte, oder andere Kollegen, die sich spontan dazu gesellten.

An diesem Montagmittag gingen sie zu Mehmet und nahmen auch Christian mit. Mehmet betrieb zusammen mit seiner Frau und zwei Töchtern einen Imbiss in der Parallelstraße zu ihrem Büro. Das Menü befand sich in vier bis fünf Töpfen auf einem Grillrost, unter dem die Holzkohle glimmte, die den Raum, der kaum größer als Richards Wohnzimmer war, mit Rauchschwaden füllte. Im Zentrum des Raums stand ein Ofen, dessen rostiges Abzugsrohr an der Decke entlang nach draußen führte. Im Winter sorgte er nicht nur für Wärme, sondern mit dem undichten Rohr auch für brennende Augen.

Für die Auswahl des Essens hob Mehmet die Deckel an und füllte jeweils eine Kelle mit dem Inhalt, den der Gast betrachten konnte. Stets war ein Topf mit Suppe und ein anderer mit weißen Bohnen darunter. Der Inhalt der anderen wechselte zwischen Gemüse mit Fleischstückchen, Hähnchenbrust mit Tomaten, Köftebällchen mit Pommes Frites oder Kichererbsen mit Hackfleisch. Dazu wurden Brot und ein Teller mit Pfefferschoten, Zwiebeln und Petersilie gereicht. Türkische Hausmannskost.

Şaban und Christian bestellten auf Türkisch. Die anderen trafen ihre Wahl, indem sie auf die Töpfe zeigten, und setzten sich, nachdem sie zwei Tische zusammengeschoben hatten. Christian musste Fragen beantworten, die Kollegen waren neugierig auf den Neuen.

„Wie fühlst du dich, wenn du Deutscher bist, aber nie in Deutschland gelebt hast?", fragte George.

„Gut", erwiderte Christian.

George lachte. „Ich meine, fühlst du dich als Deutscher?"

„Meistens. Kommt auf meine Stimmung an."

„Und wo fühlst du dich zu Hause?", fragte Şaban.

„Gute Frage." Christian zog die Augenbrauen hoch. „Im Moment im Hotel."

„Und wenn du gerade nicht im Hotel bist? Gibt es einen Ort, den du als Heimat betrachtest?"

Christian dachte kurz nach. „Schanzenviertel", sagte er dann.

„Schanzenviertel?"

Christian bejahte. „In Hamburg."

Jetzt verstand auch Richard. „Rote Flora?", fragte er.

„Stimmt!" Christian lachte. „Kennst du die?"

„Kenn ich", sagte Richard und schüttelte grinsend den Kopf. „Du bist ja ein ganz Schlimmer."

„Du aber wohl auch!", meinte Jakob. „Wer hätte das von unserem Direktor gedacht, dass er solche verruchten Orte kennt."

„Ich kenn´ sie nicht!", beteuerte Leon. „Und ich werde euch Anarchos alle ans Messer liefern." Er griff zu seinem Handy und sprach grinsend hinter vorgehaltener Hand. „Hallo, ist da der türkische Geheimdienst? Ich habe eine Meldung zu machen …".

Şaban blickte verständnislos in die Runde. „Worum geht es hier?", fragte er.

„Ist was für die Insider-Deutschen", sagte Jakob und erklärte, was es mit dem Treffpunkt für Linke und Autonome auf sich hatte.

Şaban lachte. „Sprecht nicht zu laut darüber", meinte er. „Sonst hält man euch noch für Revolutionäre. Der Geheimdienst hat seine Ohren überall."

„Aber doch wohl nicht bei unserem Mehmet", sagte Jakob.

„Nicht unbedingt", erwiderte Şaban und lächelte. „Aber man weiß es nie so genau."

„Ist ja eigentlich auch kein Wunder", meinte George. „Bei den vielen Anschlägen …"

„Die Stimmung zwischen der Türkei und Deutschland ist im Moment auch nicht so gut", sagte Şaban. „Als deutsche Organisation sollten wir deshalb doppelt vorsichtig sein."

„Wegen der Armenier?", fragte Christian.

„Ja", sagte Şaban. „Euer Parlament hat beschlossen, dass die Tötung der Armenier ein Genozid war."

„War´s doch auch", meinte Leon. „Und die Deutschen haben kräftig mitgewirkt."

„Unser Präsident ist da aber anderer Meinung."

„Kann er ja auch. Aber das ändert nichts an den Tatsachen."

„Wann war denn das?", wollte George wissen.

„Vor etwa hundert Jahren", erklärte Christian. „Während des Ersten Weltkriegs. Die Armenier wurden von den Türken deportiert und sollten in die syrische und mesopotamische Wüste gebracht werden. Aber das eigentliche Ziel war es, sie auf den Märschen umzubringen. Es sollen über eine Million gewesen sein."

„Und die Deutschen haben ihnen dabei geholfen?"

„Die Türken und Deutschen waren damals Verbündete, aber die Deutschen hätten das Töten sicher verhindern können."

„Haben sie aber nicht", sagte Leon. „Stattdessen haben sie sich die Todesmärsche angeschaut und sie später selbst angewendet. Unser Parlament will diese Mitverantwortung deutlich machen."

„Und nun nennt unser Präsident die Deutschen *Nazis*", grinste Şaban. „Das ist schon ziemlich daneben."

„Und historisch falsch", sagte Christian. „Aber wenn jemand wütend auf die Deutschen ist, dann müssen sie eben Nazis sein."

„Wahrscheinlich wird die Polizei in den nächsten Tagen wieder auf unserer Matte stehen", meinte Leon.

Mehmet brachte das Essen. Als er zwei Teller vor Richard abstellte, tauchte sein Daumen in die Bohnen. Dies war jedoch offensichtlich kein Problem für ihn, denn er lächelte freundlich, ging zur Theke zurück, leckte seinen Daumen ab, trocknete ihn an seiner Schürze und trug die nächsten Teller heran. Wieder musste danach der Daumen abgeleckt werden.

Weder Richard noch seine Kollegen kommentierten noch eine solche hygieneunkonforme Kleinigkeit. Sie hatten sich an diese Besonderheiten der örtlichen Imbissgastronomie gewöhnt und gingen mal davon aus, dass dies keine Gesundheitsbedrohung bedeutete. Die Arbeit mit den bloßen Händen entsprach offenbar den unausgesprochenen Hygienestandards. Fleisch wurde so auf die Spieße geschoben, Gemüse geschnitten und in die Töpfe gegeben, Hackfleisch in ausgehöhlte Auberginen gedrückt, Pfefferschoten und Zwiebeln auf einen Teller gelegt, in wechselnder Reihenfolge und ohne die Hände zwischendurch unter einen Wasserstrahl zu halten. Manchmal griffen die Hände stattdessen zu einem Handtuch, das mit Fortschreiten des Tagesgeschäfts die Spuren sämtlicher Zutaten der verschiedenen Gerichte in sich aufsog und mit Sicherheit eine größere Gesundheitsbedrohung als die Hände darstellte. Wenn Richard es sich recht überlegte, sagte ihm Mehmets Strategie des abgeleckten Daumens mehr zu. Dass Mehmet das Fladenbrot, das er ihnen auf einem Teller serviert hatte und das sie herumgereicht, mit den Händen zerteilt und den Rest auf den Teller zurückgelegt hatten, an seiner Schürze abklopfte und dem nächsten Gast servierte, war da lediglich eine weitere unbedeutende Ergänzung in seiner Hygienelogik.

Sein Geschäftsmodell war ihnen allen allerdings ein Rätsel. Wenn sie zahlten und ihm sagten – oder zeigten – was sie gegessen hatten, blickte er auf die Scheine in ihrer Hand und nannte den Betrag. Richard bezahlte an diesem Tag fünfzehn Lira, obwohl er für das gleiche Essen an anderen Tagen auch mal zwölf bezahlt hatte. So wie Jakob, der nach ihm zahlte und das Gleiche gegessen hatte wie er, aber Münzen in der Hand bereithielt. Doch Mehmet litt unter chronischem Kleingeldmangel, und das bestimmte die Preise. Sah er in ihren Händen Lira-Münzen, so wurde es billiger. War nur ein Fünfer-Schein vorhanden, rundete er halt nach oben auf. Rückgeld bekamen sie so gut wie nie.

Am nächsten Morgen nahm Richard einen kleinen Koffer und einen Strohhut mit ins Büro, um am Vormittag nach Mardin zu fahren. Die Stadt lag etwa vier Autostunden Richtung Osten und vielleicht dreißig Kilometer von der syrischen Grenze entfernt. Viele der Menschen, die aus dem kurdischen Nordosten Syriens dorthin geflohen waren, hatten Verwandte dort oder in den Nachbarprovinzen Batman und Diyarbakir und konnten bisweilen bei ihnen unterkommen. Wer nicht in dieser glücklichen Situation war, hatte zumindest Sprache und Kultur als verbindendes Element.

Vor Richards Fahrt nach Mardin berichtete Şaban im großen Konferenzraum noch einmal vom sonntäglichen Anschlag, zu dem sich inzwischen der IS bekannt hatte, und impfte den Kollegen zum wer weiß wievielten Mal die Verhaltensregeln ein: Menschenansammlungen meiden, den Weg zum und vom Büro variieren, nicht zu oft die bei Ausländern beliebten Restaurants aufsuchen, bei Polizeikontrollen unbedingt den Aufforderungen folgen und im Notfall ihn, Şaban, anrufen. Und natürlich keinerlei öffentliche politische Äußerung. Nicht nur vom IS schien eine Gefahr auszugehen.

Danach bat Richard seinen Sicherheitschef in sein Zimmer, damit er ihn über die Lage in Mardin und in den Nachbarprovinzen informierte.

„Die Lage ist sehr angespannt", begann Şaban. „Vorige Woche ist Hüseyin von den Finanzen nach Mardin gefahren. Er musste durch sechs Straßensperren und wurde zweimal kontrolliert. Man hat ihn, den Fahrer und das Auto durchsucht. Zwei Tage zuvor hatte die Polizei auf der Strecke eine Bombe entschärft, die in einem Container versteckt war."

„War das eine PKK-Bombe?", fragte Richard.

„Ja, das ist anzunehmen. Der IS ist zurzeit in der Gegend nicht aktiv."

„Hast du irgendwelche Bedenken, dass ich nach Mardin fahre?"

Şaban zuckte die Achseln. „Du weißt ja, wie das ist. Man ist im Moment nirgends ganz sicher. Du kennst das ja: falsche Zeit und falscher Ort. Aber die Wahrscheinlichkeit ist gering. Du musst halt aufpassen."

„Also keine Bedenken?"

„Nein."

Richard hatte keine Probleme damit, kalkulierbare Risiken einzugehen, und dies war ein kalkulierbares Risiko. Ganz sicher hatte die PKK kein Interesse daran, den Leiter einer humanitären Organisation ins Jenseits zu befördern. Und in die von der Armee und der PKK umkämpften Gebiete würde er ohnehin nicht fahren. Zwar hatten sie dort einige kleine Projekte, aber die brauchte er ja nicht unbedingt jetzt zu besuchen. Falsche Zeit und falscher Ort!

Gegen zehn Uhr fuhr er los. Hakan, der Fahrer, hatte die ersten sechs Jahre seiner Kindheit in Deutschland verbracht und sprach noch ein paar Brocken Deutsch. Richard ging auf seinen Versuch einer Konversation ein und sie entdeckten Gemeinsamkeiten. Na ja, fast.

Hakan hatte Frau und zwei Kinder. Richard hatte auch zwei Kinder, aber keine Frau mehr.

Hakan war ausgebildeter Automechaniker, hatte aber stets als Fahrer gearbeitet. Richard war Politologe. Jemand hatte ihm mal gesagt, dass man damit überall arbeiten kann, selbst als Fahrer. Hatte er auch gemacht, aber da war er noch Student gewesen.

Hakan war Kurde, Richard Katholik, aber beide praktizierten sie nicht. Das hieß in Richards Fall, dass er weder zur Kirche ging noch irgendeine andere Verbindung zur christlichen Religion hatte. An den Orten, an denen er arbeitete, konnte es keinen Gott geben, und wenn doch, dann war er ein Zyniker und Sadist.

In Hakans Fall hieß das, dass ihn die Forderung nach einem eigenen kurdischen Staat nicht kümmerte. Er wollte sein Leben leben, mehr nicht. Er hätte sich niemals an einer Demonstration beteiligt, geschweige denn eine Waffe in die Hand genommen. Mit einer Ausnahme: Bei einer kurdischen Hochzeit schoss auch er mit Pistole oder Gewehr in die Luft. Das war so Brauch, und den Männern machte es Spaß.

Als sie auf die Autobahn einbogen, verebbte das Gespräch. Richard ließ die Landschaft an sich vorbeiziehen. Inzwischen war es Juni, und auf den Feldern wuchsen Weizen, Bohnen, Baumwolle, Paprikaschoten, Kohl, erste Maispflänzchen und alles, was sich dank eines vor einigen Jahren durchgeführten Dammbauprogramms zur Bewässerung anbauen ließ. Auf den kargeren, aber kalkhaltigen Böden standen Oliven- und Pistazienbäume.

Die Felder und Plantagen wechselten mit von Gras überwachsenen Felslandschaften ab. Von Zeit zu Zeit fuhren sie an aufgebrochenen Hügeln vorbei, die als Steinbruch dienten. Einzelne Zementfabriken weißten mit ihren Staubfahnen die Ebenen.

Sie passierten zwei Straßensperren, bevor sie an der dritten angehalten wurden. Ein Polizist mit Helm, Splitterweste und Maschinenpistole näherte sich dem Wagen und schaute hinein. Hakan öffnete das Seitenfenster und reichte ihm ungefragt Führerschein und Autopapiere. Der Polizist trat zwei Schritte zurück und blätterte in den Dokumenten, ging dann nach hinten, um das Kennzeichen zu überprüfen, schaute auf die Rückbank und kam wieder nach vorne. Er gab Hakan die Papiere zurück und nickte ihm zu. Sie durften weiterfahren.

Gegen Mittag hielten sie an einer Autobahnraststätte an, wo Hakan von den Kellnern freundlich begrüßt wurde. Man kannte sich. Die Raststätte lag etwa auf halbem Wege zwischen Gaziantep und Mardin, und die Fahrer legten hier öfter eine Pause ein. Ein Kellner führte Richard und Hakan zu einem Tisch und sprach dann mit Hakan, während er mit Hilfe der Finger etwas aufzählte. Als er geendet hatte, wandte sich Hakan Richard zu.

„Es gibt Kebab", sagte er. „Fleisch oder Hähnchen." Er schaute nachdenklich zur Decke, um sich die Aufzählung des Kellners in Erinnerung zu rufen. „Köfte, Suppe ... dann diese Dinger mit Hackfleisch innen drin ...".

„Auberginen?", riet Richard.

„Ja, Auberginen mit Hackfleisch!" Hakan lachte. „Dann Bohnen und ... Lieber?"

„Leber", sagte Richard.

„Genau, Leber!"

„Ich nehme Hähnchenkebab", entschied Richard. „Und ich lade dich ein."

„Oh, vielen Dank!" Hakan nahm Lammkebab. Ohne die Einladung hätte er wahrscheinlich nur eine Suppe gegessen, vermutete

Richard. Die Fahrer verdienten zwar nicht schlecht und bekamen auch Tagegelder, aber während ihrer fast täglichen Fahrten in andere Provinzen zogen sie es vor, das Mittagessen in einem Restaurant einzusparen und den kleinen Extraverdienst mit nach Hause zu nehmen. Richard zog es vor, dass sie sich auf die Straße konzentrierten anstatt auf ihren knurrenden Magen.

Nach dem Essen und einem Glas starken Tee fuhren sie weiter, wurden aber keine zwanzig Kilometer später von der Polizei von der Straße gewinkt. Man dirigierte ihren Wagen zwischen zwei dicke Betonmauern, wo Hakan den Motor abstellte und sie aussteigen mussten.

„Dokumente!", sagte ein Polizist streng, während einer seiner Kollegen sich in den Wagen beugte, das Handschuhfach öffnete und unter die Sitze schaute. Hakan und Richard zeigten ihre Ausweise. Der Polizist verglich die Fotos mit der Realität und sagte dann etwas zu Richard.

„Türkçe yok", erwiderte Richard. Das sollte heißen, dass er kein Türkisch sprach.

Der Polizist wies auf ihn und breitete die Arme aus. Richard verstand und tat es ihm nach, um sich abtasten zu lassen. Der Polizist strich über Richards Brust und die Beine und schien zufrieden. Er gab den Ausweis zurück.

Bei Hakan war er deutlich gründlicher. Hakan musste die Hände aufs Autodach legen und die Beine spreizen. Sobald der Polizist etwas in seinen Taschen erfühlte, musste Hakan den Inhalt vorzeigen und auf das Dach legen. Dann folgten einige Fragen, die Hakan geduldig beantwortete. Schließlich bekam auch er seinen Ausweis zurück.

Der andere Polizist war inzwischen wieder aus dem Auto gestiegen und hatte Richards Rucksack in der Hand. Er fragte Hakan etwas. Hakan antwortete und wies auf Richard.

„Er will wissen, was in deinem Rucksack ist", sagte er.

Richard nahm den Rucksack, öffnete die Reißverschlüsse

und ließ den Polizisten hineinschauen. Dann ging er zum Kofferraum und öffnete ihn. Obwohl Richards Handkoffer dort lag, verlangte der Polizist nicht, auch ihn zu öffnen. Er schloss den Kofferraum.

„Tamam", sagte er und lächelte Richard an. „Auf Wiehsehn."

Falls das *Auf Wiedersehen* heißen sollte, kann ich darauf verzichten, dachte Richard, lächelte aber angestrengt zurück. Zwei Stunden später trafen sie in Mardin ein.

Richard mochte Mardin und seine lange, wechselhafte Geschichte. Im Laufe von fast siebentausend Jahren hatten hier Sumerer, Assyrer, Babylonier, Perser, Römer, Byzantiner und viele andere Völker gelebt. Über der Altstadt thronte eine Burg auf einem kleinen Felsenplateau, dessen Wände steil abfielen und in einen Hang mündeten, an dessen Nordseite sich die Altstadt schmiegte. Der Ort hatte strategische Bedeutung, nicht nur wegen der Seidenstraße, die hier durchführte. Seit vielen Jahren war auf dem Felsenplateau die türkische Armee stationiert und horchte bis weit nach Syrien hinein.

Richard ließ sich in einem kleinen Hotel in der Altstadt absetzen, checkte ein und fuhr dann wieder den Hang hinunter zum Büro, das in einem Wohnhaus im neueren Teil der Stadt untergebracht war. Kerstin, die Büroleiterin, umarmte ihn zur Begrüßung.

„Ich bin froh, dass du gekommen bist!", sagte sie.

„Wieso?", fragte Richard. „Gibt´s Probleme?"

„Jede Menge."

Sie legte den Zeigefinger an die Lippen und machte ihm deutlich, dass sie mit ihm allein reden wollte. „Sollen wir nicht in ein nettes Café gehen und dort einen Kaffee trinken?"

Also nicht nur mit ihm allein, sondern auch noch außerhalb des Büros! Richard ließ seinen Rucksack in ihrem Zimmer und schaute im Vorbeigehen kurz in die anderen Räume, um einige der Mitarbeiter zu grüßen. Für ein wenig Höflichkeit musste Zeit sein.

Kerstin und er gingen zwei Straßen weiter in eine Eisdiele. Auf der Karte entdeckte er Käsekuchen, den er zum Kaffee bestellte.

„Schieß los", sagte er dann.

„Ich habe heute erfahren, dass eine der Schulen in Diyarbakir, die wir ausgebaut hatten, von der türkischen Armee zerbombt worden ist", fing Kerstin an. „Zum Glück waren gerade keine Kinder in der Schule, sonst wäre das eine Katastrophe gewesen. Aber zwei Lehrer sind dabei verletzt worden."

„Was?!", stieß Richard fassungslos aus. „Wieso zerbombt man eine Schule? Wenn die Kinder dort gewesen wären ...!"

„Sie werfen den PKK-Kämpfern vor, sich in Krankenhäusern und Schulen zu verstecken und sie als Deckung zu benutzen. Ein Krankenhaus ist heute Morgen auch bombardiert und teilweise zerstört worden. Vier Patienten, eine Krankenschwester und ein Arzt sind tot."

„Und wie viele PKK-Kämpfer?"

„Keiner. Weil kein PKK-Kämpfer dort war."

Richard schüttelte ungläubig den Kopf. In Syrien ließ Assad Schulen und Krankenhäuser zerstören, weil sich dort angeblich Rebellen aufhielten. Aber das hier war die Türkei! Ein Land, das vielleicht Mitglied der EU werden wollte!

„Es ist grausam, was hier im Osten der Türkei passiert", fuhr Kerstin fort. „Sie erschießen Frauen und sogar Kinder und lassen die Leichen zur Abschreckung tagelang in den Straßen liegen. Der Präsident hat gedroht, dass sie weitermachen, bis alle Terroristen ausgerottet sind. Er hat tatsächlich *ausgerottet* gesagt. Und für ihn sind *alle* Kurden Terroristen."

Kerstin hielt inne, als die Kellnerin Kaffee und Käsekuchen vor ihnen auf den Tisch stellte. Richard hatte plötzlich keinen Appetit mehr.

„Wir müssen unsere Arbeit dort vorerst einstellen", sagte er, als die Kellnerin wieder weg war. „So leid mir das tut, aber wir können nicht riskieren, dass unseren Leuten etwas passiert.

Wir machen weiter, wenn sich die Lage beruhigt hat."

„Ich lasse schon seit einer Woche niemanden mehr dorthin reisen."

„Das ist gut! Aber viele Menschen sind aus den umkämpften Städten geflohen. Jetzt haben wir hier nicht mehr nur syrische Flüchtlinge, sondern auch türkische."

„Deshalb wollte ich mit dir darüber auch nicht im Büro oder am Telefon sprechen", sagte Kerstin.

„Du meinst, wir werden dort abgehört?"

„Ich bin überzeugt davon, dass selbst unsere E-Mails überwacht werden! Und wir haben auch garantiert irgendwelche Spitzel unter den Mitarbeitern."

Kerstin übertrieb manchmal, fand Richard. Sie war mit einem Türken verheiratet, sprach fließend Türkisch und hatte acht Jahre lang in Berlin bei einem deutsch-türkischen Verein für Menschenrechte gearbeitet, bevor sie zu Richards Organisation gekommen war. Ihre Sichtweise der Dinge mochte bisweilen eine andere sein als Richards, aber er nahm sie ernst.

„Es ist jemand an mich herangetreten und hat mich gefragt, ob wir die vertriebenen Kurden irgendwie unterstützen können."

Richard dachte kurz nach und erinnerte sich an seinen Besuch bei ALERT. „Du weißt, dass uns das große Probleme bereiten kann", sagte er.

„Auch die Kurden sind türkische Staatsbürger", wandte Kerstin ein.

„Aber es gibt genug Politiker, die sie nicht als Türken bezeichnen, einschließlich des Präsidenten."

Kerstin schaute etwas säuerlich auf ihre Kaffeetasse. „Können wir da tatsächlich nichts machen?"

„Vom humanitären Standpunkt aus müssten wir etwas machen", erklärte Richard. „Aber als Leiter der Organisation muss ich auch uns selbst schützen. Man könnte uns als Terroristenhelfer bezeichnen und aus dem Land werfen. Oder sogar ins Gefängnis.

Dann könnten wir auch den syrischen Flüchtlingen nicht mehr helfen."

Kerstin seufzte. „Ich kann das kaum noch mitansehen, was sie hier mit den Kurden machen. In Cisre und Silopi sieht es aus wie in Ost-Aleppo. Alles ist zerstört und die Menschen wurden vertrieben." In ihren Augen standen Tränen.

„Und Europa schweigt", sagte Richard und atmete tief durch. „Oder man zeigt sich besorgt, und lässt die Menschen sterben."

„Wie hältst du das aus? Gleitet das alles an dir ab?"

„Gute Frage", erwiderte Richard. „Als ich als Student in brasilianischen Favelas miterlebt habe, wie Babys und Kinder an Durchfall starben, habe ich geheult. Auch in Nicaragua, Mosambik oder anderen Ländern, wo ich Menschen an Hunger oder Krankheiten habe sterben sehen. Aber irgendwann muss man sich dagegen wehren, sonst schafft man es nicht, weiterzuarbeiten. Wenn du dich emotional auslieferst, gehst du daran kaputt."

„Und heute bist du also ein ganz und gar rationaler Mensch."

„Natürlich nicht! Ich habe zwar versucht, das alles rational zu verarbeiten, weil ich glaubte, dass Gefühle bei dieser Arbeit stören. Aber es hat nicht geklappt. Ich kann auch heute noch heulen. Mache ich auch. Aber damit helfe ich niemandem. Ich kann am besten dann helfen, wenn ich meinen Verstand einsetze."

„Und wo bleiben deine Gefühle?"

„Für die habe ich einen Platz", sagte Richard. „Aber der ist nicht im Büro. Jedenfalls in der Regel."

„Ich wünschte, ich könnte das auch", sagte Kerstin.

„Musst du nicht. Jeder geht anders damit um." Richard schob ihr den Käsekuchen rüber. „Willst du?"

Kerstin seufzte. „Ein Stück für die Glückshormone?", fragte sie und lächelte gequält. „Kann nicht schaden."

Sie teilten sich den Kuchen, während sie den folgenden Tag planten. Kerstin hatte Besuche bei zwei syrischen Familien vorbereitet, die von ihrem Projekt unterstützt wurden. „Bassam und Jalila werden dich begleiten", sagte sie.

„Ich erinnere mich an die beiden."

„Ja, sie sind beide Syrer", erklärte sie. „Sie sprechen Arabisch, Türkisch und Englisch. Und am Nachmittag besucht ihr eine unserer Partnerorganisationen und ein Fotoprojekt für Jugendliche."

„Klingt gut!"

„Ist auch gut! Wirst du dann ja sehen."

Am Abend ging Richard die Hauptstraße der Altstadt entlang. Die vielen Souvenirgeschäfte und Läden waren fast alle geschlossen. Vor dem Krieg gegen die Kurden hatten um diese Zeit Touristen die Stadt bevölkert. Aus anderen Gegenden der Türkei kamen sie busweise herbei, aus dem Ausland mit Flugzeugen, die auf dem kleinen Flughafen etwa zwanzig Kilometer entfernt landeten. Die Stadt war ein beliebtes Ausflugsziel gewesen und bekannt für die vielen verschiedenen duftenden Seifen und deftigen Weine. Seit den Kämpfen in der Gegend wagte sich kaum noch ein Tourist hierher, und viele Geschäfte standen vor der Pleite.

Richard ging vorbei an Gebäuden, die mit Ornamenten verziert waren. Über vielen Haustüren waren arabische Schriftzüge angebracht, über anderen sah er Şahmaran, die Schlangengöttin, das Symbol der Kurden für Weisheit und Fruchtbarkeit. Minarette und Kirchtürme ragten gleichberechtigt in den Himmel.

Richard setzte sich in ein Restaurant: wundervolle Architektur, dicke Mauern, hohe Räume, geschwungene Bögen, die die Decke stützten. In diesen Jahrhunderte alten Räumen hatte schon viel Leben stattgefunden.

Ein Kellner kam herbeigeeilt und gab ihm mit freundlicher Begrüßung die türkische Speisekarte, eine englische gab es nicht. Richard versuchte, sich einen Reim auf das Angebot zu machen. Ein paar zum kulinarischen Überleben notwendige Begriffe hatte er sich eingeprägt. *Kebab* und *Döner* waren einfach und schon Bestandteil der deutschen Sprache. *Kuzu* war Lamm-, *Dana*

Rindfleisch. Aber zum Einstieg bestellte er ein *Birra*. Er hätte auch einen *Şarap* bestellen können, aber für einen Wein war es ihm zu warm. Als das Bier kam, hatte er sich für *Hummus* als Vorspeise und *Güveç* – einen Fleischeintopf mit Gemüse – als Hauptgang entschieden.

Nach dem Essen gönnte er sich noch ein Bier und lehnte sich zurück. Er nahm sein Handy und schaute kurz in seine E-Mails: nichts Dringendes, nichts, das nicht auch bis zum nächsten Tag warten konnte. Der Kellner kam.

„Çay?", fragte er.

Nein, Bier und Tee, das passte nicht zusammen. "Yok, teşekkürler", lehnte Richard dankend ab und bat höflich um die Rechnung: „Hesap, lütfen." Fast kam er sich wie ein Sprachkundiger vor.

8

Bassam trat aus dem Haus in den kleinen Innenhof, der von einer unverputzten Mauer umgeben war und in dem Wäsche zum Trocknen hing. Er drehte sich noch einmal um.

„Ich gehe jetzt!", rief er ins Haus hinein.

„Geh mit Gott!", rief sein jüngerer Bruder Rafed zurück, der in der Küche unter der Spüle lag und den verstopften Ausguss zu reparieren versuchte.

Bassam durchquerte den Innenhof mit wenigen Schritten und entriegelte die Metalltür, die auf einen engen, abschüssigen Weg führte. Er trat auf den Weg, an dessen einer Seite ein Abwasserrinnsal hinunterfloss, und schloss die Tür hinter sich. Er hatte eine gute Dreiviertelstunde Fußweg vor sich, um zum Büro zu gelangen. Er hätte auch den Bus nehmen können, aber er sparte das Geld, das er brauchte, um seinen Bruder, die Mutter und den Onkel durchzubringen. Er war der Einzige, der eine richtige Arbeit mit

Vertrag und Sozialversicherung hatte und regelmäßig Geld verdiente. Rafed trieb manchmal Gelegenheitsjobs auf, die ein paar Lira einbrachten. Der Onkel dagegen suchte vergebens nach Verdienstmöglichkeiten. Er hatte sich auf der langen Flucht von Daraa nach Mardin ein Bein gebrochen, das er zwei Wochen lang nicht hatte richten lassen können, bis sie endlich ein Krankenhaus in Idlib erreichten, in dem er behandelt wurde. Nun konnte er ohne Krücken nicht mehr gehen, niemand gab ihm Arbeit. Meistens saß er im Innenhof oder an irgendeiner Ecke mit Freunden und trank Tee. Dann spielten sie Domino oder Karten oder redeten über den Krieg.

Im Haus kümmerte sich die Mutter um ihn, den Haushalt, die Einkäufe und das Kochen. Es gab zwei Zimmer, ein Badezimmer und eine kleine Küche. In einem der Zimmer schliefen Bassam und Rafed, dort stand auch ein Fernseher, der den ganzen Tag eingeschaltet war. In dem anderen Zimmer schliefen die Mutter und der Onkel. Youssuf, der ältere Bruder Bassams, war vor Monaten nach Istanbul gegangen, wo er illegal lebte und versuchte, irgendwie nach Europa zu gelangen. Nach Deutschland. Schlepper gab es viele in Istanbul, man brauchte nur genug Geld, um sie zu bezahlen.

Im Sommer diente der Innenhof des Hauses als Wohn- und Esszimmer. Dann hatte die Familie den Eindruck von Platz und Luxus, fast schon wie in Daraa vor dem Krieg. Dort hatten sie in einem geräumigen Haus gelebt, das der Vater kurz nach der Geburt Bassams gekauft hatte, mit Garten und Schlafzimmern selbst für Gäste. Der Vater war Arzt und hatte einen guten Posten im Gesundheitsministerium, bis ihn der Krebs einholte und er viel zu früh starb. Die Mutter bezog eine Rente, von der sie das Haus unterhalten und die zwei Kinder auf die Universität schicken konnte. Man hätte sagen können, dass es ihnen gut ging in Syrien.

Jetzt ging es ihnen nicht mehr gut. Bassam vermutete, dass sich die Rente der Mutter inzwischen irgendein Beamter im Sozialministerium einsteckte, denn an irgendwen musste man ja die Rente zahlen. Aber nicht ins Ausland, nicht an Flüchtlinge, die dem Land den Rücken gekehrt hatten.

Bassam ging die schmale Gasse hinunter, die weiter unten auf eine Straße führte. Sie war eingesäumt von Häuserwänden und Mauern mit rostigen Metalltüren, aus geöffneten Fenstern drang türkischer oder arabischer Gesang. Mehr als die Hälfte der Bewohner des Viertels war aus Syrien gekommen, aus Daraa, aus Damaskus, aus Homs, Al Rakka oder Al Hassakeh. Die meisten waren hier angelangt mit dem, was sie am Leib trugen. Hatten die Wäsche auf der Leine hängen lassen, den Mittagstisch nicht mehr abgedeckt, die Tiere aus dem Stall noch auf die Weide des Nachbarn getrieben, um den Häschern des Assad-Regimes zu entgehen. Nicht wenige aber waren an diesen fremden Strand gespült worden und warteten immer noch darauf, anzukommen.

Vor manchen Türen saßen Frauen oder Kinder, Männer gingen wie Bassam zur Arbeit oder machten sich auf die Suche danach. Alle paar Schritte hatte man eine oder mehrere Stufen in die Gasse gebaut, damit der Weg nicht zu steil wurde und man im Winter nicht so leicht ausrutschte und meterweit hinunterschlitterte.

Bassam erreichte die Straße und bog nach rechts ab. Ein paar Meter weiter hielt ein Bus, in dem sich die Menschen drängten, die Wartenden an der Haltestelle stiegen zu und schoben einander vorwärts. Bassam ging zügig an ihnen vorbei.

Es war kurz nach sieben, die Sonne war intensiv, aber noch nicht zu warm, der Himmel blau und wolkenlos. Von der Straße stiegen Staubwolken auf, die sich mit den Abgasen von Lastwagen, Bussen und Mopeds mischten, die Schlaglöcher umkurvten und mit der Hupe ein Vorfahrtsrecht einklagten. Es lärmte, als ob jeder seine Anwesenheit ankündigen wollte.

Bassam eilte zielstrebig die Straße entlang, einen Gehsteig gab es nicht. Er wich parkenden Autos aus und schenkte dem Lärm und dem Verkehr keine Beachtung. Nur wenn er die Mündung einer

Seitenstraße überqueren musste, schaute er auf, um sich zu vergewissern, dass er sich keinem Auto in den Weg stellte. Immer wieder musste er innehalten und den Fahrern das Recht des Stärkeren zugestehen. Hätte er es nicht getan, hätte man ihn von der Straße gehupt.

Er wollte an diesem Tag besonders pünktlich im Büro ankommen und ging schneller als sonst. Er und seine Kollegin Jalila sollten heute Richard, den Direktor, zu zwei syrischen Flüchtlingsfamilien begleiten. Auf halbem Weg begann er zu schwitzen. Er ging etwas langsamer. Der Direktor sollte ihn nicht mit durchschwitztem Hemd sehen.

Bassam trat um Viertel vor acht ins Büro. Nur der Wachmann und zwei Fahrer waren schon da. Er ging zu seinem Platz in dem Raum, in dem er und drei andere Kollegen arbeiteten, und schaltete den Computer ein. Nur ein kurzer Blick in seine E-Mails und die Nachrichtenseiten, die aus Syrien berichteten. Lebenszeichen von ein paar Freunden, die im Land geblieben waren, weil sie daran glaubten, dass der Diktator doch noch stürzen könnte.

Bassam glaubte nicht mehr daran. Er verfolgte die Kämpfe sehr genau und hatte seine Schlussfolgerungen gezogen. Russland setzte mehr und mehr die Stärke seiner Luftwaffe ein und bombardierte flächendeckend und ohne Rücksicht auf Zivilisten und die Meinung der Welt. Was scherte Russland die Meinung einer Welt, die sich ohnehin nur auf mahnende Worte beschränkte!? Bassam hatte schon lange die Hoffnung auf einen Wandel verloren. Wenn selbst Fassbomben und Chemiewaffen nicht genügten, um einzugreifen, wer sollte den Diktator jetzt noch aufhalten?

Immerhin: Seine besten Freunde waren noch am Leben! Fast alle lebten im Untergrund, versteckten sich bei Verwandten oder irgendwo in den unübersichtlichen Armenvierteln der Städte. Zwei hatten sich inzwischen dem bewaffneten Widerstand angeschlossen und verschanzten sich mit Kämpfern der Freien Syrischen Armee in Ghouta, im Süden des Landes. Einer hatte Bassam ein

Foto geschickt, auf dem er – vermummt, aber Bassam erkannte ihn – vor der syrischen Fahne posierte. *Die FSA wird siegen* stand darunter. Bassam lächelte traurig. Er hoffte, dass sein Freund nicht leiden musste, bevor er sterben würde.

Vom Eingang her waren Stimmen zu hören. Richard, der Direktor, war eingetroffen und begrüßte einige der Kollegen. Bassam erhob sich und folgte den Stimmen. Er war nicht sicher, ob Richard ihn wiedererkannte und nannte seinen Namen, als er ihm die Hand reichte.

„Ich weiß", erwiderte Richard und nahm seinen Hut ab. „Ich erinnere mich. Guten Morgen, Bassam."

Bassam hatte Richard bisher zweimal getroffen, aber beide Male waren sie nicht über einige Floskeln hinausgekommen. Dennoch hatte er den Eindruck, dass Richard am Wohlbefinden seines Teams etwas lag. Wenn er fragte, wie es einem ging, klang es jedenfalls nicht nur wie eine Floskel. Auch setzte er sich mal mit den syrischen Mitarbeitern hin und trank einen Kaffee oder Tee mit ihnen, um über das Leben vor dem Krieg zu sprechen, über die Familie und Freunde. Über die Schönheiten Syriens, trotz eines Diktators.

Sie gingen in die Küche und tranken Wasser, als auch Jalila eintraf, eine junge und schöne Frau, die in Syrien im vierten Semester Sozialwissenschaften studiert hatte, als der Krieg ausbrach und die Familie fliehen musste. Entgegen vieler ihrer syrischen Kolleginnen verdeckte sie ihr langes Haar nicht mit einem Kopftuch, sondern trug es offen mit einer Spange über der Stirn, damit es ihr nicht ständig ins Gesicht fiel. Obwohl es zu einem Drittel mit einem Feuermal bedeckt war, verbarg sie ihr Gesicht nicht, im Gegenteil, sie zeigte das Mal demonstrativ und schien stolz und fast trotzig Respekt einzufordern, auch wenn mancher es als Makel betrachten mochte.

Nachdem sich jeder mit Wasser versorgt hatte, verließen Bassam, Jalila und Richard das Büro und ließen sich von einem der

Fahrer in eines der ärmeren Stadtviertel bringen, in denen die meisten Flüchtlinge untergekommen waren. Richard, der auf dem Beifahrersitz saß, drehte sich um.

„Wo wohnt ihr eigentlich?", fragte er.

Bassam deutete auf einen Hügel etwa einen Kilometer entfernt. „Dort drüben", sagte er.

Richard schaute zum Hügel. „Mit Familie?"

„Mit meiner Mutter, meinem Bruder und einem Onkel."

„Und du?", wandte sich Richard an Jalila.

„Auch dort in der Gegend", sagte Jalila. „Aber auf der anderen Seite des Hügels. Und auch mit Familie. Vater, Mutter und Bruder."

„Und wie lange lebt ihr schon in der Türkei?"

„Drei Jahre", sagte Jalila.

„Mehr als vier Jahre", sagte Bassam.

„Das ist eine lange Zeit", sagte er nachdenklich. „Und wie fühlt ihr euch hier?"

Bassam und Jalila sahen einander an. „Wir hatten keine Wahl", sagte Jalila dann. „Meine Familie ist gegen Assad und mein Bruder hat demonstriert. Irgendwann hat unser Vater gesagt, dass wir das Land verlassen müssen, wenn wir leben wollen. Wir sind zwar Fremde hier, aber man behandelt uns gut. Und mein Bruder und ich haben eine Arbeit. Das ist das Wichtigste."

„Ja, die Arbeit ist das Wichtigste", stimmte Bassam zu. „Aber es ist schwierig, hier zu leben. Wir werden zwar als Gäste in der Türkei bezeichnet und nicht als Flüchtlinge, aber als Gäste haben wir weniger Rechte. Und langsam spüren wir auch, dass die Bevölkerung die Geduld verliert. In Kilis hat es Proteste gegen die Flüchtlinge gegeben, und man hat Geschäfte geplündert, die von Syrern geführt wurden."

„Ich habe davon gehört", sagte Richard. „Wenn die Flüchtlinge über Jahre hinweg so massiv von den humanitären Organisationen unterstützt werden, ist es logisch, dass Neid aufkommt."

„Ja, hier im Südosten der Türkei gibt es auch viel Armut unter der türkischen Bevölkerung, und die bekommt nichts."

„Das ist das Problem! Man müsste auch für die Gemeinden, die die Flüchtlinge aufnehmen, etwas tun."

„Und warum tun wir das nicht?"

„Wir arbeiten daran", sagte Richard. „Ist ein wenig schwierig, weil wir nicht mit den Verantwortlichkeiten der Regierung kollidieren wollen. Und hier in Mardin ist es besonders heikel."

„Weil die Mehrheit der Bevölkerung kurdisch ist?"

Richard machte eine hilflose Geste, die gleichzeitig Zustimmung ausdrückte. „Bist du Kurde?"

„Nein, ich komme aus dem Süden Syriens."

„Aus Damaskus?"

„Aus Daraa."

„Dort, wo alles angefangen hat."

„Ja", sagte Bassam leiser. „Dort hat es angefangen." Dann schaute er aus dem Seitenfenster und schwieg den Rest der Fahrt.

Der Wagen hielt an. Sie befanden sich mitten in einer der armen Gegenden der Stadt. Auf der linken Seite der Straße stieg das Viertel an, auf der rechten Seite dehnte es sich auf einer ebenen Fläche bis an den Stadtrand. Bassam, Jalila und Richard stiegen aus. Bassam deutete auf den Hügel.

„Wir müssen da rauf", sagte er.

„No problem", erwiderte Richard. „Dann geh mal voran."

Sie tauchten in eine schmale Gasse ein, die steil anstieg. Es roch nach Abwasser und zwischendurch nach Essen, das irgendwo vorbereitet wurde. Musik, Kindergeschrei und schimpfende Mütter, selten eine Männerstimme, Hammerschläge von wechselnden Seiten. Hier wurde immer repariert, immer improvisiert.

Sie bogen nach rechts in eine noch schmalere Gasse ein. Katzen, die gerade noch im Müll gewühlt hatten, flohen aufgeregt über Mauervorsprünge und abgestorbene dürre Bäumchen, um aus sicherer Höhe abzuwarten, bis die Fremden vorbeigegangen waren, um dann wieder zu den aufgerissenen Mülltüten zurückzukehren.

Bassam schaute auf ein Papier und dann zu den aufgemalten Nummern an den Wänden. Er orientierte sich, indem er einen Schritt zurücktrat und zu beiden Seiten blickte.

„Hier ist es", sagte er und ließ Jalila an die Tür treten. Er wusste, es gab keinen Mann im Haus. Da war es angebracht, dass seine Kollegin den Anfang machte.

Jalila klopfte an die Tür und kündigte auf Arabisch den Besuch an. Hinter der Tür näherten sich schlurfende Schritte. Eine Frau um die Vierzig, die ihr Haar unter einem Hidschab verbarg und eine Abaya trug, öffnete die Tür einen Spalt und schaute Jalila fragend an. Jalila erklärte den Grund des Besuchs. Die Frau rief nach hinten in den Raum hinein.

Eine zweite Frau erschien, öffnete die Tür nun vollständig und begrüßte Jalila lächelnd, auch sie trug Hidschab und Abaya. Jalila stellte Richard vor und übersetzte.

„Das sind Selava und ihre Schwester Aya. Aya wusste nicht, dass wir kommen und war ein wenig überrascht."

„As-salamu alaykum", sagte Richard zu den beiden Frauen, legte die rechte Hand auf die linke Brust und deutete eine Verbeugung an.

„Waalaykum as-salam", grüßten die Frauen zurück. Selava bat die Gäste ins Haus und fuhr fort, mit Richard auf Arabisch zu reden, während die Besucher die Schuhe abstreiften. Richard lächelte höflich, obwohl er kein Wort verstand.

„Er spricht kein Arabisch", unterbrach Jalila sie. „Aber Bassam und ich übersetzen."

Selava schaute erstaunt und lachte. „Ich dachte, wenn er uns begrüßen kann, spricht er auch Arabisch", sagte sie. „Sag ihm bitte, dass er herzlich willkommen ist, dass aber unser Haus sehr bescheiden ist und es mir leidtut, dass wir ihm nichts Besseres anbieten können."

Jalila übersetzte. Richard schaute sich demonstrativ um. Sie befanden sich in einer ehemaligen Garage, deren Boden mit alten

Teppichen ausgelegt war. An den Wänden lehnten Kissen, in der Mitte stand ein niedriger Tisch. In der hinteren Wand war ein Fenster, das den Raum mit spärlichem Licht ausfüllte. Unter dem Fenster stand ein Ofen, dessen Abzugsrohr durch ein undichtes Loch nach draußen führte. An der Seite führte ein Durchbruch in einen anderen Raum, der jedoch dunkel war. Es war stickig.

„Ich finde es recht hübsch hier", sagte Richard freundlich und ließ den Blick über die Teppiche schweifen. „Sie haben einen guten Geschmack."

„Vielen Dank", sagte Selava. Sie bat die Gäste, sich zu setzen. Bassam, Jalila und Richard ließen sich auf die Teppiche sinken und lehnten sich gegen die Kissen.

„Möchten Sie Tee oder Kaffee?", fragte Selava.

„Machen Sie sich keine Umstände", erwiderte Richard. „Vielmehr möchte ich Ihnen danken, dass Sie sich Zeit für uns nehmen."

„Ich habe zu danken", sagte Selava. „Sie sind unsere Gäste, ich bestehe darauf. Tee?"

„Ja, gerne", sagte Richard schließlich, und Bassam und Jalila nickten.

Selava verschwand in dem dunklen Raum, der kurz erhellt wurde, als sie dort eine weitere Tür öffnete und wieder schloss. Aya stellte sich in den Durchbruch und rief in die Dunkelheit hinein. Kurz darauf erschienen ein etwa vierzehnjähriger Junge und ein Mädchen, das vielleicht zwei Jahre älter war, beide rieben sich die Augen. Es war offensichtlich, dass sie geschlafen hatten. Sie setzten sich zusammen mit Aya den Gästen gegenüber. Das Mädchen, das Jeans trug, zupfte sich das Kopftuch zurecht. Der Junge, der ein Trikothemd des 1. FC Barcelona trug, grinste die Besucher neugierig an.

„Wie geht es dir, Aya?", fragte Jalila.

„Es geht mir gut", antwortete Aya. „Ich habe einen Nähkurs gemacht. Vielleicht finde ich eine Arbeit."

„Das ist gut. Du könntest selbst etwas nähen und dann verkaufen."

„Ja, daran habe ich auch schon gedacht. Ich habe letztens ein Babyhemdchen genäht und es der Nachbarin zur Geburt ihres Sohnes geschenkt."

„Schön! Versteht ihr euch gut mit den Nachbarn?"

„Ja, wir helfen uns gegenseitig. In solchen Zeiten müssen wir zusammenhalten."

Selava trat ein, in den Händen ein Tablett, auf dem die gefüllten Teegläser und eine Schale mit Würfelzucker standen. Sie ging von einem zum anderen, jeder nahm sich ein Glas und zwei oder drei Stückchen Zucker. Dann setzte sie sich neben ihre Schwester.

„Die Familie bekommt von uns seit dem vorigen Jahr eine Geldkarte", erklärte Bassam an Richard gewandt. „Über den Winter haben wir für die Härtefälle zusätzliches Geld gegeben, aber Selavas Familie war irgendwie durch das Raster gefallen. Deshalb müssen wir jetzt sicherstellen, dass das nicht noch einmal passiert."

„Kann Selava mir etwas über ihre Situation erzählen? Warum ist ihre Familie ein Härtefall?"

Nachdem Bassam übersetzt hatte, beugte sich Selava nach vorne. „Wir leben seit zwei Jahren hier in Mardin", sagte sie. „Mein Mann ist noch in Syrien. Er hat ein kleines Geschäft. Er hat Angst, dass er alles verliert, wenn er geht. Wir haben doch nur das Geschäft. Aber er wollte, dass wir uns in Sicherheit bringen. Und Ayas Mann …". Sie schaute zu ihrer Schwester.

Aya räusperte sich und schaute zu Boden. „Ich weiß nicht, wo mein Mann ist", sagte sie leise. „Er hat an ein paar Demonstrationen teilgenommen, bis sie ihn verhaftet haben. Ich weiß nicht einmal, ob er noch lebt. Wahrscheinlich nicht."

„Sie haben nie wieder etwas von ihm gehört?", fragte Richard.

„Nie wieder."

„Wir sind alle gegen die Diktatur", sagte Selava. „Aber wir hatten unser Leben, unsere Familie. Doch als man Ayas Mann verhaftet hat, wussten wir, dass es für uns zu gefährlich wurde."

„Woher kommen Sie?", wollte Richard wissen.

„Aus Homs. Wir dachten, dass hier in der Türkei alles gut werden würde. Aber Allah stellt uns auf eine harte Probe."

„Was ist passiert?"

„Zwei Tage nach unserer Ankunft hatte mein Sohn einen Unfall." Sie deutete auf den Jungen. „Er wurde von einem Auto überfahren und schwer verletzt. Am Kopf. Seitdem spricht er nicht mehr. Und er ist wie ein kleines Kind. Er war ein so guter Schüler …"

„Haben Sie damals mit einem Anwalt gesprochen?"

„Wir waren doch gerade erst angekommen. Wir kannten niemanden, und keiner von uns spricht Türkisch. Wir waren froh, dass der Junge überlebt hat! Als wir dann diese Geldkarte von Ihnen bekommen haben, hat man uns auch einen Anwalt vermittelt. Aber der Unfall lag da schon ein Jahr zurück, und nun dauert es sehr lange, all die notwendigen Dokumente zu beschaffen. Wir hoffen trotzdem, dass es eine Gerechtigkeit gibt. Inshallah!"

„Wir stellen auch einen Übersetzer zur Verfügung, der Selava und ihren Sohn ins Krankenhaus begleitet, damit er dort weiter behandelt werden kann", ergänzte Bassam. „Er macht zurzeit eine Rehabilitation."

„Und wir bezahlen auch die Behandlung?", fragte Richard.

„Nein, die syrischen Flüchtlinge können das türkische Gesundheitssystem in Anspruch nehmen und brauchen dafür nichts zu zahlen."

Richard schlürfte seinen Tee. „Ich hoffe, dass Ihr Sohn wieder gesund wird", sagte er dann. „Sie sind eine tapfere Frau."

„Vielen Dank", sagte Selava. Sie lächelte schüchtern. „Das hat mir noch niemand gesagt."

„Wollen Sie in der Türkei bleiben?"

„Ja, die Menschen hier sind ähnlich wie wir Syrer. Und vielleicht kommt mein Mann ja auch noch hierher. Inshallah! Manche unserer Nachbarn wollen nach Europa, nach Deutschland. Aber das wollen wir nicht. Dort wären wir noch fremder als hier. Und ich habe gehört, dass Flüchtlinge nicht willkommen sind."

„Es gibt einige Gruppen dort, die Stimmung gegen Flüchtlinge machen", gab Richard zu. „Aber es ist eine Minderheit."

„Warum sind sie denn gegen Flüchtlinge?"

„Es ist eine diffuse Angst", erklärte Richard. „Zum Beispiel davor, dass ihnen die Flüchtlinge die Arbeit wegnehmen, was natürlich Blödsinn ist. Ich habe jedenfalls noch keinen Deutschen gesehen, dem ein Flüchtling den Job weggenommen hat."

Sie unterhielten sich eine Weile, bis Bassam an den nächsten Besuch erinnerte. Die Gäste erhoben sich.

„Bleiben Sie doch und trinken einen Tee", sagte Selava.

„Ich würde sehr gerne weiter mit Ihnen reden", sagte Richard. „Aber wir müssen leider aufbrechen. Ich möchte noch eine andere Familie besuchen."

„Ja, machen Sie das", sagte Selava und begleitete die Besucher zur Tür. „Es ist wichtig, dass Sie sehen, wie wir leben." Sie winkte ab. „Aber was sage ich da ... Die Hauptsache ist, *dass* wir leben. Und mehr wollen wir doch gar nicht! Einfach nur leben."

Als Bassam mit Jalila und Richard am späten Nachmittag zum Büro zurückkehrte, war das Wetter umgeschlagen, der Himmel hatte sich zugezogen und es nieselte. Der Fahrer setzte die kleine Gruppe vor der Eingangstür des Gebäudes ab, und Bassam ging voran in die erste Etage, in der Kerstins Büro lag.

„Wenigstens kühlt es ein wenig ab", sagte Kerstin, als die Ankömmlinge ihr Zimmer betraten. Sie setzten sich an den kleinen, runden Tisch neben ihrem Schreibtisch und besprachen die Besuche. Richard schien zufrieden, bat aber darum, Selavas Familie im Auge zu behalten.

„Es darf einfach nicht passieren, dass solche Familien von unserem System nicht angemessen erfasst werden", sagte er. „Nach unseren Kriterien hätten sie Anspruch auf die Winterhilfe gehabt."

„Vielleicht hat es eine Panne mit den Tablets gegeben und die

Daten wurden versehentlich gelöscht", meinte Bassam. „Aber nun sind wir dabei, sie durch andere Programme zu unterstützen."

Auf einem Papier machte er sich eine Notiz. Projektalltag war das. Ständig erhob er mit den Kollegen Daten, ermittelte die Bedürftigkeit der Familien, nahm sie in die Programme auf oder heraus, korrigierte fehlerhafte Informationen. Selten lief alles wie geplant. Wie oft schon hatten Bassam und die Kollegen Projekte anpassen, Finanzpläne ändern oder auf Notlagen reagieren müssen, wenn jemand dringend Hilfe brauchte. Es war ein ständiges Improvisieren. Jeder war im Notfallmodus. Es konnte immer etwas Unvorhergesehenes passieren, nachts um zwei oder sonntags um drei. Man brauchte gute Nerven, und wer die nicht hatte, hielt es kaum mehr als ein Jahr durch.

„Ich lade euch zu Kaffee und Kuchen ein", schlug Richard vor. „Was haltet ihr davon?"

Kerstin setzte einen entschuldigenden Blick auf. „Ich muss leider nach Hause. Der Elektriker kommt gleich, um eine neue Leitung zu legen."

„Wenn es dazu dient, dass du dir keinen Elektroschock einfängst", sagte Richard und wandte sich an Bassam und Jalila. „Und wie sieht es mit euch aus?"

„Ich muss meine Mutter zum Arzt begleiten", sagte Jalila. „Sie spricht kein Türkisch. Sorry."

„Kein Problem", sagte Richard und schaute fragend zu Bassam.

Bassam lächelte. „Kuchen hört sich gut an."

„Also gut. Gehen wir!"

Sie verabschiedeten sich von den anderen und gingen zu dem Café in der Parallelstraße, in dem Kerstin am Vortag mit Richard gesessen hatte. Bassam bestellte Tee und Baklava, Richard Kaffee und Käsekuchen. Sie redeten über die Besuche während des Tages, die Projekte in Mardin und die Schwierigkeit, im Kurdengebiet zu arbeiten.

Dann lehnte sich Richard zurück. „Was ist deine Geschichte?", fragte er. „Warum bist du aus Syrien geflohen? Du hast gesagt, du kommst aus Daraa?"

Bassam räusperte sich. „Meine Familie stammt ursprünglich aus Damaskus. Mein Vater hat dort für die Regierung gearbeitet." Er zuckte entschuldigend die Achseln. „Aber das heißt nicht, dass wir Anhänger des Regimes waren. Im Gegenteil, wir sind alle gegen Assad. Aber man kann in Syrien leben, wenn man es nicht laut sagt." Bassam machte eine Pause und fuhr mit der Hand über die Stirn, um die kleinen Schweißperlen wegzuwischen, die sich gebildet hatten. Wieder räusperte er sich. Er spürte, wie sich sein Herzschlag beschleunigte. „Meine Brüder, meine Freunde … und ich haben schon an den ersten Demonstrationen teilgenommen", sagte er dann und atmete tief durch. „Das war 2011. Aber … wir haben schnell gemerkt, dass das Regime keinen Protest duldete." Er schluckte. „Sie waren ziemlich brutal".

Richard beugte sich vor. „Wenn du nicht darüber reden willst, verstehe ich das."

„Doch, doch", wehrte Bassam ab. „Es ist nur … es ist manchmal nicht leicht, sich zu erinnern und die Bilder wieder vor sich zu sehen".

Richard wartete ab und nippte an seinem Kaffee. Er steckte sich ein Stück Käsekuchen in den Mund.

„Wir haben immer friedlich demonstriert", fuhr Bassam fort. „Wir dachten, den Arabischen Frühling auch nach Syrien bringen zu können. Wir haben immer nur Worte benutzt, niemals Waffen."

„Worte können eine sehr starke Waffe sein."

Bassam nickte. „Vielleicht haben wir zu spät begriffen, wie gefährlich das war. Jedenfalls haben die Soldaten geschossen."

„Sie haben auf dich und deine Freunde geschossen?", Richard schaute ihn mit großen Augen an.

„Von unserer Seite sind ein paar Steine geflogen, eigentlich harmlos und keine Gefahr für die Soldaten. Aber … dann haben sie geschossen."

„Und deine Brüder? Und deine Freunde? Ist jemand verletzt worden?"

„Ja, es hat Tote und Verletzte gegeben." Bassam rieb sich die schweißfeuchten Hände. „Es war furchtbar. Zum Glück ist meinen Brüdern nichts passiert. Aber andere …". Bassam machte eine Geste der Hilflosigkeit. „Kurz darauf sind wir geflohen", fuhr er dann fort. „Mein jüngerer Bruder lebt jetzt hier mit uns in Mardin, der ältere in Istanbul. Einige unserer Freunde sind auch in die Türkei geflohen, und die meisten, die noch in Syrien sind, leben im Untergrund."

„Hast du Kontakt zu ihnen?"

„Fast jeden Tag. Aber immer, wenn ich jemanden anrufe, habe ich Angst davor, dass er nicht mehr antwortet."

Bassam fiel es zusehends schwerer, über die Ereignisse zu reden, und er war froh, als Richard nicht weiterfragte. Sie wechselten das Thema und sprachen wieder über die Projekte, darüber konnte man immer reden.

Aber Bassam konnte die Erinnerung nicht einfach wegwischen. Jetzt war alles wieder da. Wie damals in Daraa. Die im Rhythmus der Schritte herausgebrüllten Forderungen, der Schweißgeruch der anderen Demonstranten, die Arm in Arm die Straße hinunterschritten, das Peitschen der Schüsse, der Geruch von Pulverdampf, der Geruch von Blut.

Als Bassam am Abend im Bett lag, betrunken von einer halben Flasche Raki, weinte er still vor sich hin. Er ließ die Bilder über sich ergehen, konnte nicht gegen sie ankämpfen, sie waren in seinem Schädel wie eingemeißelt. Wie oft hatte er das alles schon durchlebt, wie oft diesen Schmerz gespürt, der immer wiederkehrte, oft überraschend und unerwartet. Manchmal war nur eine Bemerkung, eine Frage nötig, und alles erschien vor seinem inneren Auge, als würde jemand plötzlich einen Vorhang zur Seite ziehen, der vor dem Entsetzen schützen sollte.

Bassam studierte damals in Damaskus, doch zu Hause war er in Daraa, wohin die Familie nach dem Tod des Vaters gezogen war.

Dort lebte auch Sawsan. Die beiden hatten sich auf der Universität kennengelernt, wo sie Architektur studierten. Nach einem Semester hatten sie sich ineinander verliebt, ein paar Monate später sprachen sie von Heirat. Die Eltern der beiden waren einverstanden, und auch über den Brautpreis, den Sawsans Vater verlangte, wurden sie schnell einig. Die Zukunft versprach Glück. Dann begannen die Demonstrationen, und was zuerst wie der Protest von pubertierenden Jugendlichen und Kindern aussah, steigerte sich schnell in die brutale Vergeltung eines Regimes, das Kritik als Verrat definierte.

Der jüngere Bruder eines Freundes war während der ersten größeren Demonstration verhaftet worden und in irgendeinem Gefängnis verschwunden. Da war es für Bassam keine Frage, ob er demonstrierte oder nicht, es war seine Pflicht als Freund. Aber je mehr er sich mit den Forderungen der Demonstranten beschäftigte, desto mehr gewann er die Überzeugung, dass es einen Wandel geben *musste*. Und der war greifbar! Der hatte auch in anderen Ländern stattgefunden! Die Welt schaute zu, und das war ihre Chance!

Bassam konnte nicht ahnen, dass die Welt tatsächlich nur zuschaute, damals und später, bei den Demonstrationen, bei den Morden, beim Abschlachten Hunderttausender, bei Fassbomben- und Giftgasangriffen.

Aber bei den Demonstrationen waren sie noch enthusiastisch, Bassam, Sawsan, die Freunde. Und es wurden immer mehr. Fast täglich gingen sie in Daraa auf die Straße und schrien ihren Zorn hinaus, und selbst als die ersten Soldaten kamen und sie einzuschüchtern versuchten, blieben sie stark und stellten sich ihnen gemeinsam entgegen. Sie spürten ihre Kraft und sprachen einander Mut zu.

Irgendwann zückten die Soldaten ihre Schlagstöcke. Es gab Verletzte. Blutende Demonstranten wurden abgeführt und verschwanden unter den Planen der Militärlastwagen. Zorn steigerte sich zur Wut, Steine flogen.

Am letzten Tag des April gingen Bassam und Sawsan, eingehakt mit anderen Demonstranten, die schmale Straße entlang, die zu einem der Plätze führte, auf denen an diesem Tag mehrere große Kundgebungen stattfinden sollten. Sawsan hatte eine syrische Flagge um die Schultern gelegt, die den oberen Teil ihres grünen Kleides bedeckte. Bassam fand, dass sie fantastisch aussah. Wie eine Revolutionärin, dachte er.

Sie gingen ganz vorne, in der ersten Reihe, hinter sich eine ständig wachsende Anzahl von Menschen, die das Ende der Diktatur verlangte. Bassams Brüder gingen ein paar Meter neben ihm, mehrere Freunde dahinter.

Dort, wo die Straße auf den Platz mündete, erkannten sie eine Reihe von Soldaten und einen gepanzerten Wagen mit aufmontiertem Maschinengewehr. Doch sie ließen sich nicht beirren und gingen ohne innezuhalten auf die Soldaten zu. Erst als sie die Gesichter der Soldaten erkennen konnten, verlangsamten sie ihren Schritt und riefen ihnen zu, sich dem Protest anzuschließen. Schließlich blieben sie stehen. Die Soldaten hielten ihre Waffen vor der Brust, die ausgestreckten Zeigefinger über dem Abzug.

Ein Stein flog. Bassam drehte sich um, konnte aber nicht ausmachen, woher der Stein gekommen war. Die Soldaten richteten ihre Gewehre über die Köpfe der Demonstranten, die jetzt noch lauter wurden und den Steinwurf feierten, der niemanden getroffen hatte. Aber dann flogen weitere Steine, und einige trafen, wenn sie auch keinen Schaden anrichten mochten.

Die Schüsse waren ohrenbetäubend. Die Demonstranten flüchteten in Hauseingänge oder gingen hinter parkenden Autos in Deckung, einige schrien in wilder Panik.

Bassam war mit Sawsan hinter ein Auto gehechtet und legte sich schützend über sie. Sie warteten eine halbe Minute ab, aber nichts geschah. Sie erhoben sich.

„Sie werden nicht auf uns schießen", sagte Sawsan. „Das können sie nicht!"

„Bist du sicher?", fragte Bassam. Er hatte keine Angst um sich, aber um Sawsan.

„Sie wollen uns nur Angst machen." Sawsan trat vor, Bassam folgte ihr.

Langsam kamen die Menschen aus ihrer Deckung hervor und sammelten sich auf der Straße. Einige schrien die Soldaten an.

Sie hakten sich wieder ein. „Assad muss weg!", skandierten sie, auch Bassam und Sawsan.

Als die nächste Salve über ihre Köpfe fegte, liefen sie nicht mehr weg. Einige gingen kurz in die Knie und unterbrachen die rhythmische Forderung, hatten sich aber nach wenigen Sekunden wieder im Griff. Erneut flogen Steine aus der Menge auf die Soldaten zu, und diesmal schrien zwei Soldaten getroffen auf.

Entsetzt sah Bassam, dass die Soldaten die Gewehre senkten und auf die Demonstranten zielten, während von hinten noch mehr Steine geworfen wurden.

Bassam wollte Sawsan zur Seite stoßen, aus der Schusslinie der Gewehre, als sie plötzlich nach hinten gerissen wurde. Noch bevor sie auf dem Asphalt aufschlug, hörte er die Schüsse.

In wilder Panik stob die Menge auseinander. Aber Bassam war erstarrt. Er blickte hinunter zu Sawsan, unter deren Kopf sich rasch eine Blutlache bildete. Bassam kniete sich neben sie, nahm ihre Hand in seine und strich ihr über die Wange.

„Wir müssen hier weg!", sagte er, während immer noch geschossen wurde und überall Schreie waren. Sawsan rührte sich nicht. Ihr linkes Auge war ein blutiges Etwas, das rechte schaute Bassam an, als wäre nichts geschehen. Sawsan war tot.

Bassam redete auf die Leiche ein, wollte sie anheben, doch ein harter Griff packte ihn an der Schulter.

„Bassam!", rief sein Bruder Youssuf atemlos. „Weg hier!"

Bassam schien ihn nicht zu hören. Er blickte auf Sawsan. Sein Bruder und ein anderer junger Mann rissen ihn hoch, er kam auf die Beine.

„Was?" Bassam schaute seinen Bruder verständnislos an. „Sawsan ..."

„Ich weiß!", erwiderte der Bruder. „Aber jetzt müssen wir hier weg!" Die Soldaten hatten das Feuer eingestellt, doch es war offensichtlich, dass sie erneut schießen würden, wenn die Demonstranten jetzt nicht schnell genug verschwanden.

Wie durch einen Nebel spürte Bassam, wie er von seinem Bruder und dem jungen Mann, halb getragen, halb gestützt, von Sawsan weggeführt wurde. Doch dann begriff er, was geschehen war. Er riss sich los und drehte sich um. Heftig atmend starrte er zu den Soldaten. Er wollte ihnen seine ohnmächtige Verzweiflung entgegenschreien, wollte sie anbrüllen und schuldig sprechen, doch seine Worte erstickten in einem unkontrollierten Schluchzen. Sein Blick traf auf einen jungen Soldaten, der mit offenem Mund dastand und ihm entgeistert in die Augen schaute. Bassam deutete auf ihn und wollte auf ihn zugehen, doch sein Bruder und der andere junge Mann griffen seine Arme und führten ihn weg von diesem Ort, vorbei an Leichen und stöhnenden Verwundeten. Erst als sie einige Straßen weiter in eine Gasse einbogen, in die sich auch andere Demonstranten geflüchtet hatten, hielten sie an und setzten sich außer Atem auf die Stufen eines Hauseingangs. Der junge Mann klopfte Bassam auf die Schulter und ging zu einer anderen Gruppe, die sich um Verletzte kümmerte.

Bassam schaute suchend um sich. Seine blutverschmierten Hände begannen zu zittern. Er starrte auf sie, Tränen rannen seine Wangen hinunter. Youssuf nahm ihn in den Arm.

„Sie ... Sawsan ...". Bassam rang nach Worten und schluchzte. „Sie ... hat doch gar nichts gemacht ... Sie haben sie ... erschossen ..."

Seinem Bruder standen Tränen in den Augen. „Ja, sie haben Sawsan erschossen." Seine Stimme klang rau.

„Sie ist ... tot."

Plötzlich stand Bassam auf. „Wir müssen sie holen!", sagte er und wollte sich an seinem Bruder vorbeidrängen, doch der umarmte ihn und hielt ihn zurück.

„Nein, nein!", sagte er eindringlich. „Wir können nicht dahin! Sie würden uns auch umbringen!"

„Aber Sawsan liegt dort auf der Straße!"

„Jetzt nicht!", sagte sein Bruder, packte ihn an den Schultern und blickte ihm in die Augen. „Jetzt nicht!"

Bassam sah ihn durch den Schleier seiner Tränen an.

„Vielleicht später", sagte Youssuf. „Aber nicht jetzt!"

Sie gingen weder später noch irgendwann zurück an den Ort, an dem Sawsan gestorben war. Wenige Wochen nach ihrem Tod verließen sie das Land.

Das alles hatte Bassam Richard nicht erzählt. Er wollte nicht darüber reden, um die Erinnerungen nicht wachzurufen. Aber die Erinnerungen waren hartnäckig, setzten sich durch, brannten in der Brust wie glühendes Eisen. Der Raki linderte die Schmerzen nicht, aber er betäubte. Vor dem Krieg hatte Bassam keinen Alkohol getrunken, jetzt war er ihm zum Freund in schweren Stunden geworden. Er trank, bis er einschlief und in eine dumpfe Bewusstlosigkeit fiel. Die Erinnerungen zogen sich zurück, verschwanden hinter dem Vorhang, den irgendwann irgendjemand wieder zur Seite ziehen würde.

9

Die Fußballeuropameisterschaft war gerade ein paar Tage vorbei, als Richard wieder in Ankara war. Dieses Mal hatte er entschieden, übers Wochenende zu bleiben, um ein wenig das zu genießen, was ihm in Gaziantep fehlte. Er betrachtete die Hauptstadt zwar nicht als brodelndes Kulturzentrum, aber gegenüber dem konservativen Gaziantep hatte sie einiges zu bieten. Vor allem musste man nicht nach Kneipen suchen, in denen man Bier trinken konnte. Hier war die Gesellschaft weitaus offener, vielleicht nicht so offen wie in Istanbul, aber eben offener als in Gaziantep. Und es gab Jazz.

Richard hatte ein wenig im Internet gesurft und einen Jazzclub nicht weit von seinem Hotel gefunden, den er am Abend aufsuchen wollte. Ein Programm war zwar nicht angegeben, aber ob nun ein Trio, Quartett oder Quintett auftrat, war ihm ziemlich egal. Nach Monaten der Abstinenz wollte er einfach nur die Musik und die Atmosphäre genießen.

Am Tag zuvor hatte Faribaa ihm per WhatsApp eine Nachricht geschrieben. Sie vermisse ihn, schrieb sie, und wolle ihn besuchen, in der folgenden Woche.

Richard musste sie vertrösten. Die nächsten Wochen waren bereits vollgestopft mit Terminen, in Kahramanmaras, Antakya, Kilis. Er würde viel unterwegs sein und keine Zeit haben, schrieb er. Sie verschoben die Sache also auf später. Aber als er jetzt am Freitagabend in einem Restaurant saß, erhielt Richard die nächste Nachricht.

Wann sehen wir uns wieder? textete Faribaa.

Darüber hatte Richard sich noch keine konkreten Gedanken machen können. Er war zu beschäftigt und getrieben von den ständigen Unwägbarkeiten, denen seine Arbeit unterworfen war.

Das weiß ich noch nicht, erwiderte er. *Im Moment sieht es nicht so gut aus.*

Hast du denn nie Zeit für mich?

Ich werde mir danach Zeit für dich nehmen, versprach Richard, obwohl er nicht davon überzeugt war.

Eine Pause folgte. Richard schaute auf die Uhr: halb acht. Er hatte keine Ahnung, wann es im Jazzclub losging, war aber sicher, dass er noch etwas Zeit hatte.

Es ist etwas passiert, schrieb Faribaa.

Richard stutzte. War *ihr* etwas passiert?

Soldaten haben die Brücken in Istanbul abgesperrt, las er.

Plötzlich kam Unruhe im Restaurant auf. Handys klingelten, Gäste riefen den Kellnern etwas zu. Einer der Kellner schaltete einen Fernseher ein, der an einer Wand hing. Ein sichtlich nervöser Nachrichtensprecher tauchte auf, im Hintergrund waren Bilder mit einem Panzer und rennenden Menschen zu sehen. Ein Attentat?

Das Militär hat geputscht, schrieb Faribaa.

Richard brauchte einige Sekunden, um ihre Nachricht und die Bilder im Fernsehen in Verbindung zu bringen. Die Rede war nicht etwa von Syrien, sondern von der Türkei! Das türkische Militär unternahm einen Putsch gegen den Präsidenten!

Aufgeregt rief Richard eine Nachrichtenseite auf seinem Handy auf. Tatsächlich! Das erste Wort, das mit dicken, roten Buchstaben auf dem kleinen Bildschirm auftauchte, war *Putsch*!

Ich muss ins Hotel! schoss es Richard durch den Kopf, dem Notfallplan folgen, den es für solche Situationen gab!

Ich werde Fotos machen, erschien auf Richards Handy.

Einen Moment lang war er versucht, Faribaa davon abzuhalten. Aber vielleicht war das ihre Chance, sich den nötigen Schub als professionelle Fotografin zu geben. Und es passierte direkt vor ihrer Haustür! Sie *musste* jetzt mit ihrer Kamera auf die Straße gehen.

Pass auf dich auf! schrieb Richard mit fahrigen Fingern. Er meinte es ehrlich, er war besorgt um sie.

Er gab Zeichen, damit man ihm die Rechnung brachte, aber offenbar schien dies niemanden zu interessieren. Alle starrten auf den Bildschirm, der Panzer und Soldaten auf einer der Bosporusbrücken zeigte. In einigem Abstand sammelten sich Menschen, um gegen den Aufmarsch zu protestieren.

Richard eilte zur Kasse und bezahlte dort. Dann ging er nach draußen, wo es bereits dunkel war. Die meisten Leute auf der Straße telefonierten oder schauten auf ihre Handys, um die Ereignisse zu verfolgen. Viele waren in Eile wohin auch immer, doch niemand war in Panik. Eine Gruppe junger Männer mit türkischen Flaggen über den Schultern reckte die Fäuste in die

Luft und skandierte immer wieder denselben Satz. Richard verstand nur *Türkye*, hatte aber keine Ahnung, ob sie nun für oder gegen den Putsch waren. Das Land war gespalten. Die eine Hälfte war für den Präsidenten, die andere gegen ihn. Aber Richard vermutete, dass diese jungen Männer keine neue Militärdiktatur wollten.

Über der Stadt kreisten jetzt Hubschrauber, man sah sie nicht, aber man hörte sie. Richard schaute in mehrere Restaurants und Kneipen, doch nirgendwo lief ein internationaler TV-Sender, der ihm hätte erklären können, was genau hier vor sich ging. Der kleine Bildschirm seines Handys zeigte eine Art Liveticker, der alle paar Minuten aktualisiert wurde.

Er ging mit schnellen Schritten Richtung Hotel, als das Handy klingelte. Es war Şaban.

„Wo bist du?", fragte er. Natürlich wusste er, dass Richard in Ankara war, schließlich brauchte Richard für jede Reise sein Einverständnis. Aber es gehörte zu den Aufgaben des Sicherheitschefs, in solchen Situationen schnell zu reagieren und entsprechende Maßnahmen zu ergreifen.

„Ich habe gerade gegessen und weiß Bescheid", erwiderte Richard. „Ich bin nicht weit vom Hotel."

„Es ist am besten, du gehst zum Hotel zurück. Es wird geschossen."

„Das hatte ich ohnehin gerade vor", erwiderte Richard. „Aber Schüsse habe ich noch nicht gehört."

In diesem Moment ratterte irgendwo ein Maschinengewehr. Die Menschen auf der Straße schrien auf. Richard presste sich in einen Hauseingang. Man konnte die Richtung nicht ausmachen, woher die Schüsse abgefeuert wurden, wahrscheinlich war es einer der Hubschrauber.

„Okay, es wird geschossen!", rief Richard aufgeregt ins Handy. Er schaute die Straße entlang und lief los, das Handy am Ohr. Sein Herz raste. Er hatte zwar keine Angst um sein Leben, aber sein Blut wurde in diesem Moment von Adrenalin überschwemmt. Zwischen zwei Wimpernschlägen befand er sich plötzlich mitten in einem Ereignis, das womöglich Geschichte machen würde, zumindest türkische Geschichte.

„Beeil dich!", drängte Şaban.

„Ist nicht mehr weit! Ich ruf dich an, wenn ich dort bin!"

Richard steckte das Handy in die Hosentasche und schaute in den Nachthimmel. Zwei Jets donnerten im Tiefflug über die Stadt. Die Straßen füllten sich mit Menschen, überall wurden türkische Fahnen geschwenkt. Ein paar Schritte entfernt stand ein Typ mit Anzug und Brille, in der Hand eine kleine Fahne. Richard eilte zu ihm und fragte ihn, ob er Englisch oder Deutsch spräche.

Der Angesprochene nickte. „Sind Sie aus Deutschland?", fragte er auf Englisch.

„Ja", antwortete Richard. „Können Sie mir sagen, was die Leute da rufen?"

„Sie rufen *Nie wieder Militärdiktatur* und *Die Türkei ist ein freies Land.* So ungefähr."

„Ah ja. Vielen Dank!" Jetzt erkannte Richard an seinem Revers einen Anstecker der CHP, der Oppositionspartei.

„Wir wollen Demokratie", sagte der Typ. „So wie ihr in Deutschland."

„Das ist gut", sagte Richard.

„Wir hatten schon einmal eine Militärdiktatur", erklärte er. „Das darf nicht noch einmal passieren!"

„Ich weiß", erwiderte Richard. „Mehrmals." Wahrscheinlich hielt der Mann ihn für einen unwissenden Touristen.

„Sind Sie Tourist?"

Klar, dass diese Frage kommen musste. Richard schüttelte den Kopf. „Ich arbeite hier."

„Für ein deutsches Unternehmen?"

„Für eine humanitäre Organisation."

„Aha", kommentierte der Mann. Fast schien er ein wenig enttäuscht.

„Wir arbeiten mit den Flüchtlingen aus Syrien", ergänzte Richard.

Der Gesichtsausdruck des Mannes erhellte sich. „Das ist eine gute Arbeit. Wir brauchen viel mehr davon!" Er deutete auf die vorbeiziehenden Menschen.

„Schließen Sie sich der Demonstration an?"

„Das darf ich nicht."

Der Mann lächelte. „Verstehe. Dann wünsche ich Ihnen viel Glück." Er schüttelte Richard die Hand.

„Danke", sagte Richard. „Wünsche ich Ihnen auch."

Der Mann winkte ihm zu, mischte sich unter die Menschen und stimmte in die Protestformeln ein, während Richard zum Hotel eilte.

In der Lobby zeigte ein Fernseher immer noch die Bosporusbrücke. Zwei Gäste und der Rezeptionist saßen entspannt in den Sesseln und verfolgten rauchend die Ereignisse. Der Rezeptionist drehte sich zu Richard um, als der hinter ihm zu den Aufzügen ging.

„Coup d'État", sagte er und grinste. Richard war nicht sicher, ob er sich freute oder ob er stolz auf sein Französisch war.

Richard stieg in den offenen Aufzug, um in die zweite Etage zu fahren. In seinem Zimmer schaltete er sofort den Fernseher ein und zappte durch die Programme auf der Suche nach einem internationalen Sender. Die Bosporusbrücke erschien, diesmal mit englischen Kommentaren. Panzer blockierten die Brücke, Soldaten standen abwartend mit vorgehaltener Waffe, in einiger Entfernung schwenkte eine Menschenmenge türkische Fahnen. Richard griff eine Flasche Bier aus der Minibar und setzte sich aufs Bett. Er rief Şaban an.

„Bist du im Hotel?", fragte Şaban.

„Ja, ich bin auf meinem Zimmer."

„Gut! Wie sieht es auf den Straßen aus?"

„Ziemlich viele Leute unterwegs mit Fahnen", sagte Richard. „Und sie rufen *Nie wieder Militärdiktatur!*"

„Verstehst du das?"

„Nein, das hat mir jemand erklärt."

Şaban lachte. „Bleib bitte im Hotel!", bat er. „In Ankara konzentrieren sich die militärischen Aktionen auf das Parlamentsgebäude. Du bist also nicht in unmittelbarer Gefahr. Und halte dich fern von den Demonstranten! Das kann schnell gewalttätig werden!"

„Keine Sorge", beruhigte Richard seinen Sicherheitchef. „Ich verfolge das übers Fernsehen."

„Gut so. Ich halte dich auf dem Laufenden."

„Falls es brenzlig wird, fliehe ich in die deutsche Botschaft", sagte Richard scherzhaft. „Die ist nur fünfhundert Meter von hier entfernt."

Wieder lachte Şaban. „Ich hoffe, das wird nicht nötig sein."

„Wie sieht es in Gaziantep aus?", fragte Richard.

„Hier ist alles ruhig. Es gibt Demonstrationen, aber es ist kein Militär auf den Straßen. Das konzentriert sich ausschließlich auf Ankara und Istanbul."

„Muss ich niemanden anrufen?"

„Nein, außer dir ist niemand auf Reisen. Jakob und Leon habe ich schon angerufen. Sie sind mit ein paar Leuten in einem Restaurant, fahren aber gleich nach Hause. Ist also alles in Ordnung."

Auf dem Bildschirm näherten sich die Menschen der Blockade der Soldaten. Einzelne wagten sich bis auf wenige Meter an sie heran und riefen ihnen etwas zu. Einer der beiden Panzer fuhr plötzlich vor, stoppte aber nach wenigen Metern wieder. Eine Drohgebärde. Die Demonstranten flohen zurück. Doch die Menge feuerte sie an und fühlte sich ermutigt. Gemeinsam gingen sie langsam voran, die Fäuste und Fahnen erhoben, beschleunigten ihren Schritt und marschierten schließlich wie eine Wand auf die Soldaten zu.

Schüsse wurden abgefeuert. Die Menschen stoben auseinander, vier oder fünf blieben auf der Straße liegen, einige robbten verwundet weiter oder wurden von anderen fortgeschleift.

Das war keine Drohgebärde mehr! Das war Krieg gegen die eigene Bevölkerung! Der dritte, den Richard in den wenigen Monaten, die er in der Türkei war, miterlebte.

„Das gibt´s doch nicht", sagte er zu sich selbst. Die Situation kam ihm surreal vor.

Die Demonstranten auf der Brücke hatten sich wieder gesammelt. Zwei Krankenwagen bahnten sich ihren Weg durch die Menge, hielten dann aber an. Die Rettungssanitäter sprangen auf die Straße, gestikulierten und verständigten sich mit den aufgebrachten Menschen. Sekunden später liefen sie und ein paar Demonstranten mit Bahren in den Händen zu den regungslosen Körpern auf der Straße und schleppten sie zu den Ambulanzen. Die Soldaten schauten zu, wie sie sich mit Blaulicht und Sirenen durch eine Menschengasse entfernten.

Der Sender schaltete nach Ankara auf einen türkisch sprechenden Kanal um, auf dem eine sichtlich aufgelöste Frau an einem Tisch stand, in den Händen ein Papier. Sie hatte Mühe, die Tränen zurückzuhalten. Aus dem Off beeilte sich der Kommentator, eine Erklärung hinterherzuschicken und verwies auf die Simultanübersetzung.

Die Frau war die Sprecherin einer türkischen Nachrichtensendung. Sie kündigte an, ein Schreiben der Putschisten zu verlesen, die den Sender besetzt hatten. Was sie dann von dem Zettel in ihren Händen vorlas, glich den Rechtfertigungen vergangener Umstürze in anderen Teilen der Welt. Man wollte die Demokratie retten, das Land vor dem Ruin und dem Chaos retten, die Türkei vor dem Untergang retten. Es handelte sich also um eine generelle Rettung vor allem Übel. Und freie Wahlen sollten abgehalten werden, sobald im Land wieder Ordnung herrschte. Es wurden alle Argumente vorgebracht, mit dem jedes Mal jeder Militärputsch irgendwo auf der Welt gerechtfertigt wurde.

Wenn Richard nicht selbst dabei gewesen wäre, hätte er es langweilig gefunden.

Der Sender schaltete wieder um zur Brücke in Istanbul, wo sich die Situation nicht verändert hatte. Offensichtlich waren die Demonstranten durch die Schüsse eingeschüchtert und hielten Abstand zu den Soldaten und Panzern. Von draußen hörte Richard Gewehrfeuer und einen entfernten Knall. Er schaltete das Licht aus und öffnete das Fenster, ohne den Blick vom Bildschirm zu lassen. Dann erschien plötzlich der Reporter aus Ankara, seine Stimme überschlug sich. Auf dem Bildschirm sah man wackelige Bilder aus dem Zentrum von Ankara, Explosionen erhellten für Augenblicke die Nacht über der Stadt. Hubschrauber und Panzer beschossen das Parlamentsgebäude.

Es war nicht viel zu sehen und zu hören, ein paar Blitze, wo die Geschosse einschlugen, das Gedröhne der Hubschrauber, das Geknatter von Maschinengewehren. Und niemand wusste, wo der Präsident war. Ein Gerücht behauptete, er befände sich in einem Flugzeug. Es folgte die Spekulation, dass dieses Flugzeug möglicherweise abgeschossen werden könnte. Wenig später wurde der Ministerpräsident zitiert, dass der Präsident sich in Sicherheit befinde und man alles tun werde, um den Putsch niederzuschlagen.

Richard schüttelte verständnislos den Kopf über das Hin und Her im Fernsehen. Wie in vielen anderen Krisensituationen berichteten die Reporter mehr darüber, was man nicht wusste, als darüber, was man wusste. In diesem Fall hatte man nicht nur keine Ahnung davon, wo sich der Präsident aufhielt, sondern man wusste auch nichts vom Umfang oder von den Urhebern des Putsches. Klar, das Militär putschte. Aber waren es Generäle, die Luftwaffe, die Marine, die Armee oder alle zusammen? Richard erschien die Sache ziemlich chaotisch.

Der Bildschirm wechselte ins internationale Studio des Senders, wo der Anchorman der Nachrichten den Knopf in seinem Ohr mit dem Zeigefinger in den Gehörgang presste, um eine dringende Neuigkeit besser verstehen zu können.

„Wie ich gerade mitgeteilt bekomme, haben wir den türkischen Präsidenten am Mikrofon", rief er und hörte genauer hin. „Nein, doch nicht", korrigierte er sich. „Das türkische Fernsehen meldet, dass er sich über ein Handy an die Bevölkerung wendet." Er schaute sich verzweifelt im Studio um. „Haben wir ein Bild?"

Das Bild erschien wenige Sekunden später. Der Präsident war ein wenig verschwommen auf einem Handybildschirm erkennbar, den die Moderatorin eines türkischen Unterhaltungssenders in die Kamera hielt. Er sah müde aus, sprach aber mit ruhiger und gefasster Stimme. Die Simultanübersetzung aus dem Off forderte die Bevölkerung auf, den Putschisten entgegenzutreten, auf die Straße zu gehen und nichts unversucht zu lassen, die Demokratie zu retten.

„Wir sind Demokraten!", sagte der Übersetzer. „Und wir werden die Demokratie retten! Wir werden die Türkei retten!"

Dann meldete sich der Ministerpräsident wieder, danach der Justizminister und der Innenminister, alle übten sich in pathetischer Rhetorik. Das Wort *Rettung* hatte Hochkonjunktur.

Unaufhörlich wurden Informationsfetzen zu Meldungen umformuliert. Die Putschisten behaupteten, vollständig die Macht übernommen zu haben und riefen das Kriegsrecht aus. Der Innenminister hielt dagegen, dass es sich um eine Minderheit im Militär handele und man die Situation bald wieder unter Kontrolle haben werde. Soldaten besetzten den Atatürk-Flughafen in Istanbul, während sich gut zwei Dutzend ihrer Kameraden auf dem Taksim-Platz der Polizei ergaben.

Kurz nach Mitternacht öffnete Richard eine zweite Flasche Bier. Das alles kam ihm so unwirklich vor wie eine inszenierte Fernsehshow. Dschungelcamp, Big Brother, ein Wirbelsturm, ein Putsch, ein Krieg. Alles ist zum Medienereignis verkommen, dachte er. Er konnte live dabei sein und vom Fernsehsessel aus beobachten, wie

Menschen ihre Würde zum Verkauf anboten, das Leben des Nachbarn retteten, eine Demokratie stürzten oder sich in die Luft jagten. Und wer wollte, konnte ein wenig mehr daran teilhaben und sich per Twitter oder Facebook einmischen. Richard fühlte sich mittendrin und doch irgendwie weit weg.

Eine Nachrichtenagentur ließ wissen, dass die Putschisten wieder vom Atatürk-Flughafen abgezogen waren, aber der reguläre Flugverkehr blieb eingestellt.

Richard griff zum Telefon und rief Faribaa an. Er musste es mehrmals versuchen, die Leitungen waren überlastet. Endlich meldete sie sich.

„Ist alles in Ordnung?", fragte er besorgt.

„Mir geht es gut", antwortete sie außer Atem. Richard nahm an, dass sie rannte.

„Wo bist du?"

„An der ersten Bosporusbrücke."

Richard musste schlucken. „Wird da nicht geschossen?"

„Nein, aber es sind viele Soldaten unterwegs." Ihr Atem wurde flacher, offenbar blieb sie stehen. „Machst du dir Sorgen um mich?", fragte sie.

„Natürlich! Ich ... ich bin beunruhigt", sagte Richard. „Riskiere nicht zu viel!"

„Es ist schön, dass du das sagst. Mach dir keine Sorgen. Ich schieße nur Fotos." Sie seufzte. „Ich muss los."

„Okay", sagte Richard. „Pass auf dich auf!"

Er schaute nachdenklich auf das Display seines Handys. Er war tatsächlich besorgt, mehr als er für möglich gehalten hatte. In diesem Moment wünschte er sich, dass Faribaa bei ihm in Ankara wäre.

Eine Weile hielten sich die Erfolgsmeldungen von Putschisten und Regierung die Waage, und Richard kämpfte gegen die Müdigkeit an. Bis gegen halb drei morgens ein Korrespondent aufgeregt ins Mikrofon schrie, dass der Präsident in Istanbul gelandet sei.

Tatsächlich erschien wenig später ein erschöpfter Präsident im Ankunftsterminal, das von jubelnden Demonstranten besetzt worden war. Der Simultanübersetzer, der inzwischen ebenso erschöpft sein musste, wiederholte die Geschichte von der Rettung der Demokratie und der Türkei und erklärte, dass der Präsident in Marmaris an der Ägäis-Küste gewesen und dass der Ort inzwischen bombardiert worden sei. Der Präsident schickte das wütende Versprechen hinterher, dass er das Militär, die Institutionen und überhaupt alles vollständig säubern würde, später, wenn alles vorbei sein würde.

Bis zum Samstagmittag war dann tatsächlich alles vorbei. Die Putschisten gaben auf, die Verhaftungen, die schon in der Nacht begonnen hatten, erreichten ziemlich schnell einige tausend. Es hatte Tote gegeben, fast dreihundert. Dann begann der Präsident damit, sein Versprechen einzulösen.

Richard verließ das Hotel, um irgendwo zu Mittag zu essen, und dachte an Faribaa. Auf den Straßen waren fahnenbewehrte Menschen unterwegs, aber die Geschäfte, Kneipen und Restaurants funktionierten wie an jedem anderen Tag. Richard war erstaunt darüber, wie rasch die Stadt zur Normalität zurückgekehrt war und fragte sich, ob er vielleicht an diesem Abend zu seinem verdienten Jazz kommen würde.

Die Kellner im Restaurant waren auffallend gut gelaunt. Als Richard sich an den Tisch setzte, sagte einer *Democracy victory* und lachte ihn an. Richard nickte freundlich und gab seine Bestellung auf. Sein Handy summte, es war Faribaa.

„Ich habe Fotos verkauft", sagte sie. „Sogar an eine deutsche Agentur."

„Herzlichen Glückwunsch", erwiderte Richard. Er war erleichtert. „Das ist ein echter Erfolg."

„Ich habe kaum geschlafen, aber ich muss wieder los. Ich habe noch einen Auftrag bekommen. Wie ist es in Ankara? In den Nachrichten habe ich gesehen, dass sie das Parlamentsgebäude bombardiert haben."

„Ja, aber jetzt ist es wieder ruhig. Es gibt zwar Demonstrationen, aber der Putsch ist vorbei."

Eine kleine Pause folgte. „Ich vermisse dich", sagte Faribaa.

Richard zögerte ein wenig, musste sich dann aber die Wahrheit eingestehen. „Ich dich auch."

Er hörte Faribaa seufzen. „Wir sprechen uns später", sagte sie.

„Sicher. Viel Glück!"

Den Nachmittag über ging Richard durch die Straßen und machte Fotos. Er wollte zum Parlamentsgebäude, aber das war abgesperrt. Vor der Absperrung hatten sich Fahnenträger versammelt, die im Chor ihre Solidarität mit dem Präsidenten in Richtung Parlament riefen. Aus der Entfernung erkannte Richard eine zerstörte Fassade, deren Bild auch durch die Fernsehnachrichten gegangen war.

Auf dem Weg zurück zum Hotel kam er an der deutschen Botschaft auf dem Atatürk Bulvar vorbei, wo ziemlich viel los war. Autos fuhren vor, ein Kameramann fing die Sicherheitsprozeduren am Gittertor ein, etwa ein Dutzend Menschen – Deutsche? Türken? Deutschtürken? – wartete darauf, hineingelassen zu werden.

Şaban meldete sich, um das Sicherheitsprotokoll einzuhalten. Er hielt ständig Kontakt mit den Kollegen in Gaziantep und Mardin, aber da die Putschisten aufgegeben hatten und die Situation unter Kontrolle war, gab es keinen Grund mehr, sich Sorgen zu machen.

Am Abend machte Richard sich auf zum Jazzclub, auch wenn er Zweifel hatte, dass es dort Live-Musik gab. Aber zu seiner Überraschung schien die Stadt bereits vollständig zum Alltag zurückgekehrt zu sein, und es trat tatsächlich ein Quartett auf, ganz klassische Besetzung, und die Saxofonistin war auch die Sängerin, die in fast akzentfreiem Englisch sang. Zur Einstimmung bestellte Richard einen Single Malt, lehnte sich in dem etwas unbequemen Stuhl zurück und vergaß, was draußen passierte oder passiert war. Jetzt ging es ihm richtig gut.

Das Quartett spielte bis weit nach Mitternacht, Richard hatte zwei Single Malts und zwei Bier intus und damit mehr als die richtige Bettschwere, als er sich auf den Weg zum Hotel machte. Aber der nächste Tag war der Sonntag, und es stand nur der Rückflug nach Gaziantep in seinem Kalender. Vorsichtshalber nahm er vor dem Schlafengehen eine Schmerztablette, die sich am nächsten Morgen jedoch als unzureichend erwies. Sein Schädel lärmte. Nach dem Frühstück nahm er daher noch eine und legte sich wieder aufs Bett, um abzuwarten, bis die Schmerzrezeptoren betäubt waren. Eine Viertelstunde später war er bereit für die Rückreise.

10

„Im ganzen Land herrscht Ausnahmezustand!" Şaban stand schon vor Richards Zimmer, als der am Montagmorgen im Büro eintraf. Er grinste Richard an, als hätte er gerade eine Beförderung bekommen. In der Hand hielt er Schreibblock und Kugelschreiber.

„Habe ich mitbekommen", erwiderte Richard und ließ ihn in sein Zimmer vorangehen. „Müssen wir irgendwelche Vorkehrungen treffen?"

Richard setzte sich hinter seinen Schreibtisch und schaltete den Computer ein. Auf den internationalen Nachrichtenseiten prangten die Schlagzeilen über den Putschversuch und den nun ausgerufenen Ausnahmezustand.

„Unsere Leute sind nervös. Ich glaube, wir sollten alle zusammenrufen", schlug Şaban vor. „Dann brauche ich alles nur einmal zu erklären."

Gute Idee, fand Richard. Wenig später hatte sich das gesamte Team im großen Besprechungsraum eingefunden, und Şaban präsentierte seinen Situationsbericht. Er ging die Sache gelassen an.

„Für uns hat das keine große Bedeutung", sagte er. „Wir können unsere Arbeit machen wie bisher. Die Polizei wird wahrscheinlich ihre Kontrollen verschärfen, und wer kontrolliert wird, sollte einfach seinen Ausweis zeigen und ihre Fragen beantworten. Wenn es irgendwelche Schwierigkeiten gibt, ruft mich an!"

Natürlich gab es Schwierigkeiten, denn die Regierung hatte Schuldige ausgemacht, und die kamen aus dem Ausland. Richards Organisation kam auch aus dem Ausland.

Die humanitären Organisationen zählten zwar nicht direkt zu den Schuldigen, aber zumindest zu den Verdächtigen. Drei Wochen nach dem Putschversuch stand die Polizei in Richards Büro.

Şaban brachte die drei Beamten in Zivil zu ihm und stellte sie einander vor. Richard musste seinen Pass und seine Arbeitserlaubnis zeigen. Zunächst skeptische Blicke, dann ein freundliches Lächeln.

„Wir müssen das machen", erklärte einer der Beamten. „Aber wir kennen Sie. Sie sind eine deutsche Organisation."

Richard bestätigte die Feststellung. „Wir sind seit 2011 in der Türkei registriert", ergänzte er.

„Können wir die Registrierung sehen?"

„Sicher können Sie das", sagte Richard. Am besten war es, in einer solchen Situation alles als normal und selbstverständlich zu betrachten.

„Und die Arbeitsgenehmigungen der ausländischen Mitarbeiter möchten wir sehen", sagte der Beamte.

„Da sprechen Sie am besten mit unserer Personalabteilung", erwiderte Richard.

Der Beamte schaute Şaban fragend an.

„Ich bringe Sie dorthin", sagte Şaban sofort.

„Wollen Sie unser Büro besichtigen?", bot Richard an.

„Jetzt nicht, danke. Wir müssen nur die Dokumente überprüfen."

Nachdem sie sich noch die Arbeitsverträge hatten zeigen lassen, zogen die Polizisten nach etwa einer Stunde wieder ab. Niemand hatte ihnen einen Anlass für Beschwerden geben können.

Auch in Mardin bekam das Büro Polizeibesuch. Dort waren sie etwas gründlicher und ließen sich von allen Mitarbeitern die Ausweise vorlegen. Sie schauten in jeden der Büroräume und warfen den einen oder anderen Blick auf die Bildschirme der Computer, alles ohne Durchsuchungsbefehl, aber es herrschte ja Ausnahmezustand.

„Das Klima hier im Land wird zusehends rauer", kommentierte Richard gegenüber Şaban, nachdem Kerstin ihm darüber berichtet hatte.

„Nicht nur rauer", erwiderte Şaban. „Die türkische Presse macht mächtig Stimmung gegen die internationalen Organisationen. Sie behauptet, dass sie Terrorgruppen unterstützen."

Richard schüttelte den Kopf. „Das ist doch absurd! Wen meint sie denn damit? Auch die Vereinten Nationen?"

Şaban zuckte die Achseln. „Es ist der Versuch, uns alle als Opportunisten hinzustellen, die die Krise für sich ausnutzen. Und die Politik steuert ihren Teil dazu bei."

„Mit den ständigen Kontrollen?"

„Damit und mit neuen Regeln und Verboten. Aber das meiste davon existiert nur mündlich, das sucht man vergeblich in Gesetzen oder schriftlichen Beschlüssen."

„So öffnet man der Willkür Tür und Tor."

„Und dem Chaos." Şaban konnte sich ein Lachen nicht verkneifen. „Selbst Ministerien widersprechen einander oft. Sie können sich ja auch auf nichts Schriftliches berufen. Sie warnen uns, ermahnen uns, weisen uns an ... Aber nächste Woche kann alles wieder ganz anders sein."

Richard tat einen tiefen Seufzer. „Wenn Chaos und Willkür sich Bahn brechen, bedeutet das nichts Gutes für dieses Land." Er fühlte sich wie auf einem Schiff ohne Steuermann. Zwar mochte es einen Kapitän geben, aber der hielt Kurs auf einen ziemlich großen Strudel.

Hausdurchsuchungen wurden zur neuen Gewohnheit. Ständig

waren Sonderkommandos unterwegs, die IS- oder PKK-Zellen aus-
hoben. Mal gab es eine Schießerei, mal eine Explosion, mal ging es
glimpflicher aus. Im Osten, im Kurdengebiet, ging es selten glimpflich aus. Da fackelte man nicht lange, da jagte man vorsichtshalber
eine Rakete in ein Haus, in dem man PKK-Kämpfer vermutete.
Tote Zivilisten – also Kollateralschäden – erwähnte man nicht.
Man bedauerte sie nicht einmal mehr. Der Präsident war stark wie
nie. Auf dieser Welle konnte er reiten, diese Welle sollte alle Feinde
überrollen.

Auf der Straße von Gaziantep nach Kilis wurden Panzer und anderes schweres Kriegsgerät auf Tiefladern transportiert. Am Grenzübergang am Rande der Stadt bereitete sich die türkische Armee
auf einen weiteren Krieg vor, denn auf der anderen Seite der
Grenze kontrollierte der IS eine Region so groß wie das Ruhrgebiet.
Seit die Regierung gegen die von ihr jahrelang tolerierten Schläferzellen und geheimen Krankenhäuser der Islamisten in Gaziantep
und anderen Städten vorging und ihre Granaten in das syrische
Grenzgebiet nicht weit von Elbeyli abfeuerte, waren die Racheakte
des IS häufiger geworden. Neben den üblichen Selbstmordattenta-
ten schossen sie auch Katjuscha-Raketen von Syrien auf die Türkei
ab, vornehmlich auf Kilis. Wenn der IS sie von einem Pickup in
Richtung Kilis abfeuerte und sie irgendwo über der Stadt herunterkamen, starben meistens Menschen. Der Präsident schickte nun
eine Antwort.

Als die türkischen Truppen die Grenze nach Syrien überschritten, rief Richard den Sicherheitsbeauftragten der deutschen
Botschaft an. „Was sagen Ihre Analysen?", fragte er. „Auf was müssen wir uns einstellen?"

„Wir rechnen mit einer begrenzten militärischen Intervention",
erwiderte der Sicherheitsbeauftragte. „Allerdings steckt dahinter
weit mehr als nur der Kampf gegen den IS. Wie Sie wissen, befindet
sich der gesamte Nordosten Syriens östlich des Euphrats in der

Hand der Kurden. Der äußerste Nordwesten ist ebenfalls kurdisch. Dazwischen herrscht der IS, und nichts fürchtet die Türkei mehr, als dass die Kurden den IS verjagen, das Gebiet besetzen und im gesamten Norden Syriens einen zusammenhängenden kurdischen Staat ausrufen. Also greifen die Türken an."

„Was passiert, wenn sie den IS von dort vertrieben haben?"

„Soweit wir informiert sind, ist es die Absicht der Türkei, in dem Gebiet eine Art Pufferzone einzurichten."

„Und wer kontrolliert dann diese Pufferzone?"

„Die Türkei selbst. Völkerrechtlich ist das zwar zweifelhaft, aber man beruft sich auf das Verteidigungsrecht. Wir sind jedenfalls mit den türkischen Partnern im Dialog."

Richard räusperte sich. „Wir haben vor einiger Zeit einige kleine Projekte in Kilis begonnen", sagte er. „Haben Sie Bedenken?"

„Warum ausgerechnet in Kilis?" fragte der Sicherheitsbeauftragte.

„Weil dort inzwischen mehr Flüchtlinge als die ursprünglichen hunderttausend Einwohner leben. Es hat Proteste gegeben, dass in den Straßen der Stadt nun mehr Arabisch als Türkisch gesprochen wird. Die Stimmung gegenüber den Flüchtlingen hat sich in den vergangenen Monaten merklich geändert."

„Davon habe ich gehört. Es sind wohl auch syrische Geschäfte geplündert worden."

„Ja, die Hilfe für die Flüchtlinge hat viel Neid ausgelöst, weil die Gemeinde selbst keine Unterstützung bekommt. Wir haben deshalb mit der Stadtverwaltung ausgehandelt, dass von den Projekten auch die einheimischen Bewohner berücksichtigt werden."

„Ich verstehe", sagte der Sicherheitsbeauftragte und machte eine kleine Pause. „Wir rechnen allerdings mit Racheakten des IS", fuhr er dann fort. „Kilis könnte verstärkt unter Beschuss geraten."

„Heißt das, dass wir unsere Projekte dort einstellen sollen?"

„Nein, nicht unbedingt. Es besteht zwar ein gewisses Risiko, aber wenn Sie und Ihre Kollegen bereit sind, dies zu akzeptieren, können Sie die Arbeit dort fortsetzen."

Richard hielt das Risiko für vertretbar und fuhr wenige Tage nach dem Einmarsch der türkischen Armee in Syrien nach Kilis, um den Bürgermeister zu besuchen und Projekte für die Gemeinde zu planen. Als er sich mit Hakan, dem Fahrer, wieder auf den Weg nach Gaziantep machte, gab es irgendwo hinter ihnen einen ohrenbetäubenden Knall. Richard drehte sich um und sah die Rauchwolke. Kurz darauf erfolgte eine zweite Explosion, etwas weiter entfernt. Er schaute Hakan an.

„Drück aufs Gas!", stieß er aus. „Wir fahren weiter." Sie waren schon fast am Stadtrand, das Ziel der Raketen aber war die Innenstadt. Richard hielt es daher für wenig wahrscheinlich, dass sie hier auf der Straße eine Rakete erreichte.

Hakan schaute in den Rückspiegel. Autos fuhren an den Straßenrand und hielten an. Richard fand, dass er und Hakan erstaunlich gefasst waren. Zwar überschritten sie die erlaubte Geschwindigkeit, aber es fiel kein nervöses Wort. Im Büro erfuhren sie, dass durch die Raketen zwei Männer und ein spielendes Kind getötet und sechs weitere Menschen verwundet worden waren.

„Soll ich für Kilis ein vorläufiges Reiseverbot anordnen?", fragte Şaban, als Richard den Vorfall mit ihm besprach.

Richard rieb sich nachdenklich das Kinn. „Ausgerechnet jetzt? Es ist wichtig, dass wir die Unterstützung der Gemeinde voranbringen. Damit können wir weiteren Konflikten zwischen den Bewohnern und den Flüchtlingen vorbeugen. Was meinst du?"

„Die Gefahr weiterer Angriffe besteht zwar, aber hundertprozentig sicher bist du nirgends in der Türkei. Ich würde kein Verbot anordnen, doch letztendlich trägst du die Verantwortung für eine Entscheidung."

Richard stieß hörbar die Luft aus. „Also gut", sagte er dann. „Kein Verbot. Wir machen weiter."

Doch die Schwere seiner Verantwortung traf ihn wenige Tage

später mit voller Wucht. Einige seiner Mitarbeiter waren in Kilis unterwegs, um syrische Familien zu besuchen, als irgendwo in der Stadt prompt vier Katjuscha-Raketen einschlugen. Minuten später stand Richard mit ziemlich viel Adrenalin im Blut in Şabans Büro. Für eine Entscheidung brauchten sie nur Sekunden. Şaban griff das Telefon.

„Sofort ins Partnerbüro!", wies er die Kollegen an. „Runter von der Straße!"

Für die Versorgung der Flüchtlinge arbeiteten sie in Kilis mit einer türkischen Organisation zusammen, deren Büro lag außerhalb des Zentrums der Stadt. Dorthin sollten sich die Kollegen in Sicherheit bringen.

„Weil ihr dort sicherer seid als auf der Straße!", erklärte Şaban laut. Er musste den Fluchtimpuls der Kollegen unterdrücken, die mit dem Auto versuchen wollten, die Stadt so schnell wie möglich zu verlassen.

„Wenn eine Rakete in der Nähe eures Autos einschlägt, seid ihr alle tot!", rief er ins Telefon. Auch sein Adrenalinspiegel lag am Limit. „Wenn sie in ein Gebäude einschlägt, wird nur das oberste Stockwerk zerstört! Bleibt also unten! Und ruft mich an, wenn ihr dort seid!"

Er legte auf und schaute Richard an. „Sie haben Angst. Aber sie fahren jetzt zum Partnerbüro."

„So eine Scheiße!", entfuhr es Richard. „Hoffentlich passiert ihnen nichts!"

Gemeinsam mit Şaban wartete er auf weitere Nachrichten von den Kollegen. Kaum zehn Minuten später, die Richard wie eine Ewigkeit vorkamen, riefen sie an. Sie waren in Sicherheit.

Nachdem seine Kollegen den Angriff unbeschadet überstanden hatten, verbot Richard für zehn Tage jede weitere Reise nach Kilis und vorsichtshalber auch nach Elbeyli.

Wie sich herausstellte, war der Zeitraum gar nicht so schlecht gewählt. Die türkischen Truppen gewannen rasch an Boden und drängten den IS in die Defensive. Zwar leisteten die Islamisten heftigen und selbstmörderischen Widerstand, aber gegen die gut ausgebildeten Soldaten hatten sie keine Chance. Während sich die Märtyrer des IS in die Luft sprengten oder brüllend ins Maschinengewehrfeuer der türkischen Truppen liefen, um sich ins Paradies zu ihren siebzig Jungfrauen zu begeben, schossen die Soldaten sie aus der Deckung ab oder zerfetzten ihre Stellungen mit den präzisen Kanonen ihrer Panzer.

Überhaupt, was sollte diese Sache mit den Jungfrauen eigentlich? fragte sich Richard. War das Belohnung oder Bestrafung? Konnte sich ein IS-Kämpfer überhaupt vorstellen, was er mit siebzig Jungfrauen anfangen sollte? Richard jedenfalls hätte reife, erfahrene Frauen bevorzugt. Aber wahrscheinlich war dies einem islamistischen Kämpfer kaum klarzumachen. Viele von ihnen waren ja selbst noch Jungfrau, oder besser: Jungmann. Die wussten also gar nicht, wovon die Rede war oder was ihnen entging, wenn eine erfahrene Frau erst einmal so richtig loslegte. Und da genügte eine vollkommen!

Innerhalb weniger Wochen verjagte die türkische Armee den IS aus dem Norden Syriens, marschierte in Jarablus an den Ufern des Euphrats ein und besetzte einen etwa zwanzig Kilometer breiten Korridor an der syrisch-türkischen Grenze. Zwar protestierte der syrische Diktator gegen diese völkerrechtswidrige Invasion, aber was bedeutete in Syrien schon *Völkerrecht*? Die Türkei machte sich auf syrischem Staatsgebiet breit und beendete den Traum der Kurden, im Norden des Landes die Gebiete unter ihrer Kontrolle zusammenzuschließen und einen Kurdenstaat zu gründen.

Der Sieg wurde von den türkischen Medien gefeiert und die Armee in den Stand der besten Armee der Welt erhoben, die einen brutalen, hochgerüsteten und strategisch geschulten Feind zur Strecke gebracht hatte. Dass der IS brutal war, wusste jeder. Aber hochgerüstet? Als Richard eine internationale TV-Reportage über die Islamisten anschaute, machten sie mit ihren ausgeleierten Ka-laschnikows, jahrzehntealten Katjuscha-Raketen, geklauten Pickups und erbeuteten Panzern nicht gerade den Eindruck einer professionellen Armee. Zwar sah es imposant aus, wenn sie in ih-ren Propagandavideos auf den Pickups ihre schwarzweißen Fahnen schwangen und auf der Hauptstraße irgendeiner Wüsten-stadt fuhren, damit ihnen die Menschen zuwinkten und in befohlenen Jubel ausbrachen, doch eine hochgerüstete Armee sah anders aus. Das zeigten auch die Videos, die ihre Kämpfer ohne die Erlaubnis der Propagandaabteilung selbst gemacht hatten und die von den türkischen Soldaten erbeutet worden waren. So hatte eine Helmkamera aufgezeichnet, wie ein Kämpfer wild auf irgendwel-che Ziele schoss, während der Kämpfer an seiner Seite sich vor den Patronenhülsen in Sicherheit bringen musste, die ihm aus der Ka-laschnikow seines Kameraden ins Gesicht sprangen. Andere robbten durch den Wüstensand und versuchten, irgendwo De-ckung zu finden, verloren einen Schuh oder das Magazin ihrer Maschinenpistole und schrien Unverständliches, bis sie endlich still auf dem Boden lagen und auch das Kamerabild zur Seite fiel und sich nicht mehr regte. Da war also wieder jemand im Paradies angekommen.

Nachdem seit Richards Ankunft in der Türkei kaum eine Wo-che ohne einen Anschlag des IS vergangen war, empfand er diesen Sommer nach den Katjuscha-Angriffen schon fast als friedlich. Die letzte Selbstmordattacke war im Juni gewesen, als drei Islamisten im Atatürk-Flughafen in Istanbul ihre Sprengstoffwesten gezündet und fast vierzig Menschen in Stü-cke gerissen hatten. Mit ihrer Vertreibung aus dem Norden Syriens aber war den Schläfern in der Türkei, die in irgend-welchen Großstadtwohnungen nur auf das Zeichen zum Angriff warteten, der Nachschub abgeschnitten. Und wenn doch einmal ein paar Kilo Sprengstoff durchkamen, stand meistens schon der Geheimdienst vor der Tür, der im ganzen Land Tausende von Spitzeln angeheuert hatte.

Die Kontrollen bei den humanitären Organisationen häuften sich, mal war es die Migrationsbehörde, mal die Zivilpolizei, mal das Arbeitsministerium. Richards Organisation bereitete sich entsprechend auf mögliche Besuche vor. Stets lag ein Stapel mit Kopien aller Arbeitsverträge bereit, von Sozialversicherungsnachweisen und Arbeitsgenehmigungen und was sonst noch alles. Irgendwann verstieg sich ein Polizist zu einem spontanen Lob, dass man doch sehr kooperativ und transparent sei.

Andere Organisationen hatten weniger Glück. Die amerikanische Unterstützung der Kurden im Nordosten Syriens, wo sie gegen den IS kämpften, war dem Präsidenten in Ankara schon lange ein Dorn im Auge. Immer wieder rief er seinen Kollegen auf der anderen Seite des Atlantiks dazu auf, die Militärhilfe einzustellen, doch der wollte nicht auf seine wirksamste Waffe gegen den IS in Syrien und im Irak verzichten. Da gab es keine Einigung, trotz NATO-Partnerschaft. Wenn also der Amerikaner nicht nachgab, mussten eben seine humanitären Helfer die Rechnung zahlen. Sie wurden schlicht beschuldigt, illegal Hilfsgelder nach Syrien geschafft oder an Terrorgruppen übergeben zu haben.

Da waren sie wieder, die Spione, und bekamen das, was der türkische Präsident eine *osmanische Ohrfeige* nannte. Etliche amerikanische Organisationen wurden geschlossen, die internationalen Mitarbeiter saßen ein paar Tage im Gefängnis und durften dann in die Heimat fliegen.

Richard schüttelte den Kopf angesichts dieser Willkür. Abgesehen davon, dass der Präsident in diesen Tagen öfter mal die osmanische Karte zog und bei seinen Anhängern entsprechende Träume hegte, knöpfte er sich jeden vor, von dem er glaubte, dass er sich gegen die Türkei stellte. Als nächstes war Deutschland an der Reihe, dort machte er jede Menge radikaler Kurden und PKK-

Anhänger aus und bezeichnete das Land als Terroristenunterstützer. Der deutsche Botschafter wurde ins Außenministerium zitiert, wo man ihm den türkischen Standpunkt klar machte, auch wenn dazu ein Blick in die Presse genügt hätte. Man wusste in diesen Tagen nicht, wer die Meinung im Land machte, der Präsident oder die Presse.

Im Büro fürchteten Richard und seine Kollegen schon, dass man auch bei ihnen bald auftauchen würde, um die Organisation zu schließen. Jedes Mal, wenn eine Kontrollbehörde erschien, hielten sie ihre Handys bereit, um bei Bedarf die deutsche Botschaft anzurufen. Aber die Kontrolleure beschränkten sich auf die übliche Durchsicht der Dokumente und ein paar Fragen. Vielleicht wollten sie auch nur deutlich machen, dass sie die Organisation im Auge behielten: eine Warnung, bloß nicht über die Stränge zu schlagen.

Es war ein Sommer mit einem strahlendblauen, wolkenlosen Himmel, aber für Richard wurden die Tage grauer und schwerer. Niemand hätte ihm sagen können, was morgen, in der folgenden Woche oder im nächsten Monat geschehen würde, welche neuen Regeln zu beachten waren, ob man für drei Wochen oder nur für drei Tage planen konnte. In Syrien bombten sich russische und syrische Truppen den Weg durch Ost-Aleppo frei, an der Grenze zur Türkei standen Zehntausende neue Flüchtlinge. In der Provinz Idlib gewannen die Rebellen an Boden, anderswo verschaffte sich der IS wieder mit massiven Angriffen Respekt. Es war ein ständiges Hin und Her, und Menschen flohen in alle Richtungen, um wenig später Zuflucht in einer anderen Richtung zu suchen.

Mit seinen Abteilungsleitern entwarf Richard Szenarien, die er kurz darauf wieder für nichtig erklären musste, weil sie von der Realität eingeholt oder überholt wurden. Aber eines war ihm klar: Ein Sieg der syrischen Rebellen war inzwischen unwahrscheinlich geworden. Hatten noch vor wenigen Monaten viele geglaubt, dass ein Syrien ohne Diktator möglich sei, so schien Assad nun von den Toten auferstanden zu sein. Und so sah Richard ihn auch auf den wenigen Fernsehbildern, die das syrische TV von ihm zeigte: ein wächsern wirkender Zombie, der mit eingefrästem Lächeln die Hände von Kindern schüttelte, während er im ganzen Land die eigene Bevölkerung massakrieren ließ. Das Schlachten ging weiter, brutaler und rücksichtsloser als je zuvor, und fassungslos musste Richard miterleben, dass die Welt lediglich ihre Besorgnis darüber mitteilte. Das war alles, ansonsten schwieg sie. Richards Tage waren grau und schwer.

11

Anfang September flog Richard mit Merve nach Istanbul. Eine türkische Hilfsorganisation hatte ihn zwei Wochen zuvor von dort angeschrieben und um Unterstützung beim Aufbau eines Hilfezentrums für Flüchtlinge im Stadtteil Sultanbeyli gebeten. Wie sich nach einigen E-Mails herausstellte, hatte man die Organisation erst vor wenigen Monaten gegründet und keine Vorstellung davon, wie man so etwas machte.

Als Richard im Flugzeug noch einmal die Dokumente der Organisation überflog, stellte er fest, dass die Gründer des Stadtteilzentrums außer viel Enthusiasmus und Idealismus nicht viel mitbrachten. Keiner von ihnen verfügte über Kenntnisse in Organisationsentwicklung oder Flüchtlingsarbeit, sie alle arbeiteten in der Stadtverwaltung und engagierten sich ehrenamtlich für die Flüchtlinge. Allerdings klappte es noch nicht so richtig, da die Beamtenmentalität ständig mit der Notwendigkeit schneller Reaktion und Improvisation bei gleichzeitiger Einhaltung korrekter Prozeduren kollidierte.

Die Reise nach Istanbul war für Richard auch eine Gelegenheit, um endlich, nach etlichen Monaten, Faribaa wiederzusehen. Seit dem Putschversuch und ihrem mutigen Einsatz als Fotografin war ihm klar geworden, dass sie ihm sehr viel mehr bedeutete, als er bis dahin hatte zugeben wollen. Als er sie anrief, klang aus ihrer Stimme neben Freude auch Erleichterung.

„Kann ich dann bei dir im Hotel bleiben?", fragte sie geradeheraus.

Da Merve bei einer Freundin unterkommen und Richard damit im Hotel ungestört sein würde, war dies kein Problem.

„Natürlich! Wenn das auch für deinen Mann okay ist."

„Er ist seit zehn Tagen in Teheran", sagte Faribaa. „Er macht dort Aufnahmen mit einer Musikgruppe."

„Schön!", sagte Richard erfreut. „Wir werden das ganze Wochenende für uns haben! Und vier Nächte!"

„Zwei Nächte", sagte Faribaa zögernd. „Ich muss ... am Freitag verreisen. Es ist ein größeres Fotoprojekt."

Richards Freude wurde merklich gedämpft. „Verreisen?", wiederholte er. „Wohin denn?"

„Ich werde dir alles erzählen, wenn du hier bist. Ich bin ... glücklich, dass wir uns sehen."

Für Richard war Istanbul eine Stadt wie keine andere. Obwohl er zu Beginn seiner Arbeit nur einen Zwischenstopp auf dem Weg nach Gaziantep eingelegt und gerade mal die Hagia Sophia und die Blaue Moschee besucht hatte, hinterließ die Stadt einen bleibenden Eindruck in ihm. Dieser Zwitter aus Europa und Orient verband Mystik und Fortschritt, barg ungezählte Herausforderungen und Möglichkeiten und war ein Spiegelbild der türkischen Gesellschaft. Über fünfzehn Millionen Menschen lebten in der Stadt, eine halbe Million davon waren Flüchtlinge.

Richard und Merve kamen an einem Mittwochnachmittag am Atatürk-Flughafen an und nahmen ein Taxi in die Stadt. Als Ziel nannte Richard dem Fahrer den Galata-Turm. Ein Kollege hatte ihm ein Hotel empfohlen, das unmittelbar neben dem Turm lag.

Der Verkehr war grauenhaft. Die Straße, die in die Stadt führte, war mit Baustellen gespickt, so dass es teilweise nur im Schritt-tempo voran ging. Richard drehte das Seitenfenster herunter, da es im Wagen nach abgestandenem Zigarettenrauch stank. Der Aschenbecher quillte über von Kippen. Auch Merve rümpfte die Nase und öffnete das Fenster auf ihrer Seite. Von beiden Seiten schallte laute Musik aus anderen Autos, und natürlich hupte stän-dig irgendwer. Richard nutzte die Zeit und ging auf seinem Handy die E-Mails durch.

Nach einer knappen Stunde näherten sie sich der Innenstadt, oder besser: einer der Innenstädte, denn das Wachstum der Stadt war keinem Plan gefolgt, sie wucherte wild nach allen Seiten und in die Höhe. Dabei waren zahlreiche Zentren entstanden, so dass es nicht nur eine Innenstadt gab. Da gab es Sultanahmet mit der Hagia Sophia, der Blauen Moschee, der Yerebatan-Zisterne und dem Topkapi-Palast. Fuhr man über die Galata-Brücke, gelangte man nach Galata mit seinem mächtigen Turm, von wo aus die Isti-klal-Straße, die berühmte Einkaufsmeile, bis zum Taksim-Platz führte. Folgte man dem Bosporus, war auch das Fußballstadion von Beşiktaş nicht weit mit dem anschließenden Ausgehviertel unter-halb der ersten Bosporusbrücke. Weiter westlich lag Şişli mit einer sehenswürdigen Moschee. Und auf der asiatischen Seite lag Kadi-köy mit seinem unbegrenzten Nachtleben. In Istanbul wurde es nie langweilig.

Merve ließ sich unterwegs absetzen, und sie verabredeten sich für den nächsten Morgen am Anlegeplatz der Fähre, die nach Kadiköy fuhr. Richard checkte im Hotel ein, das in einem historischen Gebäude untergebracht war. Sein Zimmer war klein, das Bett nahm fast den gesamten Raum ein. Wollte er ins Badezimmer, musste er zur Seite treten, um die Tür zu öff-nen und sich durch die schmale Öffnung zu quetschen. Na, war ja nur zum Schlafen.

Es war bereits später Nachmittag. Faribaa würde erst am späten Abend kommen, und Richard beschloss, die Gegend ein wenig zu erkunden. Er trat vor das Hotel auf den kleinen Platz vor dem Galata-Turm und schaute hinauf. Es war ein beeindruckendes Bauwerk aus dem vierzehnten Jahrhundert, in dem man mit einem Aufzug bis auf sechzig Meter Höhe hinauffahren konnte. Aber die Schlange vor dem Eingang entmutigte Richard, obwohl er neugierig auf den Ausblick war. Er schlenderte also über den Platz, vorbei an gut gefüllten Restaurants, vor denen die Tische im Freien bis auf den letzten Platz besetzt waren.

An der Ecke bot ihm ein Dönerverkäufer lautstark seinen Imbiss an, den er freundlich lächelnd ablehnte. Ein Straßenschild wies ihn darauf hin, dass er sich nun auf der Istiklal-Straße befand. Zu beiden Seiten reihte sich ein Souvenir- und Kunsthandwerksgeschäft an das andere. Die Schaufenster quollen über von buntem Tongeschirr, glänzenden Kupferkannen, roten Schals mit weißem Halbmond, bedruckten T-Shirts, Kaffeebechern mit Bekenntnissen, dass man Istanbul liebte, und traditionellen Hütchen oder Westen. Dazwischen Anbieter von billig zusammengebastelten Musikinstrumenten und Modeschmuck. Touristengedöns eben.

Die schmale, kopfsteingepflasterte Straße stieg an, von Zeit zu Zeit bahnte sich ein Motorroller oder Auto seinen Weg durch das Gewimmel der Menschen, für die der schulterbreite Gehweg zu schmal war. Richard ließ sich eine Weile vom stockenden Strom mitschwemmen, hatte aber bald genug von der Wiederholung des Angebots. Er machte kehrt und ging zum Turm zurück, um sich die anderen Gassen vorzunehmen, die vom Platz in alle Richtungen führten.

Am Fuß des Gebäudes hatten sich inzwischen zwei Musiker postiert, die mit Gitarre und Flöte vor einem unkonzentrierten Publikum, das ununterbrochen seine Selfies mit Turm im Hintergrund für die Facebookseite schoss, ihre Lieder sangen und darauf hofften, dass die eine oder andere Lira für sie abfiel. Der Gitarrist sang auf Arabisch, vielleicht ein Flüchtling, vielleicht aber auch nur ein durchreisender Künstler, der seine Unabhängigkeit genoss.

Richard bog willkürlich in eine der Gassen ab, die bergab führten. Cafés, kleine Restaurants, ein Kiosk, Souvenirläden, nicht sonderlich interessant. Er ging bis zu einem Platz vor einem großen Hotel, vor dem Taxis Passagiere ab- oder einluden. Nicht weit davon lärmte eine breite Straße, auf der sich Autos und Motorräder gegenseitig mit ihren Hupen hetzten. Busse drängten sich in Lücken, die zu klein waren, aber irgendwie schafften sie es, sich durch das Chaos mit ruckartigem Bremsen und Beschleunigen bis zur Haltestelle zu kämpfen.

Hier gefiel es Richard nicht, und er schlenderte dieselbe Gasse zurück. Vor dem Galata-Turm entschied er sich, zunächst etwas zu essen, und ging zu einem der Restaurants am Rande des Platzes, wo man ihm einen Tisch tief im Inneren anbot.

Erfreulicherweise gab es Bier, sogar mehrere ausländische Sorten. Richard bestellte eins und studierte mit Hilfe einer Übersetzungs-App, die er kürzlich auf sein Handy geladen hatte, die Speisekarte. Lammkeule sollte es sein, die gab es mit Auberginenmus und Kartoffeln. Der Kellner fragte, ob er *Mezze* wollte, was er auch ohne Übersetzungsprogramm verstand und ablehnte.

Richard lehnte sich zurück und blickte sich um. An den anderen Tischen wurde Türkisch, Englisch und Russisch gesprochen. Im Hintergrund, unaufdringlich, spielte türkische Popmusik. Zum Gegensatz zur Fassade, die fast baufällig erschien und durch zahlreiche improvisierte Reparaturen entstellt war, war der Raum liebevoll restauriert worden. Die alten Wände – dicke Steinmauern aus einem fernen Jahrhundert – waren freigelegt und gesäubert worden. In Nischen standen Kerzen oder Antiquitäten. Eine indirekte Beleuchtung sorgte für eine gemütliche Atmosphäre. Mit ein wenig Vorstellungskraft erzählten diese Steine von einem längst vergangenen Alltagsleben.

Das Bier war kalt, Richard entspannte sich und widerstand der Versuchung, auf dem Handy seine E-Mails durchzugehen. Das Restaurant füllte sich. Jemand bat darum, einen der Stühle von

Richards Tisch entführen zu dürfen, indem er ihn schon mit beiden Händen packte und Richard fragend ansah. *No problem*, sagte Richard.

Dann kam seine Lammkeule. Das graue Auberginenmus sah nicht sehr einladend aus, aber als er eine Gabel voll davon probierte, überraschte das Mus seine Geschmacksnerven. Die Lammkeule war so zart, dass das Fleisch vom Knochen fiel, ohne dass er schneiden musste. Ein Genuss, der leider viel zu schnell vorbei war, denn Richard schlang das Essen hinunter, als wollte es ihm jemand streitig machen. Ein Überbleibsel aus seiner Kindheit, als er sonntags mit seinem Bruder um den Nachtisch konkurrierte. Wer zuerst den Hauptgang aufgegessen hatte, bekam danach die größere Schüssel mit Pudding, Milchreis oder sonst was. Essen war Wettbewerb, das hatten die Eltern während des Krieges so gelernt. Jetzt lernten die Kinder das in Syrien. Und im Südsudan. Und im Jemen. An Essen mochte es in manchen Ländern der Welt mangeln, an Kriegen nicht.

Später ging Richard noch durch andere Gassen, in denen mehr oder weniger das gleiche Szenario herrschte: Cafés, Restaurants, Souvenirläden. Doch plötzlich stand er vor einer Jazzbar. Natürlich folgte er dem ersten Impuls und öffnete die schwarze Eingangstür, hinter der ein kleines Pult aufgebaut war. Ein junger Mann, der – die Ellbogen auf das Pult gestützt – auf seinem Handy herumtippte, schaute auf. Richard antwortete mit einem *Merhaba* und fragte auf Englisch, ob es Live-Musik gebe. Wortlos nahm der junge Mann ein blaues Faltblatt von einem kleinen Stapel und reichte es ihm: das Monatsprogramm der Jazzbar. Richard bedankte sich und wollte schon gehen.

„Wollen Sie eine Reservierung machen?", fragte der junge Mann.

Richard hielt inne. „Muss man reservieren?", fragte er zurück.

„Ist besser."

Richard schlug das Faltblatt auf und überflog das Programm. Die nächsten beiden Abende würde er mit Faribaa verbringen, oder besser: die Nächte. Aber sein Rückflug war erst am Sonntag.

„Am Freitag spielt ein Trio?", fragte er.

Der junge Mann nickte.

Cazzip hieß das Trio. Es gab auch eine kurze Beschreibung der Gruppe, auf Türkisch, und das Einzige, das Richard verstand, waren die Buchstaben E.S.T. und die Nennung des Avishai Cohen Trios. Wenn diese berühmten Trios Referenzen sein sollten, dann war er hier genau richtig.

„Dann möchte ich eine Reservierung für Freitag machen", sagte er und nannte dem jungen Mann seinen Namen, den der in eine Liste eintrug.

„Kommen Sie ein wenig früher", sagte der junge Mann. „Wir machen um halb zehn auf."

Richard sah ihn lächelnd an und ging. Die Jazzbar war nur einen Steinwurf vom Hotel entfernt. Er freute sich auf das Trio.

Am späten Abend traf Richard Faribaa vor dem Hotel. Sie umarmten sich lange und wortlos. Richard war überrascht, wie gut es sich anfühlte, Faribaa in den Armen zu halten. Dann nahm er ihre Tasche und sie gingen auf sein Zimmer.

Als Richard die Zimmertür hinter sich schloss, kam Faribaa auf ihn zu, legte ihm die Arme um den Hals und küsste ihn. Kein zurückhaltender Kuss oder einer, der Grenzen setzte, sondern ein echter und leidenschaftlicher Kuss mit allem Drum und Dran. Faribaas Lippen waren weich und fordernd.

„Ich bin sehr froh, dass du hier bist", sagte sie schließlich, ohne Richard loszulassen.

„Es ist schön, dich wiederzusehen", entgegnete Richard. Er roch ihr Parfüm und spürte die Wärme ihres Gesichts.

Er küsste sie, sie drängte sich ihm entgegen und begann damit, sein Hemd aufzuknöpfen. Im Nu lagen sie auf dem Bett und gaben ihrem Verlangen nach. Sie liebten sich kurz und heftig und blieben danach auf den durchwühlten Laken liegen, ohne sich zuzudecken.

Richard strich mit der Hand über Faribaas Körper und zeichnete ihre Formen nach. Ihre erhitzte Haut war weich und makellos. Sie lächelte ihn an. Er fand sie unglaublich schön und anmutig.

„Was willst du nur mit solch einem alten Kerl wie mir?", fragte Richard. Es war ihm immer noch unerklärlich, warum sie ausgerechnet ihn ausgewählt hatte.

„Du bist nicht alt", erwiderte sie. „Du bist genauso, wie ich es mir wünsche."

„Du wirst noch lange jung sein", wandte Richard ein. „Ich bin es jetzt schon nicht mehr."

„Darauf kommt es nicht an."

„Worauf kommt es denn an?"

„Auf Respekt und Wohlwollen dem anderen gegenüber. Und natürlich darauf, dass man den anderen wirklich will."

„Und du willst mich?"

„Ja, ich will dich."

„Auch wenn ich durchs Leben gehe, ohne viel zu riskieren?", fragte Richard scherzhaft.

Faribaa tippte ihm mit dem Finger auf die Brust. „Auch dann. Aber ich glaube nicht, dass du die Zustände hier in der Türkei einfach ignorierst."

Richard nickte nachdenklich. „Niemand kann ignorieren, was hier vor sich geht."

„Und?"

„Einerseits muss ich zwar meinen Job erledigen, aber andererseits kann ich nicht einfach die Augen verschließen. Alles hat seine Grenzen."

„Das freut mich," sagte Faribaa mit einem Lächeln. „Du wirst bestimmt das Richtige tun."

„Ich will's versuchen." Richard schaute sie an und seufzte. „Du hast gesagt, du willst verreisen?"

Seine Frage kam unerwartet für Faribaa. Ihr Lächeln verschwand, sie zog das Laken über ihren Körper.

„Ich habe ein neues Fotoprojekt", sagte sie.

„Das sind gute Nachrichten", sagte Richard. „Ich gratuliere. Und wo?"

Faribaa sah ihn mit ernstem Gesichtsausdruck an. „Die Kurden werden Mossul angreifen. Ich darf sie begleiten als eingebettete Fotografin."

Richard schluckte. Das war mehr als ein Projekt, das war Kriegsberichterstattung. Seit Wochen planten die kurdischen Peschmerga im Nordirak, die Stadt vom IS zu befreien. Tausende Kämpfer waren mobilisiert und von den USA hochgerüstet worden. Der Angriff stand kurz bevor.

„Du willst nach Mossul?", fragte Richard.

Faribaa nickte. „Ich habe einen Kontakt in Erbil. Da ich Kurdin bin, hat man mir eine Erlaubnis gegeben."

Richard musste tief durchatmen. „Das ist … mutig."

„Ich habe ein wenig Angst", gab sie zu.

„Hätte ich auch. Aber … die Peschmerga werden dich beschützen. Du schaffst das! Das ist eine große Chance."

Richard hielt es nicht für klug, Zweifel zu säen und Faribaa zu verunsichern. Wenn sie tatsächlich in den Krieg zog, brauchte sie die Kraft der Überzeugung, dass das, was sie tat, das Richtige war. Unentschlossenheit konnte gefährlich sein in einer solchen Situation.

„Ja, einige Agenturen sind an Material interessiert, auch ein paar Magazine."

„Das ist fantastisch! Aber du musst auf dich aufpassen!"

„Das werde ich. Ich will dich ja wiedersehen."

„Ich will dich auch wiedersehen. Vergiss das nicht!"

Das Lächeln kehrte in Faribaas Gesicht zurück, und sie schmiegte sich an Richard. Arm in Arm schliefen sie ein.

Richard und Merve nahmen die Fähre nach Kadiköy auf der asiatischen Seite der Stadt. Die Überfahrt hatte etwas sehr Entspannendes.

Sie standen draußen auf dem hinteren Deck und ließen das Panorama der Stadt an sich vorbeiziehen. Schreiende Möwen begleiteten sie. Einige der Passagiere warfen Brotstücke in die Luft, die von den Möwen in Kunstfliegermanier aufgeschnappt wurden. Ein Containerschiff steuerte langsam und fast majestätisch auf den Bosporus zu, der es zum Schwarzen Meer führen sollte.

„Wie sind die eigentlich auf uns gekommen?", fragte Richard Merve.

„Die in Sultanbeyli?" Merve schaute ihn an. „Es ist der Stadtteil mit dem höchsten Anteil von Flüchtlingen in Istanbul. ALERT hat sie an uns verwiesen. Unser Ruf bei denen scheint also gar nicht so schlecht zu sein."

Richard schaute in die Wellen. „War auch ein hartes Stück Arbeit. So langsam taut Bülent wohl auf."

„Ich glaube, sie merken inzwischen auch, dass die internationalen Organisationen durchaus hilfreich sind."

„Ohne sie wäre die Türkei doch aufgeschmissen."

„Aber das mussten sie erstmal lernen. Eine so große Flüchtlingskrise erlebt man halt nicht alle Tage."

„Das stimmt zwar, aber wenn die Politik auf dem Rücken der Flüchtlinge ausgetragen wird, werden sie zur reinen Verhandlungsmasse."

„Ist doch in Deutschland auch nicht anders, oder?"

„Das stimmt allerdings."

In Kadiköy nahmen sie ein Taxi, das sie in einer halben Stunde zum Hilfszentrum in Sultanbeyli brachte. Es war ein etwas heruntergekommenes, fünfstöckiges Gebäude, über dessen Eingangstür ein Schriftzug angebracht war, der es als Zentrum für Flüchtlinge auswies. Vor dem Gebäude standen Menschen in kleinen Gruppen. Die Männer rauchten, die Kinder quengelten ungeduldig, die Frauen waren verschleiert.

Richard und Merve traten durch die Eingangstür in eine kahle Halle. Vor einer Wand stand ein Schreibtisch, seitlich davon standen zwei Stuhlreihen mit Wartenden. Hinter dem Schreibtisch saß eine junge Frau in einer orangefarbenen Weste, die gerade mit einem alten Mann sprach, der sich auf einen Stock stützte und offenbar nichts oder nur wenig von dem begriff, was die Frau zu ihm sagte, und verzweifelt wirkte. Ein Wachmann stand daneben und beobachtete die Szene, die Hände auf dem Rücken verschränkt. Schließlich kam eine andere junge Frau herbeigeeilt, grüßte den alten Mann und begann zu übersetzen. Alle Beteiligten lächelten jetzt, die Frau hinter dem Schreibtisch füllte ein Formular aus.

Richard und Merve näherten sich der Gruppe und warteten ab, bis die junge Frau aufsah und sie anschaute. Ihr Gesichtsausdruck sagte ihnen, dass sie sie erwartet hatte. Sie fragte etwas auf Türkisch. Merve antwortete. Sofort griff die junge Frau ihr Handy, kündigte die Besucher an und bat sie, zwei Minuten zu warten. Noch vor Ablauf der Frist stand der Leiter des Gemeindezentrums vor ihnen.

Abdulkader stellte sich vor und bot ihnen sogleich die Kurzform seines Namens an. Sie tauschten ihre Visitenkarten aus. Ein paar Begrüßungsfloskeln, die Merve übersetzte, dann schlug Abdul vor, zunächst eine Runde durch das Gebäude zu machen.

„Gute Idee", sagte Richard und ließ Abdul vorangehen.

„Entschuldigen Sie bitte, dass es hier wie auf einer Baustelle aussieht", sagte Abdul und machte eine hilflose Geste mit den Armen. „Wir kommen hier nur langsam vorwärts, und es muss noch viel gebaut werden, aber wir hoffen, dass wir für die Fertigstellung mit Ihrer Unterstützung rechnen können."

„Erwarten Sie bitte nicht zu viel", bremste Richard ihn. „Wir sind eine humanitäre Organisation, keine Konstruktionsfirma. Aber wir sind für jeden Vorschlag offen, der etwas mit humanitärer Hilfe zu tun hat."

„Aber der Bau eines humanitären Hilfszentrums gehört doch dazu", wandte Abdul ein. Er hatte den Dreh mit der Terminologie schnell heraus.

„Der Bau eines Krankenhauses sicher auch", sagte Richard. „Und selbst einen Flughafen für die Versorgung mit Hilfsgütern kann man so darstellen. Aber irgendwo muss man eine Grenze ziehen. Unsere Prioritäten liegen woanders."

„Aha", sagte Abdul nur. Die Enttäuschung war in seinem Gesicht abzulesen.

„Aber Reparaturen, die Instandsetzung oder eine Erweiterung von vorhandenen Bauten sind möglich", ergänzte Richard, und Abduls Miene hellte sich auf. Richard konnte sich vorstellen, was in seinem Kopf vor sich ging. Die richtige Terminologie hatte schon oft Wunder bewirkt.

Abdul machte eine ausladende Armbewegung. „Dies hier ist der Empfangsbereich", sagte er mit einem stolzen Lächeln. „Hier können die Leute ihr Anliegen vortragen, werden registriert und dann an die entsprechenden Abteilungen verwiesen. Den Wartebereich müssen wir noch ausbauen und Stühle anschaffen."

Richard verstand, offenbar sollte das schon mal auf die Einkaufsliste.

Abdul ging voran die Treppe in die erste Etage hinauf. Maler strichen gerade die Wände des hellen und großzügigen Treppenhauses und sahen sie interessiert an. Ein älteres Ehepaar kam ihnen entgegen. Der Mann hatte einen Stapel Dokumente in der Hand, die Frau folgte ihm schweigend und schleppte eine schwere Tasche.

In der ersten Etage wartete eine Menge Leute vor Räumen mit geschlossenen Türen, Kinder spielten auf dem Boden, Männer und Frauen in weißen Kitteln gingen geschäftig umher. Es roch nach Putz- und Desinfektionsmitteln.

„Das ist unsere Klinik", erklärte Abdul. „Wir haben Ärzte für Allgemeinmedizin, Hals-, Nasen- und Ohrenärzte, eine Gynäkologin, eine Kinderärztin und zwei Orthopäden. Orthopäden sind wichtig. Es kommen viele behinderte Menschen zu uns."

„Und wer bezahlt die Ärzte?", wollte Merve wissen.

„Die werden von der Stadt bezahlt, ebenso die Einrichtung der Praxen. Es ist sozusagen ein öffentliches Krankenhaus, aber eben vor allem für Flüchtlinge. Wir haben auch zwei Übersetzer hier, weil besonders die älteren Leute kein Türkisch sprechen."

Abdul ging forsch voran, öffnete nach kurzem Anklopfen die Tür zur Orthopädiepraxis, grüßte kurz den überraschten Arzt und stellte sich mitten in den Raum. Auf einer Liege lag ein Patient mit hochgeschobenem Hemd und schaute die Eindringlinge verwirrt an.

„Jede Praxis ist voll ausgestattet", sagte Abdul und wies auf Liege, Medikamentenschrank und blitzende Instrumente. „Wir haben auch Prothesen! Die bekommen wir von einer englischen Organisation."

Richard und Merve blieben in der Tür stehen und nickten entschuldigend Arzt und Patient zu.

„Wenn Sie Fragen an den Arzt haben, fragen Sie nur!", forderte Abdul sie auf und stellte sie kurz vor.

Der Arzt, immer noch überrascht, schaute sie mit einer Mischung aus Ratlosigkeit und Erwartung an. Richard fühlte sich nicht wohl angesichts dieses Eindringens in die privateste Sphäre, wollte aber auch nicht interesselos erscheinen.

„Was sind die häufigsten Beschwerden?", fragte er.

„Rückenschmerzen, Kniebeschwerden", sagte der Arzt. „Und Prothesen. Viele Prothesen. Wissen Sie, der Krieg und die Flucht ... Wenn man Verletzungen wochenlang nicht versorgen kann, dann muss oft amputiert werden."

„Verstehe", sagte Richard und schaute Abdul an. „Beeindruckend. Was ist auf der nächsten Etage?" Er wollte die Verlegenheit des Patienten schnell beenden, nickte dem Arzt zu und ging zurück in den Wartebereich. Abdul kam sofort hinterher.

„In der zweiten Etage sind Migrationsbehörde und Beratung", sagte er und ging schon voran ins Treppenhaus. „Rechtliche Beratung, Psychologen und solche Sachen."

„Bieten Sie Traumabearbeitung an?", fragte Richard.

„Ja, es gibt ja kaum einen Flüchtling, der nicht traumatisiert ist. Die ganz komplizierten Fälle überweisen wir an externe Therapeuten."

Die zweite Etage befand sich im Rohzustand, die Wände waren noch nicht verputzt und die Beratungsräume provisorisch voneinander getrennt. Dennoch warteten etwa zwanzig Personen darauf, dass sie aufgerufen wurden.

Die restlichen Etagen waren ebenfalls nicht fertiggestellt, doch überall herrschte eine Art geduldiger Betriebsamkeit. Es gab Sprachunterricht für Kinder und Erwachsene, Computerkurse, sechswöchige Ausbildungskurse für ein halbes Dutzend Handwerke, einen kleinen Kindergarten und im obersten Stockwerk eine Kantine.

„Das ist alles sehr beeindruckend", sagte Richard am Ende des Rundgangs. Sie setzten sich an einen der Kantinentische. „Welche Art von Unterstützung erwarten Sie denn von uns?"

Abdul lachte. „Wir sind eine humanitäre Organisation. Die Stadtverwaltung hat uns zwar sehr großzügig unterstützt, aber so langsam geht ihr und uns das Geld aus. Wir dachten, dass Sie uns vielleicht helfen könnten, das Flüchtlingszentrum zu ... reparieren."

Richard zog die Augenbrauen hoch und musste schmunzeln. Abdul hatte seine Lektion gelernt. Doch der Rundgang durch das Gebäude hatte gezeigt, dass die Fertigstellung des Zentrums weit weniger erforderte, als Richard und Merve befürchtet hatten. Sie mussten also nicht nach ausweichenden Worten suchen.

„Haben Sie schon eine Aufstellung der Maßnahmen gemacht, die zur Reparatur oder Fertigstellung notwendig sind?", fragte Merve.

„Wir haben einen Projektantrag geschrieben", erwiderte Abdul.

„Das ist gut! Aber bevor wir an eine Partnerschaft mit Ihnen denken können, müssen wir ein Assessment machen."

„Ein was?"

„Unsere Kollegen von der Finanz- und Logistikabteilung würden Sie besuchen und Ihre Kapazitäten analysieren."

„Aha ..."

„Ja, damit sichergestellt ist, dass Sie das notwendige Personal haben und alle Procedere und Modalitäten einhalten können."

Richard sah es Abduls Gesicht an, dass er Merve nicht folgen konnte. „Wenn Sie zum Beispiel das Gebäude streichen wollen, wie gehen Sie vor?", fragte er.

„Oh, da haben wir eine Firma, die mit der Stadtverwaltung zusammenarbeitet", antwortete Abdul, und sein Gesicht hellte sich auf. „Die kennen wir! Die sind verlässlich! Die Firma gehört dem Bruder des Bürgermeisters."

So etwas Ähnliches hatte Richard befürchtet. „Genau das geht nicht", erklärte er. „Da müsste eine Ausschreibung gemacht werden. Firmen können sich darauf bewerben, und das beste Angebot bekommt den Zuschlag. Das wäre die Aufgabe der Logistik."

„Aha", sagte Abdul wieder. „Wir haben aber keine ... Logistik."

„Das ist im Prinzip kein Problem. Das könnten auch unsere Logistiker übernehmen."

Abdul wurde nachdenklich. „Das wird dem Bürgermeister nicht gefallen", sagte er mehr zu sich selbst und kniff dann die Augen zusammen. „Und wenn wir einen Logistiker einstellen?"

Richard war klar, worauf Abdul hinauswollte. „Der könnte Teil des Projektpersonals sein und aus dem Projektbudget bezahlt werden. Aber auch er müsste dann eine Ausschreibung machen."

Abdul lächelte verschmitzt. „Das ist sehr deutsch."

„Aber sehr korrekt."

„Ja, sehr korrekt."

Abdul hatte an diesem Tag noch etliche weitere Erkenntnisse, übergab den Besuchern aber am Ende des Treffens seinen Projektantrag und freute sich auf die Zusammenarbeit.

So sagte er jedenfalls. Denn auf sein nächstes Treffen mit dem Bürgermeister freute er sich bestimmt nicht.

Am späten Nachmittag gönnte Richard sich noch einen Spaziergang über die Galata-Brücke, während Merve wieder zu ihrer Freundin fuhr. Mit Faribaa war er erst zum Abendessen verabredet.

An den Anlegestellen unterhalb der Brücke wimmelte es von Menschen, die von der Arbeit kamen und eine der Fähren nahmen, die sie nach Hause an anderen Ufern bringen sollte. Auch etliche Touristenboote legten an und fuhren ab, aus Lautsprechern erklärten Fremdenführer die Stadt und ihre Geschichte.

Richard schlenderte entspannt, die Hände in den Jackentaschen, und genoss den milden Wind, der nach Fisch roch. Auf der Brücke standen Angler. Dicht an dicht warfen sie ihre Angeln aus in das von den Schiffschrauben aufgewühlte Wasser unter ihnen. Neben jedem standen kleine Eimer mit Ködern und dem bisherigen Fang. Magere Ausbeuten, stellte Richard bei einem kurzen Blick in die Eimer fest, aber für manchen vielleicht notwendig, um nicht hungrig schlafen zu gehen.

Richard lehnte sich ans Geländer und schaute ihnen eine Weile zu. Sie machten das geschickt, nutzten die Stellen aus, an denen gerade kein Boot fuhr, und verhinderten, dass sich ihre Schnüre verhedderten, meistens jedenfalls. Und wenn sich die Schnüre doch verhedderten, nahm man es mit Humor und nutzte das Entheddern zu einem kurzen Gespräch unter Seinesgleichen. Dazwischen wanden sich Teeverkäufer und boten ohne Eile die dampfenden Gläschen an. Alles machte einen eingespielten und entspannten Eindruck. Trotz der vielen Menschen auf der Brücke schien Istanbul hier eine Stadt wie Köln oder Hamburg, aber nicht wie ein Fünfzehn-Millionen-Moloch.

In einiger Entfernung erkannte Richard die Minarette der Blauen Moschee und der Hagia Sophia, aber für einen Ausflug dorthin war es schon zu spät. Er begnügte sich damit, einen Blick in den Gewürzbasar zu werfen. Er ließ die Brücke hinter sich, überquerte die Uferstraße und den anschließenden belebten Platz und musste am Eingang des Basars einen Metalldetektor passieren, der ständig fiepte, jedoch keine Kontrolle von Taschen oder Rucksäcken nach sich zog. Der Wachmann schaute lediglich in die Gesichter der Besucher und schien sich auf seine Menschenkenntnis zu verlassen, um zu definieren, wer ein Verdächtiger sein könnte und wer nicht. Oder er hatte einfach keine Lust mehr auf Verdächtige, so kurz vor Feierabend.

Der Gewürzbasar war brechend voll, Richard kam nur schrittweise vorwärts. Es war laut und bunt. Manche Händler winkten ihm zu und hießen ihn willkommen, er lehnte höflich ab. Ein japanisches Paar wurde wortreich verabschiedet und hatte schwer zu tragen an den mit Gewürzen vollgepackten Plastiktüten, die man ihnen aufgeschwatzt hatte. Aber alle lächelten, alle waren zufrieden.

Richard trat aus dem Strom zur Seite und stand vor einer Auslage mit angeschnittenen, wurstdicken Rollen, deren Inneres bunt und offensichtlich recht süß schimmerte. Sofort war ein lächelnder Verkäufer bei ihm.

„Turkish Delight?", fragte der Verkäufer und deutete auf die Rollen.

Richard überlegte. Da er jedoch noch nie die türkische Süßigkeit gegessen hatte, entschied er sich, jeweils ein Stückchen von verschiedenen Rollen zu kaufen. Rasch packte der Verkäufer sie in eine Pappschachtel und übergab sie Richard. Er bezahlte und kehrte in den überfüllten Gang zurück. Eine Weile noch trieb er so an den vielen appetitlichen Auslagen vorüber, dann trat er in den Gegenstrom der Menschen und ließ sich wieder aus dem Basar spülen. Er hatte einige Fotos gemacht, die er an seine Kinder und vielleicht an Freunde schicken würde. Es gab in seinem Leben ja schließlich nicht nur Flüchtlingselend und Krieg.

Auf dem Weg zurück zum Hotel öffnete Richard die Pappschachtel und probierte das Turkish Delight. Er war überrascht. Es war weit weniger süß, als er erwartet hatte. Es war köstlich, und bis zum Hotel hatte er fast die Hälfte aufgegessen. Es tat gut, dem Körper etwas zu gönnen.

Richard lud Faribaa zum Abendessen in ein luxuriöses Restaurant am Bosporusufer ein. Der Lärm der Straßen verlor sich in der Weite, und die friedlichen Wellen, die an die Ufermauer schwappten, verbreiteten eine sanfte Ruhe. Die Lichter der ersten Bosporusbrücke wurden glitzernd vom Wasser reflektiert, im Innern des Restaurants spielte jemand Bossa Nova auf dem Klavier. Richard schaute Faribaa an und nahm ihre Hand. Schon lange nicht mehr war er einer Frau so nah gewesen.

Sie redeten nicht viel und genossen diesen für Richard seltenen Moment der Friedlichkeit, spürten die Haut des anderen, sahen in dessen Augen ein gegenseitiges Einvernehmen. Und später, im Hotel, liebten sie sich behutsam und so, als wollten sie jeden Augenblick festhalten, um sich noch lange an ihn erinnern zu können. Etwas war passiert mit Richard, alles war anders. Er konnte es nicht genau erklären, aber er war erfüllt von einer tiefen Zuneigung für Faribaa.

„Wie lange bleibst du weg?", fragte er, als sie nebeneinander lagen und sich ansahen.

„Ich weiß es nicht", erwiderte Faribaa leise. „Vielleicht ein paar Wochen. Du ... wirst mir fehlen."

Richard seufzte. „Du mir auch. Vielleicht sollten wir ... mehr Zeit miteinander verbringen, wenn du wieder zurück bist."

Faribaa lächelte ihn an. „Willst du das wirklich?"

„Ja, ich meine ... seit wir uns kennen, haben wir doch nur ein paar Tage miteinander verbracht."

„Das stimmt", sagte Faribaa und schmiegte sich an ihn. „Ich könnte nach meiner Rückkehr wieder für eine Woche nach Gaziantep kommen."

„Einverstanden."

„Oder auch zwei.“

Richard musste lachen. „Oder auch zwei“, wiederholte er und umarmte sie. Tief in seinem Inneren erlaubte er sich die Vorstellung, es könnte alles so weitergehen wie bisher. Oder vielleicht noch besser werden. Er ahnte nicht, wie brutal die Wirklichkeit sie beide strafen sollte.

Am Vormittag, nachdem Faribaa zu ihrer Wohnung aufgebrochen war, um von dort aus zum Flughafen zu fahren, hatte Richard mit Merve ein Treffen mit einem Kulturverein, der von seiner Organisation seit einigen Monaten unterstützt wurde. Nun ging es darum, die Programme auszuweiten und die Finanzierung für die nächsten zwei Jahre zu sichern. Richard überließ Merve die Erklärungen und schaltete sich nur ein, wenn es nötig war. Mit seinen Gedanken war er in Mossul und stellte sich die Hölle des Krieges gegen den IS vor. Er hoffte, dass es schnell vorbei sein würde.

„Du warst ziemlich wortkarg“, stellte Merve beim Mittagessen fest.

Richard wiegte den Kopf. „Du hattest doch die Sache im Griff“, entgegnete er. „Besser hätte ich es auch nicht machen können.“

„Danke“, lächelte Merve, schaute ihn dann aber ernst an. „Ist alles in Ordnung?“

Richard nickte. „Ich bin nur ein wenig ... erschöpft.“

„Du brauchst Ruhe.“

„Die werde ich dieses Wochenende haben.“

„Ja, in Istanbul kann man sich gut ablenken lassen. Weißt du schon, was du machen wirst?“

„Heute Abend Jazz, morgen eine Bosporustour“, sagte Richard. Die Bosporustour war ihm erst bei Merves Frage eingefallen, aber er fand es eine gute Idee. Sich einfach langsam übers Wasser tragen lassen, den Wind und die Sonne spüren, durchatmen.

„Und keine Arbeit?“, fragte Merve.

„Habe ich mir jedenfalls vorgenommen.“

Merve lachte. „Ich wette, das hältst du nicht durch."

„Dieses Mal werde ich es durchhalten", sagte Richard. „Ich habe es mir versprochen."

Nach dem Abendessen ging er zum Jazzclub. Es war noch nicht viel los. Auf der kleinen Bühne standen ein Flügel, ein Schlagzeug und ein Elektrobass. An zwei Tischen fand eine gedämpfte Unterhaltung statt. Ein Kellner wies ihm einen Platz an der Bar zu, an der es zu Richards Freude frisch gezapftes Bier gab. In einer Nische führte eine schmale Treppe zu einer Galerie. An den rohen Wänden hingen großformatige Fotos von Jazzgrößen, im Hintergrund spielte Musik von Billie Holiday.

Richard lehnte sich mit dem Rücken gegen die Bar, schlürfte sein Bier und beobachtete die Menschen, die nach und nach den Jazzschuppen betraten. Gemischtes Publikum jeden Alters, langhaarig oder akkurat gescheitelt, modisch oder in lässigen Jeans, bürgerlich oder mit einem Che-Guevara-Porträt auf dem T-Shirt und der passenden Revolutionärskappe auf dem Kopf. Der Raum füllte sich mit intellektueller Atmosphäre.

Es beeindruckte Richard, dass pünktlich um zehn Uhr alle Plätze besetzt waren, auch die Barhocker neben ihm. Ein älterer Herr kam auf die Bühne und kündigte das Trio an, das unter Beifall an seine Plätze ging. Bass und Schlagzeug wurden von zwei jungen Männern bedient, das Piano von einer jungen Frau in blauer Lederhose. Sie begrüßte das Publikum auf Türkisch und Englisch.

Was dann passierte, hatte nichts gemein mit der Musik, die Richard aus den Restaurants und Kneipen Gazianteps kannte. Das hier war moderner Jazz vom Feinsten, wie er ihn bisher nur von den international bekannten Trios kannte, die zu seinen Favoriten zählten: technisch perfekt, in Nachbarschaft zur Popmusik, mit Leidenschaft und Hingabe gespielt. Zwei Stunden lang gaben diese drei Musiker alles, schlossen beim Improvisieren die Augen und arbeiteten sich an den Themen ab, und Richard ging mit einer Mischung aus Begeisterung und Glück ins Hotel zurück. Solche

Momente waren wichtig für ihn, überlebenswichtig . Um das Gefühl zu haben, dass es in seinem Leben eben nicht nur Flüchtlingselend und Krieg gab.

12

„Hätten wir Stingers, hätten wir sie schon längst besiegt", sagte Palmyra Vier mehr zu sich selbst als zu seinen Kameraden. Es war früher Morgen, doch die Wärme des anbrechenden Tages war bereits zu spüren. Er, Yehia und die anderen der Einheit saßen in ihrem Hauptquartier unter den Trümmern der Stadt und löffelten pürierte Linsensuppe. Dazu aßen sie frisches Fladenbrot, das irgendjemand in irgendeiner Bäckerei organisiert hatte, die noch nicht zerbombt worden war. Wenn man Geld hatte, konnte man alles besorgen, auch in Ost-Aleppo. Es gab Mutige, die selbst mit Soldaten des Diktators Geschäfte machten.

„Mit Stingerraketen könnten wir ihre Hubschrauber abschießen, aber gegen ihre Jets nützen sie nicht viel", sagte Yehia.

„Und wenn schon." Palmyra Vier zuckte die Achseln. „Wenigstens könnten sie ihre Fassbomben nicht mehr abwerfen."

„Fassbomben, Präzisionsbomben – was macht das noch für einen Unterschied? Die Welt hat uns ohnehin vergessen. Wir sind auf uns allein gestellt."

Yehia wischte mit einem Stück Brot die Reste der Suppe vom Teller und stopfte sich diesen letzten Bissen in den Mund. Er lehnte sich gegen die Wand der Tiefgarage und schaute Palmyra Vier müde an.

„Glaubst du, wir werden hier sterben?", fragte der.

Yehia atmete tief durch. „Ich bin nicht in diesen Krieg gezogen, um jetzt plötzlich aufzugeben. Nach all diesen Opfern, nach all dem, was wir durchgemacht haben. Wir haben ein Ziel, für das es sich lohnt zu sterben. Für all die Menschen, die nach uns kommen.

Aber wer weiß, vielleicht ist ja morgen schon alles zu Ende und wir können nach Hause gehen. Ich werde jedenfalls nicht aufhören zu kämpfen. Irgendwann wird es eine Entscheidung geben."

„Wir wussten doch von Anfang an, dass das der Einsatz war, alles oder nichts", sagte Palmyra Drei. „Welche Wahl hatten wir denn? In Assads Folterkellern eingesperrt und langsam zu Tode gequält zu werden? Dann lieber eine Kugel. Oder eine Bombe, die mich pulverisiert. Dann kann mein Fleisch wenigstens noch den Boden düngen, auf dem dann die Blumen wachsen, die irgendein verliebter Idiot seinem Mädchen schenkt."

Die anderen lachten. „Sehr romantische Vorstellung", sagte Yehia.

„Gedünkt mit dem Blut eines Freiheitskämpfers", sagte Palmyra Zwei. „Damit könnte man sogar ein Geschäft machen."

„Aber nur in einem freien Syrien. Ohne Diktator."

Wenig später machten sie sich bereit, ihren Unterschlupf zu verlassen. Auch andere Einheiten packten Essgeschirre weg und sorgten für Ordnung in ihren Lagern. Es wurde kaum gesprochen, jeder wusste ohnehin, was er zu tun hatte.

Yehia und seine Leute füllten die Wasserflaschen, schulterten ihre Waffen, nickten auf ihrem Weg zum Ausgang anderen Kämpfern zu und klopften einander ermutigend auf den Rücken, um dann in das Morgenlicht zu treten. Die Wachen hoben noch einmal die Ferngläser an die Augen und winkten sie dann heraus.

„Scheint alles ruhig zu sein", raunte eine der Wachen Yehia zu, ohne das Fernglas abzusetzen. „Seit Sonnenaufgang haben wir noch keine Bewegung wahrgenommen."

„Das kann sich schnell ändern", gab Yehia zurück.

Ohne ein weiteres Wort verließen er und seine Einheit das Hauptquartier und nutzten jede Mauer, jede Ruine, jeden Trümmerhaufen als Deckung, um sich weiter nach Norden zu bewegen. Von Zeit zu Zeit hielten sie an, knieten oder hockten sich auf die Erde und beobachteten die gähnenden, von Rauch geschwärzten

Fensteröffnungen der Häuser. Von dort konnten Scharfschützen sie ins Visier nehmen.

Sie horchten aufmerksam, ob von irgendwoher das Rollen eines Panzers, das Heulen von Triebwerken oder das rhythmische Schlagen von Hubschrauberrotoren vom leichten Wind herübergetragen wurde und den Feind ankündigte, einen ungleichen, übermächtigen Feind, der sich langsam, aber unaufhaltsam in den östlichen Teil der Stadt hineinfraß. Aber es blieb still. Der Wind war allein.

Yehia führte seine Männer von Haus zu Haus durch das Labyrinth der Keller, deren Wände man durchbrochen hatte, immer darauf bedacht, nicht in Sprengfallen zu geraten, die syrische oder russische Soldaten gelegt hatten. In einem Treppenhaus stießen sie auf eine liegengelassene, zerbeulte Wasserflasche, daneben zwei Kippen russischer Zigaretten.

„Sie haben sich ganz schön weit vorgewagt", sagte er. Er schaute sich um. Vor dem Durchbruch zum Nachbargebäude lag ein Dutzend Steine wie zufällig übereinander. Langsam näherte er sich und bückte sich, um zwischen den Steinen etwas erkennen zu können. Er sah ein Stück rundes Metall, das wie ein Tellerrand aussah.

„Mine", sagte er und trat wieder zurück. „Syrische Soldaten."

„Oder russische", meinte Palmyra Vier.

„Nein, die hätten ihre Kippen nicht hiergelassen. Wahrscheinlich haben sich diese Amateure so sehr über die Zigaretten gefreut, dass sie nicht einmal mehr daran gedacht haben, ihre Spuren zu verwischen. Müssen junge Rekruten gewesen sein, Kanonenfutter. Die Russen sind Profis, denen passiert so etwas nicht."

Yehia nahm einen Wachsstift aus der Tasche und malte ein unauffälliges Zeichen an die gegenüberliegende Wand, das jedem Kämpfer die Gefahr signalisierte. Dann ging er voran, damit sie von außen in das Untergeschoss des Nachbargebäudes steigen konnten.

Eine Stunde, nachdem sie ihr Hauptquartier verlassen hatten, setzten sie sich auf den Boden eines Kellerraums und tranken. Jeder von ihnen schleppte gut dreißig Kilo an Waffen, Munition und anderer Ausrüstung, ihre Kleidung war durchgeschwitzt. Yehia spähte durch ein Kellerfenster, das durch Trümmer halb verdeckt war. Mit dem Fernglas suchte er die Gebäudeskelette etwa fünfzig Meter entfernt ab. Irgendwo zwischen ihm und dem Hausgerippe gegenüber war einmal eine Straße gewesen, aber die war jetzt nicht mehr erkennbar, sie war begraben unter Steinen, Betonteilen, wirren Stahlseilen und Tonnen von Schutt.

„Dort drüben wird unsere Basis sein", raunte Yehia. „Palmyra Vier bleibt dort mit der Verstärkung. Palmyra Zwei und Drei kommen mit mir und suchen sich eine gute Schussposition."

„Wie immer", sagte Palmyra Vier und lächelte.

„Ja, wie immer", sagte Yehia und klopfte ihm auf die Schulter. „Wir verlassen uns auf euch, falls es zu heiß wird."

„Wir sind bereit", bestätigte Palmyra Vier.

„Also dann los! Einer nach dem anderen!", mahnte Yehia. „Zweihundert Meter jenseits dieses Hauses fängt Russland an. Wahrscheinlich liegen dort schon die Scharfschützen und warten auf uns."

„Da können sie lange warten", knurrte Palmyra Drei. „Ich werde mich unsichtbar machen. Wie Harry Potter."

„Und Assad in eine Ratte verwandeln", sagte Palmyra Vier.

Alle lachten verhalten. Einen Augenblick nur, einen winzigen Augenblick lang katapultierte sie dieses Lachen aus dem Krieg. Einen Wimpernschlag lang hatte die Revolution gesiegt, war die Diktatur überwunden, die Folter nur noch Erinnerung.

Yehia ging als erster. Er stieg aus dem Keller und streckte den Kopf vor, um die Gegend überblicken zu können. Dann atmete er tief durch und lief lautlos und geduckt auf die andere Straßenseite. Vor dem gegenüberliegenden Haus hockte er nieder und schaute durch eine Öffnung in den halbdunklen Raum. Dann gab er ein Zeichen. Palmyra Vier machte sich auf den Weg.

Wortlos folgten so auch die anderen und blieben vor dem Loch hocken, das in den Keller führte, der ihre Basis für die heutige Mission sein sollte. Dann schlüpfte Yehia durch die Öffnung ins Innere, danach die anderen.

Sie befanden sich in einem fast unbeschädigten Raum, von dem andere Öffnungen in angrenzende Räume führten. Sie legten schweigend die schweren Waffen ab und richteten sich auf ein längeres Warten ein. Yehia nahm sein Funkgerät.

„Ich sehe mich mal um und wir checken die Kommunikation", sagte er fast flüsternd zu Palmyra Vier.

Der nickte nur, stapelte einige Backsteine übereinander und stellte die zentrale Funkeinheit darauf ab. Er schaltete sie ein, ein leises Rauschen war zu hören.

„Ich lege die Antenne nach draußen", sagte Palmyra Vier. „Hier unten ist die Verbindung schlecht."

„Mach das", entgegnete Yehia. „Ich melde mich gleich." Dann verschwand er im Dunkel des angrenzenden Raumes.

Er schlich durch die Kellerräume, die sich an den Basisraum anschlossen und die schon vor langer Zeit geplündert worden waren. Er stieg über Müll und zerschlagene Möbel. Es roch nach Urin, in einigen Ecken lagen die Reste vertrockneter Exkremente.

Yehia folgte dem Licht, das ihm den Weg aus dem Keller wies. Er nahm sein Funkgerät in die Hand, um die Kommunikation zu überprüfen, und trat ins Treppenhaus, als er erstarrte. Eine halbe Treppe höher, in der Eingangstür des Hauses, kaum fünfzehn Schritte von ihm entfernt, stand ein russischer Soldat an die Wand gelehnt und rauchte.

Instinktiv wich Yehia in den Keller zurück, presste sich ans Gemäuer und hielt den Atem an. Er schaltete das Funkgerät aus und wartete ein paar Sekunden. Der Soldat hatte ihn nicht bemerkt. Dennoch hielt er sich schussbereit.

Jetzt hörte er Stimmen, sie kamen von weiter oben. Die Russen waren im Haus! Er konnte drei oder vier Stimmen unterscheiden.

Unendlich langsam setzte Yehia einen Fuß vor den anderen und zog sich wieder in die Dunkelheit zurück. Sein Herzschlag dröhnte ihm in den Ohren. Er durchquerte den nächsten Raum, den übernächsten und beschleunigte dann seinen Schritt. Wenige Augenblicke später stand er bei seinen Kameraden.

„Ich dachte, du …". Weiter kam Palmyra Vier nicht, da Yehia sofort den Finger an die Lippen hob. Jeder war schneller alarmiert, als er denken konnte, und griff nach der Waffe. Yehia hockte sich nieder, die anderen versammelten sich dicht bei ihm.

„Die Russen sind hier im Haus", flüsterte Yehia.

„Scheiße!", zischte Palmyra Vier. „Wie viele?"

„Ich weiß es nicht. Ich konnte vier oder fünf ausmachen. Aber sie scheinen sich sicher zu fühlen, also sind noch mehr in der Gegend."

„Meinst du, sie kommen hier runter?", fragte Palmyra Drei.

„Kann ich nicht sagen. Vielleicht waren sie schon hier unten und haben alles durchsucht. Aber darauf können wir uns nicht verlassen."

„Rückzug?", fragte Palmyra Vier.

„Ich denke, das ist das Beste. Hier säßen wir in der Falle, falls sie uns entdecken."

Die anderen verstanden und griffen sich wieder die schweren Waffen, als plötzlich das Haus dröhnte. Die Wände vibrierten.

„Ein Panzer!", raunte Palmyra Zwei.

„Er muss direkt vor dem Haus stehen", meinte Yehia. „Sieht aus, als ob sie abzögen." Er schaute seine Kameraden an. „Denkt ihr, was ich denke?"

Die anderen Kämpfer nickten. „So eine Gelegenheit kommt so schnell nicht wieder", sagte Palmyra Drei.

„Wir warten, bis sie sich in Bewegung setzen", sagte Yehia. „Wir werden versuchen, sie auf gleicher Höhe abzupassen. Dann schaltest du zuerst ihren Panzer aus." Er sah den bärtigen Kämpfer an, der drei Panzerfäuste auf seinem Rücken trug und ein paar Jahre älter als Yehia war. Es war Palmyra Sieben, der ihn jetzt stumm und mit großen Augen ansah.

„Wir anderen werden von hinten und von der Seite die Soldaten unter Feuer nehmen. Wir nutzen nur den Moment der Überraschung, klar? Wir lassen uns auf keinen Kampf ein, der länger als den Augenblick dauert, in dem wir einige von ihnen erwischen. Dann treten wir den geordneten Rückzug an. Verstanden?"

„Verstanden!", erwiderten seine Kameraden.

„Also los! Machen wir sie fertig!"

Sie arbeiteten sich rasch und wortlos bis zum Treppenhaus vor, stets einander deckend und absichernd. Unter der ersten Treppe warteten sie und sondierten die Lage.

„Ob noch jemand im Haus ist?", fragte Palmyra Vier kaum hörbar.

„Vielleicht noch ein oder zwei Scharfschützen", flüsterte Yehia.

Während zwei Kämpfer die Treppe absicherten, schlich ein weiterer zur Eingangstür und schaute hinaus, und kam nach wenigen Sekunden wieder zurück.

„Etwa zwanzig Soldaten, russische und syrische, leicht bewaffnet", sagte er.

„Und ein Panzer, schwer bewaffnet", ergänzte Palmyra Drei. Alle grinsten.

„Nehmt das nicht zu leicht, Leute!", mahnte Yehia. „Eine Kugel reicht, dann ist alles vorbei."

Er hatte schon oft solche Situationen erlebt, wenn den jungen Kämpfern das Adrenalin ins Blut schoss und sie so euphorisch wurden, dass sie den Respekt vor dem Kampf verloren. Dann fühlten sie sich stark mit der Waffe in den Händen, fast unbesiegbar, wurden mutig, wollten Helden sein. Aber er hatte auch gesehen, wenn ihnen im nächsten Augenblick eine Kugel den Arm zerschmetterte oder eine Mine das halbe Bein abriss. Dann weinten sie wie Kinder, schrien nach ihrer Mutter oder wurden immer leiser, während das Leben mit ihrem Blut aus ihnen wich.

Yehia gab ein Zeichen mit dem Kopf und ging voran. Alle folgten ihm, bis auf die beiden Kämpfer, die die Treppe absicherten und dafür sorgen sollten, dass ihnen keine Scharfschützen folgten.

Sie bahnten sich ihren Weg durch die Keller der Häuser und näherten sich rasch dem Motorengedröhne des Panzers. Als sie die russische Einheit fast eingeholt hatten, hielt Yehia an und wandte sich an Palmyra Sechs, den Kämpfer mit dem schweren Maschinengewehr, dessen Haare nass vom Schweiß waren.

„Sieh zu, dass du eine gute Position findest", sagte er. „Du nimmst die Soldaten von hinten unter Feuer. Halte sie davon ab, in das Haus einzudringen, von wo aus wir den Hauptangriff führen. Palmyra Neun sichert dich ab. Und danach deckt ihr unseren Rückzug. Ihr habt dreißig Sekunden."

Beide Kämpfer stiegen die Treppen hoch zum Eingang des Hauses. Schnell fanden sie ein Loch, das eine Granate in die Wand gesprengt hatte. Palmyra Sechs legte sich dahinter auf den Boden und lud das Maschinengewehr durch.

„Palmyra Sechs in Position", meldete er.

„Stand by", antwortete Yehia. „Feuer frei, sobald es losgeht."

Er und die übrigen Kämpfer beeilten sich, durch die Keller der Häuser die russischen Soldaten einzuholen. Der Lärm des Panzers gab ihnen zumindest akustische Deckung, so dass Yehia sich über Funk nach der Situation der zurückgelassenen Kameraden erkundigen konnte. Alle hielten sich bereit. Jetzt war es eine Frage von wenigen Sekunden, bis sie losschlagen würden.

Sie hatten inzwischen den Panzer, der sich nur im Schritttempo voran bewegte, überholt und stiegen in einem Treppenhaus ins Erdgeschoss eines Gebäudes, dessen Front durch zahlreiche Granateinschläge durchlöchert war. Von hier aus hatten sie ein freies Schussfeld auf die von Trümmern übersäte Straße, auf der sich die russisch-syrische Einheit befand. Jeder suchte sich eine Deckung, während Yehia mit Palmyra Sieben zwei Räume weiter in Stellung ging. Palmyra Sieben atmete heftig.

„Angst?", fragte Yehia und berührte seinen Kameraden am Arm.

„Nervös", erwiderte Palmyra Sieben.

„Dann bist du nervös und ich habe Angst", sagte Yehia und lächelte ihn an. „Aber das ist gut so! So muss es sein!"

Palmyra Sieben legte eine Panzerfaust neben sich auf den Boden und die andere auf seine Schulter.

„Ich zähl auf dich", sagte Yehia. „Zwei Versuche müssen reichen!"

„Werden reichen", erwiderte Palmyra Sieben mit rauer Stimme.

Yehia robbte einige Meter zurück, um sich eine gute Schussposition zu suchen. Palmyra Sieben richtete sich langsam ein wenig auf. Noch war der Panzer außerhalb seines Sichtfeldes. Er visierte die Stelle an, an der er erscheinen würde.

Zuerst sah Palmyra Sieben das Rohr des Hauptgeschützes, dann die quietschenden Ketten und den stählernen Leib des Panzers. Unter den Ketten zerstoben Steine, Metall wurde verbogen.

Palmyra Sieben folgte dem Ungetüm mit der Panzerfaust. Die Entfernung betrug etwa vierzig Meter, eine gute Entfernung für eine Panzerfaust und weit genug, damit man die Druckwelle der Explosion schadlos überstand.

Jetzt kamen auch die ersten Soldaten ins Blickfeld, aber das interessierte Palmyra Sieben in diesem Moment nicht. Seine Mission war es, den Panzer abzuschießen, ungeachtet dessen, was dort draußen oder im Haus oder sonst wo passierte. Als der Panzer auf seiner Höhe war, drückte er ab.

Er nahm kaum den Einschlag der Granate wahr und auch nicht die Soldaten, die sich auf den Boden warfen oder irgendwo Deckung suchten und in seine Richtung schossen. Er nahm nicht Yehia wahr oder die anderen Kämpfer, die schon das Feuer eröffnet hatten, oder die Kugeln, die um ihn herum einschlugen. Wie im Fieber griff er die zweite Panzerfaust und richtete sie auf den Panzer, dessen Geschütz sich jetzt in seine Richtung drehte. Die Granate der Panzerfaust traf ihn direkt unterhalb des Geschützturms, und als sie explodierte, schien es, als ob der Turm sich für einen Augenblick vom Panzer löste. Wie ein erlegtes Tier zuckte das Ungetüm noch einmal und lag dann still, schwarzer Rauch trat aus der Einstiegsluke und dem Sichtschlitz des Fahrers.

Mit der ersten Explosion hatte auch Palmyra Sechs das Feuer eröffnet und hinderte die Russen daran, sich dem Haus zu nähern, von dem aus Yehia den Hauptangriff führte, der die feindliche Einheit völlig unerwartet getroffen hatte. Gut ein halbes Dutzend der Soldaten lag tot neben dem brennenden Panzer, Verletzte wurden in Deckung geschleift.

Yehia gab Palmyra Sieben das Zeichen zum Rückzug. Der lud seine Maschinenpistole durch und robbte in Richtung Treppenhaus. Yehia folgte ihm und gab über Funk seine Befehle. Seine Männer schleuderten Handgranaten in Richtung der Feinde, dazu einige Rauchgranaten, die das Haus in einen dichten Nebel hüllten und den Rückzug decken sollten. Mit fliegendem Atem stürzten sie das Treppenhaus hinunter und rannten durch die Keller zurück zu Palmyra Sechs, der eben den letzten Patronengurt in sein Maschinengewehr gelegt hatte. Yehia griff zum Funkgerät.

„Palmyra Eins an Palmyra Zehn, bitte Status", sagte er und wartete atemlos auf Antwort. Er schaute die anderen an.

„Ich habe Schüsse von dort gehört", sagte Palmyra Neun, der den Maschinengewehrschützen abgesichert und ihm Deckung gegeben hatte. Er sprach von Palmyra Zehn, der mit einem Kameraden in dem Haus zurückgeblieben war, in dem sie die Scharfschützen vermutet hatten.

„Palmyra Eins an Palmyra Zehn", wiederholte Yehia.

Ein Rauschen war zu hören. „Palmyra Zehn an Palmyra Eins", klang es dann blechern aus dem Sprechfunkgerät. „Es hat einen Scharfschützen gegeben, aber den gibt es jetzt nicht mehr. Bei uns ist alles in Ordnung."

„Das ist gut zu hören", sagte Yehia. „Wir sind gleich bei euch."

Er schickte seine Männer voraus, wartete noch, bis Palmyra Sechs sein Maschinengewehr schulterte und trat als letzter den Rückzug an. Eine halbe Minute später trafen sie auf die beiden Kämpfer. Auf dem unteren Treppenabsatz lag ein toter Soldat, den sie bereits entwaffnet und alles eingesteckt hatten, was ihnen brauchbar erschien.

„Als es bei euch losging, kam er sofort die Treppe heruntergerannt", erklärte Palmyra Zehn. „Aber wir haben ihn gebührend empfangen."

„Weg hier!", befal Yehia. „Wir haben vielleicht zwei Minuten."

Da bemerkte er, dass einer der Männer an der Seite blutete. Er hielt ihn zurück und zog den zerrissenen Stoff der Tarnjacke zur Seite. Aus dem Fleisch schaute eine zerschossene Rippe hervor.

„Oh Scheiße!", zischte der Kämpfer. „Das hatte ich gar nicht gemerkt." Er verzog das Gesicht, wenn auch nicht vor Schmerz. „Das sieht ja ekelig aus!"

„Wir müssen weg von hier!", drängte Yehia. „Schaffst du das?"

„Ist nicht so tragisch. Ist nur ein Streifschuss."

„Der dir immerhin eine Rippe rausgerissen hat."

„Davon habe ich noch jede Menge", sagte der Kämpfer, grinste und verschwand schon im Keller.

Als sie ihre Ausgangsbasis erreichten, griff Yehia ein Verbandspaket, schnitt die Tarnjacke des Verletzten auf und säuberte die Wunde. Er berührte die hervorstehende Rippe, die wie ein ausfallender Milchzahn nur noch an einem Zipfel zu hängen schien. Er nahm sie zwischen zwei Finger.

„Tut das weh?", fragte er.

„Was?", fragte der andere zurück.

„Das!", sagte Yehia und riss die Rippe mit einem Ruck aus der Wunde.

Der Verletzte unterdrückte einen Schrei und schaute Yehia verärgert an. „Verdammter Mistkerl!", knurrte er.

Yehia hielt ihm das Stück Rippe vor die Nase. „Willst du sie behalten?"

„Gib her!", sagte der Verletzte mit gespieltem Ärger, nahm ihm die Rippe aus der Hand und steckte sie sich in die Tasche seiner Jacke.

„Wir müssen da rüber!", sagte Yehia und deutete mit dem Kopf auf das Loch, durch das sie vor kaum einer halben Stunde in den Keller geschlüpft waren, während er seinen verletzten Kameraden verband. Palmyra Vier stieg auf ein paar Steine und streckte vorsichtig den Kopf hinaus. Vor ihm lag die Straße, die keine mehr war, und fünfzig Meter entfernt das Gebäude, durch das sie sich zurückziehen würden. Er wollte gerade nach draußen robben, als er innehielt.

„Hubschrauber!", raunte er in den Keller zurück.

Yehia überlegte kurz. „Das schaffen wir nicht", sagte er. „Sie werden über uns sein, bevor wir die andere Seite erreichen. Wir bleiben hier."

Palmyra Vier rutschte in den Kellerraum zurück. „Sie wissen, dass wir hier sind", sagte er und wischte sich den schmierigen Staub von der Stirn.

„Sie wissen, dass wir in diese Richtung gelaufen sind, aber sie wissen nicht, dass wir hier unten sind." Yehia schaute von einem zum anderen.

„Und wenn sie die ganze Häuserzeile wegbomben?"

Das Geräusch der Hubschrauber war nähergekommen. Sie konnten zwei unterscheiden, die in einem Abstand von vielleicht fünfhundert Metern flogen und jetzt ihre Positionen hielten.

„Sie suchen uns", schlussfolgerte Palmyra Drei.

Yehia lauschte dem Schlagen der Rotorblätter. „Geht in Deckung!"

Seine Leute verteilten sich auf die Räume, nicht zu weit voneinander entfernt, aber auch nicht zu dicht. Die meisten hockten sich in einen Türeingang. Jeden Moment erwarteten sie die Detonationen der Fassbomben.

Aber es kamen keine Fassbomben. Es kamen die Präzisionsbomben der russischen Kampfflugzeuge. Die Explosionen waren ohrenbetäubend. In kurzem Abstand schlugen drei Bomben in die Häuser ein, durch deren Keller sie eben noch geflohen waren. Die Druckwellen rissen sie von den Beinen, irgendwo brach eine Decke ein. Das ganze Gebäude oder das, was davon noch übrig war, erzitterte, als Trümmer über ihnen zusammenstürzten. Staub schoss in den Keller, so dass sie die eigene Hand vor Augen nicht mehr sahen. Yehia rang nach Luft, seine Lungen brannten.

Zwei weitere Explosionen, jetzt von der anderen Seite. Durch das Loch, durch das Palmyra Vier hinausgekrochen und wieder hereingekommen war, stoben Steine. Dann wurde es dunkel.

Wieder zwei Explosionen, diesmal ein wenig weiter entfernt, und das Heulen der Bomber, die über die Stadt jagten und sich entfernten. Die Hubschrauber blieben noch eine halbe Minute, als ob sie das Zerstörungswerk noch begutachten wollten, und zogen sich dann zurück.

Yehia würgte und hustete. Mund und Nase waren gefüllt mit klebrigem Staub, er spuckte aus. Er war halb taub, aber aus dem Dunkel drangen Geräusche zu ihm. Er griff in eine seiner Brusttaschen und holte eine kleine Taschenlampe hervor. Er schaltete sie ein und leuchtete an sich hinunter. Ihr Lichtschein reichte nicht weit, zu dicht war der Staub, aber soweit er es erkennen konnte, war er unverletzt.

Er leuchtete in das Dunkel hinein, das durch den Staub wie eine Wand erschien, und richtete sich auf. Er streckte einen Arm aus und machte vorsichtig einen Schritt, dann noch einen und berührte schließlich eine Wand.

„Hört ihr mich?", rief er, aber sein Ruf erstickte in einem Husten. Er krümmte sich und übergab sich fast.

„Yehia?", rief jemand. Der Rest war Husten und Würgen. Es war

Palmyra Vier. Auch aus anderen Richtungen war Husten zu hören.

„Hierher!", krächzte Yehia und leuchtete mit der Taschenlampe in alle Richtungen. Er griff zum Funkgerät und keuchte hinein. „Palmyra Eins an alle! Palmyra Eins an alle! Meldet euch!"

Zunächst war nur ein Rauschen zu hören, dann ein Fiepen und Stimmen. Bis auf vier Kämpfer meldeten sich alle.

Im Schein der Taschenlampe tauchte plötzlich ein Gespenst auf, Yehia zuckte zusammen. Knapp einen Meter von ihm entfernt starrten ihn zwei Augen aus dem Staub an, ein Gesicht war nicht zu erkennen. Erst als Palmyra Vier unmittelbar vor ihm stand, sah er die schemenhafte Gestalt, die eins mit dem Staub geworden war.

Yehia fingerte ein Tuch aus der Hosentasche, schüttete den Rest des Wassers, das sich noch in der Metallflasche an seinem Gürtel befand, darüber und band es sich vor Mund und Nase. Palmyra Vier tat es ihm gleich.

Drei Lichtstrahlen irrten durch den Staub und bewegten sich auf sie zu. Kurz darauf stießen Palmyra Zwei, Drei und Sieben zu ihnen, danach auch die anderen, unter ihnen der mit seinem Rippenstück in der Tasche. Vier Kämpfer fehlten noch.

„Hier Palmyra Eins, meldet euch!", sprach Yehia ins Funkgerät.

Aus dem Staub drangen Schleifgeräusche zu ihnen. „Wo seid ihr?", rief jemand heiser.

„Bist du das, Palmyra Elf?", rief Yehia.

„Ja, bin ich!"

„Folge dem Licht!"

„Welchem Licht? Ich sehe kein Licht!"

Sie alle leuchteten in die Richtung, aus der die Stimme kam. Palmyra Vier ging langsam weiter nach vorne und streckte den Arm mit der Lampe aus.

„Siehst du jetzt was?", rief er.

„Ich weiß nicht! Ich sehe nur Sterne!"

Yehia folgte Palmyra Vier, und gemeinsam tasteten sie sich bis zu dem Durchgang vor, der in den nächsten Raum führte. Sie hörten ein Stöhnen.

„Bist du verletzt?", fragte Yehia in die staubige Dunkelheit hinein.

„Ich bin so weit in Ordnung, aber Palmyra Neun ist verletzt."

Das war eine gute Nachricht, fand Yehia, zumindest waren die beiden am Leben.

„Wir kommen euch holen!", rief Palmyra Vier.

„Nein, ich sehe jetzt euer Licht!", kam es zurück. „Ich bin gleich bei euch!"

Wenig später stand der Kämpfer vor ihnen, der seinen benommenen verletzten Kameraden stützte. Sie nahmen ihm den Verletzten ab und schleppten ihn zurück zu den anderen, wo sie ihn auf den Boden legten. Alle Taschenlampen richteten sich auf ihn, und sie erkannten das blutige rechte Bein, das unterhalb des Knies zerschmettert war. Das Hosenbein war blutdurchtränkt.

„Direkt vor uns ist die Decke runtergekommen", erklärte Palmyra Elf, von dessen Stirn sich eine Blutspur durch das staubige Gesicht bis ans Kinn zog. „Wir haben verdammtes Glück gehabt."

„War sonst noch jemand bei euch?", fragte Yehia, während er das Hosenbein aufschnitt und die Verletzung freilegte. Der zersplitterte Schienbeinknochen kam zum Vorschein, Palmyra Neun stöhnte und verzog das Gesicht.

„Zwei waren noch vor uns", erwiderte Palmyra Elf. „Da, wo die Decke eingestürzt ist, Palmyra Sechs und Zwölf."

Yehia schaute ihn an. „Und?"

Palmyra Elf zuckte die Achseln. „Ich weiß nicht, ob es sie erwischt hat. Es ging alles viel zu schnell."

Hinter dem Tuch presste Yehia die Lippen zusammen. Im Krieg war der Tod ein natürlicher Begleiter, den man akzeptieren, ja, mit dem man sich anfreunden musste. Kaum jemand wusste das besser als Yehia. Wenn er mit seinem Präzisionsgewehr einen Feind erschoss, war der Tod sein bester Freund. Aber wenn er ihm einen seiner Kameraden nahm, noch dazu einen aus seiner eigenen Einheit, dann verfluchte er ihn. Dann legte sich ein Gewicht auf seinen Brustkorb, das er nur mit Mühe wieder von sich herunterwälzen konnte.

Er nickte nachdenklich und widmete sich wieder dem Verletzten.

„Wir müssen das ruhigstellen", sagte Yehia zu ihm. Palmyra Neun hob nur den Daumen.

„Wird ein wenig wehtun", ergänzte Yehia.

„Ich werd´s überleben", meinte Palmyra Neun knapp.

„Ja, so schnell werden wir dich nicht los."

Der Verletzte versuchte ein Grinsen, griff dann aber die Hand eines seiner Kameraden, um sich auf den Schmerz vorzubereiten. Yehia wollte sich gerade über das Bein beugen, als ihn jemand an der Schulter zurückhielt.

„Lass mich das machen", sagte Palmyra Drei. Yehia schaute ihn an.

„Ich hab´ das schon einmal gemacht", fuhr Palmyra Drei fort. „Hat ganz gut geklappt. Kümmere du dich um die anderen beiden."

Yehia erhob sich, entfernte sich ein paar Schritte und hielt das Funkgerät dicht an seinen Mund, während hinter ihm die Kameraden Palmyra Neun festhielten, damit sein zerschmettertes Bein so weit gerichtet werden konnte, dass er ohne große Probleme von ihnen getragen werden konnte. Ein unmenschlicher Schrei erfüllte den Keller, als Palmyra Drei den Unterschenkel packte, dann ein Gurgeln, und Palmyra Neun verlor das Bewusstsein. Es knirschte leise, als die Knochen verschoben wurden.

„Palmyra Eins an Palmyra Sechs und Palmyra Zwölf, hört ihr mich?", sprach Yehia ins Funkgerät.

Nichts, nicht einmal ein Rauschen.

„Palmyra Sechs und Palmyra Zwölf, bitte Status!", sagte Yehia nun etwas lauter. Er ging wieder zurück zu den anderen Kämpfern und beobachtete, wie Palmyra Drei die Wunde mit Mull abdeckte, aus einem dicken Draht eine Schiene improvisierte und den Verband anlegte.

„Palmyra Eins an …“.

„Hier Palmyra Sechs“, kam es keuchend aus dem Funkgerät. „Wo seid ihr?“

Ein Raunen der Erleichterung ging durch den Raum.

„Wir sind im Basisraum. Wo bist du?“

„Im Treppenhaus – oder besser, in dem, was davon übriggeblieben ist.“

„Ist Palmyra Zwölf auch bei dir?“

„Nein“, kam es zögerlich zurück. „Hinter uns ist die Decke eingestürzt. Er … hat es nicht mehr geschafft.“

Yehia wischte sich mit dem Handrücken über die Stirn. Die anderen Kämpfer drehten sich zu ihm um. „Verdammt“, sagte Yehia leise und brauchte einen Moment, bis er den Kloß in seinem Hals hinunterschluckte.

„Hör zu, wir sitzen hier fest“, sagte er dann. „Wir sind verschüttet. Wie ist dein Status?“

„Unverletzt. Ich bin am Eingang des Hauses. Zurück kann ich nicht, die Trümmer versperren den Weg. Ich muss außen herum.“

„Siehst du Soldaten?“

„Nein. Ich glaube, die haben sich noch vor den Bomben verzogen.“

„Dann komm auf die andere Seite! Du musst uns hier raushelfen!“

„Bin schon unterwegs.“

Wenige Minuten später hörten sie Geräusche. Palmyra Sechs räumte dort draußen Trümmer zur Seite, die das Loch versperrten, durch das sie in den Keller gekrochen waren. Als ein Lichtstrahl durch den Staub stach, nahm Yehia das Tuch von Mund und Nase.

„Weiter so!“, rief er in das Licht hinein und schob ebenfalls ein paar Steine zur Seite. „Du hast es gleich geschafft!“

Als die Lichtlücke so groß war, dass sie das Gesicht ihres Kameraden erkennen konnten, hielt dieser plötzlich inne und rüttelte an einem Betonbrocken, der den Rest des Lochs blockierte. Palmyra Sechs stemmte sich mit aller Kraft dagegen und stöhnte vor Anstrengung, aber das Hindernis bewegte sich keinen Zentimeter.

„Ich schaffe das nicht allein", sagte er schließlich und atmete tief durch.

„Liegt da nichts herum, das du als Stemmeisen benutzen kannst?", fragte Palmyra Vier.

Palmyra Sechs sah sich um und schüttelte den Kopf. Er wollte sich gerade aufrichten, um das Trümmerfeld besser überschauen zu können, als er plötzlich in die Knie ging und seine Kalaschnikow griff, die er auf den Boden gelegt hatte. Er signalisierte den anderen, dass sie sich nicht rühren sollten.

„Soldaten?", raunte Yehia. Er wusste, dass sie verloren waren, wenn Soldaten sie hier entdeckten. Sie würden ein paar Handgranaten durch das Loch werfen und alles wäre zu Ende.

„Weiß nicht", flüsterte Palmyra Sechs zurück. „Ich habe Stimmen gehört."

Im Keller hielten sie den Atem an. Yehia konnte sehen, wie sich Palmyra Sechs langsam nach vorne beugte und aus der Deckung schaute. Dann entspannte sich sein Körper und er drehte sich um.

„Weißhelme", sagte er.

Seine Kameraden stießen Seufzer der Erleichterung aus. „Und ich dachte schon …", sagte Palmyra Vier und rieb sich die Augen.

„Meine Scheiße!", fluchte Palmyra Drei, lehnte sich an die Wand und rutschte mit dem Rücken daran herunter. „Ich brauche Luft!"

Jetzt trat Palmyra Sechs aus der Deckung hervor und zeigte sich den Weißhelmen. Die acht Nothelfer, die Schaufeln, Eisenstangen und zusammengefaltete Bahren mit sich führten, hielten im Schritt inne und schauten den bewaffneten, über und über mit Staub bedeckten Rebellen unsicher an. Palmyra Sechs lehnte seine Waffe gegen einen Schutthaufen und hob die Hände.

„Keine Angst!", rief er und deutete auf die Ruine des Hauses, in dessen Keller seine Kameraden gefangen waren. „Wir sind verschüttet worden! Ich brauche Hilfe!"

Die Weißhelme gingen auf ein Kopfzeichen ihres Anführers langsam auf ihn zu und schauten zu der Stelle, an der Palmyra Sechs angefangen hatte zu graben.

„Wie viele sind dort?", fragte der Anführer.

„Zehn", sagte Palmyra Sechs und dachte kurz nach, „Ja, zehn", bekräftigte er dann.

„Verletzte?"

Palmyra Sechs zog die Stirn kraus und ging dann zu dem Loch zurück, durch das er Yehias Gesicht sehen konnte. „Ist jemand verletzt?", fragte er.

„Zwei Verletzte", erwiderte Yehia. „Einer muss transportiert werden. Aber das machen wir dann schon."

Palmyra Sechs gab die Nachricht an den Weißhelm weiter.

„Wir müssen dort drüben hin", sagte er und deutete in Richtung dicker, schwarzer Rauchwolken, wo die zwei letzten Bomben eingeschlagen waren. „Dort wohnen Leute. Zivilisten."

Palmyra Sechs schaute zu den Rauchwolken hinüber. „Ja, sicher", sagte er und fragte sich gleichzeitig, wie er es allein schaffen sollte, die anderen Kämpfer aus dem Keller zu befreien.

„Aber das hier dauert nur eine Minute", sagte der Weißhelm dann. Er gab seinen Männern ein Zeichen, und schon setzten sie die Eisenstangen an und machten sich gemeinsam an den Trümmern zu schaffen. Sie hebelten den Betonblock so weit hoch, dass eine Lücke entstand, die groß genug war, damit ein Mann hindurchkriechen konnte. Sie sicherten den Betonblock mit anderen Trümmerteilen ab. Dann streckte der Anführer der Weißhelme Yehia die Hand entgegen und half ihm aus dem Keller.

„Danke", sagte Yehia, als er neben ihm stand. „Den Rest schaffen wir allein, denke ich." Er schüttelte dem Weißhelm die Hand. „Wie heißt du?"

„Ich heiße Fadi", sagte der Weißhelm. „Und du?"

Yehia schaute ihm in die Augen und sagte nichts. Fadi verstand. „Ist vielleicht besser so", sagte er. Er wandte sich ab und winkte seinen Männern zu, ihm zu folgen.

Yehia sah ihnen hinterher. „Yehia", rief er.

Fadi drehte sich um und schaute ihn fragend an.

Yehia ging ein paar Schritte auf ihn zu. „Ich heiße Yehia."

Fadi hob die Hand zum Abschied.

Inzwischen war Palmyra Vier aus dem Keller gekrochen und half schon dem nächsten Kämpfer. Es dauerte eine Weile, bis sie den mit dem zerschmetterten Bein geborgen hatten, aber der Umstand, dass er mehrere Male das Bewusstsein vor Schmerz verlor, vereinfachte die Sache ein wenig. Sie improvisierten eine Bahre für ihn aus Holzlatten und den Resten einer Plane, die sie zwischen den Trümmern fanden, und machten sich dann auf den Rückweg zu ihrem Hauptquartier.

13

Es war Freitagabend. Fast alle hatten das Büro bereits verlassen, Richard war einer der letzten. Er klappte das Laptop zu, packte es in seinen Rucksack und atmete tief durch. Es war eine anstrengende Woche gewesen. Aber seit er in der Türkei war, war eigentlich jede Woche, ja jeder Tag anstrengend. Es gab kaum eine Atempause. Immer passierte Unvorhergesehenes, Unkalkulierbares, im negativen wie im positiven Sinn. Positiv war, dass sein Chef in Deutschland ihm und seinem Team in dieser Woche dazu gratuliert hatte, dass sie die Fünfzig-Millionen-Grenze geknackt hatten. Zwei neue Projektanträge waren entgegen ihren Erwartungen genehmigt worden, und damit hatten sie Projekte von insgesamt einundfünfzig Millionen Euro zu stemmen.

Negativ war, dass dies eine Menge Leute nervös machte. Philip, der Finanzmanager, lief bis über seine Halbglatze rot an, als Richard ihm die Nachricht mitteilte. Er hatte ohnehin schon damit zu kämpfen, dass die Partnerorganisationen rechtzeitig alle Ausgaben belegten und ihre Finanzberichte ablieferten, damit Philip wiederum pünktlich an die Geldgeber berichten konnte.

Neue Projekte bedeuteten, dass Richard neue Leute brauchte, die eingearbeitet werden mussten, dass er mehr Platz brauchte, dass mehr und bessere Ausstattung notwendig war, dass das Büro aus allen Nähten platzte.

Glücklicherweise wurde eine Etage in dem Gebäude frei, in dem das Büro untergebracht war. Richard verließ sich auf seinen Logistikchef George, die Sache auszuhandeln und die Etage zu mieten.

Aber vorerst war Freitagabend. Richard ging durch die Räume des Büros. In der Programmabteilung standen Leon, Christian und Jakob zusammen und redeten über neue Ausgrabungen bei Sanliurfa, etwa einhundertfünfzig Kilometer von Gaziantep entfernt.

„Hat man wieder etwas Neues gefunden?", fragte Richard.

„Die Reste einer siebentausend Jahre alten Siedlung", sagte Jakob.

„Da bekommt ja Abrahams Grabhöhle Konkurrenz."

„Warst du schon mal dort?", fragte Christian.

„Ich bin mal an einem Sonntag nach Sanliurfa gefahren und habe mir die Höhle angeschaut. Kann mir kaum vorstellen, dass dort unser Urvater das schummrige Licht der Welt erblickt hat."

„Aber immerhin glauben das sowohl Christen wie Muslime."

„Kann ja sein, aber ich muss es deshalb ja nicht glauben. Aber es ist schon beeindruckend, wie diese Region nur so vor Geschichte strotzt."

„Ja, man braucht nur ein Loch in die Erde zu graben und findet irgendetwas", sagte Jakob. „Aus römischer Zeit oder aus dem Altertum oder aus noch früheren Epochen."

„Du kannst dir aber auch die ganze Graberei ersparen und ins

Mosaikmuseum von Gaziantep gehen", sagte Leon. „Da kannst du dir bequem die zweitausend Jahre alten Mosaikböden aus römischen Villen anschauen, die man dorthin gerettet hat, bevor die Reste der Villen im Stausee von Zeugma untergegangen sind."

„Guter Tipp", sagte Richard. „Habt ihr schon Pläne für heute Abend?"

Christian kratzte sich am Hals und streckte das Kinn vor. „Bisher ist mir noch nichts eingefallen", sagte er. „Hast du?" Er zog die Augenbrauen hoch, als ob er überrascht wäre.

„Wie wär´s mit einem Bier?"

„Bier klingt gut", meinte er. „Aber zwei wären besser. Oder auch mehr ...".

Richard schaute die anderen beiden an.

„Ich habe Programm mit Frau und Kindern", sagte Jakob und zuckte entschuldigend die Achseln.

Leon lächelte. „Ich finde auch, dass Bier gut klingt. Wo?"

„*Treff*?", schlug Richard vor. Niemand votierte dagegen.

„*Treff* soll es sein", sagte Christian.

Das *Treff* war einer der wenigen Orte, an denen man frisch gezapftes Bier trinken und dazu noch Musik hören konnte, die nicht dem durchschnittlichen türkischen Musikgeschmack folgte, denn der bevorzugte türkische Folklore oder Schlagermusik – die durchaus ihren Reiz hatten, aber an denen Richard sich bereits sattgehört hatte. Im *Treff* spielte man Bossa-Jazz, Blues oder Rockballaden. Daher war es eine der bevorzugten Kneipen der internationalen Mitarbeiter der Hilfsorganisationen, und gerade deshalb auch einer der Orte, an denen man sich laut den Sicherheitsvorschriften möglichst nicht regelmäßig aufhalten sollte, denn die vielen Ausländer konnten womöglich auch einen Selbstmordattentäter dazu ermutigen, seine Sprengstoffweste mitten in der Bar zu zünden. Aber was riskierte man nicht alles für ein gut gezapftes Bier bei guter Musik.

Vor dem Haupteingang des Büros trafen sie Levent, der mit seinem Handy beschäftigt war. Er schaute kurz auf und wünschte ihnen ein schönes Wochenende.

Richard ging Richtung Auto, drehte sich aber noch einmal zu ihm um. „Wir gehen heute Abend ins *Treff*", sagte er. „Falls du Lust auf ein Bier mit uns hast ...".

Levent überlegte kurz. „Hört sich gut an", sagte er dann und grinste. „Ich komme."

Richard fuhr nach Hause und duschte ausgiebig. Danach begann er seine autistische Routine. So nannte er den Zustand, in dem er ganz auf sich selbst konzentriert war und nur das machte, was seinen privaten Bedürfnissen entsprach. In den ersten zehn Monaten seiner Arbeit in der Türkei war dies nicht möglich gewesen, er hatte meistens bis in den späten Abend hinein gearbeitet, Berichte und Analysen gelesen oder selbst geschrieben, Konzepte und Strategien erarbeitet und alles das gemacht, was er im Büro während des Tages nicht geschafft hatte, weil er von einem Meeting zum anderen hetzte und man Entscheidungen von ihm erwartete. Und Entscheidungen konnten Geld kosten. Deshalb musste man zunächst das Für und Wider abwägen und die möglichen Konsequenzen diskutieren. Und da Diskussionen Zeit kosteten, war der Tag schnell vorüber, und Richard nahm den Rest der Arbeit mit nach Hause.

Bis es in seinem linken Ohr anfing zu fiepen. Und das Fiepen hörte nicht mehr auf. Bei Telefonaten musste er den Hörer entgegen seiner Gewohnheit ans rechte Ohr halten, in der Nacht lag er wach im Bett und warf sich genervt von einer Seite auf die andere, weil das Fiepen zu einem Sirenengeheul anschwoll. Er schlief so schlecht, dass er das Gefühl hatte, gar nicht zu schlafen, und am Morgen fuhr er wie gerädert ins Büro. Es kam vor, dass ihm schwindelig wurde, aber das führte er auf den Schlafmangel zurück. Also schloss er die Tür zu seinem Zimmer und legte zehn Minuten lang die Füße auf den Schreibtisch und den Kopf in den Nacken.

Irgendwann entschloss Richard sich, zum Arzt zu gehen, und

der erklärte ihm, dass der Tinnitus, der sich in seinem linken Ohr niedergelassen hatte, ein Warnzeichen sei.

„Es fängt mit dem Tinnitus an", sagte der Arzt nüchtern. „Dann kommen die Schwindelanfälle und dann der Schlaganfall." Er lächelte Richard freundlich an. „Sie müssen sich mehr Ruhe gönnen. Haben Sie Stress auf der Arbeit?"

Guter Witz, fand Richard. Natürlich hatte er einen Stressjob, obwohl er seine Arbeit nie auf diese Weise betrachtet hatte. Sie machte ihm nicht nur Spaß, sondern sie war seine Leidenschaft! Ich arbeite, also bin ich!

Er erklärte dem Arzt seine Sichtweise der Dinge. Der lächelte wieder freundlich. „Sie müssen sich mehr Ruhe gönnen", wiederholte er dann. „Die Flüchtlinge haben nichts davon, wenn Sie im Krankenhaus liegen und möglicherweise monatelang ausfallen. Selbst Schlimmeres kann man nicht ausschließen."

Richard musste einsehen, dass er in diesem Rhythmus nicht weitermachen konnte. Das Wochenende nach dem Arztbesuch nahm er sich tatsächlich frei, fast jedenfalls. Am Samstag beantwortete er ein paar E-Mails, aber am Sonntag ließ er die Finger von allem, was mit Arbeit zu tun hatte. Das tat gut! Verdammt gut! Wenn er auch die Andeutung eines schlechten Gewissens spürte, schaffte er es dennoch, den Sonntag so verstreichen zu lassen, als gäbe es die Flüchtlingskrise nicht. Er schlief länger, dehnte das Frühstück fast bis zum Mittag aus, hörte Musik und ging am Nachmittag ins Kino – nicht ohne vorher noch in einem Café vorbeizuschauen und ein Stück Käsekuchen zum Cappuccino zu essen. Der anschließende Unterhaltungsfilm in englischer Originalfassung mit türkischen Untertiteln war erfrischend nichtssagend und entspannend.

Die Sonntagnachmittage verbrachte er also oft mit Actionthrillern und der entsprechenden Pyrotechnik, die er auch in jeder anderen Sprache und ohne Untertitel verstanden hätte. Von Zeit zu Zeit wurde auch mal ein in Cannes oder

Venedig ausgezeichnetes Drama mit einigen seiner Lieblings-schauspieler gezeigt. Dabei merkte Richard deutlich, dass sein Körper herunterfuhr, vom tiefroten Bereich auf ein Maß, das ihn vor Überhitzung schützte. Richard fühlte sich nicht wirklich gut, aber zumindest besser.

Aber er war nicht der Einzige, der sich permanent im roten Bereich bewegte. Auch die meisten Kollegen stöhnten unter der Arbeitslast, manchmal nur zwischen den Zeilen, manchmal in einem humorigen Kommentar, aber manchmal auch deutlich und fettgedruckt. Es war Zeit, etwas zu ändern. Wenig später hatten sie gut ein halbes Dutzend neue Stellen geschaffen, und jeder hatte wieder so etwas wie ein Wochenende, meistens jedenfalls.

So ein „Meistens" war jetzt. Richard freute sich auf das Wochenende, und ein Bier am Freitagabend mit den Kollegen war eine gute Einleitung. Er schaltete Musik ein, machte sich einen Tee und setzte sich an sein privates Laptop, schrieb private E-Mails und öffnete dann eine Go-Plattform, auf der man das japanische Brettspiel mit ungezählten anderen Spielern auf der ganzen Welt spielen konnte. Richard spielte seit Jahren Go und hatte sich vom Anfänger hochgespielt bis zum fünften Kyu-Grad, sich also gut zwanzig Stufen erarbeitet. Bis zum Dan, dem Meistergrad, waren es nur noch fünf Stufen, aber je näher Richard ihm kam, desto schwieriger wurde es. Doch wichtiger war vorerst, dass er durch das Spiel den Kopf frei bekam. Sobald er im Spiel war, vergaß er die Welt um sich herum. Er vergaß die Arbeit, den Tinnitus und die Zeit. Wäre das Haus um ihn herum abgebrannt, er hätte es nicht gemerkt.

Nach drei Spielen schaute er auf die Uhr. Es war Zeit, sich auf den Weg zum *Treff* zu machen. Er ging zu Fuß durch den Park, der sich ein paar Straßen weiter vom Zentrum der Stadt etwa drei Kilometer in Richtung seines Büros erstreckte. Es war ein hübscher und gepflegter Park mit zahllosen Blumenbeeten, die im Sommer in allen Farben leuchteten. Es gab Spielplätze für Kinder und überdachte Picknickplätze, die an den Wochenenden ausnahmslos genutzt wurden, selbst im Winter. Es gab etliche Kioske, Teestuben und kleine Restaurants. Manchmal setzte Richard sich an einem Sonntagvormittag dort hin, trank einen frisch gepressten Granatapfelsaft oder einen Kaffee und las in einem Roman. In einem Teil des Parks hatte man eine Laufstrecke angelegt, auf der er sich auch bereits verausgabt hatte, um ein wenig mehr für seine Gesundheit zu tun. Allerdings war er nicht über einige sporadische Läufe hinausgekommen, und es war ihm kein Rätsel, warum. Nicht nur der Lauf kostete Energie, sondern auch das Aufraffen dazu. Und das gelang ihm nur selten.

Mitten im Park lag das *Treff.* Der Spaziergang dorthin durch die milde Abendluft, die nach dem sich ankündigenden Herbst roch, tat Richard gut. Er brach mit der Dynamik und Atemlosigkeit der vergangenen Woche und kühlte den heißen Motor, der sein Körper war, auf ein menschliches Maß herunter. Richard bekam das Gefühl von Zeit, Zeit für sich selbst, Zeit für frisch gezapftes Bier, Zeit für Entspannung, Zeit für belanglose Gespräche. Obwohl gerade diese Belanglosigkeit von Bedeutung war. Sie war notwendig und wichtig für ihn und die Kollegen. Ja, je mehr Belanglosigkeiten sie austauschten, desto größer war ihre Bedeutung, denn sie zeigten, wie sehr sie diese mentalen Rückzugsorte vom Dauerfeuer der Anforderungen und Erwartungen brauchten, die unterbrochen auf sie niederprasselten.

Leon und Christian saßen bereits im Garten des *Treff,* der von einer niedrigen Hecke umgeben war. An einigen Nachbartischen rauchten die Leute *Shisha.* Apfelaroma lag in der Luft. Von den Tellern, die die Kellner über den Köpfen zu den Tischen balancierten, wehte der Geruch von gegrilltem Fleisch herüber.

Richard setzte sich, und einen Augenblick später stand schon ein Kellner neben ihm und legte die Speisekarte vor ihn auf den Tisch. Auf Englisch, denn er hatte ein sicheres Auge für seine ausländischen Gäste, von denen kaum einer Türkisch sprach. Als internationale Experten in Sachen humanitärer Hilfe waren sie Nomaden, die von Land zu Land zogen, von Katastrophe zu Katastrophe, von Krise zu Krise. Englisch sprach jeder, Französisch, Spanisch, Portugiesisch und Arabisch schon weniger, Türkisch so gut wie keiner. Wer hatte schon damit gerechnet, jemals in der Türkei zu arbeiten. In Afrika? Natürlich! In Asien? Sicher! In Lateinamerika? Auch, wenn auch immer weniger! Aber in der Türkei?

Doch die geschäftstüchtigen unter den Restaurant- und Kneipenbesitzern in Gaziantep hatten den Bogen schnell heraus. Sie stellten Kellner ein, die zumindest Englisch-Grundkenntnisse hatten, übersetzten die Speisekarten und hatten außer türkischem Bier auch diverse europäische Marken im Angebot.

Die meisten der Tische im Garten des *Treff* waren besetzt. Richard schnappte ein paar englische Sprachfetzen auf und erkannte etliche Kollegen von anderen Organisationen, einigen winkte er grüßend zu.

Richard überflog die Speisekarte. „Esst ihr was?", fragte er die anderen.

Leon zuckte die Achseln. „Wir können ja ein paar *Mezze* bestellen und sie uns teilen", schlug er vor.

Richard überlegte kurz. Er hatte Hunger und schon an einen Kebab gedacht, wusste aber auch, dass die köstlichen türkischen Vorspeisen es mit jeder vollen Mahlzeit aufnehmen konnten. Er schaute Christian fragend an, der die Augenbrauen hochzog und zustimmte.

„Gut", sagte Richard und klappte die Speisekarte zu. „Wie viele und welche?"

„Levent kommt auch noch", meinte Leon. „Also sechs? Sieben?" Er zuckte die Achseln. „Acht?"

„Vielleicht fangen wir mit sechs an und bestellen nach, wenn es nicht reicht?", schlug Christian vor.

„Klingt vernünftig", stimmte Richard zu.

„Hat jemand Vorlieben?"

Sie wurden sich schnell einig, und der Kellner notierte die Bestellungen. „Drinks?", fragte er dann.

„Birra", sagte Richard, und auch die anderen bestellten ein Bier. In diesem Moment tauchte Levent auf, grüßte in die Runde und nickte dem Kellner zu. Aus seinen kurzen Worten filterte Richard heraus, dass auch er ein Bier wollte.

„Wir haben gerade Mezze bestellt", sagte Richard. „Aber wenn du etwas anderes essen willst ..."

„Ich schließe mich an, wenn das in Ordnung ist", erwiderte Levent.

„Klar ist das in Ordnung. Dann sind wir ja alle versorgt."

„Du hast also an einem Freitagabend nichts Besseres zu tun, als mit deinen Kollegen ein Bier zu trinken", sagte Leon ironisch. „Hast du keine Freundin?"

Levent lachte. „Klar habe ich eine Freundin", sagte er. „Wenn auch erst seit zwei Monaten. Aber sie ist gerade in England bei ihren Eltern."

„Ach so, in England." Leon grinste verstehend, aber man sah es seinen hochgezogenen Mundwinkeln an, dass er zu weiteren Spaßangriffen ansetzte. „Und da denkst du, die ist weit weg, und du kannst einen draufmachen."

Wieder lachte Levent und ließ sich auf das Spiel ein. „Ihr seid viel zu harmlos, als dass ich mit euch einen draufmachen könnte. Da müssen schon andere Kaliber kommen."

Leon hob den Zeigefinger. „Du solltest uns nicht unterschätzen! Wenn wir mal loslegen, ist nichts mehr vor uns sicher!"

„Tatsächlich?" Christian schaute ihn fragend an.

„Mit Ausnahme von Christian", ergänzte Leon. „Der liest lieber Bücher. Von Anarchisten."

„Über Anarchisten", verbesserte Christian.

„Oder er schreibt selbst eins: *Memoiren eines Anarchisten.*"

„Könnte mir gefallen."

Sie redeten oft solch einen Nonsens daher, wenn sie sich abends mal zu einem Bier trafen. Das gehörte zu den Belanglosigkeiten, mit denen sie ihre Köpfe von den Lawinen des Alltags freischaufelten, von denen sie manchmal erdrückt zu werden drohten.

Der Kellner brachte das Bier, wenig später auch die Mezze. Zusätzlich stellte er einen Teller mit Çig Köfte und Salatblättern auf den Tisch, auf Rechnung des Hauses, machte er klar. Richard liebte diese aus zerstampftem Bulgur und Gewürzen zusammengemischte Masse, die man einfach in die Hand nahm, einmal zusammendrückte, so dass die Finger nachgeformt wurden, und so auf dem Teller anbot. Je nach Restaurant waren sie mal weniger, mal mehr scharf. Richard mochte sie scharf. Er nahm einen der Köfte, rollte ihn in ein Salatblatt und biss hinein. Es war einer der scharfen Sorte.

„Deine Freundin ist Engländerin?", fragte Richard Levent, während sie aßen.

„Aus London", erwiderte er. „Sie arbeitet hier bei den UN. Aber sie hatte ihre Familie seit fast einem Jahr nicht mehr gesehen."

„Sie arbeitet also auch mit Flüchtlingen?"

„Nicht direkt. Sie koordiniert die Arbeit mit den Kommunen, also mit den Bürgermeistern und den Gouverneuren. Ist manchmal nicht einfach, weil die oft unterschiedliche Interessen haben."

„Warum denn das?", fragte Richard. „Die müssten doch das gleiche Interesse daran haben, die Flüchtlingskrise in den Griff zu bekommen."

„Nicht so ganz. Die Bürgermeister sind gewählt, die Gouverneure sind von der Regierung eingesetzt. Da bleibt es nicht aus, dass es Interessenkonflikte gibt. Die Bürgermeister wissen sehr gut, was die Kommunen brauchen, um die Probleme zu lösen, sie denken pragmatisch. Aber die Gouverneure denken politisch, die haben ganz andere Interessen. Die reden zum Bespiel immer von Gästen, nie von Flüchtlingen."

„Aber das ist doch gerade das Besondere daran, dass man die

Flüchtlinge als Gäste betrachtet und auch so behandelt", sagte Leon.

„Es stimmt schon, dass in unserer Kultur ein Gast bestimmte Privilegien genießt", erklärte Levent und hob den Zeigefinger. „Der Begriff *Gast* ist ein sozialer Begriff, oder ein soziologischer, wenn du so willst. Der Begriff *Flüchtling* aber ist ein politischer Begriff. Ein Flüchtling hat Rechte, er kann sich auf internationale Konventionen berufen."

„Darauf kann sich doch jeder Mensch berufen, ob nun Flüchtling oder nicht", wandte Richard ein.

„Hier ist es ein wenig komplizierter. In der Türkei hat ein Gast zwar soziale Rechte. Aber solange die türkische Regierung ihn nicht offiziell als Flüchtling anerkennt, hat er auch nicht die entsprechenden Rechte, die die internationalen Konventionen garantieren."

„Interessant", fand Richard. „So habe ich die ganze Sache bisher noch gar nicht betrachtet."

„Ja, in Europa denken sie, dass das Gastrecht hier ein großes Ding ist, ist es aber nicht. Du weißt selbst, wie die meisten Flüchtlinge hier leben. In Deutschland haben sie ein Recht auf eine Wohnung, hier leben sie in Garagen."

Sie bestellten ein zweites Bier und ein drittes, die Gespräche wechselten zwischen Belanglosigkeiten, Einkaufs- und Restauranttipps und politischen Themen, und sie versuchten, die Arbeit aus dem Spiel zu lassen. Aber wenn es um Politik ging, war die Arbeit nicht weit.

„Guten Abend!", sagte plötzlich jemand laut.

Sie unterbrachen ihr Gespräch und schauten auf. Zwei ernst blickende Männer traten an ihren Tisch und zückten ihre Ausweise.

„Polizei!", stellten sie sich vor und ließen die Ausweise wieder in ihren Taschen verschwinden, bevor die anderen einen Blick darauf werfen konnten. „Ihre Papiere bitte!"

Die Überraschung stand Richard und seinen Kollegen ins Gesicht geschrieben, so dass sie nicht in der Lage waren, etwas zu erwidern, oder gar zu verlangen, die Polizeiausweise genauer betrachten zu können. Leon, Christian und Richard kramten ihre blauen Ausländerausweise hervor, Levent seinen türkischen. Während die beiden Polizisten die Dokumente prüften, schaute Richard sich um. Auch an den anderen Tischen wurden die Gäste überprüft, eine angespannte Stille hatte sich ausgebreitet. In vielen Gesichtern las Richard Unverständnis, in einigen Nervosität. Etwa fünfzehn Beamte in Zivil waren ins *Treff* gekommen, zusätzlich fuhren draußen jetzt noch drei Streifenwagen mit eingeschaltetem Blaulicht vor. Die Kellner hatten ihre Arbeit unterbrochen, flüsterten miteinander oder standen an der Gartenhecke und beobachteten unruhig das Geschehen.

„Ist irgendwas passiert?", fragte Richard Levent.

Levent stellte den Polizisten die Frage auf Türkisch, und einer der beiden sagte etwas mit einer abwehrenden Handbewegung.

„Routinekontrolle", sagte Levent nur und schüttelte leicht den Kopf, was so viel heißen sollte, dass sie jetzt besser keine weiteren Fragen stellten.

„Wo arbeiten Sie?", fragte einer der Polizisten Leon. Levent übersetzte.

„Das steht doch auf meiner Arbeitserlaubnis", erwiderte Leon trotzig und deutete auf die blaue Karte in den Händen des Beamten.

Levent nannte den Namen der Organisation und drückte Leon unauffällig den Ellbogen in die Seite. Leon beherrschte sich. Die gleiche Frage wurde an Christian und Richard gerichtet, und sie beantworteten sie mit einem gezwungen freundlichen Lächeln.

An zwei anderen Tischen wurde es jetzt lauter. Sowohl die Polizisten als auch die Gäste gestikulierten heftig. Dann wurden drei Männer – ein Ausländer und zwei Türken – von den Beamten untergehakt und nach draußen geführt.

Richard und die anderen bekamen ihre Ausweise zurück, und die beiden Polizisten verabschiedeten sich. Die drei abgeführten

Männer verschwanden in den Streifenwagen, die mit lautem Sirenengeheul wegfuhren.

„Was sollte das denn?", fragte Richard.

„Das passiert jetzt immer öfter", erklärte Levent. „Die Polizei macht Razzien in den Restaurants und Bars und überprüft die Arbeitserlaubnis der Ausländer. Wer keine hat, wird sofort ausgewiesen."

„Aber es dauert inzwischen Monate, bis man eine bekommt", sagte Richard.

„Das ist es ja gerade. Sie wollen es den internationalen Hilforganisationen so schwer wie möglich machen und zögern solche Dinge so lange wie möglich hinaus. Und wenn dann jemand ohne Erlaubnis erwischt wird, wirft man ihn sofort aus dem Land."

„Und dafür bekommen sie etliche Milliarden Euro aus Europa!", sagte Leon und schluckte seine Empörung mit einem Bier hinunter.

„Die wollen halt selbst die Kontrolle über das Geld haben", meinte Christian. „Wenn so viel Geld im Spiel ist, sehen jede Menge Leute ihre Chance, sich die eigenen Taschen damit zu füllen."

„Da ist was dran", sagte Levent. „Sie wissen sehr gut, dass sich die europäischen Hilforganisationen an die Regeln halten und jeden Cent belegen, den sie ausgeben. Das passt vielen Leuten in der Regierung nicht. Denn wenn so viel Durcheinander herrscht, kann leicht mal die eine oder andere Million verschwinden."

Richards Handy vibrierte und zeigte eine Nachricht auf WhatsApp an. Faribaa wollte wissen, wie es ihm ging. Er antwortete kurz, dass er mit den Kollegen ein Bier trank und sich später melden würde.

Versprochen? fragte sie.

Versprochen! erwiderte Richard. Die Razzia erwähnte er nicht.

Sie bestellten jeder noch ein Bier. Im *Treff* hatte sich die Stimmung verändert. Die Razzia hatte Diskussionen ausgelöst, viele Leute waren aufgebracht, es war lauter geworden.

„Freunde macht sich die Regierung mit solchen Razzien ganz bestimmt nicht", sagte Richard.

„Das würde ich nicht unbedingt sagen", meinte Levent. „Der Präsident zeigt sich stark und greift durch, und viele Leute finden das gut. Durch den Putschversuch kann er jetzt jeden verhaften lassen, der der Regierung kritisch gegenübersteht, und alles damit rechtfertigen, dass man den Terror bekämpft."

„Und warum hat man dich dann noch nicht verhaftet?", fragte Leon grinsend.

„Weil ich ein netter Kerl bin", sagte Levent schmunzelnd und nahm einen Schluck aus seinem Glas. „Aber wenn ich mal nicht zur Arbeit komme und ich auch auf Anrufe nicht reagiere, wisst ihr, wo ihr mich suchen müsst."

Sie tranken und redeten fast bis Mitternacht. Zu Hause angekommen, schaute Richard auf sein Handy. Faribaa hatte noch ein *Ich vermisse dich* geschickt. Er rief sie an.

„Schön, dass du dich meldest", sagte sie.

„Ich hatte es doch versprochen", entgegnete Richard. „Wie geht es dir?"

„Es geht mir gut", sagte sie und machte eine kleine Pause. „Denkst du manchmal an mich?", fragte sie dann.

„Natürlich!", erwiderte Richard. „Bist du schon in Mossul?"

„Nein, ich bin noch in Erbil. Aber es kann jeden Moment losgehen. Deshalb wollte ich noch einmal deine Stimme hören."

„Die wirst du noch oft hören", versicherte Richard ihr.

Sie lachte. „Das hoffe ich. Aber wenn ich in Mossul bin, werde ich vielleicht nicht mit dir sprechen können."

„Ich werde an dich denken", versprach Richard. „Jeden Tag."

„Ich auch", sagte Faribaa leise. „Ich … kann es kaum erwarten, dich wiederzusehen."

„Wir werden uns wiedersehen. Schon bald."

Richard lag noch lange wach in dieser Nacht. Er dachte an die Bilder des Vietnam- und des Biafrakrieges, die er in seiner Kindheit im Fernsehen und in Illustrierten gesehen hatte, sie waren in seinem Gedächtnis eingekerbt wie Narben in der Haut. Wahrscheinlich hatten sie auch einen Einfluss darauf gehabt, dass er zu dem geworden war, was er heute war. Dass er dieser sisyphusgleichen Arbeit nachging, in irgendwelchen Ländern den Hunger zu bekämpfen, nach Katastrophen die Opfer in Sicherheit zu bringen oder in Kriegen Flüchtlingen ein menschenwürdiges Leben zu ermöglichen. Deshalb war er sicher, dass auch Faribaa mit ihren Fotos Menschen beeinflussen würde, die dann zu Kriegsgegnern, Friedensaktivisten oder zumindest Weltverbesserern wurden. Er nahm sich vor, ihr anzubieten, nach der Rückkehr aus Mossul eine Weile bei ihm zu wohnen, nicht nur zwei Wochen lang.

14

Es war für Faribaa nicht einfach gewesen, einen Kommandanten zu finden, der ihr erlaubte, in seiner Einheit mit in den Krieg zu fahren. Sie musste bis in die Etage des nordirakischen Verteidigungsministers telefonieren und später persönlich vorstellig werden, um eine Erlaubnis zu bekommen. Alle waren skeptisch gegenüber der jungen Frau, die so zerbrechlich wirkte, wenn sie auch so auftrat, als wüsste sie genau, was sie wollte. Aber es half, dass sie Kurdin war und ziemlich beharrlich in ihrer Absicht, beim Angriff auf den IS in Mossul dabei zu sein. Man stattete sie schließlich mit Stiefeln und Tarnkleidung aus, gab ihr eine Splitterweste und einen Helm und teilte sie der Einheit des Kommandanten Dawer zu.

„Wenn es dort losgeht, entferne dich nicht zu weit von mir", warnte er sie. „Auf deinem Helm und auf der Weste hast du zwar in großen Buchstaben stehen, dass du von der Presse bist, aber für die Fanatiker des IS macht das keinen Unterschied. Im Gegenteil, wenn sie eine junge Frau wie dich sehen, wird es ihnen ein Vergnügen sein, dich zu töten."

Wie um den Ernst seiner Worte zu unterstreichen, gab er Faribaa einen kleinen Revolver, den sie unter der Tarnjacke tragen sollte. Er zeigte ihr, wie man ihn entsicherte und den Hahn spannte. „Nur für den schlimmsten Fall", erklärte er. „Es ist eine Patrone in der Trommel. Wenn der IS dich gefangen nimmt, ist die für dich."

Faribaa schaute ihn fassungslos an. „Ich soll mich umbringen?"

Dawer nickte. „Die Islamisten würden dich ohnehin töten", sagte er in einem Ton, als würde er eine Einkaufsliste vorlesen. „Sie würden dich vergewaltigen, foltern und dir am Ende die Kehle durchschneiden oder dich bei lebendigem Leib verbrennen." Er beugte sich zu ihr hin. „Verstehst du das?", fragte er eindringlich.

Faribaa schluckte. „Ja, ich verstehe."

„Wenn du in deren Hände gerätst, werden wir dir kaum helfen können, und das Beste, was ich dann noch für dich tun kann, ist, dich mit einem Präzisionsgewehr zu erschießen, wenn ich dich sehe. Aber es ist besser, dass du es nicht so weit kommen lässt. Denn vielleicht sehe ich dich nicht mehr."

Faribaa war bereits mitten im Krieg, mitten im Kampf, umgeben von einer Wirklichkeit, von der sie nie angenommen hätte, dass sie einmal zu ihrer eigenen werden könnte. Aber sie stellte sich nicht die Frage, ob ihre Entscheidung die richtige war, obwohl sich in diesem Moment Zweifel durch den Nebel drängten, der ihr Bewusstsein umgab. Dies war ihre Chance, einen Weg zu ebnen, um die Fotografie zu einem richtigen Beruf zu machen, wohin auch immer dieser Weg führen würde. Dass am Anfang dieses Weges ausgerechnet ein Krieg stand, war nicht vorauszusehen gewesen, aber wenn es denn nun so sein sollte, würde sie das Beste daraus machen. Sie würde die Wahrheit zeigen und das, was tatsächlich geschah, ohne Verfremdungen, ohne Weichzeichner, ohne digitale Tricks. Sie würde authentisch sein, dokumentieren, vielleicht kommentieren, durch ihre Bilder Geschichten erzählen.

Zwei Tage später saß Faribaa auf der Ladefläche eines Armeelastwagens, der von Erbil in Richtung Mossul als Teil einer nicht enden wollenden Karawane von Militärfahrzeugen aufgebrochen war. Sie war als Letzte zugestiegen, da sie nicht tief im Innern dieser stickigen Höhle sitzen wollte, die die beigefarbene Plane auf dem Lastwagen bildete, oder in der Mitte der jungen Kämpfer, die so guter Laune zu sein schienen, als würden sie zu einer Party fahren. Sie hielt sich mit einer Hand an der Metallstange fest, an der die Plane festgebunden war, die nach hinten offen war und den Blick auf die Straße freigab. Mit der anderen Hand umklammerte sie die Umhängetasche, die auf ihren Knien lag und in der die Kamera und Objektive waren. In der Tasche befand sich ihr gesamtes Kapital, das sie vor Stürzen und anderen Katastrophen schützen musste.

Etwa zwanzig junge Männer und Frauen saßen auf den Bänken, die an beiden Seiten auf der Ladefläche angebracht waren. Die Ausrüstung und die leichten Waffen lagen darunter und in der Mitte. Faribaa war die Einzige, die einen Helm hatte, der jetzt zwischen ihren Füßen lag. Ihr gegenüber saß eine junge Frau, fast noch ein Mädchen, die die dunkelbraunen Haare zu zwei Zöpfen geflochten hatte, die um den Kopf drapiert waren. Um den Hals hatte sie ein schwarzes Tuch gewickelt. Hätte man sie in einer Gruppe von Klosterschülerinnen angetroffen, sie wäre nicht weiter aufgefallen. Sie lächelte Faribaa an.

„Du bist die Journalistin, nicht wahr?", fragte sie. „Kommandant Dawer hat uns davon erzählt, dass die Presse uns begleiten würde."

„Ich bin Fotografin", erwiderte Faribaa. Sie war froh, dass jemand aus der Einheit mit ihr sprach. Bisher hatte sie nur die abschätzenden Blicke der Frauen und die provozierenden Bemerkungen der Männer wahrgenommen.

„Und für wen fotografierst du? Für die New York Times?"

Faribaa lachte und schüttelte den Kopf. „Vielleicht irgendwann einmal, das wäre schön. Nein, für ein paar Agenturen und Magazine."

„Und du wirst uns dabei fotografieren, wie wir diese Monster fertigmachen?"

Faribaa stutzte. Wie leichtfüßig diese jungen Menschen in die Schlacht ziehen, aus der sie vielleicht nicht wiederkehren, dachte sie. Dennoch hielt sie ihr Lächeln aufrecht.

„Wenn ihr nichts dagegen habt. Deshalb bin ich hier."

„Natürlich haben wir nichts dagegen, oder Agit?" Die Kämpferin stieß ihren Nachbarn an, der bisher nur Kaugummi kauend zugehört und seine Augen nicht von Faribaa gelassen hatte.

„Sicher", sagte er und grinste. „Du kannst auch Fotos von meinen Tattoos machen, aber nicht vor all diesen verzogenen Leuten. Ich lade dich später in mein Zelt ein."

„Ja, auf der einen Arschbacke hat er ein Tattoo von seiner Mutter und auf der anderen von Hello Kitty", mischte sich der Kämpfer an Faribaas Seite ein. „In pink!" Diejenigen, die es durch das Dieselbrummen des Lastwagens mitbekommen hatten, lachten laut.

„Verrate doch nicht alles!", rief Agit, damit es jeder hören konnte. „Sie sollte erstmal das Tattoo auf meiner Vorderseite sehen!"

„Gibt es solch kleine Tattoos?", rief Faribaa ebenso laut. Wenn sie dazugehören wollte, musste sie das Spiel mitmachen. Der halbe Lastwagen brüllte und johlte.

„Das war genau die richtige Antwort", sagte die Kämpferin gegenüber und hob die Hand, damit Faribaa einschlug.

Agit lächelte sie an. „Du gewöhnst dich ja schnell ein", sagte er. „Freut mich, dich kennenzulernen. Ich heiße Agit."

„Faribaa." Sie schüttelte seine Hand.

„Dilan", stellte sich auch ihr Sitznachbar vor, worauf ihr auch andere Kämpfer zuwinkten und ihre Namen riefen.

„Und ich bin Adila", sagte die junge Frau ihr gegenüber.

„Ich würde gerne ein paar Fotos schießen", sagte Faribaa.

„Nur zu", meinte Adila. „Obwohl hier ja eigentlich gar nichts los ist."

„Ich finde, dass hier schon eine Menge los ist", sagte Faribaa, während sie die Kamera hervorholte, auf der ein Weitwinkelobjektiv steckte. Adila, Agit, Dilan und die anderen setzten sich in Pose und lachten in die Kamera, und Faribaa schoss eine Serie gestellter Ausgelassenheit. Aber das war nicht das, was sie wollte, und sie wusste, dass sie ein wenig Geduld brauchte, bis die Kamera als Selbstverständlichkeit wahrgenommen wurde. Oder besser überhaupt nicht mehr wahrgenommen wurde.

„Wie lange bist du schon bei den Peschmerga?", fragte Faribaa und beobachtete Adila durch das Objektiv.

„Seit vier Monaten."

„Und du ziehst schon in den Kampf?" Überrascht setzte Faribaa die Kamera einen Augenblick lang ab.

„Es ist nicht mein erster Kampf. Vor einem Monat war ich in Ninewa. Dort haben wir ein paar Nester des IS ausgehoben."

Agit sagte nachdrücklich: „Und sie war gut, unsere Adila!"

Adila lächelte schüchtern. „Es war sozusagen meine Feuerprobe."

„Und du warst auch dabei?" Faribaa richtete die Kamera auf Agit.

„Unsere gesamte Einheit war dabei. Vier Leichtverletzte hatten wir, mehr nicht."

„Und der IS?"

„Alle tot." Agit zuckte die Achseln. „Du weißt ja, wie das ist. Die lassen sich nicht gefangen nehmen, die sprengen sich lieber in die Luft."

„Warum hast du dich den Peschmerga angeschlossen?", wandte sich Faribaa wieder an Adila. Die Kamera verlor an Aufmerksamkeit.

„Es ist doch meine Pflicht, mein Volk zu schützen. Kein Kurde lehnt sich zurück und lässt die Arbeit nur von anderen erledigen."

„Wie alt bist du? Du siehst jung aus."

Adila lachte. „Das sage ich dir lieber nicht. Aber danke für das Kompliment!"

Faribaa verstand. „Und was hast du vorher gemacht?"

„Ich war Friseuse. Und das da ist meine Kollegin Shirin." Adila beugte sich vor und deutete auf eine andere Kämpferin, die kaum älter war als sie und die Faribaa freundlich zuwinkte.

„Und eines Tages habt ihr beschlossen, keine Haare mehr zu schneiden, sondern in den Krieg zu ziehen."

„Wir leisten unseren Beitrag. Der Norden Iraks ist kurdisch, und das soll er auch bleiben."

Die Stadt lag inzwischen hinter ihnen. Der Konvoi bewegte sich langsam, aber in gleichbleibendem Tempo vorwärts, als hätte man es nicht eilig, da man sich ohnehin seiner Sache bereits sicher war. An den Straßenrändern, in der Nähe von Tankstellen oder kleinen Ansiedlungen, hatten sich Menschentrauben gebildet, die den Kämpfern zujubelten. Anfangs winkten die ihnen noch zurück, aber nach einiger Zeit hob kaum noch jemand den Arm, um den Gruß zu erwidern. Die Kämpfer machten es sich so gut es ging bequem, dösten vor sich hin, schauten auf ihre Handys oder überprüften zum x-ten Mal ihre Waffe.

Faribaa hatte das Objektiv gewechselt und ein Zoom aufgesteckt. Sie hielt in die Höhle hinein und fotografierte die Gesichter der jungen Frauen und Männer, in denen sie auf Langeweile, Nachdenklichkeit, Ungeduld, Gleichgültigkeit oder Konzentration stieß. Nur auf Angst stieß sie nicht.

Faribaa schüttelte nachdenklich den Kopf. Dass diese jungen Menschen glaubten, unverwundbar zu sein, konnte nicht sein. Bestimmt hatten sie alle schon Tote in den eigenen Reihen gesehen. War ihnen der Tod gleichgültig? Oder eine Ehre? Oder glaubten sie, es träfe vielleicht andere, aber nicht sie selbst?

Adila hatte die Augen geschlossen und den Kopf gegen die Plane gelehnt. Die Sonne schien in ihr entspanntes Gesicht, der Wind zog an den geflochtenen Haaren. Faribaa zoomte sie heran, bis das gesamte Bild von Adilas Gesicht ausgefüllt war, so dass sie die kleinen, rauen Stellen sah, an denen sie sich die Augenbrauen gezupft hatte. Es gab keine Falte in diesem Gesicht, nicht einmal Lachfältchen. Es war ein schönes Gesicht.

Faribaa drückte mehrmals auf den Auslöser, während sie den Ausschnitt des Bildes variierte. Mal erschien die Plane als Hintergrund, dann begrenzte Adilas Halstuch das untere Ende des Fotos, mal war ein Stück der Splitterweste zu sehen, mal der Lauf von Agits Gewehr, das er zwischen der Bank und der seitlichen Ladeklappe abgestellt hatte: Bilder, die Geschichten erzählten, von der Klosterschülerin bis zur Peschmerga-Kämpferin.

Während der vierstündigen Fahrt legte Faribaa die Kamera nicht mehr aus der Hand. Sie fotografierte auch Agit, Dilan, Shirin und ein paar andere, und nach einer Weile hatte sie das Gefühl, dass ihr diese jungen Menschen bereits vertraut waren. Immer wieder betrachtete sie die Fotos auf dem kleinen Bildschirm der Kamera. Jedes Bild zeigte einen anderen Menschen, selbst wenn es derselbe war, jedes erzählte eine andere Geschichte. Da war das Bild der Friseuse, des Kellners, des Studenten, des Bauern, des Bankangestellten, der Lehrerin, des Gemüsehändlers, des Briefträgers, der Verkäuferin. Und jetzt, von Faribaas Platz aus betrachtet, waren sie alle Kämpfer und Kämpferinnen auf dem Weg in die Schlacht.

Mossul war in Sichtweite. Der Konvoi verließ die Straße und fuhr querfeldein über eine Ebene, wo sich die Einheiten und Fahrzeuge gruppierten. Als Faribaas Lastwagen anhielt, sprang sie als Erste von der Ladefläche und hielt die Kamera so ziemlich auf alles, was sich bewegte. Schnell war die Luft von Staub und Dieselabgasen erfüllt, alles schien unübersichtlich und chaotisch, vor allem war es laut.

„Such dir einen Platz in einem der Zelte der Frauen!", schrie ihr plötzlich jemand ins Ohr.

Faribaa zuckte zusammen und drehte sich um. Es war Kommandant Dawer, der seinen Leuten Zeichen gab.

„Wo sind die Zelte?", rief Faribaa zurück.

„Die müsst ihr aufbauen!" Dawer grinste und wandte sich dann ab, um seiner Einheit Befehle zu erteilen. Adila kam herbeigerannt.

„Alles in Ordnung?", fragte sie.

„Ja, aber ich glaube, ich muss mir einen Schlafplatz bei den Frauen suchen."

„Du bleibst bei uns Frauen im Zelt", sagte Adila bestimmt. „Aber du musst deine Sachen vom Lastwagen holen. Und dann bauen wir die Zelte auf."

„Ich hatte schon gedacht, dass Männer und Frauen in denselben Zelten schlafen."

„Das tun sie auch", sagte Adila wie selbstverständlich. „Aber wenn es sich vermeiden lässt ... Später im Kampf legen wir uns dahin, wo Platz ist."

Die Zelte waren schnell aufgebaut. Gräben wurden gezogen, Sandsäcke gefüllt und aufgeschichtet, Stacheldraht ausgerollt. Pioniere hatten das Gelände bereits vorbereitet, so dass nur noch die leichten Arbeiten zu erledigen waren. Man ging davon aus, dass es kein allzu langer Kampf werden würde, vielleicht einige Wochen, vielleicht drei oder vier Monate. Auch würden die Islamisten keinen Angriff auf das Lager führen, dazu war die Feuerkraft der kurdischen Einheiten zu groß. Vielleicht würde der eine oder andere Selbstmordattentäter versuchen, sein Auto an einer Straßensperre in die Luft zu jagen, aber eine Konfrontation auf offenem Gelände würden sie vermeiden.

Die Kämpfer des IS verschanzten sich in der Stadt: in den Häusern, in Gräben, in Tunneln, die sie in den fast drei Jahren der Besetzung gegraben hatten, hinter Mauern und Minenfeldern, hinter Zivilisten, die sie als Schutzschilde benutzten.

Es würde ein Kampf von Haus zu Haus werden, von Hinterhof zu Hinterhof, von Gasse zu Gasse, von Straße zu Straße. Nach

Rakka in Syrien war Mossul die größte Stadt, die der IS eingenommen und besetzt hatte. Einige tausend schwer bewaffnete Fanatiker verschanzten sich nun dort, und für Dawers Einheit würde es diesmal nicht nur um die Aushebung einiger übriggebliebener IS-Nester gehen.

Sie befanden sich im Norden der Stadt und hatten mit ihrer Ankunft den Einkesselungsring um Mossul geschlossen. Auch im Süden waren Kämpfer der Peschmerga eingetroffen, im Westen warteten schiitische Milizen auf Befehle. Den Rest des Rings bildeten irakische Truppen. Dazwischen mischten auch die Amerikaner mit, aber die wollten nicht unbedingt auffallen. Sie kamen lieber von oben mit ihren Jagdbombern, auf dem Boden beschränkten sie sich auf das, was sie *militärische Beratung* nannten. Doch obwohl Kommandant Dawer seine Befehle von einem irakischen Generalmajor bekam, war er ziemlich sicher, dass die Amerikaner hier das Sagen hatten. Sie hatten die irakischen Soldaten ausgebildet, sie hatten die Waffen geliefert, sie hatten die Strategie vorgegeben.

Faribaa richtete ihren Schlafplatz neben Adila ein, gegenüber rückte Shirin ihre Pritsche zurecht. Zwölf Frauen hatten Platz in dem Zelt, und Faribaa hielt mit ihrer Kamera fest, wie sich jede ihre kleine Privatsphäre schuf. Bilder der Familie wurden aufgestellt, ein Schminkset unter der Pritsche verstaut, Andenken an zu Hause auf die Holzkisten gelegt, die die Nachttische ersetzten.

Niemand sprach, nur die Geräusche der Bewegungen erfüllten das Zelt. Natürlich dröhnten draußen die Motoren, wurden Anweisungen gebrüllt, klang Metall gegen Metall, aber das nahmen sie kaum wahr im Zelt. Sie waren jetzt im Kampfgebiet. Nur wenige hundert Meter entfernt war der Feind, den sie wahrscheinlich am nächsten Tag schon zu Gesicht bekommen würden. In Gedanken lagen sie schon hinter einer Mauer oder einem Trümmerstück, spähten durch ein Fernglas, schauten über den Lauf ihrer Waffe.

Plötzlich wurde am Eingang die Plane zur Seite gerissen. Dawer trat ins Zelt und baute sich in der Mitte auf, die Hände auf dem

Rücken gekreuzt. Die Frauen stellten sich vor ihren Pritschen auf und nahmen Haltung an. Faribaa zögerte ein wenig, tat es ihnen dann aber gleich.

„Unser Einsatz beginnt morgen vor Sonnenaufgang", sagte Dawer mit lauter Stimme. „Unsere Aufgabe ist es, am Stadteingang eine Reihe von Häusern von IS-Elementen zu säubern und zu sichern. Details gibt es morgen früh. Ruht euch aus. Lagebesprechung um drei Uhr, Aufbruch um vier Uhr dreißig. Verstanden?"

„Verstanden!", antworteten die Frauen zugleich.

Dawer ging auf Faribaa zu. „Bereit?", fragte er.

Faribaa atmete tief durch. „Ich glaube, ich bin bereit."

„Wenn du Bedenken hast ..."

„Nein! Ich bin bereit!", sagte Faribaa bestimmt.

15

Mit einem Gefühl der Beklommenheit verfolgte Richard die abendlichen internationalen Nachrichten, in denen man inzwischen nicht nur ausführlich über Syrien, sondern auch über die Türkei berichtete. Eine Verhaftungswelle nach der anderen rollte über das Land. An den Universitäten in Ankara, Istanbul und anderswo nahm die Polizei Hunderte Professoren und andere Lehrkräfte fest und führte sie in Handschellen aus den Seminaren ab. Die wenigen Journalisten, die noch unabhängig und kritisch berichteten, wurden aus den Redaktionen geholt mit der Begründung, Verrat am Vaterland zu üben. Radio- und Fernsehsendungen, die nicht das brachten, was der Regierung genehm war, wurden abgesetzt. Zeitungen wurden geschlossen oder die Chefredaktionen mit regierungstreuen und -konformen Statthaltern besetzt. Auch die größte und wichtigste Oppositionszeitung, an die man sich bisher nicht herangewagt hatte, wurde nicht verschont. Ihr Chefredakteur wurde aus seinem Bett gezerrt und im Scheinwerferlicht des Staatsfernsehens abgeführt. Man bemühte eine alte Story über Waffenlieferungen aus dem vergangenen Jahr, um ihm ein Verfahren wegen Hochverrats anzuhängen. Und natürlich die Oppositionspolitiker. Es lag geradezu in der Natur der Dinge, dass sie ebenfalls reihenweise ins Gefängnis wanderten.

Angesichts der bedrückenden Stimmung im Land fragte Richard Şaban um Rat. „Es sind ständig Polizeikommandos unterwegs, um Razzien durchzuführen. Müssen wir bestimmte Vorkehrungen treffen?"

Şaban wiegte den Kopf. „Es ist wirklich traurig, was hier gerade geschieht. So etwas habe ich zuletzt in der Zeit der Diktatur erlebt." Er tat einen tiefen Seufzer. „Wie du weißt, erlaubt es der Ausnahmezustand, Verdächtige ohne großes Federlesen zu verhaften und festzusetzen. Und dann kann es dauern, bis entschieden wird, was mit ihnen geschieht. Wir alle müssen uns in Acht nehmen. Irgendwelche Kritik an der Regierung oder am Präsidenten in den sozialen Medien ist eine Garantie dafür, im Gefängnis zu landen."

„Schon eine kritische Bemerkung reicht?"

„Die Vorwürfe sind dann immer dieselben. Verrat, Hochverrat, Unterstützung einer terroristischen Vereinigung, Mitgliedschaft in einer Terrorgruppe, Volksverhetzung oder Planung von Demonstrationen. Viele Hinweise kommen von Spitzeln, die irgendeine kritische Äußerung mitbekommen. Oder sie wollen einfach nur einen Konkurrenten um einen Posten oder um eine Frau aus dem Weg räumen. Wir müssen davon ausgehen, dass es auch Spitzel in unserem Büro gibt."

Wenig später bat Richard Fidan, die Leiterin der Personalabteilung, in sein Zimmer und schloss die Tür. Mit ihren achtundzwanzig Jahren fand er Fidan eigentlich noch zu jung, um schon eine so wichtige Abteilung zu leiten, aber sie war die einzige Bewerberin gewesen, die die nötige Ausbildung mitbrachte und bereit war, für das vergleichsweise bescheidene Gehalt einer humanitären Organisation zu arbeiten. Sie kannte sich aus im Labyrinth des Arbeitsgesetzes und verbrachte die Wochenenden meistens mit Weiterbildungen. Sie lernte schnell und war wissbegierig, und den Stress rauchte sie mit zwei Schachteln Zigaretten am Tag weg.

Richard erzählte ihr von seinem Gespräch mit Şaban. „Meinst du auch, wir werden überwacht?", fragte er sie dann.

„Ganz sicher", erwiderte sie, ohne zu zögern. „Alle internationalen Organisationen werden überwacht. Und ganz bestimmt hat der Geheimdienst dich auch schon durchleuchtet."

„Woher willst du das so genau wissen?"

„Das ist allgemein bekannt. Du bist unser Direktor. Da will die Regierung genau wissen, wer da in ihrem Land Projekte durchführt. Jeder Leiter einer Organisation wird hier überprüft. Ich weiß nicht, ob es dir schon mal aufgefallen ist, aber mitunter steht so ein Van mit dunklen Scheiben in unserer Straße. Er kommt, niemand steigt aus, und nach einigen Stunden fährt er wieder ab. Wonach sieht das aus?"

„Nach einem amerikanischen Serienkrimi."

Fidan grinste. „Genau", sagte sie. „Nach Überwachung. Mit ihrer Technologie können sie von dort bis in unser Büro hineinhorchen."

„Das ginge doch auch einfacher. Man kann doch heutzutage jedes Handy anzapfen."

„Kann sein, aber nicht alles wird übers Handy besprochen."

„Und glaubst du, dass es Spitzel in unserem Team gibt?"

„Wir haben so ziemlich alle politischen Richtungen in unserem Team, von Marxisten über engagierte Kurden bis zu den Wölfen. Da ist es nur logisch, dass wir den einen oder anderen Spitzel im Team haben."

„Wölfe?", fragte Richard nach, obwohl er ahnte, was hinter der Bezeichnung steckte.

„Das sind die extremen Nationalisten. Die schrecken auch vor

Gewalt nicht zurück, wenn sie denken, dass es nötig ist."

Natürlich war Richard nicht so naiv zu glauben, dass nur Idealisten für seine Organisation arbeiteten, die die Welt ein wenig besser machen wollten, oder Leute mit Helfersyndrom, die es als ihre Lebensmission betrachteten, den Armen und Hilflosen beizustehen. Im Laufe der vielen Jahre in seinem Beruf hatte Richard gelernt, dass je größer eine Organisation war, desto mehr war sie auch ein Spiegelbild der Gesellschaft. Da gab es Linke und Rechte, patente Typen und Idioten, Altruisten und Opportunisten, loyale Kollegen und Intriganten. Und das hieß auch, dass je größer die Organisation wurde, desto größer wurden auch die Probleme.

„Hat es deswegen schon Streit im Team gegeben?", wollte Richard wissen.

„Ja, es gibt da ein paar Leute, die können es einfach nicht lassen, andere zu provozieren und manchmal auch zu beleidigen", erwiderte Fidan.

„Zum Beispiel?"

„Du kennst Rukas?"

„Den aus der Logistik?"

„Genau. Er ist ein Anhänger des Präsidenten. Vor einiger Zeit hat es einen Streit zwischen ihm und Hakan, dem Fahrer, gegeben. Irgendwann hat er zu Hakan gesagt: *Du bist Kurde, du bist Terrorist.*"

„Und?"

„Hakan ist fast auf ihn losgegangen, und die anderen Fahrer mussten ihn zurückhalten. Rukas hat dann zwar gesagt, dass das nur ein Scherz gewesen sei, aber es gibt halt Leute, die tatsächlich so denken, wahrscheinlich auch Rukas."

Ein paar Tage später ließ Richard sämtliche Mitarbeiter des Büros zusammenrufen und kündigte eine neue Gehaltstabelle an, die Fidan gemeinsam mit den Kollegen in Deutschland erarbeiten sollte. Dann sprach er die Politik an und erklärte entsprechende Gespräche zur Privatsache, die im Büro nichts zu suchen hätten.

„Wenn ihr über politische Themen diskutieren wollt, macht das zu Hause oder in der Kneipe, aber nicht hier!", mahnte er. „Hier im Büro machen wir humanitäre Hilfe, keine Politik. Wir sind neutral und biedern uns keiner parteipolitischen Richtung an. Es mag hier unterschiedliche Meinungen und Überzeugungen geben, aber das ist eure Privatsache. Ihr braucht niemanden eurer Kollegen zu lieben, aber respektiert einander zumindest. Ihr verbringt acht Stunden oder mehr pro Tag miteinander, also macht euch die Zeit so angenehm wie möglich."

Richard fühlte sich nicht wirklich wohl in dieser Rolle, denn er betrachtete eine politische Diskussion als erfrischend und bereichernd. Aber hier trafen Extreme aufeinander, und wo dies geschah, war auch eine extreme Reaktion oft nicht weit. Also musste er mit einer Art von Friedenspolitik antworten. Wirklich überzeugt war er nicht davon, denn wann hatte die Verordnung von Frieden jemals dauerhaft Erfolg gehabt?

Natürlich hätte Richard auch einfach sagen können, dass beim nächsten politischen Streit Köpfe rollen würden, schließlich schrieb ihm niemand vor, wie er sein Team zu führen hatte. Aber er setzte auf Einsicht: die andere Meinung respektieren, Toleranz üben, Vielfalt pflegen. Das klang so wunderbar und einfach.

Aber die Wirklichkeit war nicht wunderbar. Sie mochte Richard einfach erscheinen, aber ganz bestimmt nicht wunderbar. Einfach schien sie, da in diesen Tagen weder Vielfalt noch Toleranz noch Respekt gegenüber anderen Meinungen gefragt waren. Am besten fuhr derjenige, der sich anpasste und den Mund hielt. Und wenn auch kein Streit mehr im Büro aufkam, so hieß dies noch lange nicht, dass jemand Einsicht zeigte. Man beherrschte sich acht oder mehr Stunden am Tag. Danach ließ man den Verwünschungen und der Verachtung gegenüber den Andersdenkenden freien Lauf bis zum nächsten Morgen.

Allerdings hatte Richard den Eindruck, dass man das Land und den Präsidenten als zwei völlig unterschiedliche Dinge betrachtete.

Das Land, das waren die Geschichte, die Lebensart, die Jahrtausende alte Kultur. Das Land war alles das, was sich in der türkischen Flagge widerspiegelte, und darauf waren alle stolz, der Marxist ebenso wie der Wolf. Der Präsident dagegen war die aktuelle Politik. Das war halt einer, der irgendwann wieder abtrat, ehrenhaft oder eben unehrenhaft, an den man sich erinnerte oder eben auch nicht.

Seit dem Putschversuch kannte der Stolz auf die türkische Flagge offenbar keine Grenzen mehr. Richard sah sie aus fast jedem Fenster in verschiedenen Größen hängen, an Autos flatterte sie als rechteckiger oder dreieckiger Wimpel, an Einkaufszentren deckte sie ganze Fassaden ab, zwischen Gebäuden und selbst zwischen den Minaretten von Moscheen wehte sie überdimensional an Stahlseilen. Jeder schien zeigen zu wollen, dass er ein ausdrücklicher Gegner der Putschisten war und dass das Hissen der Flagge seine Unschuld beweisen sollte.

Die Unschuld beweisen, das war in diesen Tagen schwierig. Richard drängte sich das Gefühl auf, dass die türkische Justiz im Falle des Terrorismusvorwurfs inzwischen nicht mehr nach Beweisen für die Schuld eines Angeklagten fragte, sondern für seine Unschuld. Auf Anordnung konnte ein Verdächtiger monate-, sogar jahrelang im Gefängnis versauern, ohne dass es zu einer Anklage kam. Der Präsident verfügte per Dekret, dass die maximale Dauer der Untersuchungshaft auf sieben Jahre erhöht wurde. Angehörige durften den Gefangenen einmal in der Woche für eine Stunde besuchen. Wer bis dahin noch kein Gegner des Präsidenten gewesen war, der wurde es spätestens während der Haft.

Man musste also vorsichtig sein mit dem, was man sagte, und vor allem, zu wem man es sagte. Auch Richard vermied es, bei Telefonaten oder Gesprächen über Skype mit Kollegen oder Freunden über Politik zu sprechen. Falls dennoch jemand wissen wollte, wie es sich unter einem stetig autoritärer werdenden System lebte, wich er aus oder schlug ein anderes Thema vor in der Hoffnung, dass man am anderen Ende der Leitung verstand, worum es ging. Mancher fand das lustig und rief Grußworte an den türkischen Geheimdienst ins Mikrofon. Richard fand das nicht lustig und fürchtete schon ungebetenen Besuch im Büro oder gar zu Hause.

Als er eines Abends mit Kopfschmerzen von der Arbeit kam und noch schnell eine Packung Schmerztabletten in der Apotheke holte, tauchte hinter ihm plötzlich ein junger Mann in Lederjacke auf, als er die Haustür aufschloss. Der Mann hatte das Handy am Ohr und war offenbar mitten im Gespräch. Die letzten Meter beschleunigte er seinen Schritt, um noch durch die Tür zu schlüpfen, bevor sie zufiel. Richard hatte ihn noch nie zuvor gesehen, hielt ihn jedoch für einen Hausbewohner oder zumindest für jemandes Verwandten oder Bekannten.

Und wenn nicht? schoss es ihm plötzlich auf dem ersten Treppenabsatz durch den Kopf. Er schaute sich um. Der junge Mann sprach weiter in sein Handy und stieg langsam die Treppe hinauf. Richard ging in die zweite Etage, öffnete seine Wohnungstür und verschwand in der Diele. Die Tür fiel ins Schloss. Er hielt inne und horchte. Im Treppenhaus schritt der junge Mann an seiner Tür vorbei weiter nach oben. Richard schaute durch den Türspion. Tatsächlich! Der Mann kam nach wenigen Sekunden wieder herunter, diesmal ohne Handy am Ohr.

Geheimdienst! war Richards erster Gedanke. Sie wollten wissen, wo genau er wohnte! Welche Tür sie mit ihren Haarnadeln oder womit auch immer aufschließen mussten! Wahrscheinlich würden sie irgendwann, wenn er auf Reisen war, in die Wohnung eindringen und ihre Abhörgeräte installieren, vielleicht sogar Kameras. Oder mitten in der Nacht lautlos die Tür öffnen, ihm einen schwarzen Sack über den Kopf stülpen und ihn mitnehmen. Er warf gleich zwei Tabletten ein, denn die Kopfschmerzen waren schlagartig stärker geworden.

Richard versuchte vergeblich, sich dagegen zu wehren, neurotisch zu werden. Nirgendwo fühlte er sich mehr wirklich allein. Ein

Staat, der sich bedroht fühlte, und ein Präsident, der absolute und unbegrenzte Macht wollte, konnten doch gar nicht anders als sich durch möglichst lückenlose Überwachung abzusichern! Gegen den inneren Feind, den äußeren, gegen Kritik, Opposition und abweichende Meinungen, gegen demokratische Gesinnung und das Einklagen von Menschenrechten. Richard war sicher, auf ihrer Liste zu stehen, welche auch immer diese sein mochte. E-Mails, die bestimmte Schlagworte enthielten, löschte er sofort und ließ sie unbeantwortet. Kritische Themen sprach er nur noch im Restaurant oder auf anderen öffentlichen Plätzen an. Und selbst bei seinen Besuchen in Deutschland ließ er sein Handy im Rucksack, den er irgendwo abstellte, wohin seine Stimme nicht durchdrang. Aber vielleicht nahm er sich auch viel zu wichtig, und alles war nur Einbildung.

Es war in den letzten Tagen merklich kälter geworden. Der Herbst war gemächlich vorangeschritten, und man hatte auch abends im Garten des *Treff* oft noch im Hemd sitzen können. Jetzt aber waren die Temperaturen gefallen, die Heizung in Richards Wohnung war angesprungen. Wenn er morgens aus dem Haus ging, standen Atemfahnen vor seinem Gesicht. Allerdings zeigte sich der Himmel in einem makellosen Blau, und das machte die Kälte erträglich.

Richard trat ins Büro und hatte seine Jacke noch nicht aufgehängt, als Fidan in seiner Tür stand und ihn mit diesem Blick anschaute, den er allzu gut kannte und der Probleme ankündigte. Er setzte sich hinter seinen Schreibtisch und schaltete das Laptop ein.

„Was gibt´s?", fragte er.

„Wir haben ein Problem", sagte Fidan und setzte sich an den kleinen, runden Besprechungstisch.

„Natürlich haben wir ein Problem. Sonst wärst du ja nicht hier in meinem Zimmer."

„Eigentlich haben wir zwei Probleme."

„Na, dann lohnt es sich ja wenigstens, dass du zu mir

kommst. Schieß los!"

„Einer unserer Mitarbeiter in Mardin ist festgenommen worden."

Richard hatte befürchtet, dass so etwas irgendwann passieren würde. Sie hatten inzwischen gut einhundertfünfzig Mitarbeiter. Die Wahrscheinlichkeit war groß, dass jemand darunter war, dem man irgendwelche Vorwürfe machen würde.

„Was liegt gegen ihn vor?"

Fidan zuckte die Achseln. „Das Übliche. Unterstützung einer terroristischen Gruppe."

„Irgendwelche Beweise?"

„Natürlich nicht. Aber er ist jetzt in Untersuchungshaft."

„Können wir da was machen?"

„Selbst wenn wir es könnten, sollten wir das lieber nicht tun. Denn dann käme die ganze Organisation unter Verdacht."

Richard spürte Wut aufkommen, die Wut der Ohnmacht. Zum Zuschauen verdammt zu sein, obwohl man genau wusste, dass Unrecht geschah, diese Machtlosigkeit war in seinen Augen eines der aufwühlendsten Gefühle, dessen ein Mensch fähig war. Er kam hinter seinem Schreibtisch hervor und setzte sich zu Fidan an den Besprechungstisch.

„Aber wir können doch nicht einfach nichts tun", sagte er.

Fidan schüttelte den Kopf. „Es tut mir leid für unseren Kollegen, aber wir würden unsere Arbeit hier gefährden. Wir würden uns in etwas einmischen, das nichts mit uns zu tun hat. Und man würde dies als Unterstützung für jemanden auslegen, der wiederum eine Terrorgruppe unterstützt, angeblich. Indirekt könnte man uns damit also auch vorwerfen ..."

„Okay, ich verstehe", unterbrach Richard Fidan und entschuldigte sich sofort dafür. Zur Wut hatte sich Ungeduld gesellt. „Können wir ihm eine Abfindung zahlen? Wenn er schon seinen Job verliert ... Außerdem braucht er doch bestimmt Geld für einen Anwalt."

„Ja, eine Abfindung könnten wir zahlen."

„Dann machen wir das." Richard atmete tief durch. Er konnte sich kaum beruhigen. „Und?"

„Was *und*?"

„Du hast gesagt, es gibt zwei Probleme."

„Ja, da gibt es noch etwas mit einem anderen Mitarbeiter."

„Sag mir jetzt nicht, dass noch jemand verhaftet wurde!"

„Nein, nicht ganz. Aber man hat uns informiert, dass gegen einen anderen Mitarbeiter etwas vorliegt. Und wir sollen ihn entlassen."

„Wer hat wen informiert?", wollte Richard wissen.

Fidan tat einen tiefen Seufzer. „Die Sozialversicherung hat mich angerufen."

„Die Sozialversicherung?! Was hat die denn damit zu tun?"

„Eigentlich nichts. Aber sie ist eine staatliche Einrichtung, und zwischen den Behörden werden Informationen ausgetauscht."

„Und was liegt gegen unseren Kollegen vor?"

„Er wurde vor einigen Monaten vom Finanzamt entlassen, weil er einen Witz über unseren Präsidenten gemacht hat."

Richard war fassungslos. War dies tatsächlich die Türkei? Das Land, in dem seine Mutter jedes Jahr Urlaub am Strand gemacht und von dessen höflichen Menschen sie geschwärmt hatte? In welchem Land wurde man wegen eines Witzes über den Präsidenten entlassen? Nordkorea? China? Russland vielleicht? Man musste schon ein wenig weiter reisen, um ein solch humorloses Land zu finden.

„Wann haben wir ihn eingestellt?", fragte Richard.

„Vor einer Woche. Ich habe ihn bei der Sozialversicherung angemeldet, und gestern haben sie mich angerufen."

„Und wenn wir ihn nicht entlassen?"

„Sie haben gesagt, dass wir dann Probleme bekommen können."

„Wir haben keine Wahl, oder?"

„Nicht wirklich. Man hat schon Tausende von Leuten aus dem

öffentlichen Dienst entlassen wegen Volksverhetzung, Terrorpropaganda und anderen Gründen. Man hat ihnen ihre Pension gestrichen und rät jedem anderen Arbeitgeber, sie nicht einzustellen. Damit zerstören sie ungezählte Existenzen."

„Das beste Rezept, um Menschen zu radikalisieren."

„Der Präsident will die Opposition aushungern. Er will eine Türkei, die ihm zu Füßen liegt."

Richard seufzte. „Die Menschen haben ihn gewählt. Jedes Land hat halt den Führer, den es verdient."

„Ich habe ihn nicht verdient!", sagte Fidan fast empört.

„Das stimmt." Richard lachte. „Und viele andere auch nicht. Aber im Moment sehen die Dinge nicht gut aus."

„Die Menschen wollen nicht sehen, dass er das Land in den Ruin steuert!", eiferte sich Fidan. „Er pumpt Hunderte von Millionen in die Wirtschaft, um seine Macht zu zementieren. Denn ohne diese Millionen wäre die Wirtschaft schon längst zusammengebrochen und damit seine Popularität! Aber irgendwann wird sein Kartenhaus zusammenstürzen!"

„Man muss noch nicht einmal ein Finanzexperte sein, um das zu verstehen. Die Staatskredite, mit denen die Tausende Büro- und Wohntürme finanziert werden, kann das Land wahrscheinlich gar nicht zurückzahlen. Und die Hälfte dieser Neubauten steht leer."

„Der Staat wird früher oder später pleitegehen, aber der Präsident gaukelt der Bevölkerung vor, dass die Wirtschaft boomt, zumindest bis zu den nächsten Wahlen."

„Soll nicht bald ein Referendum abgehalten werden?"

„Ja. Damit will der Präsident sich die absolute Macht sichern. Ich bekomme jetzt schon Angst, wenn ich mir vorstelle, dass er es tatsächlich schafft."

„Die Chancen stehen wohl nicht schlecht für ihn."

„Wenn das passiert, werden wir eine andere Türkei haben," sagte Fidan und schaute traurig aus dem Fenster. „Sie wird ein dunkles Land werden."

16

Faribaa befand sich mitten im Krieg. Zuerst hatte Kommandant Dawer sie zusammen mit Adila und Shirin zu einer Stellung kurz vor den ersten Häusern Mossuls geschickt, eher ein Beobachtungsposten, denn gemeinsam mit zwei jungen Männern taten sie nichts anderes als in einem Graben hinter Sandsäcken mögliche Bewegungen von IS-Kämpfern in den Häusern durch große Ferngläser zu beobachten und Dawer über Funk zu informieren. Während der zwei Tage im Graben gab es nicht viel zu melden. Zwar wurde irgendwo geschossen, zwischen den Häuser stieg Rauch von Explosionen auf, aber sie selbst kamen nicht unter Feuer.

Am ersten Tag hatte Faribaa noch bei jedem Schuss den Kopf eingezogen, später zuckte sie nur noch kurz zusammen. Sie fotografierte Adila, Shirin und die beiden jungen Männer, wie sie durch die Ferngläser schauten oder auf dem Boden des Grabens hockten, eine Zigarette zwischen den Fingern oder eine Wasserflasche an den Lippen. Sie fotografierte Rauchwolken und ein Maschinengewehrnest der Peschmerga etwa zweihundert Meter entfernt, aus dem bisher noch kein Schuss abgegeben worden war.

Am zweiten Tag zuckte Faribaa nicht mehr zusammen. Sie wusste, die Schüsse galten nicht ihnen. Wahrscheinlich hatten die IS-Kämpfer nicht einmal eine Ahnung davon, dass sie in diesem Graben hockten. Am Abend sprach sie Dawer an.

„Gibt es Fortschritte?"

„Du meinst, ob wir schon Gebiete zurückerobert haben?"

Faribaa nickte.

„Es geht langsam voran", erklärte Dawer. „Wir stoßen auf heftigen Widerstand." Er schaute Faribaa an und ahnte ihre Frage. „Das kann hässlich werden. Deshalb habe ich dich erst einmal zu einem Beobachtungsposten geschickt."

„Ich verstehe", sagte Faribaa. „War vielleicht gar keine schlechte Idee."

„Geht es dir gut?"

„Ja, mir geht es gut. Ich musste mich erst an die Schüsse und Explosionen und das alles gewöhnen."

Dawer wiegte den Kopf. „Auf der einen Seite ist das gut. So vermeidet man Panik, wenn es brenzlig wird. Auf der anderen Seite … Manchmal frage ich mich, ob es nicht besser ist, sich *nicht* daran zu gewöhnen. Ich habe schon gute Leute durch Leichtsinn verloren. Sie hatten sich zu sehr daran gewöhnt."

Faribaa atmete tief durch. „Das werde ich mir merken."

Dawer dachte einen Moment lang nach. „Also gut", meinte er dann. „Morgen bleibst du bei Agit. Ich glaube, du kennst ihn bereits."

„Er war auf demselben Lastwagen wie ich."

„Schweres Maschinengewehr. Macht viel Krach."

„Krach halte ich aus."

„Ja, da bin ich sicher", lächelte Dawer. „Aufbruch vier Uhr."

Faribaa lag lange wach in dieser Nacht. Nicht, weil immer wieder Schüsse und Explosionen zu hören waren, sondern weil sie am folgenden Tag dichter an den Krieg heranrücken würde, dichter an die Gerüche, an den Lärm, an das Geschrei, an das Sterben.

Sie dachte an Richard. Sie rief sich die letzten beiden Abende mit ihm in Erinnerung. Sie hatte sich in seiner Gegenwart so gut gefühlt, so sicher. Die unbestimmte Anziehung, die sie bei ihrem ersten Treffen in Gaziantep gespürt hatte, war einem ihr bisher unbekannten tiefen Empfinden und Begehren gewichen. Wenn sie sich, wie jetzt, an die wenigen Momente mit ihm erinnerte, überkam sie Sehnsucht und Verlangen zugleich. Sie wünschte sich seine Gegenwart, seine Nähe, seine Haut an ihrer. Wenn er will, bleibe ich nach meiner Rückkehr länger als zwei Wochen bei ihm, dachte sie. Sie schlief mit einem Lächeln ein.

Dawer hatte nicht übertrieben. Als Agit seine erste Salve auf ein Gebäude am Stadtrand abfeuerte, traf Faribaa der Luftdruck wie ein mächtiger Tritt gegen den Körper. Instinktiv hielt sie sich die halbtauben Ohren zu und ging in die Knie. Neben ihr auf dem Boden sammelten sich die Patronenhülsen. Agit lachte sie an.

„Ganz schön viel Power, was?", rief er.

Faribaa atmete tief durch. „Kann man wohl sagen."

Sie stand wieder gerade, hob ihre Kamera ans Auge und machte in schneller Reihenfolge ein paar Fotos.

„Bleib in Deckung", mahnte Agit. „Sie haben Scharfschützen. Wenn sie nur eine Sekunde lang deinen Kopf sehen, reicht das schon."

Faribaa zog den Kopf zwischen die Schultern, drehte sich um und fotografierte die drei jungen Männer, die hinter den Sandsäcken lauerten und ihr keine Beachtung schenkten. Die Gruppe bestand aus fünf Kämpfern: Agit am Maschinengewehr und ein Kamerad an seiner Seite, der dafür sorgte, dass die Patronengurte sich nicht verhedderten, und der ansonsten angestrengt durch ein Fernglas schaute, und die anderen drei mit den leichteren Waffen.

Die Aufgabe der Gruppe war es, das dreistöckige Gebäude am Stadtrand etwa dreihundert Meter von ihnen entfernt im Auge zu behalten und jede Bewegung mit Kugeln zu beantworten. Es wurde vermutet, dass sich dort eine Gruppe von IS-Kämpfern verschanzte, vielleicht ein halbes Dutzend Männer, die Granatwerfer und Panzerabwehrwaffen in Stellung brachten. Wann immer er einen Schatten in den leeren Fensterhöhlen erkannte, feuerte Agit eine Salve ab.

„Du gehst besser auf die andere Seite", sagte Agit. „Sonst bekommst du noch die Hülsen ins Gesicht, und die sind ziemlich heiß."

Faribaa nickte und drängte sich hinter ihm vorbei. Agit machte sich mit Absicht breit, damit sie sich zwischen ihm und der Wand des Grabens durchquetschen musste.

„Du kannst es wohl nicht lassen, oder?", sagte sie mit gespieltem

Vorwurf in der Stimme.

„Lass mir doch die Freude", sagte Agit mit einem Lächeln. „Wer weiß, wie lange ich noch Spaß haben kann …"

Faribaa schaute ihn ernst an. „Sag das nicht. Du kannst noch jede Menge Spaß haben. Vielleicht nicht unbedingt mit mir, aber …"

„Bewegung, erster Stock!", rief plötzlich der Kämpfer mit dem Fernglas.

Augenblicklich packte Agit das Maschinengewehr, visierte das Gebäude an und schoss. Die Schatten in den Fenstern duckten sich weg, tauchten aber an anderer Stelle wieder auf, als folgten sie einem plötzlichen Befehl.

Faribaa brauchte einen Moment, um den Höllenlärm einigermaßen ignorieren zu können, und drückte auf den Auslöser der Kamera.

„Zweiter Stock!", sagte der mit dem Fernglas.

Die Kugeln rissen Löcher in die Fassade, eine Wolke von Staub versperrte für einen Moment die Sicht.

„Dach!", rief der Beobachter. Seine Stimme klang nervös. „Ich glaube, sie bringen einen Granatwerfer in Stellung!"

„Diese Mistkerle!", quetschte Agit zwischen den Zähnen hindurch. Er atmete tief ein und aus und konzentrierte sich. Er zielte und suchte einen festen Stand. Dann feuerte er, nicht eine Salve oder zwei oder drei, sondern Dauerfeuer. Sein ganzer Körper wurde durchgeschüttelt, aber seine weit aufgerissenen Augen schienen bewegungslos auf das Ziel gerichtet, seine Lippen waren zu schmalen Strichen zusammengepresst.

Das Maschinengewehr verstummte, der Patronengurt war leergeschossen. Das heiße Metall qualmte. Agit stand da, die Augen immer noch weit geöffnet, und starrte zum Gebäude hinüber. Langsam wurde der Staub von einem leichten Wind zur Seite getragen. Faribaas Kamera klickte leise.

Sie zoomte das Gebäude heran, auf jedem Foto gab die Staubwolke ein wenig mehr preis. Ein Teil der Begrenzungsmauer des

Flachdachs war von den Maschinengewehrkugeln wegrasiert worden. Zwei Körper lagen dort, ganz in Schwarz, und dazwischen verstreut die Reste eines Granatwerfers.

„Volltreffer!", sagte Agits Kamerad, setzte das Fernglas ab und lachte.

Faribaa sagte nichts und schoss schweigend ihre Fotos. Sie war aufgeregt und atmete durch den Mund. Ihr Herzschlag pulsierte in den Ohren.

Agit legte einen neuen Patronengurt ein und lud das Maschinengewehr durch. Wieder visierte er das Gebäude an. Seine Nasenflügel waren aufgebläht, er schnaufte wie nach einem anstrengenden Langlauf. Er schien alles um sich herum vergessen zu haben, ein Raubtier, das seiner Beute das letzte bisschen Leben aus dem Körper reißen wollte.

Faribaa hielt auch diese Momente mit der Kamera fest. Dies war ein anderer Agit, ein anderer Mensch, nicht zu vergleichen mit dem flirtenden und witzelnden jungen Mann auf dem Lastwagen. Eine wilde Kreatur, vollgepumpt mit Adrenalin, fast purer Instinkt. Agit war der erste, von dem sie lernen sollte, dass in diesem Krieg keine Bauern, Friseusen, Bankangestellte oder Klempner kämpften, sondern aufs Töten abgerichtete Killer, die denjenigen umbrachten, der ihnen als Feind präsentiert wurde.

Faribaa stellte die Richtigkeit dieses Krieges nicht in Frage. Die Kämpfer des IS galten als grausam, ja als unmenschlich. Wer ein Kalifat errichtete, in dem einem Dieb, der aus Hunger ein Brot oder eine Armbanduhr gestohlen hatte, die Hand abgehackt, oder einem sogenannten Ungläubigen, der mit der Sharia nicht ganz einverstanden war, mit einem Messer der Kopf abgeschnitten wurde, konnte nicht erwarten, dass man versuchte, mit ihm bei einem Glas Tee die Unverhältnismäßigkeit der drakonischen Strafen zu diskutieren, zumal der IS sich jeder Diskussion verweigerte. Also war Gewalt die einzige verbleibende Antwort.

Am nächsten Morgen war Agit wieder der Alte. Er flirtete wie immer, erzählte Geschichten von seiner Familie, rauchte entspannt eine Zigarette. Sie waren wieder im Graben, nachdem eine andere Gruppe die Nacht über das Gebäude überwacht hatte. Aber es war ruhig geblieben.

Am Nachmittag jedoch bemerkten sie Bewegungen. Sofort waren alle wieder in Alarmbereitschaft. Agit lud durch und zielte auf das Gebäude.

„Kannst du was erkennen?", fragte er den Kameraden neben sich, der durch das Fernglas die leeren Fensterhöhlen beobachtete.

„Da war was im Erdgeschoss", antwortete der. „Aber jetzt sehe ich nichts mehr."

„Wahrscheinlich haben sie Zugang durch einen Tunnel", vermutete Agit.

„Ist anzunehmen. Und die Toten haben sie während der Nacht vom Dach weggeschafft."

Alle waren angespannt. Sie erwarteten, dass dort drüben irgendetwas passierte. Wahrscheinlich würde man versuchen, sie unter Beschuss zu nehmen, vielleicht mit einem Maschinengewehr, vielleicht mit Granaten. Woher die Kugeln kamen, die Agit am Vortag auf das Gebäude abgefeuert hatte, wusste man dort drüben jedenfalls.

Aber im Graben blieb es ruhig an diesem Tag. Geschossen wurde woanders. In einiger Entfernung rückten gepanzerte Fahrzeuge vor. An der Heftigkeit des Schusswechsels wurde deutlich, dass sich dort bereits Peschmerga und der IS Mann gegen Mann gegenüberstanden und der Kampf um die ersten Häuser begonnen hatte.

„Der gemütliche Teil der Schlacht ist zu Ende", sagte Agit mit einem leichten Lächeln, das auf Faribaa auch irgendwie traurig wirkte. „Morgen beginnt für uns die heiße Phase."

„Und was heißt das?", fragte Faribaa, die fast ununterbrochen ihre Fotos machte.

„Das heißt, dass wir weiter nach vorne verlegt werden. Häuserkampf." Er schaute Faribaa nachdenklich an. „Wirst du dabei sein?"

Faribaa zuckte die Achseln. „Ich denke, Dawer wird das entscheiden."

Agit ließ das Maschinengewehr los und wandte sich ihr zu. „Hör zu! Du machst das zum ersten Mal, richtig?"

Faribaa nickte.

„Überleg dir das gut! Keiner wird auf dich aufpassen können. Du wirst auf dich allein gestellt sein. Wenn du im Weg stehst, wirst du umgerannt oder überfahren. Und niemand von uns wird für ein paar Fotos sein Leben riskieren. Ist dir das klar?"

„Ist mir klar", sagte Faribaa und schluckte.

Agit schaute sie eindringlich an und lachte dann. „Hab´ ich dich erschreckt?"

Faribaa überlegte einen Moment lang und lachte dann ebenfalls. „Wahrscheinlich würdest du mich mit den Tattoos auf deinem Hintern mehr erschrecken."

Agit und die anderen lachten laut. „So gefällt mir das!", grölte Agit und schlug Faribaa auf die Schulter. „Wir werden bestimmt noch eine Menge Spaß miteinander haben."

Aber Faribaa wurde nicht mit Agit zusammen verlegt, sondern von Kommandant Dawer einer Mörsereinheit zugeteilt, die im Schutz eines Hauses in Stellung gebracht worden war. Nun stand sie zwischen den Kämpfern, die die zwei Mörser luden und abfeuerten, und suchte sich immer wieder neue Winkel, aus denen heraus sie die jungen Männer fotografierte.

Über den Häusern stiegen Rauchwolken auf, es wurde fast ununterbrochen geschossen. Aber die Schüsse gehörten nun dazu, Faribaa schenkte ihnen kaum noch Beachtung. Nur manchmal, wenn eine verirrte Kugel über ihr durch die Luft sirrte, wurde ihr bewusst, wie klein der Abstand zwischen Leben und Tod war.

In einiger Entfernung lagen schwarz gekleidete Leichen auf der Straße. Faribaa lugte vorsichtig hinter der Hausecke hervor und schoss mit aufgeregtem Atem ihre Fotos von den Leichen. Dann sank sie zurück, setzte sich auf den Boden und lehnte sich an die

Hauswand. Ein Kloß saß in ihrem Hals fest, eine Faust schien ihren Magen zu umklammern. Faribaa brauchte einige Minuten, bis sie sich wieder beruhigt hatte.

„Alles in Ordnung?", fragte ein junger Mann, in dem sie Dilan wiedererkannte. „Du siehst blass aus."

„Es geht schon", winkte Faribaa ab und stand auf. Sie spürte ein leises Zittern in den Beinen. „Ich glaube, es ist der Geruch."

„Ja, davon wird vielen schlecht", sagte Dilan verständnisvoll. „Wenn die Toten so in der Sonne liegen, fangen sie schnell an zu stinken."

Er bot Faribaa seine Wasserflasche an, Faribaa trank.

„Du kannst auch Parfüm auf ein Tuch schütten und es dann vor Nase und Mund binden", sagte er. „Das hilft meistens."

Faribaa zwang sich ein Lächeln ab. „Das nächste Mal werde ich Parfüm mitbringen."

„Rasierwasser geht auch. Aber so etwas hast du ja wahrscheinlich nicht."

Beide lachten und gingen wieder zurück zu den Mörsern. Neben den Kämpfern, die sie bedienten, gab es noch etwa zehn andere Männer und Frauen, die die Stellung absicherten. In der ersten Etage des angrenzenden Hauses erkannte sie Shirin in einem Raum mit zerschossenen Fenstern, die hinter aufgeschichteten Sandsäcken die Straße im Auge behielt, in der Faribaa gerade die Toten fotografiert hatte. Sie war Scharfschützin. Während Faribaa sie fotografierte, fragte sie sich, ob es Shirin gewesen war, die die IS-Kämpfer auf der Straße getötet hatte.

Faribaa winkte ihr zu, Shirin konzentrierte sich wieder auf ihre Aufgabe. Klar, dass sie nicht zurückwinken konnte, dachte Faribaa. Andere könnten die Bewegung sehen. Auch der IS hatte Scharfschützen.

Sie zoomte Shirins Gesicht heran, das einen harten Ausdruck angenommen hatte. Mit dem rechten Auge suchte Shirin durch das Zielfernrohr die Häuser ab, die die Straße begrenzten. Ihr linkes

Auge war nicht zusammengekniffen, sondern geöffnet, um Bewegungen in unmittelbarer Nähe wahrzunehmen. Die Haare hatte Shirin zu einem Zopf geflochten, ihre Augenbrauen waren gezupft, die Augenlider mit Kajal betont. Faribaa musste lächeln. Ihr fiel ein, dass sie sich seit Tagen die Haare nicht gewaschen und keinen Augenblick daran gedacht hatte, etwas für ihre eigene Körperpflege zu tun.

„Willst du?", hörte sie Dilans Stimme neben sich. Sie ließ die Kamera sinken und schaute ihn an. Dilan hielt ihr zwei Ohrstöpsel hin. Faribaa nahm sie und steckte sie sich in die Ohren.

„Halte am besten immer den Mund offen", riet Dilan ihr. „Wenn wir schießen, gibt es eine ordentliche Druckwelle."

„Worauf schießt ihr?", fragte Faribaa.

„Verschiedene Ziele", sagte Dilan und zuckte die Achseln. „Waffenlager, Kommandozentralen und sowas."

Faribaa schaute zuerst die Mörser an, dann in den Himmel. „Wie könnt ihr sie treffen, ohne sie zu sehen?"

„Wir haben die Koordinaten, danach richten wir uns."

„Geht das nicht besser mit Drohnen?"

Dilan lachte. „Du kennst dich ja schon ganz gut aus!" Er schüttelte den Kopf. „Nein, leider haben wir nicht genug Drohnen. Wir müssen es auf die alte Art und Weise machen."

Wenig später dröhnten die beiden Mörser los. Der Staub, der durch die Druckwelle aufgewirbelt wurde, drang Faribaa in Augen und Mund. Sie spuckte aus, ließ sich aber nicht weiter beirren und machte ihre Fotos.

Als die Mörser wieder verstummten, sprach Dilan in sein Sprechfunkgerät. Faribaa verstand nicht, was da gesprochen wurde, doch einen Moment später kam Dilan grinsend zu seinen Männern.

„Ziel zerstört", sagte er triumphierend. Sein Glücksmoment wurde zum Foto.

„Was habt ihr zerstört?", fragte Faribaa.

„Eine Kommandozentrale."

„Heißt das, dass jetzt niemand mehr da ist, der die Befehle gibt?"

„Kaum anzunehmen", erwiderte Dilan. Sein Grinsen verschwand. „Sie verkriechen sich in ihren Tunneln. Und es gibt etliche Kommandozentralen. Und auch Kommandanten. Vielleicht haben wir ein paar erwischt, vielleicht aber auch nicht. Diese Zentrale gibt es jedenfalls nicht mehr, mit allem, was darin war. Zumindest machen wir ihnen das Leben ein bisschen schwerer."

Die Mörser wurden entsprechend der nächsten Koordinaten ausgerichtet. Dilan schaute in den Himmel. „Der Wind hat zugenommen", stellte er nachdenklich fest und seufzte. Er überlegte einen Moment lang, während ihn seine Männer abwartend anschauten.

„Also gut", entschied er dann und atmete tief durch. „Feuer!"

Seine Männer zögerten nicht und feuerten. Sofort gab Dilan ihnen ein Zeichen, einzuhalten. Sie horchten in den Kampflärm hinein, der von überall kam. Fünf Sekunden. Zehn Sekunden.

„Scheiße!", stieß Dilan aus und ergriff das Funkgerät.

„Was ist denn los?", fragte Faribaa.

„Ziel verfehlt", sagte Dilan, und es war ihm anzusehen, dass da mehr war als nur Unzufriedenheit. Er entfernte sich ein paar Schritte.

„Woher willst du das wissen?", rief ihm Faribaa hinterher. Er drehte sich um.

„Es war nichts zu hören!"

Faribaa verstand nicht. „Aber es gibt überall Explosionen. Da kann man doch gar nicht unterscheiden ..."

„Es hätte eine große Explosion geben müssen! Wir haben ein Munitionslager unter Beschuss genommen!"

Er wandte sich wieder ab und sprach aufgeregt ins Funkgerät. Während er redete, schüttelte er die Papiere mit den Koordinaten, als könnte er sie in eine neue Ordnung bringen, aber die Koordinaten waren korrekt. Es war der Wind, der die Geschosse auf ihrem bogenförmigen Weg abgelenkt hatte. Er kam zurück und gab Befehl, die Mörser neu auszurichten.

„Was habt ihr denn getroffen?", fragte Faribaa.

Dilan atmete tief durch. „Andere Häuser", erwiderte er, ohne sie anzuschauen, und fügte nach einer kurzen Pause hinzu: „Kollateralschaden."

Faribaa blickte ernst. „Das heißt, es könnten Zivilisten ..."

„Der IS ist erbärmlich feige", unterbrach Dilan sie, schaute sie aber immer noch nicht an, sondern starrte auf die Mörser. „Seine Kämpfer verstecken sich zwischen ganz normalen Leuten und sie richten ihre Lager oder Kommandozentralen mitten in Wohngebieten ein. Sie benutzen die Menschen als Schutzschilde. Wenn man da nicht ganz genau das Ziel trifft ...", er wandte sich zu Faribaa um, „... dann sterben unschuldige Menschen."

Faribaa räusperte sich. „Vielleicht sind die Granaten ja irgendwo eingeschlagen, wo sie niemanden verletzt haben."

Dilan zeigte ein ironisches Lächeln. „Wir beschießen eine Stadt, in der zigtausend Menschen leben! Wenn eine Granate irgendwo explodiert, wo sie nicht explodieren soll, gibt es Tote."

Einen Moment lang, vielleicht eine Sekunde, war in seinem Gesicht eine hilflose Verzweiflung zu sehen, lange genug, um sie auf ein Foto zu bannen. Dann riss er sich zusammen, blickte lauernd in den Himmel und rief den Befehl zum Feuern. Angespannt warteten er und die anderen Kämpfer ab. Irgendwo gab es eine dumpfe Detonation, gefolgt von einer weiteren, dazwischen ein Heulen und schließlich eine gewaltige Entladung tödlicher Energie, als hätte ein Gott seine Faust in die Erde gerammt.

Die Kämpfer grinsten einander an, Dilan ballte die Faust. Er griff wieder zum Funkgerät und ließ sich bestätigen, dass das Munitionslager zerstört worden war. Wieder so ein Glücksmoment. Und Erleichterung.

„Das war eine heftige Explosion", meinte Faribaa. „Die stärkste, die ich bisher gehört habe."

Dilan ahnte, worauf sie hinaus wollte. „Du meinst, dass es dabei auch Unschuldige getroffen hat."

Faribaa nickte.

„Wir müssen uns nicht einreden, dass wir hier einen saube-ren Krieg führen mit chirurgisch genauen Angriffen", sagte Dilan mit ruhiger Stimme. „Wir haben das Ziel zerstört, wenn auch mit ... Kollateralschäden. Verstehst du den Unterschied?"

Faribaa schüttelte den Kopf.

„Die ersten beiden Granaten haben das Ziel verfehlt, weil ich den Wind falsch eingeschätzt habe. Wahrscheinlich sind unschuldige Menschen gestorben. Das ist etwas, das ich zu verantworten habe. Aber damit muss ich klarkommen. Die an-deren Granaten haben das Munitionslager zerstört. Ja, vielleicht sind Unschuldige gestorben, aber dadurch haben wir auch vielen, sehr vielen Menschen das Leben gerettet."

„Ich verstehe", sagte Faribaa. „Wenn es sich vermeiden lässt ..."

„Wir tun alles, um es zu vermeiden! Aber manchmal ..." Dilan machte eine hilflose Geste.

„Und wie kommst du damit klar, wenn es schiefgeht?" Faribaa stellte die Frage, ohne zu überlegen, und bereute es im gleichen Augenblick.

Dilan drehte seinen Kameraden den Rücken zu und ver-schränkte die Arme vor der Brust. „Wie ich damit klarkomme?", wiederholte er nachdenklich. „Gute Frage. Darüber habe ich noch nie nachgedacht. Irgendwie geht es schon. Ich meine, ich tue meine Pflicht. Was wäre, wenn ich es nicht täte? Wir können doch nicht einfach zusehen, wie der IS eine unmenschliche Diktatur errichtet! Das ist doch genauso wie ..." Er suchte nach einem Vergleich: „... wie mit diesem Hitler damals, der war doch auch verrückt!"

Faribaa fand den Vergleich zwar nicht unbedingt korrekt, sagte aber nichts dazu. Sie verstand, dass Dilan eine Rechtfer-tigung brauchte, die ihm seine Verzweiflung nahm, die sie noch wenige Minuten zuvor in seinem Gesicht erkannt hatte.

Diese Verzweiflung aber würde ihn sein Leben lang begleiten, irgendwo versteckt in seinem Inneren, vielleicht mal an die Oberfläche kommen und dann wieder in ihre Höhle zurückgedrängt werden, aber sie würde da sein. Immer.

Gegen Abend trafen vier weitere Kämpfer ein. Sie brachten Fladenbrot, ein wenig gekochtes, aber erkaltetes Fleisch, dazu zerstampfte Linsen, ebenfalls kalt. Sie sollten Dilans Gruppe verstärken und die Nacht über bleiben, damit die Stellung geschützt war.

„Wir schlafen hier?", fragte Faribaa überrascht.

„Natürlich", sagte Dilan. „Wir können die Geschütze hier nicht einfach unbewacht stehen lassen! Hat Dawer dir das nicht gesagt?"

„Nein, das wusste ich nicht."

„Irgendein Problem damit?"

„Nein, ich … Ich habe gar keine Decke mitgebracht."

„Wir haben genug Decken. Der Schlafplatz ist dort." Dilan deutete auf das Erdgeschoss des Hauses, in dem sich Shirin befand.

„Okay", sagte Faribaa langsam und biss sich auf die Unterlippe. Sie hatte damit gerechnet, wieder zum Zelt zurückzukehren.

„Und wenn es nicht warm genug ist, kannst du ja ein wenig näher rücken", grinste Dilan und zuckte mit den Schultern.

„Ja, das könnte dir so passen. Wo schläft Shirin?"

„Bei uns. Sofern sie keine Wache schiebt."

Faribaa seufzte. „Ich werd´s überleben."

„Natürlich. Wir sind ja bei dir."

Es wurde schnell dunkel. Sie aßen, dann wurden die Wachen eingeteilt. Faribaa war müde und zog sich in das Haus zurück, wo in zwei großen Räumen die Schlafplätze eingerichtet waren. Auch ein Teil der Ausrüstung – Munition, Handgranaten, Splitterwesten – lag dort und diente einigen der Kämpfer als Kopfkissen. Faribaa setzte sich auf ihre Decke und schaute sich die Fotos an, die sie während des Tages geschossen hatte, und nahm kaum wahr, wie sich fünf der jungen Männer in ihre Decken einrollten, zur

Seite drehten und nach wenigen Minuten eingeschlafen waren.

Das Licht des kleinen Kamerabildschirms war die einzige Beleuchtung des Raums, und Faribaas Gesicht wirkte gespenstisch in der sie umgebenden, schwarzen Leere. Die Kämpfe waren abgeebbt, doch wurde immer wieder geschossen. Die Schüsse wirkten wie Stiche in der Nacht, einzeln wahrnehmbar und klar, nicht wie der Lärmbrei während des Tages.

Faribaas Augen brannten vor Erschöpfung. Sie schaltete die Kamera ab und starrte in die Dunkelheit hinein. Regelmäßige Atemzüge der Kämpfer, manchmal ein leises Schnarchen, und die Schüsse, von denen sie sich nicht bedroht fühlte. Dennoch konnte sie noch nicht schlafen. Der Boden war hart und kalt, sie fror.

Die Wachen wechselten, aber im flüchtigen Licht der abgedeckten Taschenlampen konnte sie nicht erkennen, ob Shirin unter denen war, die sich hinlegten. Sie hätte sie gefragt, ob sie zusammenrücken könnten.

Irgendwann schlief sie dann doch ein, aber als sie von den Bewegungen im Raum noch vor Sonnenaufgang geweckt wurde, hatte sie den Eindruck, dass sie nicht mehr als ein paar Minuten weggenickt war. Als die erste Morgendämmerung ins Haus drang, erkannte sie Shirin, die sich aus einer Decke schälte, unter der sie mit einem der jungen Männer geschlafen hatte.

Die Kämpfer bereiteten sich auf den Tag vor, prüften ihre Waffen, tranken heißen Tee und aßen wieder Fladenbrot, diesmal mit Tomaten und Käse. Auch Faribaa bediente sich.

Es wurde nicht viel geredet, und jeder schien zu wissen, was er zu tun hatte. Als Shirin neben sie trat, warf Faribaa ihr einen fragenden Blick mit gerunzelter Stirn zu und wies leicht mit dem Kopf auf den jungen Mann, neben dem sie die Nacht verbracht hatte.

Shirin zuckte die Achseln und lächelte. „Männer haben nachts mehr Hitze als Frauen", flüsterte sie, damit die anderen sie nicht hörten. „Mehr nicht, keine große Sache."

Es wurde lauter. An mehreren Stellen der Stadt wurden neue

Angriffswellen gestartet. Dilan sprach in sein Funkgerät, Befehle wurden gerufen. Zwei Kämpfer postierten sich am Eingang einer Gasse, die Waffen schussbereit. Zurufe, leichte Nervosität, schließlich erleichtertes Lachen. Agit erschien, das Maschinengewehr quer über die Schulter gelegt, hinter ihm folgte seine Gruppe.

„Ich dachte, du wärst nach vorne verlegt worden", grüßte Faribaa ihn. „Für den Häuserkampf."

„Das war gestern", erwiderte Agit fast fröhlich und mit lauter Stimme. „Einen ganzen Block konnten wir einnehmen! Und jetzt ...", er schaute sich skeptisch um und wurde leiser, während Dilan zu ihnen trat, „... scheint vorne hier zu sein."

Dilan lächelte ihm zu, und beide entfernten sich. Doch Agit drehte sich noch einmal um. „Aber eigentlich bin ich nur gekommen, weil ich Sehnsucht nach dir hatte."

Faribaa lachte, aber seine Worte klangen in ihren Ohren nach. Wenn „vorne" nun „hier" war, bedeutete dies, dass sie sich an der unmittelbaren Front befand?

Nach wenigen Minuten kamen Dilan und Agit zurück und riefen die Kämpfer zusammen. Rasch wurden sie an strategische Punkte verteilt. Jeder griff sich ausreichend Munition. Wer noch keinen Helm trug, setzte ihn jetzt auf.

Kurz nach Sonnenaufgang hatte eine Aufklärungsdrohne eine etwa zwanzig Mann starke IS-Einheit ausgemacht, die sich offenbar von Westen her auf die Mörserstellung zu bewegte. Zwei Kampfhubschrauber hatten sie beschossen, aber sie waren in einem Gebäude verschwunden und an anderer Stelle wieder aufgetaucht. Dilan kam zu Faribaa gelaufen.

„Du gehst vielleicht besser ins Haus", sagte er mit einer Mischung aus Aufregung und Besorgnis.

Faribaa spürte, wie sich ihr Magen zusammenzog, ihr Mund war plötzlich staubtrocken, ihre Hände zitterten. „Werden wir ... angegriffen?"

„Wahrscheinlich", antwortete Dilan. „Und es ist zu spät, um

dich von hier wegzubringen.“

„Kommen sie durch Tunnel?“ Faribaas Atem raste.

„Den einzigen Tunnel, den wir hier in der Nähe entdeckt haben, haben wir gesprengt, etwa fünfzig Meter von hier. Sie müssen uns also frontal angreifen.“

Faribaa lief ins Haus. Sie setzte sich auf den Boden und lehnte sich an die Wand. Ihr wurde übel, aber sie überwand das Bedürfnis, sich übergeben zu müssen. Sie konzentrierte sich auf ihren Atem, sog die Luft durch die Nase ein und stieß sie durch den Mund wieder aus. Sie beruhigte sich ein wenig.

Aus der ersten Etage kam Shirin herunter und griff einen Helm, eine Pistole und zwei Granaten. Bevor sie wieder nach oben lief, warf sie Faribaa ein gezwungenes Lächeln zu. „Alles in Ordnung?“

„Geht schon“, sagte Faribaa nur.

„Willst du raufkommen zu mir?“

„Dilan hat gesagt, ich soll hier im Haus bleiben.“

Shirin zuckte die Achseln. „Dort oben ist auch hier im Haus.“

Faribaa überlegte einen Augenblick und sah sich um. Hier unten war sie allein. Niemand würde ihr sagen können, was sie tun musste, wenn das Haus unter direkten Beschuss kam. Sie würde nicht einmal wissen, wohin sie fliehen sollte, wenn es nötig war.

„Ich komme mit“, sagte sie und erhob sich entschlossen. Sie griff ihre zweite Kamera und ein weiteres Objektiv und folgte Shirin hastig in die erste Etage. Dort waren an allen Wänden Sandsäcke gestapelt, und aus Sandsäcken war auch die kleine Burg mitten im Raum, in der Shirin ihr Scharfschützennest eingerichtet hatte. Faribaa hockte sich neben sie.

Shirin klemmte sich hinter ihr Präzisionsgewehr, die Pistole und Granaten legte sie an ihrer linken Seite ab, auf ihrer rechten lag eine Maschinenpistole. Ihre Bewegungen waren ruhig und sahen nach Routine aus, was Faribaa half, sich wieder in den Griff zu bekommen.

„Kann ich schauen?“, flüsterte sie schließlich.

Shirin nickte kaum merklich. „Solange du in Deckung bleibst und dich nicht zeigst. Beweg dich langsam."

Vorsichtig beugte Faribaa sich vor und lugte zwischen zwei Sandsäcken hindurch auf die Straße, in der noch immer die Toten lagen, deren Bäuche inzwischen bis zum Bersten aufgebläht waren. Glücklicherweise stand der leichte Wind günstig, so dass er den Gestank nicht herüberwehte.

„Hast du Angst?", fragte sie.

„Nein", gab Shirin kurz zurück ohne sie anzuschauen. „Du?"

Faribaa atmete tief durch. „Ich glaube ja."

„Wir werden das Ding schon schaukeln."

Über eine Stunde harrten sie so aus, als plötzlich das Funkgerät knisterte, das neben Shirin lag. Jemand meldete knapp, dass westlich der Mörserstellung Bewegung aufkam.

Faribaa wurde nervös. „Von Westen?"

„Links von uns", sagte Shirin, ohne die Straße vor ihnen aus den Augen zu lassen, und presste den Gewehrschaft an ihre Schulter.

Fast gleichzeitig brach das Gefecht los, höchstens achtzig bis hundert Meter von ihnen entfernt, irgendwo zwischen den Häusern. Faribaa zuckte zusammen und rutschte hinter die Sandsäcke. Instinktiv hielt sie sich den Mund zu.

„Das sind unsere Jungs", sagte Shirin mit heiserer Stimme. „Das Empfangskomitee." Faribaa glaubte ein leichtes Lächeln in ihren Mundwinkeln zu sehen. Wie konnte Shirin nur so ruhig bleiben?

Faribaa streckte ihre Finger aus, das Zittern war unübersehbar. Sie griff ihre Kamera, wechselte mit fahrigen Händen das Normalobjektiv gegen ein leichtes Zoom aus und schaute durch den kleinen Bildschirm auf die Straße. Ein paar Vögel ließen sich durch den nahen Kampflärm nicht stören und pickten an den Leichen herum. Dann ließ irgendetwas sie erschrecken, und sie flogen davon.

Mit einer kaum wahrnehmbaren Bewegung nahm Shirin das Funkgerät, während ihre rechte Hand das Gewehr hielt. „Hier

Mörser Sieben. Kontakt auf Leichenallee", sagte sie. „Etwa einhundertzwanzig Meter links."

Ein paar Sekunden lang nur leises Rauschen. „Wo?", fragte dann jemand. „In welchem Haus?"

Shirin schaute durch das Zielfernrohr und suchte nach einem Merkmal, das das lehmfarbene Haus von den anderen unterschied. „Gitter vor den Fenstern unten, kaputter Blumentopf vor dem Eingang."

Faribaa suchte durch ihre Kamera und zoomte das Haus heran. „Leichenallee?", fragte sie, während sie aufgeregt durch den Mund atmete.

„Haben wir so getauft. Oder fällt dir ein besserer Name ein?"

Faribaa schüttelte den Kopf. „Aber ich sehe dort nichts."

„Abwarten", sagte Shirin nur. „Hauseingang."

Minutenlang tat sich nichts, während weiter westlich geschossen wurde. Handgranaten explodierten.

„Mörser Neun bestätigt Kontakt", kam es aus dem Funkgerät.

„Kannst du sehen, wie viele es sind?", fragte Shirin.

„Bisher sehe ich zwei."

„Ich sehe immer noch nichts", sagte Faribaa.

„Mörser Neun ist etwa achtzig Meter weiter vorne auf der rechten Seite", erklärte Shirin. „Er hat einen besseren Blickwinkel."

„Hast du ein freies Schussfeld?", fragte sie dann ins Funkgerät hinein.

„Nein, noch nicht. Bist du bereit?"

„Immer!"

Wieder angespanntes Warten. Faribaa lauerte durch die Kamera, Shirin durch das Zielfernrohr. Als Mörser Neun das Haus unter Beschuss nahm, zog Faribaa kurz den Kopf zwischen die Schultern, beugte sich dann aber nach vorne und drückte auf den Auslöser. Sie sah Staub, vom Haus splitterte Gestein ab.

Die IS-Kämpfer erwiderten das Feuer. Aus der Eingangstür und den beiden Fenstern blitzten die Mündungsflammen der Kalaschnikows auf. Zuerst einzelne Feuerstöße, dann wütendes Dauerfeuer. Aus der Eingangstür stürzte brüllend ein Kämpfer auf die Straße und lief auf das Haus zu, in dem sich Mörser Neun befand. Kurz bevor er es erreichte, schoss ihm Shirin in die Brust. Er kippte nach hinten und blieb reglos liegen. Shirin lud nach.

„Wow!", entfuhr es Faribaa. Ihr Kreislauf war mit Adrenalin überschwemmt. „Du hast ihn erschossen!"

„Hätte ich ihn zum Haareschneiden einladen sollen?"

Faribaa lachte kurz auf. Dann visierte sie wieder das Haus der IS-Kämpfer an.

Dort waren in den Fenstern für den Bruchteil einer Sekunde zwei schwarz vermummte Gesichter zu sehen, die in ihre Richtung blickten und sofort wieder verschwanden. Mörser Neun gab weitere Schüsse ab. Die IS-Kämpfer antworteten mit Dauerfeuer.

Wieder sprang jemand auf die Straße, rannte jedoch nicht weiter, sondern hockte sich nieder und brachte eine Panzerfaust in Anschlag, er zielte auf Shirins Nest. Doch bevor er die Granate abschießen konnte, stob um ihn herum der Straßenstaub auf. Die Panzerfaust entglitt seinen Händen, er sackte in sich zusammen. Mörser Neun hatte ihn mit einer Salve erwischt, aber er bewegte sich noch. Mühsam richtete er sich wieder auf, während Mörser Neun das Feuer aus dem Haus erwiderte. Shirin schoss, der mit der Panzerfaust lag still.

Faribaa drückte auf den Auslöser wie im Fieber. An die Stelle der Angst war längst eine Art Hochgefühl getreten, eine Euphorie, bei dieser historischen Schlacht dabei zu sein und möglichst viel dokumentieren zu können. Sie wechselte die Kamera, robbte aus Shirins Burg und kroch hinter die Sandsäcke direkt unter einem der Fenster. Sie drehte sich um, machte einige Aufnahmen von Shirin, wie sie durch das Zielfernrohr schaute, völlig konzentriert, schießend und nachladend in einer fließenden Bewegung, und fotografierte dann durch das Fenster.

Inzwischen wurde an mindestens drei Orten in unmittelbarer Umgebung geschossen. Aber der Kampflärm kam nicht näher. Die Peschmerga hielten den IS auf Distanz. Auf der Leichenallee wurde es still, kleine Staubwolken stiegen auf.

„Kontakt verloren", meldete Mörser Neun.

„Wo sind sie hin?", fragte Shirin.

„Wahrscheinlich in die Tunnel. Irgendwo muss es noch einen Zugang geben."

„Sind sie abgehauen?"

„Schwer zu sagen. Aber ich würde nicht davon ausgehen."

Also wieder abwarten, während die Intensität der anderen Kämpfe um die Mörserstellung zunahm. Eine heftige Explosion ließ den Putz von der Decke rieseln, die Druckwelle war bis zu den Sandsäcken zu spüren.

„Jetzt kommen die Selbstmörder", raunte Shirin.

Faribaa verstand und kehrte in die Burg zurück. Wieder wechselte sie die Kamera und beobachtete durch das Zoom die Straße.

„Kontakt!", meldete Mörser Neun plötzlich. „Verdammt! Fast gegenüber!"

„Ich sehe nichts!", sagte Shirin. „Welches Haus?"

„Eingestürztes Dach! Ausgebranntes Moped davor! Ein halbes Dutzend Kämpfer!"

Shirin visierte das Haus an, doch die IS-Kämpfer blieben in Deckung. „Sie sind direkt bei dir", sagte sie.

„Dreißig, vierzig Meter von ..."

Ein Höllenlärm hob an, der Mörser Neun das Wort abschnitt. Die IS-Kämpfer nahmen ihn unter Feuer, und Shirin konnte das schwere Maschinengewehr heraushören, dessen Kugeln seine Deckung durchsiebten.

„Scheiße!", schrie sie und suchte vergeblich nach einem Ziel. Der Feind zeigte sich nicht. Ein Teil der Fassade des Hauses, in dem sich Mörser Neun befand, brach herunter. Die Angreifer warfen eine Rauchgranate auf die Straße und stellten das Feuer ein.

„Mörser Neun! Rückzug!", rief Shirin ins Funkgerät. Doch Mörser Neun antwortete nicht. Die Rauchgranate hatte vor dem Haus der Angreifer inzwischen die gesamte Breite der Straße eingenebelt.

„Hier Mörser Sieben." Shirin atmete jetzt aufgeregt durch den Mund. „Brauche Verstärkung! Etwa sechs Angreifer! Mörser Neun antwortet nicht!"

Durch das Funkgerät waren Rufe und Schüsse zu hören. „Wird in zwei Minuten bei dir sein", hörte sie dann Dilans Stimme.

„Geht´s auch in einer Minute?"

„Ist unterwegs. Du hast das im Griff!"

Shirin schloss für einen Moment die Augen und atmete tief durch. „Ich hab´ das im Griff!"

Im Nebel sah sie schemenhafte Bewegungen, konnte aber kein Ziel ausmachen.

„Glaubst du, er ist tot?", fragte Faribaa leise und ohne die Straße aus den Augen zu lassen.

„Ich weiß es nicht. Aber wenn er nicht antwortet ..."

„Vielleicht ist sein Funkgerät kaputtgegangen."

„Er hat das Feuer nicht mehr erwidert."

Dann brach plötzlich ein Inferno über sie herein. Überall schlugen Kugeln ein, abgesplittertes Gestein prasselte auf sie herab. Instinktiv duckten sich die beiden Frauen hinter die Sandsäcke. Faribaa entfuhr ein Schrei. Aus dem Nebel heraus schossen die IS-Kämpfer mit allem, was sie hatten.

Shirin brauchte einige Sekunden, bis sie begriff, dass die meisten Kugeln etwa einen Meter über ihnen einschlugen. Die anderen wurden von der Sandsackmauer unter den Fenstern aufgehalten. Sie ging wieder in Stellung und zielte in den Nebel hinein. Bevor er sich lichtete, riss eine Gestalt den Schleier auf und rannte, ein wenig schwerfällig, doch immer wieder die Richtung wechselnd, auf das Scharfschützennest zu. Er brüllte unentwegt sein *Allah Akkbar* und kam rasch näher.

Shirin folgte seinen Bewegungen mit dem Gewehr und drückte ab. Der Selbstmörder rannte weiter. Ein zweiter Schuss, während ununterbrochen die Kugeln im Haus einschlugen. Noch vierzig Meter. Fünfunddreißig ...

Der dritte Schuss löste die Explosion aus. Eine heftige Druckwelle erfasste das Haus, ein Teil der Decke brach ein, beide Frauen krümmten sich zusammen und schützten ihre Köpfe mit den Armen.

Die anderen IS-Kämpfer in der Straße hatten das Feuer eingestellt, wahrscheinlich hatten auch sie von der Explosion etwas abbekommen. Shirin lugte über die Sandsäcke. Auf der Straße, dort, wo eben noch der Selbstmörder gelaufen war, befand sich eine Delle mit schwarzen Rändern. Auf der gleichen Höhe waren zu beiden Seiten die Fassaden der Häuser eingestürzt.

Auch Faribaa wagte es, sich wieder aufzurichten. Wie Shirin war sie über und über mit Staub bedeckt. Sie legte die Kamera auf die Sandsäcke, aber der Bildschirm zeigte ihr nur verschwommene Schemen. Mechanisch öffnete sie ihre Tasche, holte ein Tuch hervor und putzte die Linse.

„Alles in Ordnung?", fragte Shirin, ohne sie anzuschauen.

„Ich hoffe es", sagte Faribaa und hustete. „Meine Ohren ..."

„Das geht vorbei."

Noch bevor sich der Staub in der Straße gelegt hatte, nahmen die Angreifer das Feuer wieder auf. Überall schlugen Kugeln ein. Mit stoischer Ruhe suchte Shirin ein Ziel und schoss. Ein Körper fiel aus dem Hauseingang, doch bevor sie nachladen konnte, wurde er ins Haus gezogen.

„Wo bleibt meine Verstärkung?", rief sie ins Funkgerät und feuerte. Zumindest konnte sie die Angreifer auf diese Weise noch einige Minuten aufhalten.

„Bin gleich bei dir", keuchte jemand.

„Bist du das, Agit?"

„Natürlich bin ich das! Wer sonst sollte einer schönen Frau

den Arsch retten?"

Shirin musste grinsen, schoss, lud nach. Das Feuer der Angreifer ließ nach, sie kamen nur kurz aus der Deckung hervor, gaben eine Salve ab und verschwanden wieder. Manchmal hielten sie ihre Kalaschnikows auch einfach nur aus dem Fenster und feuerten blind in Richtung des Ziels.

Plötzlich platzte der Sandsack neben Shirins Kopf auf. Ehe sie begriff, was geschehen war, stob ein weiteres Mal Sand aus dem groben Stoff hervor, kaum eine Handbreit neben ihrem Gesicht.

„Runter!", schrie sie, griff Faribaa an der Schulter und zog sie zu sich herunter. Faribaa begriff nicht und schaute sie aus großen Augen an.

„Scharfschütze!", rief Shirin ins Funkgerät. „Hat mich lokalisiert!"

„Weißt du, wo er sitzt?", fragte Agit.

„Nein! Jedenfalls ist er nicht bei den anderen!"

„Ich bin im Haus. Soll ich zu dir hochkommen?"

„Bleib, wo du bist! Kannst du die Straße überblicken?"

„Ja. Ich werde denen eine Lektion erteilen!"

„Nein, warte! Wir müssen zuerst den Sniper ausschalten! Er muss irgendwo am Ende der Straße sein!"

„Und du willst den Lockvogel spielen?"

„Fällt dir was Besseres ein?"

„Eigentlich sollte ich ..."

„Bereit?"

„Bereit!"

Shirin schaute Faribaa an und atmete stoßartig aus. Sie lehnte sich an die Sandsäcke, direkt neben der Stelle, an der sie ihre Ziele anvisiert hatte. Noch einmal atmete sie tief durch. Dann zeigte sie für den Bruchteil einer Sekunde ihren Kopf und duckte sich sofort wieder weg. Sand spritzte auf. Diesmal hätte sie der Schütze erwischt.

„Zwölf Uhr, erster Stock!", rief Agit. Im gleichen Augenblick brüllte sein Maschinengewehr los. Agit hatte das Mündungsfeuer des Scharfschützen erkannt, etwa dreihundert Meter entfernt, und ließ den Abzug erst wieder los, als der Patronengurt leergeschossen war. Mit fliegenden Händen legte er einen neuen ein und schoss auch diesen leer. Das Haus am Ende der Straße war eingehüllt in eine Wolke aus Staub und Rauch. Es hatte eine kleine Explosion gegeben, vielleicht Munition, vielleicht auch nur eine Gasflasche, die Agit getroffen hatte.

Shirin brachte ihr Gewehr in Anschlag und zielte auf das Haus, das von Kugeln durchsiebt war. Wenn der Scharfschütze dort gelegen hatte, dann war er jetzt tot.

„Ich glaube, du hast ihn erwischt", sagte sie.

„Nehmen wir uns die anderen vor!", erwiderte Agit.

Aber aus der Straße kamen keine Schüsse mehr, die IS-Kämpfer hatten sich zurückgezogen. Auch westlich der Mörserstellung war es still geworden. Der Angriff war abgewehrt.

Shirin und Faribaa stiegen hinunter zu Agit, der sein Maschinengewehr geschultert hatte und gerade vors Haus treten wollte. Er drehte sich zu den beiden Frauen um. Kein Grinsen, kein Triumph, kein Flirten. Sie traten schweigend nach draußen, wo auch die anderen zusammenkamen und sich in den Schatten setzten. Viele schlossen einfach nur die Augen oder starrten blicklos vor sich auf die Erde. Verletzte wurden versorgt, zwei Tote wurden herangetragen und auf den Boden gelegt, junge Gesichter, auf die jetzt die Sonne schien.

Shirin stellte ihr Gewehr ab. „Willst du eine Zigarette?", fragte sie Faribaa tonlos.

Faribaa nickte, während sie ihre Kamera umklammert hielt. Shirin ging zu einem der Männer und bat ihn um zwei Zigaretten. Als sie zurückkam, gab sie Faribaa ein Zeichen mit dem Kopf. Sie entfernten sich ein wenig von den anderen und suchten sich einen Platz, wo sie allein waren. Shirin holte ein Feuerzeug aus ihrer Hosentasche, entzündete eine Zigarette und gab sie an Faribaa weiter, dann zündete sie sich selbst eine an. Beide inhalierten tief.

„Du warst tapfer heute", sagte Shirin.

Faribaa blickte auf ihre Kamera und drehte am Zoom, dann schaute sie Shirin an. In ihren Augen standen Tränen.

Shirin lächelte sie an und seufzte. Dann nahm sie Faribaa in die Arme. Beide Frauen weinten stumm.

17

Richard arbeitete nun seit mehr als einem Jahr in Gaziantep und hatte sich gut eingelebt. Seine Nachbarn waren freundlich, der Friseur an der Ecke machte ihm einen ordentlichen Haarschnitt und entfernte ihm auch regelmäßig die Haare an den anderen sichtbaren Stellen, selbst wenn dies mitunter ein wenig schmerzhaft war. Er bot Richard einmal eine Maske an und deutete auf den Kunden auf dem Stuhl neben ihm, dessen Gesicht mit der grünen Masse verspachtelt war, aber das schien Richard nun doch übertrieben. Haare schneiden, nur das Standardprogramm. Tamam.

Zwei Häuser weiter hatte eine Autovermietung aufgemacht, deren Besitzer seine Kindheitsjahre in Deutschland verbracht hatte. Manchmal traf Richard ihn vor dem Haus und wechselte ein paar Worte mit ihm. Dann kamen der Friseur und der Ladenbesitzer und stellten sich rauchend dazu. So kam eine Art Gespräch in Gang, und Richard konnte dank des übersetzenden Autovermieters ein wenig erzählen.

Als er sich eines Morgens zum Büro aufmachte, war sein Auto von einer dicken Staubschicht bedeckt. Der Himmel war nicht blau, sondern gelb, fast schien er elektrisch geladen. Die Luft schmeckte merkwürdig nach etwas, das Richard nicht kannte, es war stickig, wenn auch kalt. Er schaute sich um, aber es war keine neue Baustelle in der Nähe, die all diesen Dreck hätte verursachen können.

Im Büro erfuhr Richard, dass man es mit den Auswirkungen ein
nes Sandsturms in Syrien zu tun hatte. Der feine Sand wurde bis
weit in die Türkei geweht und legte sich nicht nur auf die Autos,
sondern auch auf die Lungen. Şaban empfahl, die Fenster geschlossen zu halten und draußen einen Mundschutz zu tragen, solange
der feine Staub das Atmen beeinträchtigte, wahrscheinlich ein paar
Tage lang.

Şaban war es auch, der während der wöchentlichen Besprechung mit den Abteilungsleitern darüber informierte, dass der
Präsident nun Ernst damit machte, das Präsidialsystem in der Türkei einzuführen. Das war im Prinzip erst einmal keine große Sache.
Die USA hatten eines und Frankreich auch, das türkische allerdings sollte ein ganz anderes sein.

„Das neue System würde dem Präsidenten unumschränkte
Macht geben", erklärte Şaban. „Das Parlament hätte so gut wie
keine Kontrollmöglichkeiten mehr. Und er könnte Minister und
Richter nach seinem Ermessen einsetzen oder absetzen."

„Einfach so?", fragte George.

„Ja, einfach so."

„Wie ein Diktator?"

Şaban konnte sich ein Grinsen nicht verkneifen. „Na ja, er wäre
halt ... ein Präsident mit erweiterten Befugnissen."

„Und wie will er das schaffen?", fragte Leon. „Das kann er doch
nicht im Alleingang durchsetzen."

„Er hat das schon bei den Wahlen in Zweitausendfünfzehn versucht, ist aber damit gescheitert", sagte Şaban. „Aber er hat selbst
vor einiger Zeit gesagt, dass der Putschversuch das Beste war, was
ihm passieren konnte. Jetzt ist die Stimmung im Land günstig dafür. Er will ein Referendum abhalten lassen."

„Braucht er dafür nicht die Zustimmung des Parlaments?"

„Ja, braucht er."

„Das wird die Opposition doch nicht zulassen", meldete sich
Christian.

„Teile der Opposition sitzen im Gefängnis, die können nicht abstimmen."

„Das ist ja praktisch. Muss ich mir merken."

Şaban lachte. „Und er wird die Rechtsnationalen auf seine Seite ziehen. Dann wird er leichtes Spiel haben."

„Also doch ein Diktator", schlussfolgerte George. „Wie will er denn damit in die Europäische Union einziehen?"

„Vielleicht will er das ja gar nicht mehr", warf Richard ein.

„Das ist jedenfalls nicht seine Priorität", sagte Şaban. „Er will die Türkei groß machen, sie soll eine Führungsrolle in der ganzen Region übernehmen."

„Und wann soll das Referendum stattfinden?"

„Wahrscheinlich im April nächsten Jahres. Im Januar soll das Parlament abstimmen."

„Ich bin in Chile geboren und habe die ersten sechs Monate meines Lebens unter Pinochets Diktatur verbracht", sagte Christian. „Also, ich fand´s gar nicht so schlimm." Er zog die Augenbrauen hoch und grinste.

„Und nach den sechs Monaten?", fragte Jakob.

„Da sind wir nach Spanien gezogen. Aber da war der spanische Diktator schon weg."

„Du kannst uns gerne deine Lebensgeschichte bei einem Bier erzählen", sagte Richard und wandte sich an Şaban. „Hat das irgendwelche Konsequenzen für unsere Arbeit?", fragte er.

„Vorerst nicht", erwiderte Şaban. „Aber man sollte sich zurückhalten mit Diskussionen über Diktatur und solche Sachen. Man weiß nie, wer mithört."

„Also gut", sagte Richard und beendete das Thema damit. Es lagen noch andere Besprechungspunkte auf dem Tisch, die zwar weniger von geopolitischem Interesse waren, die aber für das Team, das sich eher mit den Notwendigkeiten des Heute und Morgen beschäftigte anstatt mit denen des Übermorgen, ebenso dringend waren, da das Jahr zu Ende ging. Und damit begann für

Richard und sein Team die Hauptsaison fürs Berichteschreiben. Er war für den Jahresbericht zuständig. Und natürlich sollte alles so positiv wie möglich dargestellt werden, schließlich wollte man das Material auch für die Öffentlichkeitsarbeit verwenden, und die Öffentlichkeit, die im weiteren Sinne die Projekte finanzierte, wollte Erfolge sehen.

Berichte schreiben, gewiss war dies keine von Richards Lieblingsbeschäftigungen. Er hasste es, Berichte zu schreiben, nicht nur am Jahresende. Da gab es noch Monatsberichte über die Projekte, Vierteljahresberichte, Halbjahresberichte, Evaluierungsberichte, Berichte der internen Audits, der externen Audits und so weiter. Die Liste schien unendlich. Und die Berichte waren nur eines von vielen Selbstbeschäftigungsritualen, denn es galt der Grundsatz, dass je größer eine Organisation war, desto mehr beschäftigte sie sich mit sich selbst.

Auch jetzt konnte nichts darüber hinwegtäuschen, dass der Job des Direktors einer humanitären Organisation nicht darin bestand, Hilfspakete an notleidende Kinder zu übergeben – obwohl dies fürs Fotoshooting natürlich auch mal passierte –, sondern aus einem nicht sonderlich attraktiven Büroraum der Zentrale in Deutschland Erfolgsstorys mit beeindruckenden Zahlen zu liefern.

Und sie lieferten. Der Laden brummte halt. Jetzt, da der Winter vor der Tür stand, verteilten sie nicht nur Geldkarten oder medizinische Güter, sondern auch Öfen und Heizmaterial. In Mardin hatten sie dafür einen Eselstreiber engagiert, dessen geduldige Lasttiere Öfen, Kohle und Holz durch die engen Gassen der Altstadt bis vor die Haustür der Empfänger trugen, sehr lebensnah, sehr PR-geeignet. Kerstin schickte Dutzende Fotos.

Für die Flüchtlinge war der Winter die elendigste Zeit des Jahres. Wer keine Möglichkeit hatte, bei Temperaturen um null Grad und darunter zu heizen oder sich zumindest nachts in mehrere Decken einzuwickeln, lief Gefahr, zu erfrieren. Besonders gefährlich wurde es für Neugeborene. Jeden Tag wurden syrische Kinder ins

Flüchtlingsdasein geboren. Die einen hatten Glück, die anderen ... Am Ende dieses Winters sollte Richard in den Berichten der Vereinten Nationen lesen, dass unter den Flüchtlingen in der Türkei fünfunddreißig Neugeborene erfroren waren. Dort stand Zahlenkolonne neben Zahlenkolonne, säuberlich unterschieden zwischen Provinzen, Distrikten, Geschlecht und anderen Kriterien. Berichte konnten brutal sachlich sein.

Um noch größere Tragödien zu verhindern, legten die humanitären Organisationen zusätzliche Sonderprojekte auf. Auch Richards Organisation bereitete mehrere Initiativen vor und hatte dem Auswärtigen Amt in Deutschland ein paar Vorschläge unterbreitet. Dort, in Berlin, saß ein junger Referent, kompetent und gradlinig, der sie ohne großen Firlefanz seiner Chefin zur Finanzierung empfahl. Er kannte die Region, die Verhältnisse vor Ort und Richards Organisation. Er wusste, was sie brauchten, was die Flüchtlinge brauchten. Und er wusste auch, dass er sich auf Richard und dessen Kollegen verlassen konnte. Wenn er also Bürokratie vermeiden konnte, dann tat er das. Das Geld war innerhalb von zehn Tagen überwiesen.

UNICEF fragte bei Richard an. Sie verteilten doch Geldkarten, oder? Hatten also Erfahrung mit der Identifizierung der Bedürftigen, die Geldkarten entsprechend aufzuladen, die Märkte, in denen sie verwendet werden konnten, vorzubereiten, die Nachkontrolle durchzuführen? Vier Millionen Dollar wollte UNICEF in fünf Monaten unter die Leute bringen, siebentausend Haushalten dazu verhelfen, den Winter zu überstehen. Auf den Karten sollte das UNICEF-Logo neben dem von Richards Organisation stehen. Klar, sah das gut aus, aber Richard hätte das Projekt auch ohne diesen PR-Köder gemacht. Die Flüchtlinge brauchten die Hilfe. Das Problem: Der Winter hatte bereits angefangen.

Richard setzte sich mit Jakob, Philip, George und Fidan zusammen, um die nötigen Fragen zu klären. Konnten sie so schnell die notwendigen Leute rekrutieren? Hatte die Finanzabteilung genug

Kapazitäten? Konnte die Logistik die Ausschreibung und Vertrags-
verhandlungen mit einem Kartenanbieter rechtzeitig abschließen?
Brauchten sie einen neuen Projektleiter, oder konnte Jakob übernehmen?

„Das ist zu viel für mich!", blockte Jakob sofort. „Das ist mehr
als ein Full-Time-Job! Da brauchen wir jemanden, der das einfach
nur durchzieht."

„National oder international?", fragte Richard.

„Ein Internationaler braucht ein Arbeitsvisum. Darauf können
wir nicht warten."

„Fidan?"

„Ich kann die Stelle heute noch ausschreiben", sagte Fidan und
machte sich eine entsprechende Notiz.

Richard schaute George fragend an. „Für den Kartenanbieter
kann ich den Text der letzten Ausschreibung verwenden", sagte
der. „Das kann ich auch heute erledigen. Und ich werde nur in der
Türkei ausschreiben, sonst dauert es Ewigkeiten."

„Das Volumen der Ausschreibung beträgt vier Millionen Euro.
Dazu brauchst du die Genehmigung der Zentrale in Deutschland."

„Werde ich beantragen. Das Schreiben bekommst du gleich zur
Unterschrift."

Richard schaute Philip an. „Brauchen die Finanzen was?"

„Ich denke, das schaffen wir mit unseren Leuten", meinte Philip.
„Ich muss mal sehen, wem ich das gebe."

„Sonst noch was?", fragte Richard in die Runde.

Kopfschütteln. Alle erhoben sich. Manchmal musste es halt
schnell gehen. Das bedeutete ziemlich viel Arbeit in ziemlich kurzer Zeit, Arbeit abends und am Wochenende. Wieder mal. Aber der
Winter wartete nicht. Er kam und warf seine Kälte übers Land.

Am folgenden Tag kam Jakob in Richards Zimmer, blies die Ba-
cken auf und ließ müde die Schultern hängen. „Manchmal weiß ich
echt nicht, ob ich lachen oder heulen soll", sagte er und setzte sich
seufzend an den Besprechungstisch.

„Ich bin ganz Ohr", sagte Richard und setzte sich zu ihm.

„Das Ministerium für Wirtschaftliche Zusammenarbeit hat unser Projekt für die Provinz Hatay genehmigt."

Richard zog die Augenbrauen hoch. „Das soll doch erst Anfang nächsten Jahres beginnen."

„Sie wollen, dass wir so schnell wie möglich loslegen. Sie haben Ausgabedruck, der Haushaltstopf für das Jahr muss geleert werden."

„Und wir sollen ihnen dabei helfen, den Druck zu lindern?"

„Genau." Jakob schüttelte den Kopf. „Ich weiß gar nicht, wie wir das alles schaffen sollen. Wir müssen ein neues Projektteam aufstellen, ein Büro in Antakya mieten ..."

„Antakya soll eine der schönsten Provinzhauptstädte sein, habe ich gehört", sagte Richard. „Da kannst du deine Familie auf Dienstreisen mitnehmen und mal ein Wochenende dort verbringen, falls dich das tröstet."

„Nicht wirklich." Jakob fuhr sich durch das Gesicht, als ob er dadurch seine Erschöpfung wegwischen könnte.

„Ich weiß, dass wir am Limit arbeiten", sagte Richard. „Aber für die Flüchtlinge ist es gut." Er erhob sich. „Ich rede mit George und Fidan, die werden sich um das neue Büro und die Stellenausschreibungen kümmern. Und ich fahre nach Antakya und spreche mit dem Gouverneur."

Zwei Tage später machte sich Richard zusammen mit Merve auf nach Antakya. Die Stadt gefiel ihm auf Anhieb. Sie war zwar wesentlich kleiner als Gaziantep, aber bei weitem nicht so konservativ. Die Zahl der Frauen mit Schleier oder Kopftuch war überschaubar, in den meisten Supermärkten konnte man Bier und anderen Alkohol kaufen. In der Altstadt gab es nicht nur Teestuben, sondern auch zahllose Kneipen, in denen Shisha geraucht und Bier getrunken wurde. Als Richard abends allein durch die Gassen schlenderte und mal hier, mal dort den Kopf durch die Tür streckte, hörte er neben den üblichen Tönen türkischer Folklore auch Rockrhythmen oder psychodelische Musik. Der Geruch von Marihuana drang ihm in die Nase.

Er setzte sich in den ummauerten und mit einer durchsichtigen Plane überdachten Innenhof eines kleinen Restaurants. Es war zwar kühl, aber es ließ sich aushalten. Der Kellner sprach ein paar Brocken Englisch und brachte ein Bier und einen großzügigen Burger mit Salat und Pommes Frites. Während Richard aß, entwickelte sich am Nebentisch eine engagierte Diskussion zwischen vier jungen Männern. Richard schenkte ihr keine weitere Beachtung, bis er einige Begriffe aufschnappte, die ihm auch im Türkischen geläufig waren. PKK, zum Beispiel. Oder AK-Parti. Man diskutierte über Politik.

Richard hatte zwar keine Ahnung, worum es wirklich ging, aber wenn hier jemand öffentlich über Politik stritt und der bewaffnete Arm der Kurden genannt wurde, sollte er vielleicht nicht unbedingt mittendrin sein.

Er schaute sich um. Die anderen Gäste schien die Auseinandersetzung nicht zu stören. War er also wieder zu neurotisch?

Etwa zehn Minuten ging das so weiter, die Argumente gingen hin und her, vielleicht nicht unbedingt kontrovers, denn grundsätzlich schien man sich einig zu sein, aber doch so, als ob man sich gegenseitig von etwas zu überzeugen versuchte. Schließlich kam der Kellner an den Tisch, raunte den Debattierern etwas zu und deutete mit dem Kopf zum Eingang. Drohte er mit Rausschmiss?

Die Diskussion verstummte. Einer der jungen Männer schaute zum Eingang, beugte sich vor und flüsterte dem Kellner eine Frage zu. Richard glaubte den Begriff *Polis* zu hören. Hatte der Kellner vor der Polizei gewarnt? Der zuckte jetzt die Achseln und raunte etwas. Die vier Männer schauten einander an und nickten verstehend. Der Kellner entfernte sich, langsam kam wieder ein Gespräch in Gang, wenn auch bedeutend ruhiger.

Richard aß seinen Burger, trank noch ein Bier und machte sich dann auf den Weg zum Hotel. Es war in einem der restaurierten historischen Gebäude der Altstadt untergebracht. Überall waren

Steinbögen und kleine Nischen, in denen früher Kerzen oder Fackeln für die Beleuchtung gesorgt haben mochten. An vielen Stellen war der Steinboden von ungezählten Füßen fast glattgeschliffen.

Richards Zimmer war großzügig mit King-Size-Bett, Schreibtisch und roter Couch eingerichtet. Das Badezimmer hatte keine Tür, sondern nur einen bogenförmigen Durchgang. Die Fenster reichten bis an die Decke. Der Blick hinaus fiel auf eine schmale Gasse, das etwas verfallene Haus gegenüber zeigte nur geschlossene Holzläden.

Richard zog die dicken, roten Gardinen zu, flegelte sich aufs Bett und schaltete den Fernseher ein. Er zappte durch die Programme, bis er auf BBC stieß, und schaute sich ein wenig die Neuigkeiten aus aller Welt an. Bevor er sich schlafen legte, las er noch einmal die Dokumente des Projektes durch, das sie in Hatay durchführen wollten. Am folgenden Morgen hatte er einen Termin mit dem Vizegouverneur der Provinz, dessen Unterstützung sie brauchten, damit sie die Flüchtlingsfamilien besuchen und die notwendigen Daten erheben konnten. Eine Formsache: Händeschütteln, ein wenig Small Talk, eine grobe Beschreibung des Projektes, Tee trinken. In diesem Fall aber hatte Richard die Rechnung ohne den Vizegouverneur gemacht.

Merve und er trafen sich beim Frühstück und besprachen die Punkte, die sie vorbringen wollten, und strichen andere, von denen sie besser nicht reden sollten. Zu viele Einzelheiten führten zu vielen Fragen und viele Fragen womöglich zu Zweifeln. Und Zweifel erforderten Erklärungen, die wiederum zu Verzögerungen führen konnten.

Eine Stunde später saßen sie im Vorzimmer des Vizegouverneurs. Natürlich ließ man sie einen Tee lang warten, bevor sie in das pompöse Büro geführt wurden, dessen deckenhohe Fenster von schweren, goldfarbenen Vorhängen umrahmt waren. Der Vizegouverneur kam hinter seinem ausladenden, von

Dokumentenstapeln gefüllten Schreibtisch hervor, schaute beide ernst an und grüßte sie mit Handschlag. Er war einen halben Kopf kleiner als Richard, hatte eine Halbglatze und einen Schnurrbart. Sein grauer Anzug – oder war er silberfarben? – glänzte matt, die Krawatte wurde von einer goldenen Krawattennadel gehalten. Er bot den Besuchern die breiten Sessel vor seinem Schreibtisch an, in denen sie versanken und von denen aus sie zu ihm, der wieder in seinen Arbeitsstuhl zurückkehrte, emporschauen mussten. Offensichtlich sollte auch physisch sichtbar sein, wer hier das Sagen hatte.

Merve begann mit der Einleitung, stellte Richard und sich selbst vor und übersetzte dann Richards Beschreibung ihrer Arbeit. Geduldiges bis gelangweiltes Nicken des Vizegouverneurs begleitete ihre Worte, seine Finger spielten mit einem Gummi. Erst als Richard auf das Projekt in Hatay zu sprechen kam, gab es Anzeichen von Interesse in seinem Gesicht. Als Richard geendet hatte, folgte eine Pause. Der Vizegouverneur schaute sie skeptisch an.

„Sie sind eine deutsche Organisation?", fragte er dann, als hätte Richard dies nicht schon ausführlich beschrieben.

„Mit Sitz in Berlin", bestätigte Richard. „Wir arbeiten seit 2011 in der Türkei."

„Und warum überlassen die Deutschen nicht uns selbst die Arbeit?", fragte der Vizegouverneur fast vorwurfsvoll. „Wir brauchen keine Ausländer, um unsere Probleme zu lösen."

Schlagartig wurde Richard klar, dass dies kein Spaziergang werden würde. Sie befanden sich plötzlich auf feindlichem Terrain, und Merve schaute ihn erschreckt an, als sie übersetzte.

„Die Türkei ist ein großartiges und stolzes Land", fuhr der Vizegouverneur fort. „Wir haben eine Jahrtausende alte Geschichte und hatten bereits eine Zivilisation, als man in Europa noch in Höhlen hauste. Dies ist die Mitte der Welt!" Er tippte nachdrücklich mit dem Finger auf seinen Schreibtisch und dehnte den Gummi, bis er so dünn wie ein Faden war. Er lächelte spöttisch. „Wir haben den Menschen in der ganzen Region den Fortschritt gebracht und ein Reich geschaffen, wie es die Welt bis dahin noch nie gesehen hatte! Und jeder hat von diesem Fortschritt profitiert! Man versteht in Europa nicht, dass das Osmanische Reich ein Segen für die Menschen war! Alle haben in Wohlstand und Freiheit gelebt! Niemand wurde unterdrückt! Sehen Sie sich Griechenland und den Balkan an! Jahrhunderte haben sie dem Osmanischen Reich angehört. Und? Sprechen sie heute Türkisch? Nein! Sie sprechen immer noch ihre eigenen Sprachen. Wir haben sie nie dazu gezwungen, unsere Sprache zu sprechen! Die Türkei ist großzügig! Auch jetzt! Wir könnten unsere Gäste allein versorgen, aber Europa will uns sagen, was wir zu tun haben!“

Als Leiter einer humanitären Organisation brauchte man ein Gespür für Situationen. Und Richards Gespür sagte ihm in diesem Moment, dass hier ein falsches Wort aus seinem Mund das Aus des Projektes bedeutete. Der Diplomat in ihm war gefragt.

„Die kulturellen Errungenschaften Ihrer Nation stehen außer Frage“, sagte er höflich. „Wohin man schaut, atmet man Geschichte.“

Der Vizegouverneur nickte zufrieden. Er lehnte sich zurück, sein Körper entspannte sich.

„Wir richten uns ganz nach Ihren Bedürfnissen“, fuhr Richard fort. „Wir sind hier, um die türkische Regierung nach Kräften zu unterstützen, die Flüchtlinge zu versorgen. Unsere Regierungen arbeiten da Hand in Hand. Wir sprechen unsere Projekte eng mit den Behörden ab, deshalb sind wir hier bei Ihnen. Dies ist die größte Flüchtlingskrise seit dem Zweiten Weltkrieg. Alle können daraus lernen, auch wir.“

„Gäste!“, sagte der Vizegouverneur streng.

„Wie bitte?“

„Es sind keine Flüchtlinge! Diese Menschen sind unsere Gäste!“

„Ja", stimmte Richard ihm ohne zu zögern zu. „Und ich bewundere die türkischen Gemeinden, die so viele Menschen aufgenommen haben. Keine leichte Aufgabe."

„Europa hat uns Milliarden versprochen, aber anstatt uns das Geld zu geben, überlässt man es den Vereinten Nationen oder irgendwelchen ausländischen Organisationen!", ereiferte sich der Vizegouverneur. „Und die Türkei selbst hat schon zig Milliarden für die syrischen Gäste ausgegeben!"

Was sollte Richard ihm darauf antworten? Das war nun wirklich nicht seine Angelegenheit.

„Wir berichten regelmäßig an ALERT", sagte er. „Wir bemühen uns um größtmögliche Transparenz. Wir werden auch Sie regelmäßig über unser Projekt informieren."

Der Vizegouverneur schaute ihn missmutig an. Zwischen seinen Fingern spannte der Gummi und riss.

„Sie können uns Ihr Geld geben", sagte er schließlich. „Wir führen dann das Projekt selbst durch."

Nun blieb Richard tatsächlich die Spucke weg. Eine solche Dreistigkeit hatte er nicht erwartet. Der Vizegouverneur hatte weder das nötige Know-how noch genügend kompetente Leute, die das Projekt durchführen konnten. Und er wollte, dass Richard ihm die über sechs Millionen Euro gab, die das Projekt kostete?

Das war unmöglich! Völlig ausgeschlossen! Doch eine simple Ablehnung seiner Forderung, selbst einen diplomatisch-vorsichtigen Widerspruch würde der Vizegouverneur nicht akzeptieren, das war Richard in diesem Moment klar.

Seine Gedanken überschlugen sich. Wie, zum Teufel, sollte er den Vizegouverneur zurückweisen, ohne das Projekt zu gefährden? Mit einem einzigen falschen Wort konnte er es beenden, bevor es überhaupt angefangen hatte.

Riskier es! hallte plötzlich Faribaas Stimme in Richards Kopf.

Richard war überrascht und verwirrt zugleich. Gedanken an Faribaa konnte er jetzt wirklich nicht gebrauchen. Er versuchte, sich zu konzentrieren.

Riskier es! wiederholte die Stimme. Versuch es wenigstens!

Plötzlich verstand Richard. Wenn er es jetzt nicht wagte, eine Grenze zu ziehen, wann dann? Er räusperte sich und richtete seinen Oberkörper auf. Ja, er musste es zumindest versuchen. Vielleicht gab es ja noch einen Ausweg aus dieser Situation. Vielleicht.

„Die Zusammenarbeit zwischen Deutschland und der Türkei findet auf verschiedenen Ebenen statt", setzte er zu einer Erklärung an, aber es war die reine Improvisation. Er beugte sich nach vorne. Jetzt nur die Ruhe bewahren! „Unsere Regierung gibt Ihrer Regierung Geld, damit Ihr Land damit Regierungsprogramme für die ... für Ihre Gäste durchführt." Der Gesichtsausdruck des Vizegouverneurs blieb unverändert, aber zumindest hörte er zu.

„Auf der anderen Seite gibt unsere Regierung auch den humanitären Organisationen Geld", fuhr Richard fort. „Unser Auftrag ist es, mit diesen Mitteln ebenfalls ... die Menschen aus Syrien zu versorgen und mit türkischen und syrischen Nicht-Regierungsorganisationen zusammenzuarbeiten. Es gibt also die Gelder, die zwischen unseren Regierungen fließen, und die Gelder, die von der deutschen Regierung an die Nicht-Regierungsorganisationen fließen."

Der Vizegouverneur nickte leicht. Allerdings kam der schwierige Teil erst noch. Richard räusperte sich.

„Die finanziellen Mittel, die wir von der deutschen Regierung bekommen, können wir nicht an die türkische Regierung weitergeben. Das sind verschiedene Töpfe: Der eine Topf ist von Regierung zu Regierung, der andere von Regierung zu Nicht-Regierung. Und wenn wir Ihnen das Geld gäben, würde es praktisch wieder zum Topf von Regierung zu Regierung werden, und das geht nicht."

Richard war sich nicht sicher, ob er sich verständlich ausgedrückt hatte, aber während Merve übersetzte, sah sie ihn ermutigend an und bedeutete ihm damit, dass er offenbar den richtigen Ton getroffen hatte.

Der Vizegouverneur schaute ihn mit unbewegter Miene an und schien zu überlegen, ob er ihm glauben sollte oder nicht, dann beugte er sich nach vorne.

„Sie wollen also mit einer Organisation zusammenarbeiten, die nicht Teil unserer Regierung ist", fasste er zusammen.

„Wir *müssen* mit einer Nicht-Regierungsorganisation zusammenarbeiten", korrigierte Richard vorsichtig. „Sonst gibt man uns kein Geld."

Der Vizegouverneur dachte einen Moment nach, griff zu einer Büroklammer und bog sie auseinander. Er schaute zum Fenster, dann auf die Büroklammer und strich sich über den Schnurrbart.

„Es gibt da eine Organisation", sagte er. „Eine Stiftung für Kultur und Soziales, mit denen können Sie zusammenarbeiten."

„Und die Stiftung ist keine Regierungsorganisation?", vergewisserte Richard sich.

„Nein. Wir arbeiten zwar selbst mit ihnen zusammen, aber sie haben nichts mit der Regierung zu tun."

Innerlich atmete Richard auf. Tatsächlich hatten sie noch keine Partnerorganisation, mit der sie in Hatay das Projekt umsetzen konnten. Wenn sich die Stiftung als kompetent erwies, konnte Richard mit diesem Kompromiss leben.

„Dann werden wir eine Zusammenarbeit prüfen", versprach er.

Der Vizegouverneur griff zum Telefon, wenige Sekunden später trat seine Assistentin ein und gab Merve eine handgeschriebene Notiz: Adresse und Telefonnummer der Stiftung.

„Wer soll das Projekt leiten?", fragte der Vizegouverneur lauter als nötig. Er war sichtlich angefressen, dass Richard ihm nicht die sechs Millionen geben wollte.

„Es wird eine Stellenausschreibung geben, auf die sich Interessenten bewerben können", sagte Richard.

„Ich kann Ihnen eine Liste mit Namen von Leuten geben, die

so etwas können."

Richard zog die Augenbrauen hoch. Wen wollte der Vizegouverneur ihm unterjubeln? Seinen Cousin? Seinen Neffen?

„Jeder, der die entsprechenden Qualifikationen hat, kann sich bewerben", erwiderte Richard.

Der Vizegouverneur verzog den Mund zu einem gezwungenen Lächeln.

„Also gut", sagte er und erhob sich abrupt. „Halten Sie mich auf dem Laufenden. Und teilen Sie mir mit, was die Gespräche mit der Stiftung ergeben haben."

„Werden wir machen", sagte Richard und gab ihm die Hand.

Als Richard und Merve auf die Straße traten, tat Merve einen tiefen Seufzer der Erleichterung. „Ich glaube, ich brauche jetzt ein Valium", sagte sie. „Oder zumindest einen Beruhigungstee."

„Ja, wäre nicht schlecht." Richard schüttelte den Kopf. „Ich kann gar nicht glauben, was da eben passiert ist! Hat er wirklich damit gerechnet, dass wir ihm die sechs Millionen geben?"

„Ja, er meinte das ernst! Als du ihm erklärt hast, dass das nicht geht, dachte ich schon, er würde uns die Erlaubnis für das Projekt verweigern!"

„Wieso? Er muss doch wissen, dass das nicht möglich ist."

„Er ist der Vizegouverneur, dem widerspricht man nicht. Jedenfalls nicht hier in der Türkei."

Richard zuckte die Achseln. „Tja, auch in einer Krise gibt es Regeln, vielleicht sogar strengere als in normalen Zeiten. Und wir halten uns daran."

„Das kannst du leicht sagen. Du bist Deutscher."

Richard schaute Merve an. „Wärst du gerne Deutsche?"

„Nie und nimmer!" Merve lachte. „Ich bin froh, Türkin zu sein, trotz allem. Ich liebe mein Land und seine Menschen."

„Aber?"

„Ich muss lernen zu widersprechen. Es ist höchste Zeit dafür."

18

Yehia und seine Einheit überblickten das Trümmergebirge, zu dem Ost-Aleppo geworden war. Es war ein selten gewordener Moment der Stille. In den vergangenen Wochen waren die Luft- und Artillerieangriffe so häufig und intensiv geworden, dass es in diesem Teil der Stadt kaum noch eine Feuerpause gab und ständig irgendwo Bomben oder Granaten herunterkamen. Die Armee des Diktators ließ den Rebellen keine Zeit, Atem zu schöpfen. Kaum ein Gebäude, das nicht getroffen war. Dazwischen Menschen, geisterhafte Gestalten, die nach etwas suchten oder den Vorübergehenden etwas anboten: Konserven aus einem zerstörten Laden; Kartoffeln, die jemand in einem versteckten Garten angebaut hatte; Brot einer überlebenden Bäckerei zu Wucherpreisen. Irgendwie musste man durchkommen, sich irgendwie zum nächsten Tag schleppen.

Bis auf Palmyra Zwölf, dessen Leiche sie nicht hatten bergen können, und Palmyra Neun, der immer noch auf Krücken ging und sich im Hauptquartier um die Reparatur der Waffen kümmerte, waren alle Männer von Yehias Einheit bei ihm, dazu noch zwei weitere Kämpfer, damit sie wieder vollzählig waren. Die Zwölf war Yehias Glückszahl. Andere Kommandanten hatten zehn, acht oder auch fünfzehn Kämpfer. Aber bei Yehia mussten es zwölf sein, damit hatte er jahrelang überlebt.

Der Winter kroch unter die klamme Kleidung, die nach einiger Zeit, wenn die Anstrengung die Körper erwärmt hatte, leicht dampfte. Es schneite leicht, der Boden war von einer dünnen, weißen Schicht bedeckt, und Yehia schaute abschätzend auf die eigenen Spuren zurück.

„Wir sollten nicht zu lange hier draußen herumlaufen", sagte er.

„Willst du wieder zurück zum Hauptquartier?", fragte Palmyra Vier.

„Nein, aber wir hinterlassen zu viele Spuren. Wir müssen durch die Keller." Er deutete mit dem Kopf auf das nächste, halb eingestürzte Gebäude. „Gehen wir da entlang."

Sie bewegten sich zügig auf das Gebäude zu und verschwanden hintereinander in dessen Eingeweiden. Im Keller breitete Yehia einen Stadtplan auf dem Boden aus und deutete mit dem Finger auf eine Stelle des Plans. „Wir sind jetzt hier und gehen nach Norden. Ab hier...", er zeichnete an einer anderen Stelle mit dem Finger einen Kreis nach, „...müssen wir mit Feindberührung rechnen. Wir richten unsere Basis dort ein, in dieser Straße." Er tippte auf den Stadtplan, die anderen rückten näher heran. Yehia legte die Positionen fest, an denen er und die anderen Scharfschützen sich verbergen sollten. „Hier ist unser Point Sunshine, falls nötig." Er tippte auf eine weitere Stelle auf dem zerknitterten Plan. Dann machten sie sich auf den Weg.

Eine halbe Stunde bewegten sie sich durch die Keller, mal laufend, mal kriechend, wenn sie sich unter Trümmern vorwärts schoben, damit sie nicht aus ihrer Deckung treten mussten. Plötzlich hob Yehia den Arm. Alle blieben regungslos stehen und gingen dann in die Knie, als ihr Kommandant ihnen ein Zeichen gab. Sie horchten.

Da waren Hubschraubergeräusche, zwar weit entfernt, aber sie schienen näher zu kommen.

Plötzlich eine Explosion, die Männer zuckten zusammen. Unmittelbar darauf brach nicht weit entfernt ein Gefecht los.

„Verdammt!", stieß Yehia aus. „Das muss Iskandar sein!"

Iskandar war ein Kommandant wie er selbst, der mit seinen zehn Männern vor Yehia das Hauptquartier verlassen hatte, um an einer anderen Position in Stellung zu gehen.

Palmyra Vier schaute Yehia entsetzt an. „Sie müssen auf eine Patrouille gestoßen sein", rief er aus. „Sie brauchen Verstärkung!"

Yehia schüttelte heftig den Kopf und wischte sich fahrig durchs Gesicht. „Ich weiß, aber dafür ist es jetzt zu spät", erwiderte er mit rauer Stimme. „Die Bomber werden hier sein, bevor wir zu ihnen stoßen können."

„In dieser Gegend wohnen Zivilisten", wandte Palmyra Zwei ein. „Vielleicht schicken sie ja keine Bomber."

Yehia deutete ein zynisches Lächeln an. „Das glaubst du doch wohl selbst nicht. Wann hat Assad je einen Zivilisten geschont?"

Er sah seine Männer an. Er konnte ihre Gedanken erraten. Was wäre, wenn sie an Iskandars Einheit Stelle wären? Was, wenn keine Verstärkung kam, obwohl sie ganz in der Nähe war?

„Ihr wisst, dass jede Einheit auf sich selbst gestellt ist", sagte Yehia. „Wir können jetzt nicht dorthin rennen und riskieren, dass wir alle draufgehen."

Seine Männer blickten ihn stumm an, einige pressten die Lippen aufeinander.

„Wir können nur hoffen, dass Iskandar sich mit seinen Männern zurückziehen kann", fuhr Yehia fort. „Wenn sie es bis hierher schaffen, greifen wir ein. Bis dahin warten wir ab und rühren uns nicht von der Stelle."

Das Gefecht war vielleicht dreihundert, höchstens vierhundert Meter entfernt. Maschinengewehrfeuer, dazwischen die Explosionen von Granatwerfern oder Handgranaten. Keine Panzer. Yehia schätzte die Stärke der feindlichen Patrouille auf fünfzehn Soldaten.

„Er schafft das", sagte er. „Wenn er schnell macht, schafft er das."

Die Hubschraubergeräusche wurden lauter.

Plötzlich verstummten die Waffen. Jetzt dröhnten nur noch die Hubschrauber, die fast über den Köpfen von Yehias Einheit waren, jedoch nicht weiterflogen, sondern auf ihrer Position verharrten.

„Scheiße!", zischte Yehia. Er wusste, was dies bedeutete. Im gleichen Augenblick kreischten die Turbinen zweier Jagdbomber auf, die im Tiefflug über die Trümmerlandschaft hinwegstoben und ihre Raketen auf ihre Ziele abschossen. Vier mächtige Detonationen erschütterten die Luft, der Boden unter den Füßen erzitterte.

Keine dreißig Sekunden später kehrten die Kampfflugzeuge zurück und feuerten zwei weitere Raketen ab. Dann überflogen die Hubschrauber das Versteck von Yehias Einheit und nahmen ebenfalls das Ziel der Bomber unter Feuer. Schossen sie auf Fliehende? Auf Iskandars Männer? Auf Zivilisten?

Die Hubschrauber drehten ab. Es wurde still. Schließlich erhob sich Palmyra Vier und schulterte seine Maschinenpistole. „Sehen wir nach, ob da noch etwas zu machen ist?", fragte er. Doch Yehia hob den Arm. Ein undefinierbares Gefühl sagte ihm, dass es noch nicht vorbei war.

„Noch nicht", sagte er. „Wir warten noch."

„Worauf willst du warten?", fragte Palmyra Zwei ungeduldig. „Wenn noch jemand am Leben ist, brauchen unsere Kameraden Hilfe."

Yehia schaute ihn streng an. „Wir gehen zu ihnen", sagte er ruhig. „Aber jetzt noch nicht."

Yehia horchte in die Stille hinein. Fünf Minuten. Zehn Minuten. Seine Männer schauten einander zweifelnd an.

Plötzlich ein Heulen in der Luft. Und dann brach die Hölle los. Die Einschläge der Artilleriegeschosse folgten so dicht hintereinander und gleichzeitig, dass sie kaum noch unterscheidbar waren. Wo eben Iskandar und seine Männer gekämpft hatten, war nur noch ein Sturm von Explosionen, und Yehia wusste, dass auch das angrenzende Gelände, die unschuldigen Häuser in der Nähe, von den Granaten nicht verschont wurden, die zehn oder fünfzehn Kilometer entfernt abgefeuert wurden und es nicht so genau nahmen mit der Treffsicherheit.

Yehia und seine Kämpfer starrten ungläubig zur Decke, von der der Putz herab rieselte. Die Einschläge kamen bis auf einen Steinwurf entfernt heran. Yehia schaute Palmyra Zwei an. Ein Moment, wie es ihn in der Vergangenheit schon oft gegeben hatte. Wegen solcher Momente vertrauten die Kämpfer ihrem Kommandanten. Wegen solcher Momente folgten sie ihm und gaben ihr Leben in seine Hände, auch wenn sie an dem einen oder anderen Befehl im ersten Moment zweifeln mochten. Denn sie wussten, dass er letztendlich das Richtige tat. Sie wussten, er würde alles geben, um ihr Leben zu verteidigen.

Das Artilleriefeuer nahm ab, die Detonationen wurden zählbar, dann sporadisch, schließlich schienen sie wie zufällig und hörten dann ganz auf. Es wurde wieder still. Im Zwielicht des Kellers senkte sich langsam der Staub.

„War's das?", raunte Palmyra Vier.

Yehia zuckte die Achseln und schüttelte skeptisch den Kopf. „Ich weiß es nicht", sagte er. „Vielleicht warten sie auch nur darauf, dass jemand versucht, unsere Kameraden zu bergen, um dann das Feuer wieder zu eröffnen. Ein Follow-up, um reinen Tisch zu machen."

„Wir warten also?"

Yehia sagte: „Ja, wir warten."

Sie blieben im Keller hocken und horchten auf Zeichen eines weiteren Angriffs. Aber es blieb still. Von Zeit zu Zeit hörten sie entfernte Rufe, manchmal auch einen Angst- oder Schmerzensschrei, aber keinen Schuss, keine Explosion.

Nach etwa zwanzig Minuten gab Yehia das Zeichen zum Aufbruch. Sie stiegen aus dem Keller ins Tageslicht und schauten über die Trümmer. Es hatte aufgehört zu schneien. An einigen Stellen brannte es, Rauch erhob sich langsam in einen kaltblauen Himmel.

Yehia und seine Kämpfer bahnten sich einen Weg durch dieses apokalyptische Gebirge aus Steinen, Stahl und Beton. Die Menschen beachteten sie kaum, warfen ihnen nur kurze verzweifelte oder ängstliche Blicke zu und versuchten, irgendetwas aus übriggebliebenen Höhlen oder unter zusammengestürzten Decken zu retten.

Auf den Stufen einer Treppe, die ins Nichts führte, saß eine Frau und hielt ein blutiges Bündel im Arm, das sie sanft vor und zurück wiegte. Ein paar Meter weiter versuchte eine schreiende Gruppe von Menschen – Männer, Frauen und Kinder – den reglosen Körper eines völlig mit Staub bedeckten Mannes mit grotesk verdrehten Beinen wiederzubeleben, den sie gerade aus den Trümmern gezogen hatten. Verletzte stöhnten oder schauten apathisch und blicklos vor sich hin, verschleierte Frauen klagten laut ihren Schmerz und ihre Trauer hinaus.

Eine Familie hatte sich um eine junge Frau geschart, deren rechtes Bein geschient und mit einem blutdurchtränkten Verband umwickelt war und die an einem Tropf hing. Ein älterer Mann, vielleicht der Vater der Verletzten, hielt den Beutel mit der farblosen Flüssigkeit in die Höhe. Jemand, der sich auskannte, war hier gewesen und hatte die junge Frau medizinisch versorgt. Yehia blieb kurz stehen und nahm einen Schluck Wasser. Dann ging er zu der Familie und gab dem Mann wortlos seine Flasche. Der blickte ihn nur stumm an und gab die Flasche an eines der Kinder weiter.

Yehia bog mit seinen Männern in eine Straße ab, die einmal von drei- oder vierstöckigen Häusern gesäumt gewesen war. Jetzt waren diese Gebäude zerstört, wenn auch noch einige Reste von ihnen standen, ohne Fassaden, mit halb eingestürzten Decken und weggefegten Dächern, verwesende Skelette, in denen dennoch Menschen Zuflucht suchten. Die Kämpfer hielten einen Moment lang inne und beobachteten die Menschen in der Straße, stellten aber fest, dass es sich ausschließlich um Zivilisten handelte. Sie näherten sich dem Ort, von dem sie vermuteten, dass dort Iskandar mit seiner Einheit angegriffen worden war. Ein qualmender Berg aus Schutt.

Dann sah Yehia die Uniform. Sofort ging er in die Knie und richtete sein Gewehr auf den Mann, der keine dreißig Schritte von ihm entfernt, halb verdeckt von den Resten einer Wand, auf einem großen Betonklotz lag: ein Soldat des Diktators.

Yehias Männer gingen in Deckung und sicherten sich nach allen Seiten ab. Yehia behielt den Uniformierten im Visier, dessen Brustkorb sich langsam hob und senkte. Ein Arm und ein Bein des

Soldaten waren verbunden. Auch um den Kopf trug er einen Verband, durch den das Blut sickerte.

Yehia richtete sich wieder auf und ging langsam auf den Soldaten zu, das Gewehr auf ihn gerichtet. Als er nah genug war, erkannte er, dass seine Augen geschlossen waren. Waffen waren nirgends zu sehen.

Yehia ließ das Gewehr sinken und gab ein Zeichen, seine Männer kamen zu ihm und betrachteten den Soldaten.

„Das sind keine Schusswunden", meinte Palmyra Drei.

Jetzt öffnete der Verwundete die Augen, hob den Kopf und blinzelte die Kämpfer an. Sein Atem wurde heftiger, als er erkannte, wer ihn da umringte. Er hatte Angst. Er versuchte, sich aufzustützen, stöhnte aber und sank wieder zurück.

Yehia runzelte die Stirn. Der Verwundete war ein Offizier, offenbar ein Kommandant einer Einheit. Irgendetwas in seinem staubbedeckten Gesicht machte Yehia stutzig. Und jetzt erinnerte er sich.

„Ich kenne ihn", sagte er.

„Du kennst ihn?", fragte Palmyra Vier erstaunt.

„Mohannad?", fragte Yehia laut.

Der Soldat starrte ihn ungläubig an. „Was …? Wieso …?" Er kniff die Augen zusammen. „Yehia?"

„Ja, ich bin´s. Ist lange her."

„Ist das ein Verwandter?", fragte Palmyra Vier.

„Nein", erwiderte Yehia. „Wir haben zusammen in der Armee gedient." Er atmete tief durch. „Im selben Zimmer geschlafen, Tee aus derselben Kanne getrunken …". Er erinnerte sich an die junge Frau im grünen Kleid, die mit anderen Demonstranten in Daraa protestiert und die Mohannad erschossen hatte, behielt dies aber für sich. Palmyra Vier hätte seinen früheren Kameraden auf der Stelle erschossen.

Palmyra Vier schob nachdenklich die Unterlippe nach vorne. „Das heißt, er macht seit fünf Jahren Jagd auf die Gegner der Diktatur", schlussfolgerte er. „Wer weiß, wie viele er von uns schon umgebracht hat. Wir sollten ihn ausschalten." Er richtete sein Gewehr auf die Stirn Mohannads. Der presste die Augen zusammen und drehte den Kopf zur Seite in Erwartung seiner Hinrichtung.

„Nein!" Yehia griff Palmyra Vier leicht an der Schulter und hielt ihn zurück. „Wir sind keine Tiere! Wir sind nicht wie sie!"

„Und das da?!" Palmyra Vier deutete wütend mit dem Kopf in Richtung des Schuttberges, unter dem Iskandar mit seinen Männern begraben war. Er presste dem Soldaten den Gewehrlauf an die Schläfe. „Er hat die Bomber hierher dirigiert!"

„Wo ist deine Einheit?", fragte Yehia und stieß Mohannad mit dem Fuß an. „Wer hat dich aus den Trümmern gezogen?"

„Wir mussten uns zurückziehen wegen ... der Bomber. Ich war ... der letzte und ... es hat mich erwischt", erwiderte Mohannad stockend. Seine Hände zitterten. „Und es waren ... Weißhelme, die mich rausgezogen haben."

„Du hast dich von Terroristen retten lassen? Und sie haben dich nicht umgebracht?" Yehia verzog den Mund zu einem Lächeln. Er wusste, dass für Assad jeder, der nicht für ihn war, ein Terrorist war, auch die Weißhelme. Und er wusste auch, dass sein früherer Kamerad alles das glaubte, was das Regime des Diktators verbreitete.

Mohannad öffnete die Augen, Palmyra Vier nahm das Gewehr von seiner Schläfe, zielte aber weiterhin auf seinen Kopf.

„Terroristen?", fragte Mohannad und schaute Yehia an. Er wusste nicht, was jetzt von ihm erwartet wurde. Sollte er sich verteidigen? Sollte er lügen und behaupten, dass er die Weißhelme nicht für Terroristen hielt? Sollte er gar Assads Regime abschwören?

„Das sind sie doch für euch, nicht wahr?", sagte Yehia ruhig. „Alles Terroristen. Die Weißhelme, die Demonstranten, wir ..."

Ratlos blickte Mohannad von einem zum anderen. „Ich bin ... Soldat, Yehia. Du weißt doch ..."

„Ich war auch mal ein Soldat. Ich bin es immer noch." Yehia beugte sich vor und flüsterte fast. „Aber auf der richtigen Seite, der Seite der Gerechtigkeit!"

Mohannads Atem rasselte. „Werdet ihr mich ... töten?"

„Und ob wir das werden!", stieß Palmyra Vier aus und legte an.

„Wir werden dich nicht töten", sagte Yehia und gab Palmyra Vier ein Zeichen mit dem Kopf.

„Wäre es umgekehrt, er würde nicht eine Sekunde zögern und dir eine Kugel in den Schädel jagen!", protestierte der.

„Er ist aber nicht an meiner Stelle und ich bin nicht an seiner! Und er ist unbewaffnet und verwundet!"

Palmyra Vier presste die Lippen aufeinander wie ein trotziges Kind, ließ dann aber das Gewehr sinken und trat einen Schritt zurück. Yehia hockte sich neben Mohannad.

„Was wirst du deinem Oberbefehlshaber erzählen?", fragte er. „Dass die Terroristen dein Leben gerettet haben? Dass du dich mit deinem früheren, desertierten Kameraden unterhalten hast?"

„Ich ... du weißt, dass ich ... das nicht kann."

„Ja, das weiß ich. Und was wirst du erzählen? Wie willst du erklären, dass du überlebt hast? Wie willst du verhindern, dass sie dich als Kollaborateur betrachten?"

„Ich ..." Mohannad wusste, dass man ihn verhören würde. Und wenn herauskam, wie er überlebt hatte, konnte er nicht mit Gnade rechnen.

„Aber das ist nicht mein Problem", sagte Yehia, richtete sich wieder auf und wandte sich an seine Männer. „Gehen wir!"

Ohne ein weiteres Wort ließen sie den Verwundeten auf dem Betonblock liegen und gingen auf das Grab von Iskandar und seiner Einheit zu. Kurz bevor sie die Stelle erreichten, drehte sich Yehia noch einmal um und sah, wie sich Mohannad den Kopfverband abstreifte und sich auch an den anderen Verbänden zu schaffen machte. Wenn man ihn fand, durfte nichts darauf hinweisen, dass man ihm geholfen hatte.

Auf dem Schuttberg kletterten Menschen und klopften mit Metallstangen auf die Steine in der vagen Hoffnung auf eine Antwort. Aber die Raketen und die Artillerie hatten hier ganze Arbeit geleistet. Yehia betrachtete die Nachbargebäude: Ruinen, die sich wie Sterbende aufrecht hielten, sich an einen Rest Leben klammerten. Auch dort suchten sie nach Überlebenden.

Vor einem Haus, von dem nur das Erdgeschoss übriggeblieben war, erkannte Yehia zwischen den Zivilisten ein paar Weißhelme, die sich um Verletzte kümmerten, die auf Bahren lagen oder auch nur auf dem Boden. Ein paar Schritte weiter hatte man die Toten aufgebahrt und sie mit zerrissenen Planen oder Tüchern bedeckt. Blutige Füße schauten hervor, manche in Schuhen oder Sandalen, einige nackt, manche von Erwachsenen, manche von Kindern.

Die Kämpfer gingen zu den Weißhelmen, die sie mit Argwohn betrachteten. Yehia hob eine Hand, um ihnen zu bedeuten, dass sie nichts zu befürchten hatten.

„Wer ist euer Anführer?", fragte er den, der ihm am nächsten stand. Der schaute ihn nur misstrauisch an.

Yehia blickte sich um. Die Weißhelme fuhren zögernd mit ihrer Arbeit fort und beobachteten die Kämpfer aus den Augenwinkeln.

„Wer hat hier die Verantwortung?", fragte Yehia, diesmal lauter.

„Wer will das wissen?", kam es ebenso laut aus dem Dunkel des Erdgeschosses zurück. Ein hagerer Mann mit einem dicken Stemmeisen in den Händen trat aus dem Schatten und ging langsam auf Yehia zu. Unter dem Helm lief ihm der Schweiß über das staubige Gesicht und hinterließ feuchte Linien. „Du bist das also", stellte er fest, als er vor Yehia stand.

Yehia kniff die Augen zusammen. Unter der Staubschicht hatte er den Mann nicht sofort erkannt, aber nun erinnerte er sich.

„Fadi, richtig?", sagte er.

Der Mann nickte. „Yehia, richtig?"

Yehia grinste. „Richtig."

Fadi seufzte und schaute sich um. „In dieser Gegend leben nur

Zivilisten", sagte er. „Was hatten deine Leute hier zu suchen?"

„Das waren nicht meine Leute."

„Du weißt, was ich meine."

„Es war eine Einheit auf dem Weg zu ihrer Position. Genauso wie wir. Sie ist auf eine Patrouille gestoßen."

„Sie hatten also einfach nur Pech."

Yehia zuckte die Achseln. „Vielleicht hatten sie Spuren im Schnee hinterlassen. Oder es war Zufall."

„Und jetzt sind sie alle tot, auch viele Zivilisten."

Yehia schaute zu den Weißhelmen hinüber, die die Verletzten versorgten. „Wie viele?"

„Zivilisten? Zwölf Tote. Bisher. Und nochmal mindestens doppelt so viele Verletzte, Frauen, Kinder und ein paar alte Männer. Und es werden noch mehr werden."

„Wir haben die Raketen nicht abgefeuert", sagte Yehia, der den Vorwurf in Fadis Stimme gehört hatte.

„Nein, habt ihr nicht. Warum hast du nach dem Anführer gefragt?"

„Ach so, ja." Yehia wischte sich über die Stirn. „Nicht weit von hier haben wir einen verwundeten Soldaten gefunden. Habt ihr ihn versorgt?"

„Habt ihr ihn getötet?"

„Nein."

Fadi zog die Augenbrauen hoch. „Er war verschüttet, und wir haben ihn rausgezogen. Hast du ein Problem damit?"

„Habe ich nicht. Aber unter anderen Umständen hätte er euch wahrscheinlich erschossen."

Fadi atmete tief durch. „Ich bin Arzt. Und ein Verletzter ist ein Verletzter."

„Verstehe", sagte Yehia und dachte kurz nach. „Braucht ihr Hilfe?"

Fadi lächelte ihn an. „Hilfe könnten wir gebrauchen, aber nicht von euch. Wir kommen schon klar."

Yehia lächelte ebenfalls. „Hm, ist schon okay. Sonst erhärtet ihr noch den Verdacht, dass ihr mit dem Feind kooperiert." Er blickte Fadi an. „Man sieht sich."

Er wandte sich zum Gehen, als plötzlich ein ohrenbetäubendes Heulen die Luft erfüllte. Kurz hintereinander detonierten zwei Granaten, keine hundert Meter entfernt. Alle gingen in die Knie und hielten schützend die Arme über den Kopf.

„Deckung!", brüllte Yehia seinen Kämpfern zu. Auch Fadi schrie und fuchtelte mit den Armen. Die Kämpfer, die Weißhelme, die Zivilisten stürzten über die Trümmer und flohen in Richtung der noch stehenden Häuserskelette in der Hoffnung auf einen intakten Keller, während die Geschosse Krater in die Erde schlugen.

Yehia zeigte auf ein zweistöckiges Haus, dessen Dach abgebrannt und das von einer etwa mannshohen Mauer umgeben war. Vor der Mauer war ein Graben gezogen worden, nicht zum Schutz, sondern um eine Wasserleitung zu reparieren.

Yehia und seine Männer warfen sich in den Graben und zogen die Köpfe ein. Die Druckwellen der Explosionen fegten über sie hinweg, ein Stück der Mauer brach ein, fiel über den Graben und begrub Palmyra Acht und Zehn unter sich. Beide schrien auf.

„Seid ihr verletzt?", schrie Yehia.

Palmyra Zehn fluchte und stöhnte, kroch dann aber unter dem Mauerstück hervor, gefolgt von Palmyra Acht, dem das Blut übers Gesicht lief.

„Mein Arm", ächzte Palmyra Zehn und verzog das Gesicht vor Schmerzen. „Und meine Rippen."

Eine Granate traf das Haus, die Männer pressten sich auf den Boden. Steine prasselten auf sie herab. Ein weiteres Stück brach aus der Mauer, fiel aber diesmal zur anderen Seite.

„Wo sollen wir hin?", rief Palmyra Vier.

„Wir können nirgends hin!", erwiderte Yehia. „Wir müssen hierbleiben!"

„Es wird uns in Stücke reißen!"

„Nicht, wenn wir die Köpfe unten behalten!"

Yehia wusste, dass es in ihrer Lage nicht viel Hoffnung gab. Die Artillerie hatte ein weiteres Follow-Up begonnen. Ununterbrochen jagten sie ihre Granaten herüber, damit möglichst jeder Quadratmeter Boden umgepflügt, jedes Gebäude, jeder Unterschlupf dem Erdboden gleichgemacht wurde. Aber Yehia musste seinen Männern Mut machen, musste sie zum Durchhalten auffordern. Wer jetzt aus der Deckung sprang, würde ein allzu leichtes Opfer werden.

Die Druckwellen pressten ihre Lungen zusammen, so dass sie aufschrien, ob sie wollten oder nicht. Irgendetwas fegte über sie hinweg und krachte in die Mauer. Dann schlug eine Granate nur ein paar Meter vor dem Graben ein. Yehia verlor für einen Moment das Bewusstsein. Alles wurde schwarz und er bekam keine Luft mehr. Er brauchte ein paar Sekunden, um zu begreifen, dass er verschüttet worden war. Panisch griff er in die lockere Erde und wühlte, bis seine Hände sein Gesicht erreicht hatten. Er warf die Erde zur Seite und sah schließlich Licht. Jemand ergriff seine Hand und legte seinen Kopf frei.

„Alles in Ordnung?", krächzte Palmyra Vier. Die Angst veränderte seine Stimme.

Yehia nickte und spuckte aus. An seinen Füßen spürte er eine Bewegung und er versuchte sich umzudrehen, aber Palmyra Vier drückte ihn an der Schulter nach unten.

„Da ist auch alles okay", sagte er und meinte Palmyra Elf, der sich gerade ebenfalls aus der Erde herauswühlte.

Sie waren mitten im Inferno und schon halb taub. Dennoch handelten sie einigermaßen routiniert und überlegt, blieben in der dürftigen Deckung und folgten ihren Überlebensinstinkten. Wieder eine Explosion, die Erde und Asphaltstücke über sie warf, doch jetzt schrie einer. Es war nicht nur ein unwillkürlicher Schrei, den die Druckwelle auslöste, sondern ein anhaltendes Gebrüll wie das eines verwundeten, wilden Tieres. Palmyra Drei wälzte sich auf dem Boden und versuchte mit einer Hand, seinen Rücken zu erreichen.

„Bleib liegen!", schrie Palmyra Vier und warf sich auf ihn, um ihm einen Granatsplitter aus der Schulter zu ziehen. Die Hitze des Metallstücks drang selbst durch den Handschuh, und Palmyra Vier brauchte drei Versuche, bis er den Splitter zu fassen bekam und herausziehen konnte. Palmyra Drei blieb stöhnend auf dem Bauch liegen und vergrub vor Schmerzen den Kopf in den Händen. Palmyra Vier klopfte ihm auf die gesunde Schulter.

„Ist vorbei", sagte er schwer atmend. „War ein Granatsplitter."

„Das tut scheißweh!", brüllte Palmyra Drei.

„Das ist gut! Solange es weh tut, lebst du noch!"

Die anderen brachten es tatsächlich fertig zu lachen, doch die nächsten Einschläge jagten ihren Humor wieder davon. Yehia und Palmyra Vier sahen einander an. Sollte das das Ende sein? schienen beide zu fragen. Sollte hier alles vorbei sein?

Sie wussten nicht, wie lange sie nun schon in diesem Graben lagen und diese Hölle überlebten. Sie hatten jegliches Zeitgefühl verloren. Es mussten bereits Hunderte von Granaten auf diese Gegend niedergegangen sein. Überall war Feuer und Rauch, die Luft schien nur noch aus Stein und Staub zu bestehen. Palmyra Drei fing an zu schluchzen.

„Halte durch!", rief Yehia. „Wir kümmern uns gleich um dich!"

„Durchhalten?!", schluchzte Palmyra Drei und hob den Kopf. „Durchhalten?!"

Nein, er schluchzte nicht, er lachte. Er lachte, dass es seinen Körper schüttelte. Er hob den Kopf noch weiter und schaute über den Rand des Grabens. „Durchhalten?!"

„Reiß dich zusammen!", schrie Yehia ihn an, griff nach Palmyra Drei, doch erreichte er ihn nicht, da ihn die Erdmassen, unter denen er lag, zurückhielten. Er gab Palmyra Vier ein Zeichen mit dem Kopf. Palmyra Vier drückte seinen Kameraden auf den Boden.

Doch Palmyra Drei wehrte sich, während er weiter irre lachte und sich aufrichten wollte. Palmyra Vier holte aus, gab ihm eine kräftige Ohrfeige und rollte sich auf ihn.

Palmyra Drei gab seinen Widerstand auf, sein Lachen wurde zu einem Schluchzen, dann zu einem Wimmern. Wenn das Artilleriefeuer nicht bald aufhörte, wusste Yehia, würde Palmyra Drei durchdrehen.

„Wie viele Geschwister hast du?", rief Yehia. Palmyra Vier verstand und rüttelte seinen Kameraden, der aufhörte zu jammern und aufblickte.

„Was?", fragte er erstaunt.

„Wie viele Geschwister du hast!"

„Aber ... das weißt du doch."

„Sag es mir!"

„Vier!"

„Und wo bist du geboren?!"

„Homs ... Scheiße! Hör auf damit!"

Yehia grinste ihn erleichtert an. Palmyra Drei hatte seinen Verstand wiedergefunden.

Die Abstände zwischen den Einschlägen wurden größer. Noch ein paar wie willkürlich abgefeuerte Granaten, dann wurde es still. Nur schwarzer Rauch, der träge vorbei wehte, und ein paar Feuer, denen kaum anzumerken war, durch welche Gewalt sie ausgelöst worden waren.

Yehia und seine Männer blieben liegen. Durch das Pfeifen und Rauschen in den Ohren drang ihr Atem, so hechelnd und rasselnd, als hätten sie gerade einen anstrengenden Lauf hinter sich.

Zögernd hob Yehia den Kopf. Er konnte es kaum glauben, dass sie noch am Leben waren. Er schaufelte die Erde von sich herunter, hockte sich hin und betrachtete seine Kämpfer. Auch sie schüttelten nun Schutt und Erde ab und setzten sich auf. Sie hantierten mit den Waffen herum, irgendwie mussten sie ihre zitternden Hände beschäftigen. Palmyra Zehn hielt sich den Brustkorb und verzog das Gesicht. Yehia ging zu ihm.

„Lass mal sehen", sagte er und half Palmyra Zehn, die Tarnjacke und das graue T-Shirt hochzuziehen. Er blutete aus einer großen Schürfwunde, die unteren Rippen auf der rechten Seite waren eingedrückt.

„Da sind ein paar Rippen gebrochen", stellte Yehia fest und betastete den Brustkorb. „Tut weh, was?"

Palmyra Zehn stöhnte. „Nur wenn ich atme."

„Da können wir jetzt nichts machen. Du wirst zwei oder drei Wochen ausfallen. Was ist mit deinem Arm?"

Palmyra Zehn betastete seinen linken Unterarm und verzog wieder das Gesicht. „Da könnte auch was gebrochen sein. Ist aber halb so schlimm." Er hustete.

Palmyra Vier hatte inzwischen das Verbandszeug ausgepackt und wies Palmyra Drei an, die Jacke auszuziehen. Er half ihm, als Palmyra Drei es nicht allein schaffte und sah sich das Loch an, das der Granatsplitter in seine Schulter gebohrt hatte. Die Haut roch verbrannt, aber die Wunde blutete nicht mehr. Palmyra Vier desinfizierte sie und legte einen Verband an.

Palmyra Acht versorgte sich selbst. Seine Kopfwunde war angesichts dessen, was sie gerade durchgemacht hatten, geradezu lächerlich. Aber sie musste verbunden werden, damit sie sich nicht infizierte.

Yehia schaute sich um und deutete mit dem Kopf auf ein halb eingestürztes Gebäude.

„Gehen wir dorthin und besprechen das weitere Vorgehen", sagte er.

Die Männer folgten ihm. Er musste feststellen, dass Palmyra Drei und Zehn Mühe hatten, über die Trümmer zu klettern.

„So können wir unseren Auftrag nicht erfüllen", sagte er, als sie das Gebäude erreichten und sich davor auf die Betonplatte der heruntergebrochenen Decke der ersten Etage setzten. Einige der Männer drehten ihr Gesicht in die Sonne und schlossen die Augen. Die friedliche Wärme tat gut.

„Brechen wir ab?", fragte Palmyra Vier.

„Ich glaube, das ist das Beste."

„Palmyra Drei und ich könnten allein zurückgehen", schlug Palmyra Zehn vor.

Yehia schüttelte den Kopf. „Wir lassen euch nicht allein gehen. Außerdem würden uns dann zwei wichtige Leute fehlen."

„Wir könnten Ersatz anfordern."

„Nein, das gefällt mir nicht."

Yehia hielt inne und hob die Hand. Ja, da war eine Stimme, irgendwo in diesem Gebäude. Sofort machten die Männer ihre Waffen klar. Yehia stieg über die Trümmer um die eingestürzte Decke herum in das Gebäude und folgte der Stimme, das Gewehr im Anschlag. Es war eine einzelne Stimme, niemand erwiderte oder fragte etwas. Sprach da jemand in ein Funkgerät? Iskandar? Ein Soldat?

Vorsichtig streckte Yehia den Kopf vor und schaute in den nächsten Raum – oder zumindest das, was früher einmal ein Raum gewesen sein mochte.

„... dass ihr uns nicht vergesst", hörte er Fadi sagen, der ein Handy am ausgestreckten Arm hielt. „Die Welt hat uns verlassen, aber niemand kann behaupten, er hätte nicht gewusst, was hier passiert."

Fadi tippte etwas in das Handy hinein und steckte es in seine Tasche. Yehia trat hinter der Wand hervor.

„Machst du Selfies?", fragte er laut.

„Du lebst!", erwiderte Fadi fast überrascht und mit halberstickter Stimme. Irgendwie wirkte er apathisch auf Yehia.

„Ja, wir haben alle überlebt, mehr oder weniger." Yehia ging auf den Weißhelm zu. „Wo sind deine Leute?"

Fadi wischte sich über das verschmierte Gesicht und schaute ins Leere. Er wollte etwas sagen, brachte aber kein Wort über die Lippen. Er schüttelte den Kopf und machte eine hilflose Geste mit den Armen, in seinen Augen standen Tränen. Er lehnte sich kraftlos an die Wand und rutschte mit dem Rücken daran herunter.

Yehia hockte sich neben ihn. „Wir helfen dir suchen", sagte er.

Wieder schüttelte Fadi den Kopf, diesmal heftiger. „Nein", presste er hervor. „Vier ... vier waren dort." Er wies auf ein benachbartes, völlig zerstörtes Gebäude, das einen, vielleicht auch mehrere Volltreffer abbekommen hatte.

„Und die anderen? Wie viele wart ihr?"

„Zehn ... Zwei waren bei mir. Drei ... fehlen noch."

„Die werden schon noch auftauchen. Sie sind Profis, sie wissen, was zu tun ist."

„Wir werden alle sterben", sagte Fadi.

„Sag das nicht. Es wird auch wieder andere Tage geben." Yehia schaute auf die Trümmer, unter denen die vier Weißhelme gestorben waren, und war nicht sicher, ob er glauben sollte, was er da gesagt hatte. Aber er durfte sich keine Zweifel erlauben. „Mit wem hast du da eben gesprochen?", fragte er, um Fadi abzulenken, aber vielleicht auch sich selbst.

„Ich habe mit niemandem gesprochen", erwiderte Fadi.

„Du hast doch in dein Handy gesprochen."

Jetzt nickte Fadi. „Facebook."

„Facebook?"

„Ich habe dort eine Nachricht hinterlassen, ein Video."

„Und was gibt es auf diesem Video zu sehen?"

„Dass wir alle sterben werden. Und dass es alle wissen, aber niemand tut etwas. Alle schweigen nur."

Yehia seufzte. „Ja, in diesem Krieg kann die ganze Welt beim Sterben zusehen. Vom Wohnzimmer aus, bei Chips und Cola, wie bei einem Hollywoodfilm."

Er lehnte den Kopf an die Wand und fühlte eine tiefe Erschöpfung. Irgendwo wurde wieder gebombt und geschossen. Aber das war weit weg, mindestens zwei oder drei Kilometer. Er fingerte eine Schachtel Zigaretten aus der Brusttasche, steckte sich eine Zigarette in den Mund und bot Fadi eine an.

Sie rauchten schweigend und horchten, wie in der Ferne der Tod sein Lied spielte.

Von der entgegengesetzten Seite kam nun auch Kampflärm. Yehia stutzte. Die Explosionen kamen aus der Richtung, aus der er und seine Männer gekommen waren. Er stand auf und konzentrierte sich. War das etwa ...?

„Sie greifen das Hauptquartier an!", brüllte Palmyra Vier und kam atemlos in den Raum gestolpert. In der Hand hielt er das Funkgerät. Seine Augen waren weit aufgerissen. „Man hat uns entdeckt!"

Yehia warf die Zigarette weg und lief zu Palmyra Vier. Aus dem Funkgerät hörte er Stimmengewirr, Schüsse und Explosionen. Dann brach die Verbindung ab.

Palmyra Vier schaute Yehia entgeistert an. „Was machen wir jetzt? Wir ... wir können nicht mehr zurück!"

Sie eilten zu den anderen Kämpfern, die alle aufgestanden waren und ihren Kommandanten anstarrten. In ihren Gesichtern standen Ratlosigkeit und Verzweiflung. Palmyra Zehn hustete und spuckte aus. Er hatte starke Schmerzen und hielt sich den Brustkorb.

Über der ganzen Stadt stand Rauch, der Kampflärm schien von überall her zu kommen. Zwei Jagdbomber heulten über sie hinweg, sie gingen in die Knie. Aber es fielen keine Bomben, jedenfalls nicht an dieser Stelle.

„Alle rein!", befahl Yehia und wies mit dem Kopf ins Innere des Gebäudes. Sie begaben sich in den Raum, in dem Fadi immer noch an der Wand hockte.

„Funk die anderen Quartiere an!", forderte Yehia Palmyra Vier auf.

Palmyra Vier veränderte die Frequenz des Funkgeräts. „Palmyra an Sultan Eins! Bitte melden!"

Er wartete einige Sekunden lang und wiederholte seinen Spruch. Als auch nach zwei Minuten keine Antwort kam, wechselte er wieder die Frequenz. „Palmyra an Sultan Drei!

Palmyra an Sultan Drei!"

Es rauschte, dann war ein Knistern zu hören. „Sultan Drei … Palmyra", war zwischen den Unterbrechungen zu hören. „Identifizieren Sie …". Im Hintergrund hörten sie Explosionen und Gewehrfeuer. Sie schauten einander an und ahnten Schlimmes, während Palmyra Vier den Identifikationscode seiner Einheit ins Mikrofon sprach.

„Wir … schwerem Beschuss!", kam es aus dem Funkgerät. „… evakuieren! Sultan Fünf … wiederhole. Sultan … intakt!" Dann verstummte das Funkgerät.

Palmyra Vier starrte das Gerät an, als könnte es ihm weitere Antworten geben. Yehia stieß ihn an. „Versuch es mit Sultan Fünf."

Mechanisch versuchte Palmyra Vier, den Kontakt mit dem Quartier herzustellen, aber niemand antwortete. Schließlich gab er auf und schaute seinen Kommandanten an.

Yehia atmete tief durch. „Ihr habt es gehört, Männer!", sagte er dann mit fester Stimme. „Wir sind bis auf Weiteres auf uns allein gestellt. Die Hauptquartiere sind angegriffen worden, und es wird eine Weile dauern, bis man sich neu formiert hat. Wir bleiben also hier draußen!"

Einige der Männer seufzten laut, andere schüttelten resigniert den Kopf.

„Aber ich werde hier nicht warten, bis sie uns angreifen", fuhr Yehia fort. „Ich werde kämpfen, so wie ich die letzten Jahre gekämpft habe. Und ich überlasse es jedem Einzelnen von euch, ob er mitkommt oder nicht. Ich werde niemanden zwingen, mitzugehen. Wenn ihr es vorzieht, euch allein durchzuschlagen, dann respektiere ich das."

Yehia schaute in die schmutzigen Gesichter. Er wusste, es würde seine letzte Mission sein, und wahrscheinlich wussten es auch die anderen.

„Ich bin dabei", sagte Palmyra Vier.

„Du musst das nicht tun", sagte Yehia.

„Ohne mich bist du doch aufgeschmissen."

Yehia musste lachen, aber er spürte in diesem Moment auch, wie tief er mit diesen Männern verbunden war.

„Klar", sagte Palmyra Drei bestimmt. „Wenn schon untergehen, dann zumindest mit Würde."

Nacheinander schlossen sich auch die übrigen an, selbst Palmyra Zehn trat vor und hob mühsam und mit gequältem Gesicht sein Gewehr. Dann hustete er und spuckte auf den Boden.

„Kann ich mir das mal ansehen?", fragte eine Stimme neben Yehia. Er drehte sich um. Fadi war zu ihnen getreten und deutete mit dem Kinn auf Palmyra Zehn.

„Er hat ein paar gebrochene Rippen", erklärte Yehia.

„Ja, sieht so aus."

Yehia zuckte die Achseln und machte eine einladende Geste mit der Hand. „Bitte schön."

Fadi ging zu Palmyra Zehn, sah im Vorbeigehen auf dessen Spucke am Boden und schob Jacke und Hemd hoch. Vorsichtig betastete er den Brustkorb, unter der Schürfwunde war die Haut blau angelaufen. Er kehrte zu Yehia zurück.

„Er kann nicht mitgehen", sagte er. „Seine Lunge ist perforiert."

„Und was heißt das?"

„Die eine Seite seiner Lunge füllt sich mit Blut. Er müsste operiert werden, sonst kollabiert die Lunge."

Yehia schob die Unterlippe vor. „Kannst du etwas für ihn tun?"

„Hier kann ich nicht viel machen. Ich habe ein paar Spritzen, damit kann ich zumindest Blut absaugen. Das verschafft ihm ein wenig Zeit."

Palmyra Zehn ließ sich resigniert auf den Boden sinken und stöhnte. „Sieht so aus, als ob ihr ... ohne mich klarkommen müsst." Er spuckte wieder aus, der Staub auf der Erde formte blassrote Kügelchen. „Ich wäre ... gerne dabei gewesen. Dann sehen wir uns also erst wieder ... auf der Siegesfeier."

„Ganz bestimmt", sagte Yehia und zwang sich ein Lächeln ab. Er beugte sich hinunter zu seinem Kameraden und umarmte ihn. Auch die anderen verabschiedeten sich, und jeder wusste, dass es kein Wiedersehen geben würde.

Yehia wandte sich an Fadi und reichte ihm die Hand. „Viel Glück! Und vielen Dank, dass du dich um ihn kümmerst! Aber wenn sie kommen, dann …"

„Ich weiß, was zu tun ist", sagte Fadi.

Die Kämpfer wandten sich dann nach Norden, während Ost-Aleppo unter einem Bomben- und Granatenhagel versank. Wenige Tage später marschierten die Truppen des Diktators ein und erklärten die Schlacht um Aleppo für beendet.

19

Das neue Jahr begann so wie das alte aufgehört hatte, und Richard fragte sich, wie es möglich war, dass in dieser Region, die als die Wiege der Zivilisation galt, die zivilisatorischen Werte so sehr misshandelt werden konnten. Aleppo war gefallen, und viele Tausende vom Diktator Massakrierte würde man unter den Trümmern niemals finden. Vielleicht waren manche auch gar nicht massakriert worden, sondern in die Hände seiner Schergen gefallen, aber auch dann würde man sie niemals wiederfinden. Sie würden in die Gefängnisse gebracht und zu Tode gefoltert werden, einfach verschwinden.

Die vielfachen Zeugnisse des Leidens fand Richard auch in den sozialen Medien, jeder konnte mit dabei sein beim großen Sterben. Jeder konnte kommentieren oder ein *Like* anklicken oder eines der Emojis mit heruntergezogenen Mundwinkeln einfügen. Doch niemanden schien es besonders zu interessieren, dass dort neben den Rebellen Tausende Frauen und Kinder umgebracht wurden. Richard las von Empörung und Besorgnis und anderen Standardformulierungen der Abgeordneten und Minister in Europa, aber niemand schritt ein, niemand haute auf den Tisch. Es gab nur Zuschauer.

Şaban informierte Richard darüber, dass es auch in der Türkei nicht zum Besten stand. „Der Präsident hat die Mehrheit bekommen", sagte er nur, als er an einem Montag in Richards Zimmer trat und die Tür hinter sich schloss.

„Die Parlamentsabstimmung fürs Referendum?", fragte Richard.

Şaban nickte traurig. „Viele oppositionelle Mitglieder des Parlaments sitzen im Gefängnis. Es war ein Kinderspiel. Jetzt hat der Präsident unumschränkte Macht, und niemand kann ihn kontrollieren."

„Gibt es schon Reaktionen?"

Şaban zuckte die Achseln. „Es gibt Kritik aus Europa, besonders aus Deutschland, aber die wird als Unterstützung von Terroristen abgebügelt."

Richard schüttelte verständnislos den Kopf. „So ähnlich rechtfertigt der syrische Diktator auch den Krieg in seinem Land."

Richard hatte den Eindruck, dass Europa weiter weg denn je war. Von dort käme ohnehin nur Gemeckere und Gemahne, schrieb die türkische Presse. Die Europäer, und vor allem die Deutschen mit ihrer ewig vermaledeiten Geschichte, wollten es einem Präsidenten einfach nicht gönnen, dass er außer Kontrolle geriet.

Offenbar war es an der Zeit zu zeigen, dass man nicht gewillt war, sich irgendwelchen ausländischen Mächten zu beugen. Es schien an der Zeit, osmanischen Stolz zu zeigen. Hatte der Präsident schon die meisten eigenen kritischen Journalisten verhaften oder zumindest irgendwie mundtot machen lassen, so gerieten nun auch die internationalen in sein Fadenkreuz. Im Februar wurde ein deutscher Korrespondent ins Istanbuler Polizeipräsidium beordert und dort in Gewahrsam genommen. Wenige Tage später wurde er ins Gefängnis überstellt: Einzelhaft, wegen angeblicher Spionage. Selbst der Präsident bezeichnete ihn als deutschen Agenten – ohne eine Anklageschrift abzuwarten, geschweige denn einen Richterspruch.

Unter den humanitären Organisationen machte sich Nervosität, bisweilen auch Panik breit. Hektisch wurden Krisensitzungen einberufen, Analysen erarbeitet und Einschätzungen verbreitet. Im Prinzip war dies purer Aktionismus und ein Stochern im Nebel, denn niemand wusste mit Sicherheit, wie sich die Lage entwickeln würde.

Richard rief die deutsche Botschaft in Ankara an, doch dort gab man sich gelassen. Das wären doch nur politische Muskelspiele, hieß es. Und keine Auskunft über den Journalisten. Man bat um Verständnis, dass man dies der leisen Diplomatie überlassen müsse.

Richard rief auch in der Zentrale in Berlin an und sprach mit seinem Chef, der Sicherheitsabteilung und den Kollegen aus der PR. Eine Pressemitteilung, in der auch von der Überforderung der türkischen Institutionen angesichts des Flüchtlingsansturms aus Aleppo die Rede war, wurde verschoben, um keinen Spielraum für Provokation oder andere Interpretationen zuzulassen.

Für Richard wenig überraschend stand in diesen Tagen auch wieder die Polizei vor der Tür seines Büros: Registrierung der Organisation, die Arbeitserlaubnis der ausländischen Mitarbeiter, seine Unterschriftsvollmacht, Kopien der Arbeitsverträge. Aber die Personalabteilung war wie immer gut vorbereitet und händigte den Polizisten mehrere Stapel Kopien der Dokumente aus.

„Wer finanziert Ihre Projekte?", wollte einer der Polizeibeamten wissen.

„Sie meinen, woher das Geld kommt, mit denen wir unsere Projekte durchführen?", fragte Richard zurück.

„Ja. Kommt das aus den USA?"

„Nein, wir bekommen kein Geld aus den USA. Wäre das ein Problem?"

Der Polizist ignorierte die Frage. „Und woher kommt das Geld dann?"

„Der größte Teil aus Deutschland, vom Auswärtigen Amt und vom Ministerium für wirtschaftliche Zusammenarbeit."

„Und der Rest?"

„Europäische Union, UNICEF, UNHCR, GIZ, OCHA ...".

Richard hatte keine Ahnung, ob dem Beamten alle diese Bezeichnungen bekannt waren, aber der nickte nur und blätterte in den Kopien, ohne wirklich zu lesen.

„Sie sprechen kein Türkisch?", fragte er.

„Nur ein paar Worte, um höflich zu sein."

„Und Kurdisch?"

„Nein." Richard hatte das Gefühl, dass sich Antennen auf seinem Kopf aufrichteten und Alarm signalisierten. Daher hielt er es für besser, so knapp wie möglich zu antworten.

„Auf Kurdisch können Sie also nicht höflich sein?"

„Nein." Richard ahnte, worauf der Polizist hinauswollte und verkniff sich die Frage, ob es empfehlenswert wäre, Kurdisch zu lernen. Wahrscheinlich galt es in den Augen seines Gegenübers als Vergehen, die Sprache zu sprechen. Vielleicht wäre er sogar in den Verdacht geraten, Sympathisant einer terroristischen Vereinigung zu sein.

Der Polizist schaute ihn an und lächelte ein wenig. Richard schien alles richtig gemacht zu haben, wenn er auch den Eindruck hatte, dass der Beamte nicht alles glaubte.

„Vielen Dank für die Kooperation", sagte der Beamte schließlich und gab sämtliche Unterlagen zurück.

Richard zog überrascht die Augenbrauen hoch und reichte ihm die Hand. „Nichts zu danken", sagte er. „Falls Sie noch etwas brauchen, lassen Sie es uns bitte wissen."

Er macht doch nur seinen Job, dachte Richard. In Deutschland würde man auch eine türkische Organisation überprüfen, ob alle rechtlichen Auflagen erfüllt waren. Warum also nicht auch hier? War doch nur Routine!

Diese Routine hatte allerdings auch zur Folge, dass innerhalb eines Monats drei internationale Organisationen geschlossen wurden. Die Mitarbeiter wurden in ihre Länder abgeschoben.

Immer noch gab es fast jede Woche mehrere tausend Verhaftete, die nicht das Glück hatten wie der deutsche Journalist, täglich in den Zeitungen genannt zu werden. Stattdessen namenlose Zahlen. Wo viel Masse war, fragte niemand mehr nach einem Einzelnen. Das wurde zur Gewohnheit, etwa so wie die inzwischen etwa dreihundertfünfzigtausend Toten in Syrien.

Die Besuche des deutschen Botschafters im Außenministerium wurden ebenfalls fast zur Gewohnheit. Alle paar Tage ließ er sich dorthin fahren, um eine weitere Verbalnote entgegenzunehmen. Ab dem vierten Mal begrüßte ihn sein Gegenüber mit Schulterklopfen, einem entschuldigenden Achselzucken und Baklava aus Gaziantep. Man ließ sich in die Sofas fallen, trank Tee und Kaffee und plauderte ein wenig über dies und das. Ja, man wusste, es war kompliziert, aber es würden auch wieder bessere Zeiten kommen.

„Ich verstehe nicht, dass Europa da einfach nur zuschaut!", entrüstete sich Levent. „Hier wird systematisch die Demokratie abgebaut!"

„Ich verstehe es auch nicht, aber das musst du deinen Landsleuten sagen, die haben so gestimmt", entgegnete Richard und setzte ein ironisches Lächeln auf. „Ganz demokratisch."

Sie saßen im Garten des *Treff*. Es war zwar kühl, aber schon warm genug, um draußen zu sitzen. Das Referendum war das Thema der vergangenen Tage und würde es wahrscheinlich auch in den nächsten Wochen sein.

„Das war ganz und gar nicht demokratisch!", sagte Merve kopfschüttelnd. „Seit dem Putschversuch hat der Präsident sämtliche Institutionen gesäubert, die in demokratischen Systemen dazu da sind, Machtmissbrauch zu verhindern! Behörden, Justiz, Polizei …

Alle! Sie sind alle gleichgeschaltet!"

„Wenn die Bevölkerung das nicht will, warum hat sie dann für ihn gestimmt?", warf Leon ein.

„Er hat einundfünfzig Prozent der Stimmen bekommen!", sagte Levent eindringlich und machte eine Geste mit den Armen, als ob er einen völlig Unbedarften vor sich hätte, der das alles nicht verstand. „Das ist doch absurd!"

„Das ist eine knappe Mehrheit, aber es ist eine Mehrheit."

„Ja, und wie ist sie zustande gekommen? Er hat die Pressefreiheit abgeschafft und die Opposition ins Gefängnis geworfen! Und er hat fast dreitausend Richter entlassen! In diesem Land gibt es keine unabhängige Rechtsprechung mehr!"

„Die Medien haben fast nur Propaganda für den Präsidenten gemacht", ergänzte Merve. „Sämtliche Oppositionsparteien zusammen bekamen nur zehn Prozent der Sendezeit in Fernsehen und Radio! Was für ein Ergebnis hätte es wohl gegeben, wenn es Pressefreiheit und eine freie Opposition gäbe!?"

„Wahrscheinlich ein anderes", gab Leon zu und nahm einen großen Schluck Bier.

„Aber trotz all dieser Schikanen hätte die Opposition vielleicht sogar gewonnen, wenn die Wahlen fair verlaufen wären", sagte Levent. „Aber die Wahlbehörde hat Stimmzettel mitgezählt, die keinen offiziellen Wahlstempel hatten. Das ist gegen das Wahlgesetz."

„Du meinst, die Wahlen waren manipuliert?", fragte Richard.

„Natürlich! Wir leben jetzt in einer Diktatur!"

„Das hatte sich doch schon vor zwei Jahren abgezeichnet, als die Partei des Präsidenten die absolute Mehrheit bei den Parlamentswahlen verlor und er die Wahlen wiederholen ließ", sagte Merve.

„Hier wird halt so oft gewählt, bis das Ergebnis stimmt", grinste Leon.

„Und was erwartest du nun von Europa?", fragte Jakob.

„Dass sie nicht einfach nur schweigend dasitzen und zuschauen!", ereiferte sich Levent.

„Es hat ja Proteste gegeben, auch von deutschen Politikern."

„Aber das ist nicht genug! Da lacht sich der Präsident doch ins Fäustchen!"

„Wahrscheinlich gibt es auch Sanktionen."

„Die nach ein paar Wochen, wenn Gras über die Sache gewachsen ist, wieder aufgehoben werden."

„Kann ja sein." Jakob zuckte die Achseln. „Aber die Türkei ist ein souveräner Staat. Das müsst ihr selbst lösen."

„Wie sollen wir das lösen?", Levent wurde lauter. „Uns werden jeden Tag mehr Rechte genommen! Wer protestiert, wird schon als Terrorist verdächtigt!"

„Ihr seid das Volk! In Deutschland sind damals die Menschen auch wochenlang auf die Straße gegangen, bis die Mauer gefallen ist. Ihr seid nicht machtlos."

„Hoffentlich hört uns der Geheimdienst nicht ab", sagte Merve und lachte. „Sonst wirst du gleich wegen Anstiftung zum Umsturz verhaftet."

Jakob schaute sich grinsend um und räusperte sich.

Leon nahm sein Handy aus der Hosentasche, tat so, als wählte er eine Nummer und flüsterte hinter vorgehaltener Hand, aber doch so laut, dass es alle hören konnten. „Ich habe hier eine Information über einen Umstürzler …"

Alle lachten.

„Pass lieber auf!", warnte Levent. „Es ist heutzutage kinderleicht, ein Handy abzuhören."

„So etwas Ähnliches habe ich schon von anderen Leuten gehört", sagte Richard. „Glaubt ihr wirklich, dass man uns so wichtig nimmt?"

„Du weißt doch, dass alle internationalen Organisationen durchleuchtet werden! Und natürlich auch Leute wie ihr. Die wissen so ziemlich alles über euch!"

„Ist halt Ausnahmezustand", meinte Jakob und zuckte die Achseln.

„Das ist nicht nur Ausnahmezustand! Das ist Diktatur!"

„So wie in Nordkorea?"

Levent wiegte den Kopf. „Na ja, vielleicht noch nicht ganz so schlimm, aber ..."

„Also eher ein Diktatürchen."

Wieder Lachen.

„Ich finde das nicht witzig", protestierte Levent. „Es deutet doch alles darauf hin! Wir sind schon mittendrin!"

Richard schaute sich um. An einigen Tischen wurde ebenfalls diskutiert, vielleicht über Politik, vielleicht über Fußball. Jenseits der niedrigen Hecke, die den Garten des *Treff* abgrenzte, standen zwei Männer, die Hände in den Taschen ihrer offenen Winterjacken vergraben, und betrachteten sichtbar gleichgültig das Geschehen an den Tischen. Vielleicht Polizisten, vielleicht gelangweilte Spaziergänger.

„Hier in der Türkei ist gerade das ganze politische System im Umbruch", fuhr Levent fort. „Die Gesellschaft ist gespalten. Du hast selbst erlebt, was in den Kurdengebieten geschehen ist. Da wird ein Krieg gegen das eigene Volk geführt!"

„Und warum geht niemand auf die Straße und protestiert dagegen?" fragte Leon.

„Weil man Angst hat! All die Verhaftungen und Entlassungen! Das sind die Konsequenzen gegen diejenigen, die mit dem Präsidenten nicht einverstanden sind und es auch noch wagen, das öffentlich auszusprechen!"

„Das sehe ich auch", stimmte Richard zu. „Aber Jakob hat schon Recht, wenn er sagt, dass ihr nicht machtlos seid. Angst hin oder her."

„Das sagst du so leicht. Du bist kein Türke."

„Ich kann aber genauso schnell ins Gefängnis wandern wie du, vielleicht sogar schneller."

Richard hatte guten Grund, sich mit seinen Äußerungen nicht zu sicher zu fühlen, denn bald nach ihrem Bierabend im *Treff* verschwand ein weiterer Deutscher in Untersuchungshaft. Die Bundeskanzlerin musste wiederholt ihre Besorgnis ausdrücken.

Die Polizei hatte diesmal auf den Prinzeninseln in Istanbul zugeschlagen und ein Menschenrechtsseminar gestürmt. Menschenrechte fielen unter die Kategorien Hochverrat, Terrorismusunterstützung und Umsturzversuch, je nachdem, welche Zeitung man aufschlug. Der Deutsche hatte ein Seminar für türkische Organisationen geleitet. Da konnte man ihm jede Menge vorwerfen, je nachdem, auf welchen Richter er traf. Der Präsident hatte ihn schon vor laufenden Kameras schuldig gesprochen, eine Verurteilung konnte also nur noch eine Formsache sein.

Die beiden Geiseln – der Journalist und der Menschenrechtler – beherrschten nun den deutsch-türkischen Dialog, der vorzugsweise über die Medien ausgetragen wurde. Aber zumindest redete man miteinander und konnte so auch die Themen an den Mann oder die Frau bringen, die den eigentlichen Interessen entsprachen. Schließlich war man Handelspartner, und die Räder durften nicht stillstehen. Sanktionen hin oder her.

Die Abende wurden mild, so kurz vor dem Sommer, und Richard genoss den einen oder anderen Single Malt auf seinem Balkon, der zur Straße hinaus führte. Auch auf anderen Balkonen spielte sich Leben ab, Familien saßen dort, aßen, tranken, unterhielten sich, Kinder schauten über die Brüstung zu ihm herüber und winkten ihm zu. Er winkte zurück, und das Ereignis wurde sofort an die Eltern weitergegeben, die kurz zu Richard herüberschauten und dann den Kindern wohl sagten, dass man den merkwürdigen Ausländer in Ruhe lassen solle, denn danach winkte ihm niemand mehr zu.

Richard kannte nur wenige Bewohner der Straße, war aber sicher, dass man ihn kannte. Seine Nachbarn, der Friseur, der

Ladenbesitzer von der Ecke und der Autovermieter hatten bestimmt schon sämtliche Informationen über ihn gestreut, die verfügbar waren: dass er kaum Türkisch sprach, dass er immer pünktlich die Miete zahlte, welchen Schokoladenriegel er bevorzugte, wo und für wen er arbeitete, welchen Besuch er empfing. Letzteres war von besonderer Bedeutung, hatte Richard doch von Kollegen gehört, dass unverheiratete Männer nicht zu den beliebtesten Mietern und Nachbarn gehörten. Da musste man wachsam sein wegen der Töchter, oder wegen eines zu lotterhaften Lebens des Junggesellen, das ein schlechtes Beispiel für die eigenen Kinder geben könnte.

Richard versuchte, ihnen die Sorgen zu nehmen, indem er höflich war. Im Treppenhaus grüßte er jeden, der ihm begegnete, obwohl ihm seine Kollegen gesagt hatten, dass dies nicht üblich war. Doch er bestand auf Höflichkeit, und nach einiger Zeit hatten die Hausbewohner es akzeptiert, dass er halt etwas merkwürdig war und ständig grüßte.

Irgendwann schien sein Verhalten auf fruchtbaren Boden zu fallen, denn eines Abends stand der Nachbar aus der Wohnung unter ihm vor seiner Tür, im Gesicht ein strahlendes Lächeln und in den Händen einen Teller mit verschiedenen kleinen Speisen, den er Richard mit einem *For you* entgegenstreckte. Richard war perplex und schon ziemlich satt von seinem eigenen Abendessen, wollte aber nicht ablehnend erscheinen. Schließlich war dies der erste wirklich echte Kontakt zu seinen Nachbarn im Haus.

Er nahm den Teller entgegen und bat den Nachbarn in seine Wohnung, obwohl er kaum etwas hatte, womit er sich revanchieren konnte. Einen Single Malt anzubieten, hätte er nicht gewagt. Der Nachbar war Muslim und trank wahrscheinlich keinen Alkohol. Vielleicht hätte er es sogar als eine Beleidigung verstanden. Eine angebrochene Tüte Chips hatte Richard im Schrank, vielleicht auch Erdnüsse, er wusste es nicht genau. Doch das Problem löste sich schnell auf, denn der Nachbar lehnte die Einladung mit einer leichten Verbeugung ab. Richard bedankte sich, und der Nachbar ließ ihn mit dem Teller in den Händen stehen.

Richard roch an den Speisen, holte eine Gabel und probierte: Würziges und Süßes, in jedem Fall köstlich. Obwohl er keinen Hunger mehr hatte, aß er alles auf, spülte kurz den Teller ab und überlegte, ob er ihn seinem Nachbarn zurückbringen sollte. Er entschied sich dagegen, denn der Nachbar sollte nicht den Eindruck gewinnen, dass Richard sein Geschenk durch zu hastiges Hinunterschlingen vielleicht nicht zu würdigen wusste.

Am folgenden Tag erwähnte Richard die nachbarschaftliche Geste Levent gegenüber. Levent schaute ihn grinsend an. „Und?", fragte er.

„Was und?", fragte Richard zurück.

„Hast du ihm auch schon etwas gebracht?"

„Nein. Sollte ich das? Ich bringe ihm den Teller heute zurück."

„Dann solltest du ihn nicht leer zurückgeben. Das wäre unfreundlich."

Der gegenseitige Austausch von Speisen gehörte zu den Ritualen guter Nachbarschaft. Darauf musste man erst einmal kommen. Und das konnte etliche Male hin und her gehen, bis halt einem von beiden die Puste ausging, oder der Kühlschrank leer war. Mit seinem Nachbarn tauschte Richard vier Mal den Teller. Und auch bei anderen Malen pendelte sich die Sache auf diesem Niveau ein.

Aber jetzt erst einmal einen Single Malt. Richard lehnte sich auf dem Balkon zurück und schlug einen Roman auf, in dem er in unregelmäßigen Abständen las. Er hatte gerade ein paar Seiten gelesen und sein Glas halb ausgetrunken, als sein Handy summte: eine Nachricht auf WhatsApp. Von Faribaa.

Er hatte länger nichts mehr von Faribaa gehört, offenbar war sie zu beschäftigt. Aber dafür hatte er Verständnis. Ihre Fotos waren begehrt, und sie hatte, nachdem der Kampf um Mossul beendet war, weitere Anfragen von Agenturen angenommen, so dass sie alle Hände voll zu tun hatte. Aus ihren sporadischen Nachrichten wusste Richard, dass sie ein paar Wochen in Erbil und Dohuk verbracht und Flüchtlingslager in den Sindschar-Bergen besucht hatte. Er nahm das Handy auf.

Ich habe gerade an dich gedacht, lautete die Nachricht. Ich habe versucht, dich anzurufen, aber es kam keine Verbindung zustande.

Schade, tippte Richard langsam ein. Aber schön, dass du dich meldest. Wie geht es dir?

Es geht mir gut. Und dir?

Wie üblich. Viel Arbeit, viel Stress, aber es geht mir gut.

Was machst du gerade?

Ich sitze auf dem Balkon und lese. Richard hätte auch noch erwähnt, dass er einen Single Malt trank, aber die Tipperei war ihm zu mühsam.

Ich sitze allein in einem Hotelzimmer.

Richard antwortete noch nichts. Da kam bestimmt noch etwas hinterher.

Ich habe mir vorgestellt, dass wir Sex miteinander haben.

Wusste er es doch! Er schluckte den Rest Single Malt.

Würdest du auch gerne Sex mit mir haben? fragte Faribaa.

Sex wäre tatsächlich keine schlechte Idee, fand Richard. *Ja, das wäre schön*, schrieb er.

Was würdest du mit mir machen?

Der Gedanke an die Möglichkeiten blieb nicht ohne Folgen. Richard wurde heiß, er spürte Lust, besser, in die Wohnung zurückzugehen.

Er setzte sich aufs Sofa. Zuerst würde ich deinen ganzen Körper küssen, schrieb er.

Ein pochendes Herz erschien auf seinem Handy.

Dann würde ich dich schmecken, fuhr er fort. Ausgiebig.

Wow! erwiderte sie. Das liebe ich! Was noch?

Richard rückte seinen Ständer zurecht. *Ich würde mit dir schlafen.*

Uuuh! Und dann Emojis, klatschende Hände und ein gelbes Gesicht mit großen Augen und heraushängender Zunge. Richard hasste Emojis!

Ich bin schon ganz heiß! Ich würde wollen, dass du mich von hinten nimmst!

Jetzt hätte Richard ein *Puuuh* oder Ähnliches und idiotische Emojis schicken können, schrieb aber stattdessen: *So viel und so lange du willst.*

Es folgte eine Pause. *Ich vermisse dich!* sagte Faribaa dann.

Ich dich auch. Wann kommst du nach Gaziantep?

Wieder eine Pause. Ich weiß es noch nicht. Ich habe so viel zu tun und jede Menge Aufträge.

Das freut mich für dich, schrieb Richard, obwohl damit ihr Wiedersehen auf unbestimmte Zeit verschoben war.

Ich gehe nach Rakka, las er dann.

Ein Schreck durchfuhr ihn. Seit Wochen tobten bereits Kämpfe in der Gegend um Rakka, um die Rückeroberung der Stadt vom IS vorzubereiten. Die Hauptstadt des selbst ernannten Kalifats war nun die einzige verbliebene größere Stadt, die sich noch in den Händen der Extremisten befand. Doch nach der Rückeroberung Mossuls war es nur eine Frage der Zeit, bis auch Rakka vom IS befreit werden würde. Es würde ein erbitterter, ein brutaler Kampf werden.

Du ziehst wieder in den Krieg? fragte Richard.

Ich werde nur fotografieren. Zwei Agenturen haben angefragt. Und Kommandant Dawer hat mir einen Kontakt zu einem Kommandanten der Freien Demokratischen Kräfte verschafft. Ich werde ihn und seine Leute begleiten, wie ich es auch in Mossul getan habe.

Bist du jetzt Kriegsfotografin?

Ein lachendes gelbes Gesicht. *Es ist eine gute Gelegenheit!*

Natürlich ist das eine gute Gelegenheit, dachte Richard. Eine gefährliche Gelegenheit.

Bist du sicher, dass du das machen willst? fragte er. Das kann heftiger werden als Mossul.

Ich habe es mir lange überlegt, war die Antwort. Ich denke, ich bin vorbereitet auf das, was mich erwartet.

Richard strich nachdenklich über seine Bartstoppeln. Faribaa schien überzeugt von ihrem Plan zu sein. Er spürte Angst aufkommen, Angst um Faribaa. Er war versucht, sie von ihrem Vorhaben abzubringen, beherrschte sich dann jedoch. Er wusste, dass gerade diese Überzeugung notwendig war, um es umzusetzen und durchzustehen. Daher hielt er es für besser, es nicht weiter in Frage zu stellen.

Die kurdischen Milizen sollen auf dich aufpassen! tippte Richard ein.

Das werden sie! Es wird wie in Mossul werden. Und danach komme ich zu dir.

Schön! Ich freue mich darauf. Du kannst so lange bei mir bleiben, wie du willst.

Eine kleine Pause entstand. Richard hatte geschrieben, ohne nachzudenken, war einfach nur dem Impuls gefolgt. Und es fühlte sich richtig an.

Wirklich? erschien auf dem Bildschirm.

Ja, so lange du willst, wiederholte Richard.

Willst du mit mir zusammenleben?

Wenn du das willst.

Ja, das will ich.

Dann riskiere nicht zu viel!

Du kennst mich doch inzwischen. Man kann nicht durchs Leben gehen ...

... ohne etwas zu riskieren, ergänzte Richard. Ich weiß. Trotzdem ...

Ich werde auf mich achtgeben.

Ich warte auf dich.

Richards Ständer war inzwischen wieder dahin, seine Angst um Faribaa war wahrhaftig. Er goss sich noch einen Single Malt ein, einen sehr rauchigen und kräftigen, und setzte sich wieder auf den Balkon. Er griff erneut zum Handy und rief Faribaa an. Er wollte ihre Stimme hören. Doch das Telefon blieb stumm. Es kam keine Verbindung zustande. Seufzend steckte er das Handy in die Hosentasche.

Eine gefährliche Gelegenheit, dachte er erneut. Faribaa meinte es ernst, das hatten schon ihre Fotos aus Mossul gezeigt. Immer nah am Geschehen, immer mittendrin. Und mit jedem Gefecht, mit jeder Explosion verlor man ein wenig von der Angst, die einen am Anfang den Atem raubt und den Körper zittern lässt. Aber Richard konnte Faribaas Optimismus nachvollziehen. Sie war bereit, etwas zu riskieren, war bereit, den Einsatz für ihre Anerkennung als Fotografin zu erhöhen.

Richard hatte die Nachrichten über Rakka in den vergangenen Wochen verfolgt, heftige Kämpfe, ständige Selbstmordanschläge, ungezählte Opfer, zivile Opfer. Der von den USA geführte Feldzug machte da kaum einen Unterschied. Bei den behaupteten chirurgisch genauen Bombardements rutschten zu oft die Messer aus. Selbst die Überlebenden, die ihren Körper irgendwie retten konnten, waren verletzt, blieben es oft ihr Leben lang.

Was der Krieg mit Menschen anrichtete, erlebte Richard einmal mehr in diesen Tagen, als Julian mit Tränen in den Augen in sein Zimmer kam.

„Ich habe gerade erfahren, dass Halim bei einem Bombenangriff in Idlib sieben Familienmitglieder verloren hat", sagte er. Seine Stimme zitterte ein wenig.

Richard musste sich setzen und schluckte. Halim gehörte zu Julians Team und war ein sympathischer Typ aus Idlib, verheiratet, zwei Kinder, Kettenraucher, wortkarg, verschlossen. In Idlib war er Lehrer gewesen. Und jetzt saß er vor seinem Schreibtisch und wusste nicht, wohin mit seinem Schmerz.

„Vielleicht redest du mal mit ihm", schlug Julian vor. „Vielleicht schickt man ihn am besten nach Hause. Ist doch besser, bei Frau und Kindern zu sein als hier."

„Wieso ist er überhaupt ins Büro gekommen?", fragte Richard.

„Er hat es selbst erst eben erfahren. Eine Cousine hat ihn angerufen."

Richard atmete tief durch. „Ich rede mit ihm."

Er ging eine Etage tiefer, wo Halim mit seinen Kollegen saß. Er starrte auf den Bildschirm seines Laptops und tippte mit fahrigen Fingern auf der Tastatur herum. Richard ging zu ihm und sprach ihn leise an. Halim erhob sich sofort.

„Kann ich dich kurz sprechen?", fragte Richard ihn.

„Yes, Sir", erwiderte Halim. Er hatte diese Angewohnheit, jedes Mal mit *Yes, Sir* zu antworten, wenn Richard ihn ansprach. Und obwohl Richard ihn schon mehrmals gebeten hatte, weniger förmlich zu sein, konnte er es sich nicht abgewöhnen.

Halim folgte Richard in sein Büro. Richard schloss die Tür und bot ihm einen Stuhl an. Wie und wo sollte er ein Gespräch mit jemandem anfangen, der gerade einen großen Teil seiner Familie verloren hatte?

„Ich habe eben gehört, was passiert ist", begann Richard. „Es tut mir sehr leid. Mein Beileid." Selbst wenn er einfühlsamere Worte gefunden hätte oder mehr Anteilnahme hätte ausdrücken können, kam ihm alles völlig unangemessen vor angesichts der Dimension des Geschehenen. Wie hielt ein Mensch so etwas aus? Wie ertrug man so etwas?

„Vielen Dank", sagte Halim und presste die Lippen aufeinander. Er nahm ein Papiertaschentuch aus der Tasche und putzte sich die Nase.

„Geh nach Hause zu deiner Frau und deinen Kindern", sagte Richard. „Nimm dir so viel Zeit, wie du brauchst. Bleib ein paar Tage zu Hause."

Halim nickte. „Danke! Aber ich würde lieber hierbleiben. Das Beste, was ich tun kann, ist arbeiten."

„Deine Kollegen können dich ein paar Tage vertreten."

„Ich weiß. Aber es ist besser, wenn ich arbeite. Dann denke ich nicht so viel daran."

Richard verstand. „Wenn ich dich irgendwie unterstützen kann ..." Er kam sich ziemlich hilflos vor. Wie konnte er Halim in solch einer Situation unterstützen?

Halim putzte sich wieder die Nase und seufzte. „Zuerst ... mein Bruder ... und jetzt das", sagte er dann und starrte auf den Boden.

Richard verstand nicht ganz. Wollte er vielleicht reden? „Ist dein Bruder dabei ums Leben gekommen?"

Halim schüttelte den Kopf. „Mein Bruder ist vor fast einem Jahr ... vom IS entführt worden. Seitdem habe ich nichts mehr von ihm gehört."

„Das wusste ich nicht."

„Ich habe es auch niemandem gesagt. Es nützt ja ohnehin nichts. Was soll man da auch machen." Halim zuckte resigniert die Achseln und rieb sich die Augen. „Es ... war eine russische Bombe. Ein Onkel und seine Frau ..., zwei Neffen, zwei Nichten ... und meine Halbschwester. Alle tot."

Richard nickte langsam. „Standen ... sie dir nahe?"

„Die Kinder, ja ... Die Neffen und Nichten. Und natürlich ... meine Halbschwester. Wir haben an derselben Schule unterrichtet."

Ein kurzes, trauriges Lächeln. „Als ich aus Syrien geflohen bin, habe ich ihnen gesagt, sie sollten auch gehen", fuhr er fort. „Aber sie wollten nicht. Sie dachten ... sie dachten, der Krieg wäre schnell vorbei. Aber es war nicht nur der Krieg."

„Was war es noch?"

Halim atmete tief durch, sein Körper streckte sich. „Zwei unserer Kollegen an der Schule hatten im Geschichts- und Geografieunterricht etwas über Assad gesagt. Und dass Gewalt keine Lösung ist, wenn Leute ein Staatsoberhaupt kritisieren. In der folgenden Nacht ... wurden sie abgeholt. Sie sind nie wieder aufgetaucht."

„Bist du deshalb geflohen?"

„Deshalb und wegen vieler anderer Dinge. Der Krieg hat das Fass nur zum Überlaufen gebracht. Niemand konnte mehr sicher sein. Und niemand *ist* sicher in Syrien."

Halim redete sich ein wenig von dem Gewicht frei, das auf seiner Brust liegen musste, und Richard heuerte ein paar Tage später zwei Psychologen an, die denjenigen, die es wollten, therapeutische Beratung anboten. Es dauerte eine Weile, bis sich der Nutzen der Sitzungen herumgesprochen hatte, doch dann redeten sich mehr und mehr Leute ihre Traumata von der Seele, auch Halim. Und als wäre die russische Bombe nicht schon genug gewesen, erreichte ihn kurze Zeit später die Nachricht, dass der IS seinen Bruder getötet hatte. Den Kopf abgeschnitten, hieß es. Es stand nicht gut um die Gegend, die man die Wiege der Zivilisation nannte.

Glücklicherweise stand es auch um den IS nicht gut. Faribaa konnte Richard einige Fotos schicken von den Kämpfen um Rakka und textete, dass die kurdischen Einheiten schon in die Stadt eingedrungen waren. Ein Foto zeigte sie, wie sie vor einem Panzer stand, mit Helm und Splitterweste, zwei Kameras um den Hals, lächelnd, schön. Als ob der Krieg ein Wochenendausflug wäre. Keine ohrenbetäubenden Explosionen, keine Kugeleinschläge, kein Blutgeruch. Keine letzten Schreie.

Faribaa kam nicht zu Richard nach Gaziantep. Nach der Rückeroberung Rakkas wartete er geduldig darauf, dass sie sich meldete. Natürlich musste sie ihre Fotos bei den Agenturen und Magazinen unterbringen, wusste er, das brauchte Zeit. Er versuchte mehrmals, sie anzurufen, aber es kam keine Verbindung zustande. Als auch nach einigen Wochen noch keine Ankündigung ihres Besuchs kam, schickte Richard ihr eine Nachricht auf WhatsApp. Dahinter zeigte sich ein graues Häkchen: abgeschickt, aber noch nicht angekommen. Auch am nächsten Tag nicht, und auch die Woche darauf nicht, nur das kleine, graue Häkchen.

Als er an einem Samstagabend vom Joggen im Park zurückkam, sah Richard auf seinem Handy, dass Harald versucht hatte, ihn anzurufen. Er rief ihn zurück. „Lange nichts mehr von dir gehört", sagte er. „Wie geht es dir?"

„Es geht mir ganz gut", erwiderte Harald, und seine Stimme klang rau. „Ich ... bin nicht mehr in Istanbul. Ich bin nach Deutschland zurückgekehrt."

„Schade, ich hätte dich sonst bei meinem nächsten Istanbulbesuch zu einem Bier eingeladen."

Harald räusperte sich. „Richard, ich muss dir etwas sagen."

Richard stutzte. „Was ist los?"

„Es ist ... etwas passiert. Faribaa ... Sie ist tot."

Richard hatte das Gefühl, als bliebe sein Herz stehen. Seine Beine zitterten, er musste sich setzen. „Was ...?" Die Worte blieben ihm im Hals stecken.

„Ich wollte es dir persönlich mitteilen", sagte Harald und atmete tief durch. „Faribaa und du habt einander ja so gut verstanden."

„Woher ... weißt du, dass sie ... tot ist?"

„Mohammad, ihr Mann, hat es mir gesagt."

„Und wie ...?" Richard wischte sich die Tränen aus dem Gesicht.

„Der Kommandant der Einheit, die Faribaa begleitet hat, hat berichtet, dass das Haus, in dem sie übernachtet hat, von einer Bombe getroffen wurde."

„Eine Bombe?"

„Eine amerikanische Bombe. Es war ... das falsche Ziel."

„Das ...". Richard konnte jetzt nicht weitersprechen. „Danke ... dass du mich angerufen hast."

Offiziell galt Faribaa als vermisst, denn ihre Leiche konnte man nicht finden, erfuhr Richard später. Eine ganze Familie war in dem zerstörten Haus ausgelöscht worden. Kollateralschaden, so wie Tausende von anderen Zivilisten, die bei diesem Feldzug gestorben waren. Und Faribaa würde Richard keine WhatsApp-Nachrichten mehr schicken.

Richard betrachtete noch oft die letzte Nachricht, die er ihr gesendet hatte. Das kleine, graue Häkchen schien wie Spott oder Hohn. Irgendwo lag Faribaas Handy unter Trümmern. Konnte man es nicht orten? Wenigstens die … . Richard mochte den Ausdruck *sterbliche Überreste* nicht. Wenn man davon sprach, meinte man Teile von Körpern, zerfetzte Glieder, zerborstene Knochen, Fleischstücke. Teile von Faribaas Körper. Wäre es ein Trost gewesen, ein Stück von ihr in einem Grab zu wissen?

Richard nahm sich frei und bat Jakob, ihn für eine Woche zu vertreten. Er konnte jetzt nicht einfach ins Büro gehen und so tun, als sei nichts gewesen. Stattdessen legte er sich aufs Bett, schaute Fotos von Faribaa an und weinte, bis keine Tränen mehr kamen.

Richard trank etliche Single Malts in diesen Tagen, zu viele. In seinen Ohren rauschte es. Er fühlte sich scheißelend, und ein Psychologe wäre nicht schlecht gewesen. Zum Reden. Zum Zuhören. Zum Trauern. Nach einiger Zeit legte er alles in die Schublade zu den anderen Dingen, die das Eingemachte nicht erreichen sollten. Aber dieses Mal ließ sich die Schublade nicht verschließen, sondern sprang immer wieder auf. Irgendetwas schien zu fehlen, damit sie zublieb.

20

Es war Abend in Mardin. Bassam saß im Innenhof des Hauses am Tisch, an dem die Familie gerade gegessen hatte. Ihn fröstelte ein wenig und er legte sich eine Decke über die Schultern. Nachdem die Mutter die letzten Teller abgeräumt hatte, griff er sein Handy und rief seinen Bruder Youssuf in Istanbul an.

„Du hast Glück, dass du mich erreichst", antwortete Youssuf. „Ich bin heute früher von der Arbeit gekommen."

„Wie geht es dir?", fragte Bassam.

„Mir geht es gut. Und euch?"

„Alle sind gesund. Inshallah.“

„Das ist gut! Ich habe Neuigkeiten!“

„Neuigkeiten?“

„Ich treffe gleich jemanden, der mir helfen kann, nach Deutschland zu gehen“, sagte Youssuf. „Deshalb habe ich heute früher aufgehört zu arbeiten.“

Bassam wusste, dass sein Bruder für einen Händler Waren transportierte und nicht schlecht verdiente. Er schickte mehr oder weniger regelmäßig Geld nach Mardin, um die Familie zu unterstützen. Aber sein Ziel war es, so viel Geld zusammenzubekommen, dass er nach Deutschland gehen konnte. Die Route über Griechenland und Mazedonien war bekannt, auch wenn es schwierig war, durch das feine Netz der Kontrollen zu schlüpfen. Doch dafür gab es Spezialisten. Sie kannten die Lücken und die Leute, die für einen bestimmten Betrag für ein paar Minuten die Augen schlossen. Genug Zeit, um eine Gruppe von Flüchtlingen über die Grenzen zu bringen.

Was genau Youssuf transportierte, das wusste Bassam nicht. Er hatte ihn nie danach gefragt, da ihm die Antwort Furcht einflößte. Es reichte schon, dass Youssuf illegal in Istanbul lebte und jeden Tag von der Polizei aufgegriffen werden konnte. Und Illegalität hieß Gefängnis oder gar Schlimmeres.

„Wie viel Geld hast du bisher gespart?“, fragte Youssuf.

„So gut wie nichts“, erwiderte Bassam. „Ich gebe alles unserer Mutter. Manchmal reicht es für eine Schachtel Zigaretten.“

„Du musst unbedingt nach Istanbul kommen! Ich lege ein gutes Wort bei meinem Chef für dich ein. Dann kannst du mit mir arbeiten und jeden Monat genug Geld zur Seite legen. In einem halben Jahr haben wir dann genug zusammen, um nach Deutschland zu gehen.“

„Das kann ich Mutter nicht antun!“, sagte Bassam. „Und ich bin froh, dass ich eine Arbeit habe, die uns über die Runden bringt. Das kann ich nicht einfach aufgeben.“

„Denk doch mal nach!", beharrte Youssuf. „Wir holen die Familie später nach! Das ist doch kein Leben in der Türkei! Von der Hand in den Mund."

Bassam überlegte einen Moment lang. „Wie viel kostet der Schlepper?", fragte er dann.

„Ein paar tausend Euro sind es schon."

„Wie viel?"

„Er nimmt siebentausend. Pro Person."

„Das ist viel Geld."

„Das hast du in ein paar Monaten zusammen! Er bringt uns bis nach Deutschland!"

Bassam atmete tief durch. Es stimmte, die ganze Familie lebte von der Hand in den Mund, da konnte er Youssuf nicht widersprechen. Aber er, Bassam, hatte eine gute Arbeit. Alles war legal, und vielleicht würde er mit der Zeit befördert werden und mehr Geld verdienen.

„Was du machst, ist nicht legal", sagte Bassam. „Wenn dich die Polizei erwischt, stecken sie dich ins Gefängnis oder du verlierst dein ganzes Geld."

„Es leben eine halbe Million Flüchtlinge in Istanbul!", antwortete Youssuf. „Die meisten sind illegal beschäftigt. Das stört doch keinen."

Bassam kaute auf der Unterlippe. Er wollte die Frage nicht stellen, aber sie brannte ihm jetzt auf der Zunge. „Was genau arbeitest du?"

„Ach, Bruder", beschwichtigte Youssuf. „Mach dir darüber keine Gedanken! Ich bringe Pakete zu irgendwelchen Leuten, und dafür bekomme ich eine Provision."

„Und was ist drin in den Paketen?"

Youssuf zögerte. „Ich erkläre dir alles, wenn du hier bist", sagte er dann. „Die Hauptsache ist doch, es springt genug dabei heraus. Es ist wie ein ganz normaler Transportservice."

Bassam konnte an diesem Abend nicht einschlafen. Die ganze Sache ging ihm nicht aus dem Kopf. Er wälzte sich im Bett von einer Seite auf die andere, sein Herz schlug schneller als sonst. Mitten in der Nacht stand er auf, zog sich eine Jacke über und ging in den Innenhof. Er setzte sich an den Tisch und legte den Kopf in den Nacken. Es war eine sternenklare Nacht, die Luft roch nach Oliven. Wahrscheinlich hatte jemand in der Nachbarschaft Öl gepresst.

Bassam fingerte eine Schachtel Zigaretten und ein Feuerzeug aus der Jackentasche und zündete sich eine der krummen Zigaretten an. Er inhalierte tief und stieß den Rauch über Mardin aus. Die Stadt schwieg. Von irgendwoher drang das Knattern eines Mopeds zu ihm durch. Die wenigen Laternen im Viertel tauchten die Gassen und engen Straßen in ein gelbliches Licht. Katzen schlichen umher auf der Suche nach Essbarem.

Bassam hatte schon eine Menge Jobs gehabt, seit er in der Türkei angekommen war. Er war sich für nichts zu schade gewesen. Hauptsache, die Familie hatte ein Dach über dem Kopf und genug zu essen.

Zuerst hatte er sich mit Gelegenheitsjobs über Wasser gehalten, doch nach einigen Monaten fand er eine regelmäßige Arbeit. Wie Youssuf belud er bei einer Baufirma Lastwagen, schaufelte Sand auf die Ladeflächen, schleppte Zementsäcke, schichtete Steine auf. Das Geld reichte damals für eine Garage, in der die Mutter, der Onkel und Rafed unterkamen. Solange es warm war, schliefen Bassam und Youssuf im Lager der Baufirma, aber im Winter drängten sie sich in der Garage aneinander, in der ein kleiner Ofen zwar nicht für Wärme, aber zumindest für erträgliche Temperaturen sorgte.

Im zweiten Jahr durfte Bassam in derselben Firma als Handlanger der Maurer arbeiten, die ihm manchmal auch selbst eine Kelle in die Hand drückten und ihn eine Wand hochziehen ließen. Dabei erwiesen sich seine Kenntnisse aus dem Architekturstudium als sehr nützlich, so dass er sich rasch genug Anerkennung erarbeiten konnte, um im Büro bei den Bauzeichnern eingesetzt zu werden.

Youssuf wechselte damals zu einer Möbelfirma, wo er bis zu seinem Umzug nach Istanbul blieb und die Transporter mit Sofas, Tischen, Schränken und anderen schweren Dingen belud.

Das dritte Jahr bescherte Bassam eine Arbeit in der Buchhaltungsabteilung eines Supermarktes, was den Vorteil hatte, dass auch mal ein kaputtes Nudelpaket oder ein Karton voller Gemüse für ihn abfiel, das man als verdorben betrachtete. Irgendwann bewarb er sich bei Richards Organisation, die syrische Mitarbeiter für die Betreuung von Flüchtlingen suchte. Ein Freund hatte ihm davon erzählt. Ein Studium wurde nicht erwartet, nur Sprachkenntnisse und die schwammig formulierte Fähigkeit, mit Menschen umgehen zu können. Bassam war überrascht, als er den Job tatsächlich bekam.

Euphorisch machte er sich sofort auf den Weg, um eine bessere Unterkunft für die Familie zu suchen, fand das kleine Haus in den unübersichtlichen Gassen Mardins und war sicher, dass nun ein neues Leben begann. Doch dann stieg plötzlich aus der Tiefe seiner Seele eine unendliche Trauer empor.

In den Jahren, in denen es ihm und der Familie nur darum gegangen war, den täglichen Kampf um ein menschenwürdiges Leben zu gewinnen, hatte er die Gedanken an Sawsan in die tiefen Kammern seines Unterbewusstseins gesperrt. Doch jetzt, wo es Hoffnung gab, wo es plötzlich Platz für Träume und Gedanken gab, bahnten sich die Erinnerung und der Schmerz ihren Weg an die Oberfläche.

Oft, auch im Winter, saß er nun abends allein im Innenhof des Hauses, rauchte, weinte still vor sich hin, sprach stumm mit Sawsan, die vor seinen Augen mit zerschossenem Kopf erschien. Irgendwann hielt er den Schmerz nicht mehr aus und begann damit, ihn und sich mit Raki zu betäuben. Eines Abends trat Youssuf zu ihm.

Bassam schaute auf, die Flasche in der Hand. Youssuf hockte sich vor ihn hin.

„Du hast sie sehr geliebt", sagte er.

Bassam nickte. „Ich liebe sie noch immer."

„Das kann ich verstehen. Sie war eine großartige Frau."

„Ja, das war sie", sagte Bassam leise und nahm einen Schluck aus der Flasche.

„Du bist nicht allein. Deine Familie ist an deiner Seite. Und ich bin immer für dich da, wenn du mich brauchst."

„Ich weiß, Youssuf. Ohne dich und ohne euch wäre ich schon längst ..."

„Was macht ihr da?", fragte plötzlich jemand. Rafed kam auf sie zu und deutete auf die Flasche in Bassams Händen. „Du trinkst?!"

Youssuf wandte sich zu dem Bruder um. „Er hat ein Recht zu trinken!"

Rafed setzte zum Protest an, doch als Youssuf die Augenbrauen hochzog, zuckte er die Achseln. „Muss vielleicht manchmal sein."

„Aber sag Mutter nichts davon!"

„Ist schon in Ordnung. Bleibt unter uns."

Schon damals hatte Youssuf immer wieder angedeutet, nach Istanbul gehen zu wollen, um von dort den Sprung nach Deutschland zu wagen. „Der Krieg in Syrien wird noch Jahre dauern", hatte er gesagt. „Und vielleicht können wir nie wieder zurück. Aber in der Türkei kann ich nicht bleiben! Ich will nicht, dass meine Kinder in Armut aufwachsen!" Nun war Youssuf seit einem halben Jahr in Istanbul. Er war sicher, dass er schon bald ausreisen würde.

Bassam kaute auf der Unterlippe und steckte sich eine zweite Zigarette an. Da es die letzte war, zerknüllte er die Packung und warf sie über die Mauer des Innenhofs.

Vielleicht sollte ich es machen, dachte er. Zwar mochte er seine Arbeit bei den Deutschen, aber wie lange würden die humanitären Organisationen in der Türkei bleiben? Drei Jahre? Vier? Fünf? Und dann? Es gab nicht für jeden Arbeit! Und das türkische Sozialsystem würde dreieinhalb Millionen Flüchtlinge auf die Dauer kaum unterstützen können! Da war Deutschland eine gute Wahl.

Man erzählte sich viel über Deutschland. Dort bekam man eine Wohnung und genug Geld, um ein ganz normales Leben führen zu können. Nun gut, die Sprache war kompliziert, aber das würde Bassam schon hinbekommen. Und dann würde er studieren können, würde Architekt werden. Und vielleicht irgendwann, wenn der Krieg tatsächlich vorbei war, würde er nach Syrien zurückkehren und dabei helfen, das Land wieder aufzubauen.

Es war nicht leicht, die Familie in Mardin zurückzulassen. Die Mutter weinte und schluchzte die ganze Nacht, bevor Bassam sich an einem Morgen in den Bus setzte, der ihn nach Istanbul bringen sollte. Nur Rafed begleitete ihn zum Busbahnhof, umarmte ihn und steckte ihm eine Schachtel Zigaretten zu.

Bassam lächelte. „Das war nicht nötig", sagte er. „Aber ich werde bei jeder Zigarette, die ich rauche, an dich denken."

„Viel Glück", sagte Rafed. „Ich hoffe, du schaffst, was du dir vorgenommen hast."

Bassam setzte sich in die hinterste Reihe und schaute aus dem Rückfenster. Er winkte seinem Bruder so lange zu, bis der Bus um eine Kurve fuhr und Rafed aus seinem Blickfeld verschwand. Sobald sie die Stadtgrenze von Mardin hinter sich gelassen hatten, befand sich Bassam in der Illegalität. Seine Aufenthaltserlaubnis beschränkte sich auf Mardin. Sollte er jetzt von der Polizei aufgegriffen werden, konnte er festgenommen werden.

Drei Stunden später, bei Sanliurfa, wurde der Bus auf der Autobahn zur Seite gewinkt. Zwei Polizisten stiegen ein und forderten die Passagiere auf, ihre Ausweispapiere bereitzuhalten. Draußen warteten zwei weitere Polizisten, beide mit einer Maschinenpistole bewaffnet.

Nervös rutschte Bassam auf seinem Sitz hin und her. Reihe für Reihe kontrollierten die Polizisten die Ausweise. Bassam zog seine Arbeitserlaubnis aus der Brieftasche und hielt sich bereit. Er schwitzte. Er würde behaupten, zu einem Training im Hauptbüro in Gaziantep unterwegs zu sein. Obwohl er seine Stelle gekündigt hatte, hatte er den Organisationsausweis behalten, den würde er vorzeigen. Dienstreisen waren in einem gewissen Rahmen erlaubt. Darauf würde er sich berufen.

In der vierten Reihe pickten sich die Polizisten einen jungen Mann heraus und ließen ihn aus dem Bus steigen. Er musste seine Reisetasche öffnen, damit die Polizisten den Inhalt durchwühlen konnten. Fragen wurden gestellt, misstrauische Blicke der Polizisten. Die mit den Maschinenpistolen bauten sich bedrohlich zu seinen Seiten auf.

Nach wenigen Minuten, die Bassam wie eine Ewigkeit vorkamen, durfte der junge Mann wieder einsteigen. Die Polizisten kontrollierten noch zwei weitere Sitzreihen, ließen dann den Blick durch den Rest des Busses schweifen und stiegen wieder aus.

Bassam atmete auf. Der Mann neben ihm, vielleicht Mitte Sechzig, mit wenigen Haaren auf dem Kopf und zerschlissenem Jackett, reckte den Hals und schaute nach draußen.

„Es ist immer dasselbe", murmelte er. „Ich habe in meinem Leben noch keine Busfahrt erlebt, bei der nicht kontrolliert wurde."

Bassam lächelte ihn an. „Fahren Sie diese Strecke öfter?"

„Meine Tochter wohnt in Gaziantep, mein Sohn in Ankara", sagte der Mann. „Alle zwei Monate mache ich mich für eine Woche auf den Weg und besuche die beiden. Und Sie?"

Bassam räusperte sich. „Ich ... besuche meinen Bruder in Istanbul", sagte er.

„Ja, Familie ist wichtig. Sie sind nicht von hier, oder?"

„Nein, ich komme aus Syrien."

„Dann sind Sie einer der vielen Heimatlosen, entwurzelt und aus dem Leben gerissen." Er seufzte verstehend. „Sie wohnen in Mardin?"

„Ja."

„Aber Sie sind kein Kurde."

„Nein, bin ich nicht."

Der Alte lächelte bitter. „Da können Sie froh sein. Wir Kurden werden ständig gegängelt. Diese Polizisten kommen sich vor wie die Herren des Landes."

„Es herrscht Ausnahmezustand."

„Ja, aber nur damit sie mehr Freiheiten haben, uns zu verhaften und wegzusperren."

„Ja, es ist ... schwierig."

Bassam wollte sich nicht auf eine Diskussion einlassen. Wer wusste schon, wohin das führte. Im Bus saßen nicht nur Kurden. Da konnte man schnell angeschwärzt werden.

Bassam schaute auf den Ehering des Mannes. „Ihre Frau fährt nicht mit Ihnen?", fragte er, um das Thema zu wechseln.

„Meine Frau lebt nicht mehr", erwiderte der Alte. „Ist vor fünf Jahren gestorben."

„Das ... tut mir leid."

„Muss Ihnen nicht leidtun, junger Mann. Mein Ältester lebt in Mardin und hilft mir mit dem Hof. Allein schaffe ich das nicht mehr. Und meine älteste Tochter lebt mit Mann und drei Kindern dort. Haben Sie auch Familie?"

„Mutter, Onkel und meinen jüngerer Bruder in Mardin."

„Nicht verheiratet?"

„Nein." Bassam schüttelte den Kopf. „Nicht verheiratet."

„Dann wird es aber Zeit." Der Alte grinste. „Sie sind doch ein gutaussehender, junger Mann!"

Bassam lachte. „Das reicht nicht zum Heiraten. Aber es wird sich schon eine finden."

„Ganz bestimmt."

Bassam und der Alte unterhielten sich, bis sie in Gaziantep ankamen. Zum Abschied klopfte ihm der Alte auf die Schulter und drückte seine Hand. „Ich wünsche Ihnen Glück, junger Mann. Hoffentlich ist der Krieg bald vorbei. Dann haben Sie auch wieder eine Heimat."

Sobald der Bus den Südosten des Landes hinter sich gelassen hatte, entspannte Bassam sich ein wenig. Er döste vor sich hin und schreckte nur auf, wenn der Bus langsamer fuhr, um eine weitere Polizeisperre zu passieren. Wenn man ihn jetzt kontrollierte, gab es keine Ausrede mehr. Er konnte ja schlecht sagen, dass er seinen in Istanbul illegal lebenden Bruder besuchen wollte.

Aber sie wurden nicht noch einmal angehalten. Die Fahrt ging über Adana und Konya nach Ankara, wo man eine einstündige Pause einlegte. Danach war es bis Istanbul nur noch ein Katzensprung.

Als sie die Vororte von Istanbul erreichten, textete Bassam seinem Bruder, dass er gleich am Busbahnhof eintreffen würde. Er hatte Kopfschmerzen und war angespannt.

Du wirst noch etwa zwei Stunden brauchen, hieß die Antwort.

Tatsächlich brauchte der Bus noch zweieinhalb Stunden, bis er sich durch das Verkehrschaos zum Busbahnhof durchgekämpft hatte. Bassam war aufgeregt angesichts der Unübersichtlichkeit der Stadt. Wie sollte er sich hier zurechtfinden? Er hatte zwar jahrelang in Damaskus gelebt und hielt sich für ein Großstadtkind, aber Istanbul schien ihm wie eine andere Kategorie von Stadt: laut und chaotisch, fast schon anarchisch. Ein Moloch, der einen Menschen verschlucken konnte, ohne Spuren zu hinterlassen.

Aber das war auch der große Vorteil der Stadt, hatte ihm sein Bruder erklärt. Hier konnte man untertauchen, ohne aufzufallen, ohne wahrgenommen zu werden. Wenn man wollte, konnte man in dieser Stadt völlig anonym leben, als eine Art Geist, namenlos und mit schemenhafter Identität. Dann war man nur der mit den abstehenden Ohren oder der mit der krummen Nase oder der aus der dritten Etage. Solange man nicht auffiel und seine Rechnungen pünktlich zahlte, stellte niemand überflüssige Fragen.

Bassam stieg aus und ließ sich seine Reisetasche aus dem Bauch des Busses geben. Der Schmerz in seinem Kopf pulsierte. Er schaute sich um. Kein Youssuf. Er nahm sein Handy und gab eine Nachricht ein.

Bin sofort da, antwortete Youssuf. Geh zum Taxistand und

warte dort auf mich.

Bassam ging zu den gelben Taxis und winkte höflich ab, als man ihm sofort eines anbot. Er schaute über die Autos hinweg und hoffte, irgendwo zwischen diesem lärmenden Durcheinander von Menschen und Autos Youssuf zu erkennen. Als ein Taxi in zweiter Reihe anhielt und durchdringend hupte, begriff er zunächst nicht, dass er gemeint war, bis das Rückfenster heruntergekurbelt wurde und Youssuf ihm lachend zuwinkte.

Augenblicklich waren Bassams Kopfschmerzen verschwunden. Er schlängelte sich zwischen den wartenden Taxis hindurch, während Youssuf ausstieg und ihn dann mit einer überschwänglichen Umarmung begrüßte.

„Ich bin so froh, dass du hier bist!", sagte er und schob Bassam ins Taxi. „Steig ein, sonst machen die anderen Fahrer Ärger!"

Sobald Bassam sich neben Youssuf gesetzt hatte, fuhr der Wagen auch schon los. Wieder umarmten sich die Brüder und schlugen einander auf Schultern und Schenkel, als ob sie sich vergewissern wollten, dass der andere auch wirklich neben ihm saß.

„Bist du erschöpft?", fragte Youssuf.

Bassam atmete tief durch. „Ja, ein wenig. Es war eine lange Fahrt."

„Das kann man wohl sagen. Hat es Probleme gegeben?"

„Nein, keine Probleme." Bassam schaute kurz aus dem Fenster. „Du fährst mit dem Taxi?", fragte er verwundert.

„Keine Sorge." Sein Bruder lächelte und klopfte dem Fahrer auf die Schulter. „Mein Freund Kawa hier spendiert uns die Fahrt. Ich hatte noch etwas gut bei ihm."

Kawa blickte Bassam im Rückspiegel an und hob zum Gruß die Hand. „Willkommen in Istanbul."

„Danke", erwiderte Bassam und lehnte sich zurück.

„Kawa ist einer von uns", sagte Youssuf. „Du kannst ihm hundertprozentig vertrauen."

Bassam sah seinen Bruder fragend an.

„Ja, er macht auch bei unserem ... Transportservice mit", fuhr Youssuf fort. „Er fährt Taxi! Was könnte praktischer sein?!" Er schlug Bassam erneut auf die Schulter. „Aber sag mir, wie geht es Mutter und der Familie?"

„Mutter war sehr traurig, als ich ging. Aber es geht allen gut. Wir werden ihnen regelmäßig Geld schicken, oder?" Bassam sah seinen Bruder erwartungsvoll an.

„Sicher! Jetzt machen wir beide richtig Kohle! Vielleicht sollten wir auch Rafed nach Istanbul holen!"

„Nein, er soll in Mardin bleiben. Mutter braucht ihn!"

„Wenn du das sagst ...". Youssuf zuckte die Achseln. „Also nur wir beide. Wir werden viel Spaß miteinander haben."

„Was ist drin in den Paketen?", fragte Bassam unvermittelt.

Youssuf rieb sich die Nase und räusperte sich. „Ach", winkte er dann ab. „Alles nicht so dramatisch. Partydrogen und solches Zeug. Keine harten Sachen."

„Aber illegal."

„In Istanbul gibt es jede Menge hoher Tiere, die mit illegalen Geschäften an ihr Geld gekommen sind. Wir sind nur kleine Fische."

„Wann fange ich an zu arbeiten?", fragte Bassam.

„Immer mit der Ruhe! Komm erstmal an und gewöhne dich an die Stadt. Alles Weitere findet sich schon."

„Ich will so schnell wie möglich anfangen", beharrte er. „Weiß dein Chef Bescheid?"

„Natürlich weiß er Bescheid. Und wenn du es so eilig hast, stelle ich dich schon morgen vor. Ich habe ihm gesagt, dass du absolut verlässlich bist. Also mach mir keinen Kummer!"

„Habe ich nicht vor. Ich will Geld verdienen, sonst nichts."

„Klar, hab verstanden!" Youssuf führte die Hand an die Schläfe und salutierte wie ein Soldat. „Zu Befehl!"

Sie lachten und schlugen einander wieder auf die Schenkel. Dann wurde Youssuf ernst und reichte Bassam ein Handy.

„Das ist dein Arbeitshandy. Ist ein Pre-Paid, du musst also immer rechtzeitig aufladen. Ein paar notwendige Apps sind gespeichert." Youssuf kramte in seiner Hosentasche und zog einen zerknitterten Zettel hervor. „Das sind einige Namen mit Nummern. Die sind nicht gespeichert, also lerne sie auswendig. Wenn du eine angerufen hast, lösche sie sofort wieder."

„Das hört sich ja richtig konspirativ an", sagte Bassam und räusperte sich nervös.

„Alles nur eine Vorsichtsmaßnahme. Deshalb kannst du auch nicht Google Maps benutzen! Und falls sie dich erwischen, wirf das Handy weg! Am besten in den Bosporus!"

„Du meinst, wenn mich die Polizei erwischt?"

„Rein hypothetisch", sagte Youssuf. „Aber das wird nicht passieren."

„Wieso bist du dir da so sicher?"

„Ich mache das schon seit Monaten! Ist alles total easy! Es gibt fünfzehn Millionen Menschen in Istanbul. Da werden sie nicht gerade dich herauspicken."

„Und wenn doch?"

Youssuf drehte sich mit dem Körper seinem Bruder zu. „Hör zu! Istanbul ist korrupt bis in die Haarspitzen! Wenn du Geld hast, kannst du hier alles kaufen! Drogen, Waffen, Jobs, öffentliche Aufträge, Polizisten, Richter, Wählerstimmen. So funktioniert das hier. Am Anfang machen wir das zusammmen. Wenn du alles gelernt hast und auf eigenen Füßen stehen kannst, machst du allein weiter."

Bassam nickte. „Verstehe."

„Gut." Youssuf klopfte ihm auf die Schulter. „So gefällt mir mein Bruder!"

Sie fuhren in eines der vielen unübersichtlichen, ärmeren Stadtviertel, in dem die Häuser ineinander verschachtelt waren und aussahen, als hätte man sie wie zufällig nebeneinander und übereinander gestapelt. Neben mehrstöckigen, vernachlässigten Wohnhäusern, die Geschichten aus vielen Jahrzehnten erzählen mochten, standen zahllose schlampig errichtete Häuschen, die ursprünglich aus einem einzigen überdachten Raum mit angeschlossenem Plumpsklo bestanden hatten. Über die Jahre waren sie Raum um Raum gewachsen, je nach den finanziellen Möglichkeiten und den familiären Notwendigkeiten. Die Außenmauern der meisten dieser Häuschen waren nicht verputzt, doch auf fast jedem war eine Satellitenschüssel montiert. Verständliche Prioritäten.

Das Taxi hielt vor einem der mehrstöckigen Wohnhäuser. Die Fassade war dunkel, wie von Rauch geschwärzt, einige Fenster waren von innen mit Zeitungen verklebt.

„Hier sind wir!", lachte Youssuf. „Du kommst erstmal bei mir unter."

Bassam stieg aus dem Wagen und schaute nach oben, während sein Bruder noch mit Kawa sprach und sich dann verabschiedete. „Du hast eine eigene Wohnung?", fragte er.

„So ähnlich", erwiderte Youssuf. „Die Wohnung hat vier Zimmer, in einem davon wohne ich." Er schlug Bassam lächelnd auf die Schulter. „Und ab jetzt auch du."

Youssuf stieß die Eingangstür auf, die nicht verschlossen war, und sie tauchten in das dunkle Treppenhaus des Gebäudes ein, in dem man kaum die Hand vor Augen sah. Kleine Fensterchen an jedem Treppenabsatz ließen die Stufen erkennen, Bassam betätigte vergeblich den Lichtschalter.

Sie stiegen zwei Etagen hoch. Youssuf schloss die Wohnungstür auf und begegnete einem jungen Mann im Flur, der sich verschlafen die Augen rieb.

„Mein Bruder", sagte er und deutete auf Bassam. Der junge Mann gähnte nur, um dann auf die Toilette zu gehen. „Einer meiner Mitbewohner", sagte Youssuf leiser und zu Bassam gewandt und zuckte entschuldigend die Achseln.

„Wie viele wohnen denn hier?", fragte Bassam.

„Im Prinzip vier", antwortete Youssuf. „Aber du weißt ja, wie das ist. Jeder bringt ständig jemanden mit, um hier zu übernachten oder eine Weile zu bleiben. Man muss zusammenhalten in diesen Zeiten."

„Verstehe", sagte Bassam.

Youssuf öffnete die Tür seines Zimmers und breitete die Arme aus. „Voilà! Mein bescheidenes Reich!"

Bassam ließ den Blick durch das Zimmer streichen. Ja, es war bescheiden, vielleicht noch bescheidener als bescheiden. Eine Doppelmatratze lag auf dem Boden unter einem Fenster. Daneben stand eine kleine Kommode mit drei hölzernen Beinen, das vierte war abgebrochen und durch zwei Backsteine ersetzt worden. In einer der Ecken war eine Stange montiert, über die ein paar Kleidungsstücke geworfen waren. Hinter der Tür stapelten sich einige Pappkartons.

Youssuf zog seinen Bruder mit sich. „Es gibt auch eine Küche mit fließendem Wasser." Er stieß die Küchentür auf, damit Bassam einen Blick in den Raum werfen konnte, und ging schon wieder voran. „Und natürlich ein Badezimmer." Er ging auf die andere Seite des Flurs und öffnete die Tür. Der müde junge Mann saß auf der Toilette.

„Entschuldigung!", sagte Youssuf und schloss die Tür wieder. „Fürs Badezimmer haben wir leider keinen Schlüssel", erklärte er seinem Bruder.

Sie gingen zurück in die Küche, in der es einen Kühlschrank, einen rostigen Herd, zwei Schränke und einen kleinen Holztisch mit vier unterschiedlichen Stühlen gab. Ein Samowar blubberte auf einer Anrichte neben der Spüle vor sich hin. Youssuf nahm zwei Teegläser aus einem Hängeschrank und goss sich und Bassam Tee ein. Sie setzten sich an den Tisch.

„Es ist wichtig, dass du dich mit der Stadt vertraut machst", sagte Youssuf. „Wie man wohin kommt, welche Metro, welchen Bus man nehmen muss. Manchmal ist man einen halben Tag unterwegs, um ein Paket abzuliefern, aber wenn man es geschickt anstellt, kommt man auf drei oder vier Transporte am Tag."

„Ich muss also nur ein halbes Jahr überstehen, ohne erwischt zu werden."

„Ein halbes Jahr, acht Monate, vielleicht ein Jahr. Kommt ganz drauf an, was du dir zwischendurch leistest. Schließlich ist man ja auch nur ein Mensch."

„Wann stellst du mich deinem Chef vor?"

„Gleich morgen früh. Dann arbeiten wir den ganzen Tag zusammen. Das wird gut!" Youssuf boxte seinem Bruder lachend vor die Schulter. „Wir beide! Geschäftsmänner! Stell dir das mal vor!"

Bassam war erschöpft. Zwar wollte Youssuf ihn überreden, ein wenig durch die Straßen zu schlendern, um Leute kennenzulernen, da man nie wusste, wen man in Zukunft einmal brauchen könnte, aber er lehnte ab. Er legte sich in Youssufs Zimmer auf die Matratze und war Augenblicke später eingeschlafen.

Youssuf stand in der Tür und betrachtete den schlafenden Bruder. Er ging leise zu ihm, zog eine dünne Decke über ihn und strich ihm übers Haar wie eine Mutter. Dann verließ er das Zimmer und schloss geräuschlos die Tür.

21

Als die Kälte des Winters sich über das Land legte, kam der deutsche Menschenrechtler wieder frei. Doch in der wöchentlichen Besprechung der Projekt- und Abteilungsleiter dämpfte Şaban die Hoffnung auf eine Entspannung. „Er hat Glück gehabt", sagte er. „Das heißt nicht, dass sich die Situation in der Türkei verändert hat."

„Er hat jedenfalls mehr Glück gehabt als der deutsche Journalist", kommentierte Richard.

„Und sehr viel mehr Glück als die türkischen Menschenrechtler und Journalisten, die noch immer oder schon wieder ohne offizielle

Anklage in den Gefängnissen sitzen", ergänzte Leon. „Aber in Deutschland feiern sie die Freilassung als großen Erfolg der stillen Diplomatie."

Für den deutschen Journalisten schien Richard die Diplomatie etwas zu still. Aus den Nachrichtenseiten erfuhr er, dass der Journalist einmal im Monat Besuch vom deutschen Botschafter bekam. Was er wohl an den anderen einsamen Tagen in seiner Einzelzelle machte? Richard vermutete, dass er sich mit dem Gedanken über Wasser hielt, nach seiner Entlassung ein Buch zu schreiben. Wahrscheinlich entwarf er bereits Kapitel für Kapitel, entwickelte Argumentationslinien, nahm Themen auf oder verwarf sie. Nein, es würde kein Racheakt werden, keine Abrechnung oder Anklage. Sachlich würde er bleiben, zwar kritisch, aber möglichst objektiv. Seinen Job würde er machen, seine Aufgabe erledigen. So wie er es immer gemacht hatte, Einzelhaft hin oder her.

Manche Boulevardblätter in Deutschland setzten darauf, dass Weihnachten einen Unterschied machen könnte. Fest der Liebe, ein wenig menscheln und so weiter. Richard schüttelte den Kopf darüber. Denn was hatte der muslimische Präsident mit Weihnachten zu tun? Nichts, im Gegenteil! Er trieb die Islamisierung des Landes voran, hatte die Evolutionstheorie aus den Lehrplänen entfernen lassen und verkündet, dass es nützlicher sei zu wissen, was die Scharia und der Dschihad bedeuteten. Innerhalb der letzten Monate hatte sich die Zahl der Religionsschulen im Land verzehnfacht, las Richard im Internet. Religion war nun wichtiger als Mathematik, und äußerte ein Lehrer oder Professor Kritik, kostete ihn das den Job.

Anderen kosteten die strengeren Glaubensregeln die Fahne. Als Jakobs Lieblingsverein in Istanbul gegen Galatasaray antreten musste, nahm man den Fans am Eingang des Stadions die Fahnen ab. Wegen des christlichen Symbols darauf, hieß es. Hakenkreuze türkischer Fans dagegen waren erlaubt.

Überall schossen neue Moscheen aus dem Boden. Im Zentrum

jedes Neubauviertels stand eine, manchmal in schlichtem Weiß, meistens aber recht prachtvoll, mit goldener oder kupferfarbener Kuppel, zwei oder gar vier Minaretten und großzügigen Anbauten. Um sie herum gruppierten sich die Wohnsilos.

Richard nahm dies alles nur durch den Schleier seines Schmerzes wahr. Nie hätte er gedacht, dass er einen Menschen so vermissen würde wie Faribaa. Sicher, er vermisste seine Kinder, seinen Bruder, die Freunde. Aber die würde er schon bei seinem nächsten Besuch in Deutschland wiedersehen und irgendwann auch so viel Zeit für sie haben, wie sie es verdienten. Aber Faribaa würde er nicht wiedersehen. Niemals. Warum war sie nur so verdammt mutig gewesen? So viel mutiger als er selbst?

Der Schmerz über ihren Verlust saß tief in ihm, irgendwo zwischen Brust und Magen, und manchmal breitete er sich im ganzen Körper aus. Seine Versuche, ihn zu verdrängen oder zu betäuben, scheiterten ebenso regelmäßig wie kläglich. Schließlich vergrub er sich in Arbeit, und tatsächlich gelang es ihm für ein paar Stunden des Tages, die Gedanken an Faribaa zu unterbinden. Aber das linderte sein Leid nicht, es half ihm lediglich über den Tag hinweg und verschob den Schmerz auf später.

Abends überfiel er Richard dann mit seiner ganzen Gewalt. Er schüttete Single Malts in sich hinein, vorzugsweise starke ungefilterte, die er pur trank statt sie mit Wasser zu verdünnen, damit sie den Schmerz wegbrannten. Die Folgen spürte er am nächsten Morgen, wenn er anstatt des Frühstücks ein paar Schmerztabletten zu sich nahm und hoffte, dass sein revoltierender Magen sie akzeptierte.

Am grausamsten waren die Wochenenden. Zwar nahm Richard sich stets genug Arbeit mit nach Hause, aber dort diskutierte niemand mit ihm, niemand kam dort mit plötzlichen Problemen zu ihm, niemand bat ihn um Entscheidungen. Niemand war da, um ihn abzulenken, geschweige denn zu trösten. Die Berichte und Analysen, mit denen er die Zeit zu füllen versuchte, schienen ihn auszulachen und umso lauter nach seinen Erinnerungen an Faribaa zu rufen. Also griff er wieder zu Single Malts und legte sich aufs Bett oder aufs Sofa, um in absurde Träume zu flüchten. Er stellte sich vor, dass Faribaa noch lebte. Dass sie verletzt in einem Krankenhaus lag. Dass sie vorübergehend ihr Gedächtnis verloren hatte. Dass sie eines Tages vor seiner Tür stehen würde und sie einander wortlos, aber voller Glück umarmten. In einer weit entfernten Ecke seiner Seele versteckte sich dieses verschwindend kleine Stück Hoffnung, illusorisch und aussichtslos zwar, aber hartnäckig wie ein trotziges kleines Kind.

Richard dachte daran, den Job zu kündigen. Einfach alles hinter sich lassen und irgendwo eine andere Zukunft beginnen. Lange Abende grübelte er darüber, bis er fast Kopfschmerzen bekam. Doch als er an einem dieser Abende vor dem Schlafengehen eine ausgiebige heiße Dusche nahm, um zu entspannen, stellte er fest, dass das Wasser in der Dusche nur langsam ablief. Er nahm das Sieb aus dem Ausguss und entdeckte neben etlichen undefinierbaren Rückständen auch einige lange, schwarze Haare. Faribaas Haare.

Ein Stich fuhr ihm durch die Brust. Sofort hatte er ihr Gesicht vor Augen, ihr Lächeln, ihre strahlende Schönheit. Er atmete tief durch und trug den schleimigen Schatz, den er gerade gehoben hatte, in die Küche und legte ihn auf den Tisch. Sorgsam zog er Haar um Haar aus dem Knäuel, ohne eines zu zerreißen, und legte sie nebeneinander zum Trocknen aus. Er zählte zwölf Haare, die er mit einem Ende auf einem Klebestreifen befestigte und sie so lange kämmte, bis sie gerade nach unten hingen. Er betrachtete sein Werk und empfand ein tiefes Glück darüber, dass er nun etwas von Faribaa in den Händen hielt, etwas Echtes und Wahrhaftiges.

Richard trug diese Kostbarkeit ins Wohnzimmer und legte sie in die schlanke Eckvitrine, durch deren Scheiben er die Haare aus jedem Winkel des Zimmers sehen konnte. Er betrachtete Faribaas Haare, während ihm die Tränen die Wangen hinunterliefen. Nein, er konnte jetzt nicht einfach seine Sachen packen und verschwinden, dachte er. Solange er in der Türkei war, hatte er zumindest das Gefühl, Faribaa noch in irgendeiner Weise nah zu sein.

Ihm war klar, dass er sich zusammenreißen musste, dass er irgendwie weitermachen musste. Und irgendwie machte er weiter, wenn es ihn auch Überwindung kostete. Aber das Leben da draußen machte keine Pause. Richard hatte Aufgaben, Verpflichtungen, Deadlines. Wenn er nicht funktionierte, mussten andere es ausbaden. Er warf sich zurück in die Wirklichkeit, in den Alltag und wischte die Fragen der Kollegen nach seinem Befinden beiseite. Erschöpft, gestresst, ausgelaugt, begründete er seinen Zustand, und das war noch nicht einmal gelogen. So schleppte er sich durch die Tage und harrte des erlösenden Moments, der ihn aus dem Kerker seines Schmerzes befreite.

Richard war gerade ins Büro gekommen, als sein Handy summte. Er schaute auf das Display: Kerstin. Sie sollte an diesem Tag aus ihrem Deutschlandurlaub zurückkehren. Es war neblig draußen, und das hieß, dass der Flughafen von Gaziantep nicht angeflogen werden konnte. Wahrscheinlich war Kerstins Anschlussflug von Istanbul auf unbestimmte Zeit verspätet.

„Hallo, Kerstin", begrüßte Richard sie.

„Ich sitze hier in Istanbul fest", sagte sie, ohne zu grüßen.

Richard hatte den Eindruck, dass ihre Stimme zitterte. „Dachte ich mir. Der Flughafen hier wird wahrscheinlich erst gegen Nachmittag wieder geöffnet werden. Ist alles in Ordnung mit dir?"

„Nein! Ich meine ..." Richard hörte, wie Kerstin tief durchatmete. „Ich werde hier festgehalten. Ich bin bei der Polizei!"

„Bei der Polizei? Was wollen sie denn von dir?" Befragungen durch die Polizei bei der Ein- oder Ausreise waren in diesen Zeiten keine Seltenheit.

„Sie wollen mich nicht einreisen lassen!"

„Was heißt das, sie wollen dich nicht einreisen lassen?"

„Ich habe keine Ahnung! Sie sagen nur, ich kann nicht zurück in die Türkei."

„Aber du hast eine gültige Arbeitserlaubnis! Und du bist mit einem Türken verheiratet! Da hast du doch ohnehin eine Daueraufenthaltsgenehmigung."

„Die habe ich denen natürlich schon gezeigt, aber sie sagen, ich stehe auf einer Liste."

„Was für eine Liste denn?"

„Eine Liste mit Namen von Leuten, die in der Türkei nicht erwünscht sind."

Ein ungutes Gefühl kam in Richard auf. Er dachte an den deutschen Menschenrechtler und den Journalisten und erinnerte sich, dass Kerstin sich viele Jahre für Menschenrechte engagiert hatte, bevor sie zu Richards Organisation gekommen war. „Haben sie dich verhaftet?", fragte Richard.

„Anscheinend nicht." Ihre Stimme klang jetzt weinerlich. „Aber sie sagen, dass ich gebannt bin. Sie wollen mich ins nächste Flugzeug zurück nach Deutschland setzen. Und auf die Toilette lassen sie mich auch nicht."

Richard ahnte, dass in diesen wenigen Minuten, seit Kerstin auf dem Flughafen von Istanbul angekommen war, ihr gesamtes Leben umgekrempelt wurde. Sie und ihr Mann hatten sich auf ein Leben in der Türkei eingerichtet, hatten sich ein Haus in Mersin gekauft, dazu einen kleinen Olivenhain, und in fünf oder sieben Jahren wollten sie sich zur Ruhe setzen und eine Idylle genießen. Und Richard hatte Kerstin eingeplant für die Leitung des neuen Büros in Antakya. Diese Zukunft wurde in diesen Minuten zerstört, als ob ein Krieg in das Leben eingebrochen wäre.

„Gib mir ein paar Minuten", sagte Richard und fuhr sich nervös mit der Hand durch die Haare. „Ich rufe die Botschaft an und spreche danach mit Şaban. Ich rufe dich gleich zurück."

Mit fahrigen Händen wählte Richard die Nummer der Botschaft

und ließ sich mit dem Sicherheitschef verbinden. Der verstand sofort. „Ich gebe das sofort an den Botschafter weiter", sagte er. „Das ist eine Sache, die nur er lösen kann." Keine zehn Minuten später rief er Richard zurück. „Im Innenministerium sagen sie, dass der Bann bestimmter Personen von ganz oben kommt", erklärte er. „Das ist eine andere diplomatische Ebene, da können wir leider nichts machen, jedenfalls kurzfristig nicht."

„Meine Kollegin muss also zurück nach Deutschland?", fragte Richard mit einer Mischung aus Empörung und Enttäuschung in der Stimme.

„Das muss sie wohl. Sie soll sich jetzt möglichst kooperativ verhalten, damit noch Schlimmeres verhindert wird."

„Kooperativ verhalten?", wiederholte Richard und musste seinen Ärger über das Diplomatendeutsch des Sicherheitsberaters zurückhalten. „Das ist doch reine Willkür, was die türkische Regierung da macht!"

Der Sicherheitsberater räusperte sich. „Ich weiß, aber im Moment können wir da wirklich nichts machen. Es tut mir leid."

Richard eilte ins Erdgeschoss zu Şaban und beschrieb ihm die Situation. „Hast du irgendwelche Kontakte, die uns weiterhelfen können?"

Şaban verzog das Gesicht. „Wenn das direkt aus dem Innenministerium kommt, wird es schwierig. Kerstin hat ja nie ein Blatt vor den Mund genommen, und in Mardin verbreiten sich Nachrichten und Gerüchte schnell. Vielleicht hat sie mal etwas Kritisches über den Präsidenten gesagt, und jemand hat sie angeschwärzt. Aber ich werde sehen, was ich tun kann."

Şaban rief Kerstin an und ließ sich den leitenden Polizeibeamten geben, aber auch er schien gegen eine Wand anzureden. Kerstin war gebannt. Punkt. Er reichte Richard das Handy.

„Was ist mit deinem Mann?", fragte Richard Kerstin.

„Der ist schon vor zwei Tagen eingereist", erwiderte sie. „Da gab es kein Problem."

Richard überlegte, sah aber keine Lösung. „Es sieht so aus, als könnten wir da im Moment nichts machen", musste er zugeben. „Am besten, du fliegst zurück und arbeitest erstmal von unserer Zentrale in Berlin aus. Dann versuchen wir, eine Lösung zu finden."

„Und was ist, wenn ich nicht mehr in die Türkei darf? Verliere ich dann meinen Job?"

„Das ist nicht deine Schuld, also werden wir nach Optionen schauen. Wir unterstützen die Türkei in der Flüchtlingskrise. Du sollst ein Sechs-Millionen-Projekt leiten. Wenn wir es verschieben müssen, schadet sich die Türkei selbst. Ich bespreche das mit der Zentrale. Wir müssen uns eine Strategie überlegen, da musst du etwas geduldig sein."

Richard setzte sämtliche Hebel in Bewegung, um Kerstin wieder ins Land zu bringen. Aber weder er noch die Botschaft noch protestierende deutsche Politiker schafften es, sie aus der Verbannung zu holen. Das türkische Innenministerium ließ Anfragen ins Leere laufen, das Außenministerium erklärte sich für nicht zuständig. Die Migrationspolizei lieferte nicht einmal einen Grund für den Bann. Kerstin stand auf einer Liste, das reichte. Man sagte sogar, dass sie Glück hätte, denn über vierzig andere Deutsche saßen inzwischen in türkischen Gefängnissen, weil sie zu laut über Dinge nachgedacht hatten, die der Regierung missfielen. Oder weil sie überhaupt gedacht hatten.

Kerstins Mann reiste ebenfalls zurück nach Deutschland, und nach einigen Wochen bot ihr die Zentrale einen Job in Berlin an. Neue Pläne, neues Leben. Das Haus und der Olivenhain in Mersin wurden verkauft und das Geld in eine Wohnung mit Spreeblick investiert. Kein neuer Traum, aber zumindest kein Gefängnis.

Richard war also gewarnt. Denn nichts anderes als eine Warnung war Kerstins Bann. Er reihte sich ein in die vielfältigen Drangsalierungen, mit denen sie alle täglich zu kämpfen hatten.

Und nun hatte Richard auch noch seine neue Büroleiterin für Antakya verloren. Die Tragik dieses Umstands hielt sich im Vergleich zur Zerstörung von Kerstins Lebensentwurf in Grenzen. Stelle wieder ausschreiben, etliche Lebensläufe sichten, Vorstellungsgespräche durchführen, Stelle besetzen. Da gingen halt ein paar Arbeitstage drauf, aber ansonsten war es die Routine der ständigen Unwägbarkeiten.

Eine Unwägbarkeit war es auch, als Richard und sein Team vom Angriff der türkischen Armee auf die Region um das syrische Afrin überrascht wurden. Afrin im nordwestlichen Zipfel der Provinz Aleppo wurde von den Kurden verwaltet, demokratisch und friedlich. Schon seit Wochen hatte der türkische Präsident jede Gelegenheit dazu genutzt, deutlich zu machen, dass er ein zusammenhängendes kurdisches Gebiet entlang der syrisch-türkischen Grenze nicht dulden würde, aus dem womöglich ein autonomer oder wie auch immer definierter kurdischer Staat erwachsen könnte. Also schickte er Truppen. Die Panzer wühlten sich durch das unwegsame und vom Winterregen aufgeweichte Gelände und machten den Weg frei. Die kurdischen Kämpfer, die hoffnungslos in der Unterzahl waren, spotteten über die dreckigen Soldaten und zeigten sich furchtlos, entschlossen sich dann aber zum Rückzug. Das kleine und isolierte Afrin lohnte keine Opfer. Die meisten Zivilisten folgten ihnen nach Osten, über den Euphrat, nach Al Hassakeh, wo sie wie Brüder und Schwestern empfangen wurden. Al Hassakeh, ja der ganze Nordosten Syriens, war Kurdengebiet. Da war man vorerst sicher. Dort standen gut hunderttausend Kämpfer unter Waffen, von Amerika unterstützt und erprobt in ungezählten Schlachten gegen den IS. Da würde es sich der Präsident – der türkische wie der syrische wie der russische – zweimal überlegen, ob er seine Truppen schicken sollte. Und wer sich aus Afrin nicht auf den mühsamen Weg nach Al Hassakeh aufmachte, floh nach Azaz in die überfüllten Flüchtlingslager und hoffte auf das Nötigste.

Da kam Richards Organisation ins Spiel. Schon kurz nach Beginn des Einmarsches der türkischen Armee in Afrin fragte ALERT an, ob sie Zelte, Decken, Öfen, Latrinen und was sonst noch zur Verfügung stellen könnten. Wegen der Flüchtlinge, die zu erwarten waren.

„Das hat sich die türkische Regierung gut ausgedacht", kommentierte Leon während des Mittagessens. „Zuerst greift sie die Kurden an, und dann bittet sie die humanitären Organisationen, die Folgen davon auszubügeln."

„Und genau deshalb sollten wir das ablehnen", meinte Levent.

„Was willst du denn den Kurden sagen?", fragte Christian. „Dass es uns leidtut, weil sie von türkischen Invasionstruppen vertrieben wurden anstatt von der syrischen Armee und wir deshalb nicht zuständig sind?"

„Aber wenn wir zusagen, unterstützen wir doch indirekt diesen Angriff!"

„So einfach ist die Sache nicht", wandte Richard ein. „Vor diesem Dilemma stehen die Hilfsorganisationen in jedem Krieg. Aber wir müssen uns nach dem humanitären Imperativ richten, der uns zur Hilfe verpflichtet. Da können wir nicht einfach *Nein* sagen."

„Da ist man mitten in der Logik des Krieges", sagte Leon. „Der eine zerbombt die Lebensgrundlagen Hunderttausender, der andere ist für die Linderung der Auswirkungen verantwortlich."

„So zynisch das klingt, aber da ist etwas Wahres dran", musste Richard zugeben.

Später im Büro erinnerte er sich an die Zelte, Latrinen und Öfen, die ALERT für seine Organisation in einem ihrer Lagerhäuser in Elbeyli untergebracht hatte. Er rief Julian zu sich.

„Wir können doch jetzt die Zelte, Latrinen und Öfen nach Azaz bringen", schlug Richard vor. „Das ginge unbürokratisch und schnell."

„Hatte ich auch sofort dran gedacht", meinte Julian. „Ich setze mich mit ALERT in Verbindung."

Er ging hinter seinen Schreibtisch und griff zum Telefon. Wenig später kam er in Richards Zimmer, um zu berichten.

„Sie finden die Idee gut und wollen die Sachen aus ihrem Lagerhaus holen", sagte er. „Sie bringen sie dann direkt nach Azaz."

Richard lehnte sich zurück. „Sollten wir sie nicht lieber selbst abholen? Würde mich auch interessieren, in welchem Zustand die Sachen sind. Sie lagern dort ja schon eine Weile."

Julian zuckte die Achseln. „Können wir natürlich machen. Aber an der Grenze müssen wir sie ohnehin an ALERT übergeben. Die lassen uns noch nicht nach Azaz rein. Ist noch zu gefährlich."

„Das ist mir schon klar. Aber sie sollten zumindest sehen, dass wir ein Auge darauf haben."

„Okay, ich regle das", entschied Julian und setzte sich wieder ans Telefon. Sein Pragmatismus gefiel Richard. Er nahm die Dinge in die Hand und machte nicht viel Aufhebens, wenn es um die Lösung eines Problems ging. Hier ging es allerdings weniger um ein Problem als vielmehr um eine unkomplizierte logistische Aufgabe, und Julian erledigte solche Dinge mit links. Davon ging Richard auch in diesem Fall aus.

Aber im Laufe des Nachmittags stellte sich heraus, dass die Sache keineswegs unkompliziert war. ALERT fand weder die Zelte noch die Latrinen noch die Öfen.

„Sind sie nicht mehr im Lager?", fragte Richard überrascht.

„Offenbar nicht mehr", erwiderte Julian und zog die Stirn kraus. „Sie haben jemanden zum Lagerhaus geschickt, aber die Sachen sind weg."

„Wieso weg?! Haben sie sie woanders gelagert? Oder schon verwendet, ohne uns zu informieren?"

„Das versuche ich gerade herauszufinden. Niemand fühlt sich wirklich zuständig, und ich werde von einem zum anderen geschickt."

„Es muss doch zumindest Inventarlisten geben, in denen die Ein-

und Ausgänge eingetragen sind."

„Darauf habe ich sie auch angesprochen, aber solche Listen existieren nicht, zumindest nicht für unsere Ausrüstung."

„Soll ich Ankara anrufen?"

„Ich glaube nicht, dass man in Ankara weiß, was genau in welchem Lagerhaus rumliegt und wofür es benutzt wird."

„Aber unser Freund Bülent könnte ein paar Leuten auf die Füße treten."

„Wenn ich tatsächlich nichts erreiche, komme ich darauf zurück."

Auch Merve, die als Verbindungsfrau inzwischen über Kontakte verfügte, die bis ins Büro des Ministerpräsidenten reichten, setzte sich ans Telefon. Aber erst am nächsten Tag wurde sie fündig. Mit ernstem Blick kam sie hinter Julian und Jakob in Richards Zimmer, schloss die Tür und hielt ein Blatt Papier hoch.

„Das wird dich nicht begeistern", sagte sie und reichte Richard das Papier. Richard nahm es und warf einen Blick darauf: eine Tabelle auf Türkisch, eine Menge Zahlen.

„Was ist das?", fragte er.

„Eine Liste mit Angaben über unsere Zelte, Latrinen und Öfen", antwortete sie. „Wo sie verwendet wurden, wohin man sie gebracht hat."

„Sie haben unsere Zelte, Klos und Öfen also verwendet, ohne uns zu fragen oder zu informieren."

„Ja, aber das ist nicht alles." Merve schaute Jakob an.

„Fällt dir was auf?", fragte Jakob und deutete auf das Papier. Er presste die Lippen aufeinander, kratzte sich an der Stirn und atmete dann tief durch. Wenn er das tat, gab es Probleme.

Richard schaute es sich genauer an. Er verstand, dass die Namen in der ersten Spalte die Orte bezeichneten, zu denen die Ausrüstung gebracht worden war. Die zweite Spalte gab die Anzahl an. Auch Azaz tauchte an mehreren Stellen auf, die Namen vor dem Schrägstrich identifizierten die jeweiligen Flüchtlingslager.

„Zumindest haben sie einige Zelte und Öfen nach Azaz gebracht", sagte Richard, auch wenn er ziemlich sauer war.

„Aber auch an andere Orte", sagte Julian.

„Ja, nach Afrin", stellte Richard fest. „Und das ist heikel."

„Und die Spalte dahinter gibt an, wer die Ausrüstung erhalten hat", klärte Merve auf.

„Aha. Und wer hat sie erhalten?" Die türkischen Begriffe verstand Richard nicht.

„Die meisten Zelte, Latrinen und Öfen gingen an Flüchtlingsfamilien." Merve kam um Richards Schreibtisch herum. „Aber diese Latrinen und Öfen hier ..." – sie deutete auf einige der Einträge – „... gingen an das Militär."

Richard schaute sie ungläubig an. „Ans Militär?" Das war weit mehr als heikel. Und jetzt war er nicht mehr nur sauer, er war verdammt wütend.

Er stand auf und stemmte die Fäuste auf den Schreibtisch. „Das darf doch wohl nicht wahr sein!", stieß er aus. Gleichzeitig entstanden vor seinen Augen schon die Schlagzeilen deutscher Medien, dass er mit seiner Organisation die Eroberung von Afrin unterstützte. Ein PR-Desaster!

„Dieser Scheiß bleibt vorerst strikt unter uns, ist das klar?", sagte er leiser, aber eindringlich. Die anderen drei nickten betroffen.

„Es sind nicht viele Latrinen und Öfen", wollte Merve beschwichtigen.

„Das ist völlig egal! Und wenn es nur *ein* Klo oder *ein* Ofen wäre, die Presse würde uns in der Luft zerreißen!"

„Aber Fakt ist, dass nicht *wir* die Sachen ans Militär gegeben haben, sondern ALERT", wandte Jakob ein. Als gelernter Jurist blieb er stets auf dem Boden der Tatsachen. „Es ist die Regierung, die die humanitäre Hilfe für militärische Zwecke missbraucht!"

„Kann ja sein", sagte Richard und setzte sich wieder. „Aber das interessiert die Presse nicht. Die werden sich nur darüber hermachen, dass es *unsere* Klos und *unsere* Öfen sind, die da irgendwo in einem Militärlager stehen."

„Verantwortlich ist aber ALERT", sagte Julian. Er machte einen weinerlichen Eindruck. Wahrscheinlich nahm er die Geschichte persönlich. „Wir hatten uns auf sie verlassen, als wir die Ausrüstung in ihr Lager gebracht haben. Sie haben unser Vertrauen missbraucht."

„Das stimmt. Aber es sind eine Menge Erklärungen nötig, um das klarzumachen. Von wem kommen eigentlich diese Informationen?" Richard deutete auf das Papier.

„Von einem ALERT-Mitarbeiter aus Kilis", antwortete Merve. „Irgendein Assistent. Wenn ich nicht zufällig mit jemandem aus dem Management gesprochen hätte, wären wir wahrscheinlich gar nicht an diese Informationen gekommen. Der Assistent wusste wohl gar nicht, was er da an uns weiterleitet."

„Glück im Unglück", kommentierte Richard und dachte kurz nach. „Ich spreche mit Berlin, und dann sehen wir weiter, wie wir verfahren."

Als Merve, Jakob und Julian sein Zimmer verlassen und die Tür wieder geschlossen hatten, griff er zum Telefon und rief seinen Chef an. Nachdem er die Situation geschildert hatte, blieb es zunächst still in der Leitung.

„Was gedenkst du zu tun?" fragte sein Chef dann.

„Ich kann da nicht viel tun," erwiderte Richard. „Das geht weit über meine Kompetenzen hinaus. Ihr müsst unsere Regierung informieren, und die muss eine offizielle Beschwerde einreichen. Wir können den Missbrauch unserer humanitären Hilfe nicht akzeptieren!"

„Wir werden das Außenministerium informieren, und ich hoffe, dass die Presse keinen Wind davon bekommt. Denn wenn die Öffentlichkeit davon erfährt, wird ALERT stinksauer auf uns sein und vielleicht dafür sorgen, dass man uns aus dem Land wirft. Darunter würden vor allem die Flüchtlinge leiden. Aber wenn die Presse aus anderen Quellen davon erfährt, legen wir unsere Karten auf den

Tisch, mit allen Details."

„Damit kann ich leben", erwiderte Richard.

„Und wir werden keine ALERT-Lagerhäuser mehr nutzen!"

„Versteht sich von selbst."

Nach dem Telefonat legte Richard den Kopf in den Nacken und atmete tief durch. Das war weit mehr als die alltäglichen kleinen Katastrophen und Krisen, mit denen er sich ständig herumzuschlagen hatte. Er war erfahren genug, sie mit Professionalität und diplomatischem Geschick zu bewältigen, und den bitteren Geschmack, den er dabei zunehmend empfand, spülte er am Abend meistens mit einem Glas Single Malt hinunter. Aber der Missbrauch von humanitärer Hilfe war ein Skandal, der nicht ohne Folgen bleiben durfte. Richard spürte, wie sich wieder eine Wut in seinem Bauch staute. Keine ohnmächtige, sondern eine kalte, berechnende Wut. Er dachte an Faribaa und wusste nun, dass er so nicht weitermachen konnte. Und er wusste, dass der Moment näherkam, in dem er das Heft in die Hand nehmen musste.

Er traf sich mit Bülent in Ankara und schilderte ihm die Lage. Der zeigte sich entrüstet, blaffte irgendjemanden über sein Handy an und versprach, dass so etwas nicht wieder vorkommen werde. Ein unglückliches Missverständnis nannte er die ganze Sache, ein paar unwissende Lagerarbeiter hätten nicht gewusst, was sie da taten.

Richard ließ das mal so stehen, obwohl er es besser wusste. Schließlich war das Logo seiner Organisation nicht nur auf allen Seiten der Zelte und Latrinen zu sehen, sondern sogar aufs Dach gedruckt. Es machte sich normalerweise gut für die Öffentlichkeitsarbeit, wenn auf Luftaufnahmen die Zelte und Latrinen dicht an dicht zu erkennen waren. Es konnte also niemand behaupten, er habe nicht gewusst, dass es sich um Material für Flüchtlinge handelte. Und daher hoffte Richard, dass nicht gerade irgendein Fotograf über irgendwelche Militärlager flog und mitten unter tarnfarbigen Unterkünften das humanitäre Logo vor die Linse bekam.

In Afrin wurden inzwischen Tatsachen geschaffen. Die mehr als einhundertfünfzigtausend Kurden, die aus dem Gebiet geflohen waren, wurden durch Araber und Turkmenen ersetzt. Der türkische Präsident verschob die Staatsgrenzen des eigenen Landes bis tief in den syrischen Nordwesten hinein und begründete dies mit der Notwendigkeit eines Schutzschildes: gegen die Kurden, den IS und wen auch immer. Der syrische Präsident protestierte und drohte mit Angriffen. Er sah die Souveränität seines Landes in Gefahr. Der russische Präsident sah sich das an, legte die Stirn in Falten und sprach ein paar mahnende Worte. Richard hatte den Eindruck, dass ihn das nicht sonderlich interessierte. Er begnügte sich mit der Rolle des lachenden Dritten. Für ihn schien die Welt in Ordnung, besonders dann, wenn sie aus den Fugen geriet.

Der Feldzug gegen Afrin war beendet. Die türkischen Soldaten zogen bald wieder ab und überließen alles Weitere der Freien Syrischen Armee, die begeistert den Dienst als Stellvertreter der Verbündeten antrat. Ein Stück Syrien, in dem die Revolution weiterleben konnte.

Doch die neuen Herren von Afrin kamen als Eroberer. Sie besetzten die ehemaligen Häuser der Kurden, beschlagnahmten Land und Vieh der wenigen Zurückgebliebenen, setzten die Scharia ein und verlangten, dass Frauen nur verschleiert und in Begleitung eines männlichen Angehörigen der Familie das Haus verlassen durften. Und über allem wehte die türkische Flagge.

„Die Freie Syrische Armee hat sich zur Hure der Türkei machen lassen!", sagte Levent aufgeregt.

„Es ist nicht die gesamte FSA!", setzte Baschar, der zweite Mann in Christians Team, zu einer Verteidigung an. „Es sind nur die islamistischen Gruppen!"

Richard hatte sich mit einigen Kollegen zum Bier verabredet. Klar, dass der Einmarsch in Afrin diskutiert werden musste.

„Das stimmt!", warf Christian ein und zog beide Augenbrauen

hoch. „Aber ist Hurerei im Koran nicht verboten?"

„Huren gibt es unter jeder Religion", meinte Leon und schlürfte an seinem Bier.

„Und in Afrin sitzen sie jetzt zu Tausenden und machen für die türkischen Interessen die Beine breit!", ereiferte sich Levent. „Sie wissen, dass ihre Chancen gegen Assad schwinden und lassen sich korrumpieren! Sie töten und vertreiben die Menschen und machen damit nichts anderes als die syrische Armee!"

„Du kannst nicht die gesamte FSA dafür verurteilen", wehrte sich Baschar.

„Du bist naiv, wenn du glaubst, dass es innerhalb einer guten FSA ein paar schlechte Elemente gibt! Sie alle sind zu Opportunisten geworden! Zu Huren und Söldnern! Wenn du meinst, es gäbe einen guten Kern, warum hält er die Islamisten dann nicht zurück?!"

„Es ist halt kompliziert ..."

„Die Revolution frisst ihre Kinder", kommentierte Christian. „Auf die eine oder andere Weise."

„Ich meine, welche Wahl haben sie denn?" Baschar zog ein Päckchen Tabak aus der Jackentasche und begann, sich eine Zigarette zu drehen. „Überall wurden sie abgeschlachtet oder vertrieben. In Aleppo, Homs, Ghouta ... Überall! Sie und ihre Familien müssen doch irgendwie überleben!"

„Ist das jetzt das Ziel der Revolution?", fragte Leon. „Dass sie überleben? Gibt es überhaupt noch eine Revolution?"

„Natürlich gibt es die Revolution noch", erwiderte Baschar, aber es klang wenig überzeugend. Er leckte über das dünne Papier, um den Klebestreifen zu befeuchten, und steckte sich die fertige Zigarette in den Mund. Er entzündete sie mit einem Feuerzeug, inhalierte tief und blies den Rauch über die anderen. „Es gibt noch Tausende Kämpfer ..."

„... die sich den Türken anbiedern", unterbrach ihn Levent. „Sei doch realistisch! Glaubst du immer noch an einen Regimewechsel in Syrien?"

Baschar räusperte sich. „Vielleicht nicht an einen Regimewechsel, aber an eine neue Verfassung, an mehr Demokratie."

„In Russland gibt es auch eine Demokratie", warf Christian ein. „Aber eine, in der ich nicht leben wollte. Und ohne die Russen läuft in Syrien nichts. Ohne ihre Erlaubnis darf der Präsident noch nicht einmal aufs Klo gehen. Da kann man sich sehr leicht vorstellen, wie eine Demokratie in Syrien aussehen würde."

„Man könnte Assad auch eine Hure Moskaus nennen", meinte Leon. „Und damit wären wir wieder beim Thema."

„Ist Prostitution in Syrien eigentlich legal?"

„Solange der russische Präsident zahlt."

Die Invasion Afrins und seine Besetzung durch die FSA zeigte ihnen, dass es keine richtige und keine falsche Seite mehr gab. Es gab nur noch Seiten, die jeden Augenblick die Richtung und Position ändern konnten. Es war kein Verlass auf sie, und Richard zweifelte daran, ob er überhaupt noch eine Seite einnehmen konnte.

Eindeutig waren nur noch diejenigen, die sich für die Gewalt entschieden und sich gegen jedes Menschenrecht gestellt hatten, und selbst die konnten morgen schon zu jenen gehören, denen man freundschaftlich die Hand gab und auf die Schulter klopfte.

Ihnen allen war klar, dass sich in den Krisen der Region die Dinge verkomplizierten. Der türkische Präsident wollte einen Kurdenstaat an den Grenzen seines Landes verhindern. Die syrischen Rebellen brauchten einen Platz, an dem sie sich sicher fühlen konnten. Da wusch eine Hand die andere. Aber jeder wusste auch, dass die Karten vielleicht schon am nächsten Tag neu gemischt werden konnten.

22

Richard verfolgte interessiert die Nachrichten über den deutschen Journalisten, der alle paar Wochen einen Preis bekam. Während eines Bundesligaspiels prangte auf den LED-Banden im Stadion keine Werbung, sondern die Forderung nach seiner Freilassung. Der *Playboy* setzte ihn auf den zweiten Platz bei der Wahl zum Mann des Jahres. Nobelpreisträger, Rockstars und Regisseure machten sich in ganzseitigen Anzeigen in deutschen und türkischen Zeitungen für ihn stark. Die deutschen Zeitungen bekamen reichlich Beifall dafür. Die türkischen Zeitungen bekamen Besuch von der Polizei und eine gründliche Durchsuchung ihrer Redaktionen.

Der Präsident gab sich unbeeindruckt und wetterte wie gewohnt gegen die Terroristen und Verräter, die er unter den Journalisten, Menschenrechtlern und Kurden ausmachte. Doch als sich auch der Europäische Gerichtshof für Menschenrechte einschaltete, musste er nachgeben. Der deutsche Journalist im Gefängnis hatte seinen Nutzen für ihn verfehlt, Verrat und Terrorunterstützung hin oder her. An einem kalten, regnerischen Februartag gab der Präsident die Anweisung zur Freilassung des deutschen Journalisten, nachdem der Staatsanwalt 18 Jahre Haft für ihn gefordert hatte. Die türkischen Journalistenkollegen blieben in den Zellen. Kein Fußballklub und kein Rockstar erhob für sie die Stimme.

Noch immer bohrte der Schmerz über Faribaas Verlust in Richard. Zusammen mit einer ständigen Erschöpfung lag er auf Brust und Schultern wie ein bleiernes Gewicht. Sein Tinnitus war inzwischen von einem pfeifenden Rauschen, das er immer mal wieder ignorieren konnte, zu einem beeindruckenden Lärmbrei von der Art einer Flugzeugturbine angewachsen. Er telefonierte nur noch mit dem rechten Ohr, da er auf dem linken kaum noch etwas verstand. Auch die Schwindelanfälle waren zurückgekehrt, so dass er nun öfter als üblich die Tür zu seinem Büro schloss und eine Viertelstunde die Beine auf den Schreibtisch legte. Aber das würde schon wieder vorbeigehen, hoffte er. Mal ein Wochenende durchschlafen. Es *musste* einfach vorbeigehen.

Die ständige Ungewissheit darüber, was morgen, die folgende

Woche oder nächsten Monat passieren konnte, machte die Arbeit zu einem permanenten Kraftakt mit unsicherem Ausgang. Die Selbstzensur; das Balancieren zwischen humanitärer Pflicht und dem Missbrauch humanitärer Hilfe durch die Behörden; das Geben und Nehmen, um eine einigermaßen vernünftige Arbeit machen zu können; die Regelungen und Vorschriften, die man nur mündlich übermittelt bekam und die schon am nächsten Tag widerrufen werden konnten; die Willkür von Vorwürfen, die jeden in jedem Moment treffen mochten. Jeden Tag wurden Richard und sein Team durch irgendein Ereignis zurückgeworfen, wurde alles auf Anfang gestellt, und mit einem achselzuckenden *Let´s try it again* schlürften sie ihren Kaffee und gaben nicht auf, ihren Job zu erfüllen.

Ein Durchatmen oder Abschalten von den täglichen Problemen war kaum noch möglich. Wenn Richards Kopf mal nach der Arbeit nicht mehr fähig war, zwei systematische Gedanken zu formulieren, setzte er sich meistens vor den Fernseher, vor dem er nicht selten einschlief. An den Wochenenden versuchte er, länger zu schlafen, doch in seinem Kopf drehte sich alles um die Arbeit und Faribaa. Also las er Berichte oder beantwortete E-Mails oder lenkte sich mit Putzen ab.

Wenn selbst das nicht mehr half, floh er ins Kino und sah sich einen sinnfreien Hollywoodfilm an in der Hoffnung, seinen Kopf und seine Seele dadurch schonen zu können. Selbst seine Reisen nach Istanbul verloren ihren Reiz, hatte er sich doch bisher stets ein wenig vom immensen Kulturangebot der Stadt ablenken lassen können. Aber inzwischen wurden kaum noch Genehmigungen für Musikveranstaltungen erteilt, die sich womöglich an westlichen Vorbildern orientierten. Mehr und mehr Künstler und Kulturveranstalter mieden Istanbul, viele Konzerthallen mussten geschlossen werden. Staatliche Theater litten unter Repressionen und politischen Kontrollen, kritische Schauspieler verloren ihren Job.

Richard fand es beängstigend, was in diesem Land vor sich ging.

Wenn die Kunst und die Musik ins Visier des Staates gerieten, war etwas ganz und gar falsch.

Zu seiner Überraschung war der Jazzclub nahe dem Galata-Turm bisher von der Zensur verschont geblieben. Dorthin flüchtete er sich am Abend, wenn er in Istanbul seine Meetings, Projektbesuche und die unendlichen Verkehrsstaus hinter sich gebracht hatte, trank ein frisch gezapftes Bier und hörte sich an, was die Trios, Quartetts oder Quintetts zu bieten hatten. Und das war gar nicht so wenig. Jede dieser Bands, die hier mit ihrer Musik von der Hand in den Mund lebten, hätte in Deutschland mit Leichtigkeit ein gut zahlendes Publikum begeistert.

Richard hatte keine Ahnung, wie sich das Jazzpublikum in der Türkei zusammensetzte, aber er hegte die Hoffnung, dass es ein kritisch denkendes war. Schließlich war die Geschichte des Jazz eine Geschichte des Widerstands, der Kritik, des freien Denkens, des eigenen Willens, der Innovation. Wer die Improvisation zu seiner Maxime erhob, ließ sich keinen Maulkorb verpassen. Das mochte vielleicht übertrieben klingen, aber Richard hielt die Hoffnung aufrecht. Das Publikum im Jazzclub unterhalb des Galata-Turms jedenfalls beklatschte und bepfiff jede Improvisation und damit die Freiheit des Jazz. So bildete Richard sich ein, dass damit die Freiheit im Allgemeinen gemeint war, und hatte ein Gefühl der Zugehörigkeit.

Er brauchte diese Insel der Meinungsfreiheit, ob sie nun eingebildet war oder nicht. Kritische Worte waren in der Öffentlichkeit kaum noch zu hören. Lehrer, Universitätsprofessoren und – natürlich – Journalisten verloren wegen eines einzigen Satzes ihren Job. Gewählte Bürgermeister der Opposition wurden ihres Amtes unter dem üblichen Terrorverdacht enthoben und durch regierungstreue Beamte ersetzt. Und im Büro schauten Richard und seine Kollegen zuerst über die Schulter, bevor sie die politische Lage kommentierten. Es war eine bleierne Zeit.

Währenddessen rückte die syrische Armee mit Unterstützung der russischen Bomber und der iranischen Spezialtruppen gegen Idlib vor. Die Provinz war neben Afrin der letzte Rückzugsort der Rebellen. Nachdem sie an allen anderen Orten besiegt worden waren, hatte man vielen Aufständischen erlaubt, sich mit ihren Familien in den Nordwesten zurückzuziehen. Nun drängten sich drei Millionen Menschen in Idlib, in Dörfern, in Flüchtlingslagern, unter freiem Himmel. Die Lage war unübersichtlich.

„Eine neue bewaffnete Gruppe hat in Idlib die Kontrolle übernommen", erklärte Şaban während der Lagebesprechung. „Sie nennt sich Hay´at Tahrir al-Sham."

„Wie nennen die sich?", fragte Richard nach.

„Hay´at Tahrir al-Sham", wiederholte Şaban und konnte sich ein Grinsen nicht verkneifen. „Oder einfach nur HTS."

„Und wer steckt dahinter?"

„Es sind Fundamentalisten, die aus der Al-Qaida hervorgegangen sind. Dann haben sie sich umbenannt in Al-Nusra und jetzt eben in HTS. Im Prinzip sind das andere Bezeichnungen für das, wofür auch der Islamische Staat steht."

„Das darf doch wohl nicht wahr sein!" entfuhr es Leon. „Deshalb greift jetzt die syrische Armee Idlib wieder an und treibt die Flüchtlinge in Richtung Türkei?"

„Genau! Und darum haben die Russen dem türkischen Präsidenten einen Deal vorgeschlagen: eine Verschonung von Idlib gegen die Entwaffnung und Kontrolle der Islamisten im Süden der Provinz. Denn die Türkei fürchtet, dass sich weitere Hunderttausende Flüchtlinge zu den Grenzen aufmachen. Daher wird sie dem Deal zustimmen."

„Und was sagt Assad dazu?", fragte Richard.

Wieder grinste Şaban. „Ich glaube nicht, dass die Russen ihn gefragt haben. Das ist eine Sache zwischen Russland und der Türkei."

In den folgenden Wochen ließ sich Richard einen täglichen Bericht über die Entwicklungen in Idlib geben, um für den Fall vorbereitet zu sein, dass der Deal doch nicht klappte. Und als hätte er es geahnt, tat sich der türkische Präsident tatsächlich schwer mit der Kontrolle der Islamisten. Zwar stellte die türkische Armee einige militärische Beobachtungsposten in Idlib auf, doch konnte von Entwaffnung keine Rede sein. Also flogen wieder die Bomber und Hubschrauber, die Krankenhäuser und Schulen in die Luft jagten. Dreihunderttausend Menschen flohen nach Norden, wo Richards Team und viele andere Kollegen von vielen anderen Organisationen das verteilten, was zum Überleben gebraucht wurde. Trotz des überwältigenden Ansturms hatten sie das Gefühl, dass die Menschen gut versorgt wurden. Bis Richard selbst nach Syrien fuhr.

Es war Ende März. Er fuhr nach Azaz. Das Gebiet, in dem noch vor einiger Zeit der IS regiert hatte, war unter türkischer Kontrolle und galt inzwischen als sicher – was Richard als relativen Begriff verstand, gab es doch regelmäßig Sprengstoffanschläge gegen die neuen Herren, die ungezählte Zivilisten zerrissen. Die Statistiken bekam er täglich per E-Mail geliefert. Zahlenkolonnen über tote Männer, Frauen und Kinder, in Azaz, in Idlib, in Rakka.

Freunde fragten ihn immer wieder, ob diese tägliche Flut von Nachrichten über tote Menschen ihn nicht abstumpfte. Er fragte sich das auch. Er wehrte sich gegen das Abstumpfen, trotz der Sachlichkeit der Zahlen, trotz ihrer Anonymität, die das, was dahintersteckte, ganz weit in den Hintergrund drängte. Aber Richard wusste sehr genau, was dahintersteckte. Er hatte Menschen sterben gesehen, kannte die Gewalt von Explosionen, die Einschläge von Kugeln und ihr Sirren in der Luft, den Geruch von Blut. Von viel Blut. Er war noch nicht abgestumpft. Aber er konnte Einiges wegstecken. Glaubte er.

Der Grenzübertritt nach Syrien war ein bürokratischer Akt, der zwei Wochen zuvor mit einem Antrag an den Vizegouverneur von

Kilis eingeleitet worden war. Richard war mit Leon und einem syrischen Projektmitarbeiter unterwegs, und zur Prüfung des Antrags hatte auch der Geheimdienst sein Okay geben müssen. Nachdem feststand, dass von ihnen offenbar keine Gefahr ausging, durften sie reisen.

Auf der türkischen Seite der Grenze brauchte man eine ganze Weile, bis man den Papierkram durchgesehen hatte, dann ließ man sie passieren. Auf der syrischen Seite wurden sie von einigen jungen Männern in Tarnkleidung empfangen. Keine Beamten der Diktatur, sondern Kämpfer der FSA, freundlich und entspannt, die kaum einen Blick in die Papiere warfen, sondern einen kleinen Zettel mit Stempel in die Pässe legten: das Visum.

Der syrische Kollege zeigte auf einen Van und winkte dem Fahrer zu, ihr Transport nach Azaz.

Die Fahrt ging durch eine von zahlreichen Granateinschlägen vernarbte, karge Landschaft. Von Zeit zu Zeit Felder, auf denen Menschen in Gummistiefeln oder barfuß arbeiteten. Die Straße war mit Schlaglöchern übersät, es ging nur langsam voran. Immer wieder Autowracks, deren Zustand Rückschlüsse darauf zuließ, ob sie durch einen Unfall, eine Explosion oder Maschinengewehrfeuer aus dem Verkehr gezogen worden waren. Ein Unfall schien Richard nur in einem Fall wahrscheinlich.

Je näher sie der Stadt kamen, desto mehr Zelte oder improvisierte Unterkünfte waren zu sehen. In einem kleinen Olivenhain nutzten die Menschen die Bäume, um Planen aufzuspannen, unter denen sie wohnten. Zwischen den Bäumen hing Wäsche zum Trocknen.

In den letzten zwei Tagen hatte es geregnet, der Boden war nass und schwer. In den Schlaglöchern stand das Wasser, und ihr Fahrer umfuhr sie zur Sicherheit, schließlich wusste man nie, wie tief sie waren. Ein Bus, dessen Fahrer das Risiko eingegangen war, war mit dem rechten Vorderreifen versunken, steckte jetzt fest und hatte Schlagseite. Die Passagiere waren ausgestiegen, und die

Männer unter ihnen versuchten gemeinsam, die versunkene Seite wieder hochzuhieven.

Die Straße war inzwischen mit Fahrzeugen und Menschen überfüllt. Zu beiden Seiten reihte sich ein Flüchtlingslager an das andere. Die offiziellen, von ALERT geführten, als auch die improvisierten aus Planen, Holzplatten, Wellblech und anderen zusammengeklaubten Materialien, die über keine funktionierende Verwaltung verfügten, aber irgendwie überlebten. Zwischen den Behausungen bahnten sich die Menschen ihren Weg durch knietiefen Schlamm.

„Sieh mal da!", rief Leon plötzlich. „Da links!"

Richard wandte den Kopf. Mitten in diesem Durcheinander stand ein Zelt mit dem Logo seiner Organisation. Richard hatte keine Ahnung, wie es dorthin gekommen war. Sein Team hatte es jedenfalls nicht an dieses Lager geliefert.

„Das ist ziemlich schrecklich", sagte er.

„Was?", fragte Leon. „Dass hier eines unserer Zelte steht?"

„Nein! Dass die Leute hier mitten im Schlamm leben! Ich dachte, ALERT bereitet den Boden vor, bevor sie ein Lager darauf errichten."

„Das konnten sie noch nicht für alle Flüchtlingslager machen", sagte ihr syrischer Kollege. „Es sind einfach zu viele Flüchtlinge in zu kurzer Zeit angekommen. Man ist schon froh, dass man den meisten zumindest eine Unterkunft anbieten konnte. Und die improvisierten Lager haben noch nicht einmal Toiletten!"

„Kümmert sich denn niemand darum?"

„Man versucht es. ALERT, das Flüchtlingshilfswerk der UN, Organisationen wie wir ... Aber es reicht nicht. Es sind einfach zu viele!"

Sie fuhren zum Verwaltungszentrum von ALERT, einer Ansammlung von Großraumzelten mit Generatoren und Sonnenkollektoren. Der Platz zwischen den Zelten war gepflastert. Zum Gespräch bot man ihnen Tee und Sesamplätzchen an. Ohne zu zögern überschwemmte man sie mit einer Aufzählung notwendiger Materialien und Ausrüstung. In Gedanken kalkulierte Richard, dass es hier um zig Millionen Euro ging – für die nächsten sechs Monate.

Er hörte sich das an, erwiderte, dass er die Informationen an die Geber weiterleiten würde, versprach jedoch nichts. Es war offensichtlich, dass ALERT mit der Situation überfordert war, da würden sich die Millionen Euro schnell in Luft auflösen.

Nach dem Treffen stapften Richard und Leon durch den Schlamm zu einer Verteilungsstelle, die ihre Kollegen aus Azaz eingerichtet hatten, um Lebensmittel, Decken, Kleidung und Hygieneartikel an die Menschen auszugeben. Ihre Kollegen hatten während der letzten Tage viele der neu angekommenen Flüchtlinge besucht, sie zu ihrer Situation befragt und so herausgefunden, wer besonders dringend versorgt werden musste und wer noch über genügend Mittel verfügte, um für eine Weile aus eigener Kraft durchzukommen.

Richard beobachtete eine Weile den Ablauf der Registrierung und die Ausgabe der bunten Karten, die zum Erhalt der Hilfspakete berechtigten, und trat dann zu Leon, der Fotos mit seinem Handy machte.

„Hast du die Leute vorher gefragt, ob du von ihnen Fotos machen kannst?", raunte Richard ihm zu.

„Hab´ ich", erwiderte Leon, setzte das Handy ab und drehte sich zu ihm um. „Oder meinst du, ich riskiere es, hier gelyncht zu werden?!"

In den Flüchtlingslagern gab es Waffen, viele Waffen. Niemand wusste genau, wie viele, aber man wusste, sie waren da. Immer wieder gab es Auseinandersetzungen, bei denen diese Waffen auch eingesetzt wurden. Und es genügte schon ein kleiner Anlass, ein Streit unter Nachbarn, und es gab Tote und Verletzte. Der Krieg war nie abwesend.

Richard und Leon gingen zu ihren Kollegen, die die Hilfspakete verteilten. Die jungen Männer nahmen die Karten von den

Flüchtlingen entgegen, verschwanden in einem Zelt und kamen mit einem oder zwei Paketen zurück. Alle schwitzten, die Pakete wogen gut fünfzehn Kilo. Sie lachten Richard und Leon an, schüttelten ihnen kurz die Hand, unterbrachen aber ihre Arbeit nicht. Die Leute waren ungeduldig. Viele von ihnen waren vier oder fünf Kilometer durch die Landschaft marschiert, da wollte man sie nicht unnötig warten lassen.

Richard fiel ein junger Mann auf, der mit verschränkten Armen etwas abseits auf einem verbeulten Benzinkanister saß und mit abwesendem Blick vor sich hinstarrte. Die Haare hingen ihm wirr ins Gesicht, sein Oberkörper bewegte sich leicht vor und zurück. Seine Tarnkleidung war zerrissen und zeigte an einigen Stellen große, dunkle Flecken, vielleicht Dreck, vielleicht Blut. Aus der Entfernung war es nicht zu erkennen. Immer wieder wischte er sich mit einer Hand über die Augen.

Ein FSA-Kämpfer kam mit einer Thermoskanne und Pappbechern und goss seinen Kameraden, die die Verteilung überwachten, Tee ein. Danach brachte er auch dem jungen Mann auf dem Benzinkanister einen dampfenden Becher. Der nahm ihn ohne aufzuschauen und setzte ihn langsam an die Lippen. Der FSA-Kämpfer klopfte ihm leicht auf die Schulter und ging zu seinen Kameraden zurück.

Als die Verteilung wenig später vorbei war, trat Richard zu seinen schwitzenden Kollegen. „Wer ist das?", fragte er und wies mit dem Kopf auf den Mann auf dem Benzinkanister.

Einer der Kollegen zuckte die Achseln. „Er ist ein ehemaliger FSA-Kämpfer", erklärte er. „Er hat in Ost-Aleppo gekämpft und als einziger seiner Einheit überlebt. Wir wissen nur, dass er Yehia heißt."

„Bekommt er auch Lebensmittel von uns?"

„Er hat uns nicht darum gebeten. Er wird wohl von seinen Kameraden versorgt."

Richard dachte kurz nach und deutete dann auf einige beschädigte Hilfspakete. „Packst du mir davon ein paar Lebensmittel ein?"

„Mach ich", sagte der junge Mann, griff eine Plastiktüte und stopfte sie rasch mit Linsen, Bulgur, Öl, Zucker und anderen Dingen voll. Dann reichte er Richard die Tüte.

Richard nickte ihm dankend zu und näherte sich langsam Yehia, darauf bedacht, ihn nicht zu erschrecken. Er ging vor ihm in die Hocke und stellte die Tüte auf den Boden.

„Verstehen Sie mich?", fragte er leise auf Englisch.

Der junge Mann schien ihn gar nicht wahrzunehmen und bewegte seinen Oberkörper stumm und mit apathischem Blick vor und zurück.

„Meine Kollegen dort drüben verteilen hier jeden Monat Lebensmittel", sagte Richard. „Sie können sich bei ihnen melden, wenn Sie in das Programm aufgenommen werden wollen."

Yehia reagierte nicht, seine Hände zitterten leicht.

„Sie können auch andere Hilfe in Anspruch nehmen", versuchte es Richard noch einmal. „Mit jemandem reden, meine ich. Vielleicht ... hilft es ja."

Als Yehia immer noch nicht reagierte, erhob sich Richard mit einem Seufzer. Er wollte schon wieder zu seinen Kollegen zurückgehen, als Yehia die Tüte ergriff. Richard hielt inne.

„Alle ... haben es gewusst", sagte Yehia leise und stockend auf Englisch und ohne Richard anzusehen. „Alle." Er schnaufte laut und zog die Nase hoch.

Richard hockte sich wieder vor ihn hin. „Wer hat was gewusst?", fragte er.

„Alle haben es gewusst", wiederholte Yehia. „Die Toten ... das Morden, die Bomben ..."

Richard wartete ab.

„Alle ... haben geschwiegen", fuhr Yehia fort. „Haben ... zugesehen, wie wir sterben."

„Ich verstehe", sagte Richard.

Yehia hob den Kopf und sah ihn an. „Amerikaner?", fragte er.

„Deutscher", erwiderte Richard.

„Du ... hast auch geschwiegen."

„Sie meinen die ... Politik?"

Yehia sagte nichts und blickte ihn aus unendlich traurigen und müden Augen an. Eine stumme Anklage, und doch so ohrenbetäubend laut.

Richard räusperte sich und legte Yehia sanft die Hand auf die Schulter. „Sprechen Sie mit meinen Kollegen, sie können Ihnen helfen." Dann erhob er sich, und ging zurück zu Leon und den anderen.

„Er hat mit dir gesprochen", sagte der junge Mann, der ihm die Tüte mit den Lebensmitteln gegeben hatte. „Erstaunlich. Er spricht sonst mit niemandem."

„Nicht viel, aber immerhin", sagte Richard nachdenklich. „Er braucht Hilfe. Nicht nur Lebensmittel. Man kann ihn nicht dazu zwingen, aber wenn er zu euch kommt ..."

„Ja, er ist wie ein Körper ohne Seele. Der Krieg hat ihn zerstört. Wir werden uns um ihn kümmern."

Richard beobachtete Yehia, der jetzt wieder blicklos vor sich hinstarrte und auf dem Kanister vor und zurück schwankte. Immer wieder wischte er sich über die Augen, als ob er die Bilder wegwischen wollte, die ihn verfolgten.

Jemand brachte Tee und riss Richard aus seinen Gedanken. Er bedankte sich bei den Kollegen für ihr Engagement und hielt eine kleine Rede. Das war nicht nur Höflichkeit. Er war ehrlich beeindruckt von den jungen Männern. Hier saßen sie, inmitten von Zigtausenden Flüchtlingen, die um ihr Überleben kämpften, und sorgten dafür, dass einige hundert von ihnen über den nächsten Monat kamen. Klar, ein Tropfen auf den heißen Stein, aber für viele Flüchtlinge ein lebenswichtiger Tropfen.

Danach mussten sich Richard und Leon schon auf den Rückweg machen, um noch vor Einbruch der Dunkelheit über die Grenze zu kommen. Als Richard sich erhob und sich umschaute, war Yehia verschwunden. Auf dem Benzinkanister stand ein leerer Pappbecher.

Am Abend ließ Richard den Tag noch einmal im Kopf vorbeiziehen. Millionen waren in der Region auf der Flucht, weltweit waren es etliche zig Millionen, viele seit Jahren. Was konnten sie vom Leben erwarten? Welche Perspektiven hatten sie für sich und ihre Kinder? Wie einfach es war, die Würde des Menschen antastbar zu machen.

Richard gingen Yehias Worte nicht aus dem Kopf. Ja, zu viele hatten geschwiegen und schwiegen noch immer. Und er selbst?

Richard trank den einen oder anderen Single Malt zu viel an diesem Abend. Aber nach langer Zeit schlief er mal wieder eine Nacht durch.

23

Bassam stand auf der Galata-Brücke und schaute den Anglern bei der Arbeit zu. Er zog an der Zigarette und inhalierte tief. Es war ein später, sonniger Freitagnachmittag, er hatte zwei Pakete abgeliefert und nun einige Euroscheine in der Tasche. Nicht schlecht für einen Tag und sehr viel mehr, als die meisten syrischen Flüchtlinge im Monat bekamen.

Unter ihm fuhren die Fähren und Touristenboote unter der Brücke hindurch, von gierigen Möwen begleitet, die auch manchmal nach den kleinen zappelnden Fischen an den Angelhaken schnappten. Dann riefen ihnen die Angler Schimpfwörter entgegen und beeilten sich, den bescheidenen Fang in ihren Plastikeimern zu verstauen. Die Teeverkäufer gingen von Angler zu Angler und boten ihre Ware an, und auf ihren Tabletts wurden die vollen Gläschen rasch durch leere ersetzt. Schon eilten sie zurück, um Nachschub zu holen. Alltagsleben auf der Galata-Brücke, das Bassam an seine Heimat erinnerte.

Er rauchte die Zigarette zu Ende und schlenderte dann in Richtung Gewürzbasar. Am Rande des Platzes davor setzte er sich vor eine der Teestuben, trank einen Tee und aß ein Simit dazu. Der köstliche Sesamkringel war noch warm, und Bassam lehnte sich zurück, während er kaute und sein Gesicht in die Sonne hielt.

Er lächelte und dachte an seine Mutter, Rafed und den Onkel. Er würde am Montag wieder ein wenig Geld nach Mardin schicken, zusammen mit Youssufs Beitrag. Er hatte seinen älteren Bruder überreden können, regelmäßiger Geld an die Familie zu schicken, auch wenn sich dadurch ihre Reise nach Deutschland verzögert. Dennoch würde es bald so weit sein. Er und Youssuf hatten gut verdient in den zurückliegenden Monaten, und sie teilten noch immer das Zimmer und die Matratze in dem heruntergekommenen Wohnhaus.

Für Bassam war die Welt fast in Ordnung, einzig seinen zwielichtigen Chef mochte er nicht. Er hatte nicht gewusst, was ihn erwartete, als Youssuf ihn vorstellte, aber der Kerl war ihm von Anfang an unsympathisch, sogar noch mehr als unsympathisch. Er fand ihn ekelhaft.

Der Chef war Türke und ließ etwa ein Dutzend Leute für sich arbeiten, einige illegale Syrer, Afghanen und Afrikaner, aber auch junge Türken, die wegen irgendwelcher Vergehen oder der Flucht vor dem Wehrdienst gesucht wurden. Er hatte die gegelten Haare nach hinten gekämmt, trug einen gepflegten, pechschwarzen Bart, war durchtrainiert und etwa so groß wie Bassam. Er saß in einem kleinen Büro oberhalb eines Ladens, der Herrenhemden verkaufte und ihm gehörte, und trug stets einen maßgeschneiderten Anzug und schwarze Lackschuhe. In dem Laden gab es allerdings kaum einmal einen Kunden. Lediglich zwei Verkäufer standen dort gelangweilt herum, die sich – wenn sich doch einmal ein Kunde in den Laden verirrte – wenig interessiert darum kümmerten, die Ware anzupreisen und zu verkaufen.

Wenn er gebraucht wurde, erhielt Bassam eine Textnachricht, die lediglich aus dem Wort *Auftrag* bestand. Dann machte er sich auf den Weg zum Chef, der ihm zwei Adressen gab, eine Abhol- und eine Lieferadresse. Und er gab ihm seine Kommission. Sie wechselten dabei kaum ein Wort. Die Adressen standen meistens auf einem handgeschriebenen Zettel, den Bassam *vernichten* sollte, sobald er sie sich eingeprägt hatte. Das war der schwierigste Teil der Arbeit: sich die manchmal komplizierten Adressen einzuprägen und die Zusätze wie *Hinterhaus dunkelblaue Tür, Dritte Etage links* oder *Zweite Eingangstür hinter dem Ersatzteillager für Mobiltelefone* nicht zu vergessen. Da er keine Navigationsprogramme benutzen durfte, richtete er sich nach einem altmodischen, faltbaren Stadtplan, den er stets bei sich trug und der vom vielen Auseinander- und Zusammenfalten schon ganz zerschunden aussah.

Die Empfänger der Pakete waren nie dieselben. Bei den Abholadressen jedoch, die mal eine Teestube, mal ein Restaurant, mal eine Metrostation, in jedem Fall aber irgendein öffentlicher Ort waren, wiederholten sich nach einiger Zeit die Gesichter derjenigen, die ihm die Pakete übergaben. Wortlose, konspirative Treffen, manchmal ein Nicken oder ein Lächeln in den Mundwinkeln, schließlich war man auf derselben Seite, wie eine verschworene Gemeinschaft.

Die Lieferadressen waren über die gesamte Stadt verteilt. Manchmal warf er ein Paket ganz einfach in einen Briefkasten, manchmal übergab er es in einem Laden, manchmal fuhr er zu einem Wohnhaus, wo er es beim Empfänger, der schon auf ihn wartete, persönlich ablieferte. Trinkgeld bekam er nie, er brachte ja auch keinen Blumenstrauß oder ein Geschenk vorbei.

Anfangs war Bassam noch bei jedem Auftrag nervös gewesen und hatte sich ständig umgeschaut, um festzustellen, ob ihm jemand folgte. Nach ein paar Wochen aber hatte er sich an seine Arbeit gewöhnt. Wenn er in der Metro oder im Bus saß, verstaute er die Pakete unter dem Sitz. Falls er doch einmal in eine Kontrolle geraten sollte, was – *Inshallah* – hoffentlich nie passieren würde, konnte er zumindest alle Schuld abstreiten. Die Pakete konnten ihm gehören oder auch von anderen Passagieren vergessen worden sein. Wer konnte das schon beweisen.

Er fuhr niemals direkt zu seinen Zielen, sondern nahm zwischendurch auch mal einen Bus in die Gegenrichtung und betrachtete die Gesichter der anderen Fahrgäste, um womöglich eines zu erkennen, das ihm schon vorher aufgefallen war. Inzwischen hatte er sogar Spaß an dieser konspirativen Routine und lächelte manchmal vor sich hin, wenn er sicher war, reale oder eingebildete Verfolger abgeschüttelt zu haben.

Bassam zahlte den Tee und das Simit und machte sich auf den Weg nach Hause. Youssuf und er wollten an diesem Abend ausgehen, etwas essen und vielleicht danach in eine Diskothek. Auch wenn er bisweilen ein schlechtes Gewissen hatte, dass die Brüder für ihr Vergnügen Geld ausgaben, so hatte er doch nach langem Zureden Youssufs einsehen müssen, dass er trotz der schmerzhaften Erinnerung an Sawsan und trotz der Verpflichtungen für die Familie auch an sich selbst denken musste.

„Gönn dir ein wenig Leben!", hatte Youssuf immer wieder gesagt. Irgendwann musste Bassam ihm zustimmen. Er trank nun weniger Raki und begleitete seinen Bruder an den Wochenenden in die Bars und Restaurants Istanbuls, wo sie Bekannte trafen und das Leben ganz normaler Menschen führten. Für ein paar Stunden vergaßen sie dann, dass sie Flüchtlinge waren, dass sie in der Illegalität lebten, dass sie jeden Moment festgenommen werden konnten.

„Was machen wir heute Abend?", fragte Bassam, als er sich zu seinem Bruder an den Tisch in der Küche setzte. Er goss sich einen Tee ein.

„Gehen wir etwas essen und danach in die Disco", schlug Youssuf vor.

„Okay", sagte Bassam und schlürfte am Teeglas. Ein junger Mann kam herein und grüßte kurz, Bassam und Youssuf antworteten mit einem Nicken. Der junge Mann ging zum Kühlschrank, griff sich einen Ayran und verschwand schon wieder.

„Wer ist das?", fragte Bassam.

Youssuf zuckte mit den Schultern. „Keine Ahnung. Ein Freund oder Verwandter von einem der anderen Mitbewohner. Ich habe schon den Überblick verloren." Er schaute seinen Bruder an. „Du solltest dich rasieren."

Bassam zog die Augenbrauen hoch. „Ein Dreitagebart ist doch cool."

„Klar ist er das. Aber dein Bart ist sechs oder sieben Tage alt, und wenn wir ausgehen, sollten wir ... gepflegt aussehen, rasiert, gegelte Haare, Jackett ... Du weißt schon ..."

„Du hast mir noch nie Modetipps gegeben."

„Mach ich auch nicht. Ist eine reine Vorsichtsmaßnahme. Der Präsident hat angekündigt, in Istanbul härter gegen Illegale vorzugehen. Es wird mehr Kontrollen geben. Da ist es besser, keinen Anlass zu liefern, dass man seine Dokumente vorzeigen muss. Wenn du einfach so aussiehst wie die Türken in unserem Alter, fällst du nicht auf."

„Du meinst, so ... gelackt?"

Youssuf lachte. „Besser gelackt aussehen als wegen der Bartstoppeln einen Polizisten zu schmieren oder im Gefängnis zu landen. Sei doch ehrlich, du willst doch den Mädels auch gefallen."

Bassam lächelte in sich hinein. „Daran ... habe ich schon seit Ewigkeiten nicht mehr gedacht."

„Ach komm!" Youssuf klopfte ihm auf die Schulter. „Es wird Zeit, dass du auf andere Gedanken kommst. Du kannst nicht den Rest deines Lebens trauern. Davon wird Sawsan nicht wieder lebendig. Sie würde es wollen, dass es dir gut geht."

Bassam seufzte. „Ja, das würde sie sicher wollen. Aber ich weiß nicht, ob ich schon so weit bin."

„Kann ich verstehen. Aber einen vergnüglichen Abend mit deinem Bruder verbringen, das kannst du doch, oder?"

„Das kann ich." Bassam lehnte sich zurück und lächelte. „Ich gehe zum Barbier und lasse mich aufmotzen."

Youssuf lachte und klatschte in die Hände. „So ist es richtig! Gehen wir zum Barbier zum Tuning!"

Später saßen sie mit Freunden in einem kleinen, syrischen Restaurant, wo ihnen der Besitzer Rabatt aufs Essen gab, aßen und tranken, erzählten und lachten und hörten sich Neuigkeiten aus der Heimat an. Wer war wohin geflohen, wo wurde gekämpft und erobert, wer war gestorben oder verschwunden. Der Krieg schien immer präsent, auch wenn er weit weg war.

Gegen elf Uhr machten sie sich auf zur Diskothek, die in einem Industriegebiet lag. Vor dem Eingang wartete eine Menschentraube darauf, eingelassen zu werden, während von drinnen die Bässe der Musik auf die Straße drangen.

Youssuf deutete auf eine Gruppe von jungen Männern in Lederjacken. „Alles Illegale, aus dem Kongo, Libyen und sonst woher." Er grüßte die Gruppe mit erhobener Hand.

„Ist das nicht gefährlich?", fragte Bassam. „Ich meine, die Polizei weiß doch bestimmt, dass sich hier Illegale treffen."

„Es ist ja nicht so, dass hier nur Illegale herumlaufen. Die meisten sind Türken. Und außerdem bekommen die Polizisten, die hier Streife fahren, ihren Anteil am Geschäft."

Youssuf hielt inne, als er jemanden erkannte. „Warte mal kurz!", sagte er nur und drängte sich durch die Menge. Bassam beobachtete, wie sein Bruder einen Mann mit Schlägermütze ansprach, der sich kurz umsah und dann in seine Jackentasche griff. Im Handumdrehen tauschten beide Männer etwas aus, bevor sie sich ruckartig voneinander abwandten. Youssuf kam grinsend zurück.

„Was hast du da gemacht?", fragte Bassam, obwohl er die Antwort ahnte.

Youssuf streckte die Hand aus, auf der Handfläche lagen zwei rosafarbene Pillen. „Nimm eine davon."

„Drogen?" Bassam sah ihn ungläubig an.

„Nur was für die gute Laune. Nun nimm schon!"

„Ich brauche sowas nicht."

„Nun sei kein Spielverderber! Ist total harmlos. Hab´ ich schon öfter ausprobiert. Da ist richtig viel Power hinter."

Bassam zögerte, nahm dann jedoch eine der Pillen und steckte sie sich in den Mund. Es kribbelte am Gaumen, als sie sich aufzulösen begann.

„Fühlt sich an wie Brause", sagte er.

Auch Youssuf schluckte eine Pille und zog Bassam mit sich. „Dann wollen wir uns mal ins Vergnügen stürzen. Du wirst sehen, das wird eine fantastische Nacht! Das ist Istanbul, Bruder!"

Sie schlängelten sich durch die Menschentraube. Viele der Wartenden schienen gar nicht in die Diskothek zu wollen. Sie standen einfach nur da, rauchend, mit Bier-, Wein- oder Rakiflaschen in der Hand, unterhielten sich und wippten mit den Köpfen zum Rhythmus der Musik. Vor dem Eingang standen zwei bullige Typen, Springerstiefel, schwarze Hosen, schwarze T-Shirts, die ihre Bizeps zur Schau stellten und jeden Ankömmling grimmig betrachteten. An einer improvisierten Kasse daneben zahlte Youssuf den Eintritt, hob die Arme und ließ sich von einem der Muskelkerle abtasten. Bassam tat es ihm nach. Dann ließ man beide in die Disco.

Sie holten sich ein Bier an der Bar, zahlten und stellten sich an einen der Stehtische, die in dem dunklen Raum, der von buntem, flackerndem, manchmal auch grell aufblitzendem Licht momentweise erhellt wurde, um eine Tanzfläche aufgestellt waren. Der Lärm war ohrenbetäubend, türkische oder arabische Popmusik, von Zeit zu Zeit auch etwas in englischer Sprache. Man musste einander anschreien, um sich verständlich zu machen.

„Gefällt es dir?", brüllte Youssuf und bewegte den Kopf im Rhythmus der Musik.

Bassam nickte lächelnd und nahm einen Schluck Bier. Er schaute zu den Leuten auf der Tanzfläche, die noch ziemlich verwaist war: einige Paare und eine Gruppe junger Männer, die im Kreis tanzten, wobei jeder abwechselnd in die Mitte trat und eine

Extraeinlage tanzte, die von den anderen bejubelt wurde.

Bassam lachte. Er fühlte sich wohl, und die stampfenden Bässe der Musik fuhren ihm in die Glieder. Seit Jahren hatte er nicht mehr getanzt, das letzte Mal war es auf irgendeiner Feier mit Sawsan gewesen. Doch seit sie tot war, hatte er nie wieder das Bedürfnis nach Ausgelassenheit gehabt. Jetzt aber war es anders. Er war aufgekratzt und spürte Freude.

Youssuf lächelte in sich hinein und blickte von Zeit zu Zeit auf sein Handy, das vor ihm auf dem Stehtisch lag. Ständig trafen WhatsApp-Nachrichten ein: Freunde und Bekannte, die nach ihm fragten oder Tipps gaben, wo gerade etwas los war. Er ließ sie unbeantwortet. Dann aber nahm er das Handy in die Hand und grinste. Er tippte etwas ein und blickte Richtung Eingang. Als er kurz darauf jemandem zuwinkte, wurde Bassam aufmerksam und wandte den Kopf.

„Was ist los?", schrie er.

„Jetzt kommt der beste Teil des Abends!", brüllte Youssuf und winkte noch einmal Richtung Eingang.

Zwei junge Frauen kamen auf sie zu und lächelten sie an. Youssuf begrüßte sie mit Küssen auf die Wangen und deutete auf Bassam. „Mein Bruder Bassam."

Beide Frauen sagten etwas, das Bassam nicht verstand, und gaben ihm ebenfalls Begrüßungsküsschen. Bassam sah Youssuf fragend an.

„Zwei Freundinnen", erklärte der und deutete auf die beiden Frauen. „Ayşe und Roza."

Nachdem auch die Frauen mit Bier versorgt waren, hakte sich Roza bei Bassam ein. „Seit wann bist du in Istanbul?", fragte sie, wobei sie mit ihrem Mund dicht an Bassams Ohr kam. Bassam spürte ihren Atem und ein Kribbeln am Hals, das sich bis in seine Leistengegend fortpflanzte. Roza war einen Kopf kleiner als er und trug eine Wolke von Parfüm mit sich.

„Seit einigen Monaten", erwiderte er. Er schaute Roza an. Im aufflackernden Licht erkannte er, dass sie stark geschminkt war, zu stark für seinen Geschmack, doch er fand sie wunderschön.

„Gefällt es dir hier?", fragte Roza.

Bassam zuckte die Achseln. „Besser als in Mardin."

Roza nippte an ihrem Bier. „Wollen wir tanzen?" Sie sah wohl ein, dass eine Unterhaltung unter diesen Umständen zu anstrengend war.

Bassam nickte und ließ sich von ihr auf die Tanzfläche führen. Zuerst war es ungewohnt, sich zur Musik zu bewegen, aber dann entspannte er sich und nahm den Rhythmus auf. Das fühlte sich gut an. Er lachte. Roza, die annahm, dass sein Lachen ihr galt, lachte ebenfalls.

Youssuf und Ayşe gesellten sich zu ihnen, und nach einer Weile füllte sich die Tanzfläche. Jetzt war die Party in vollem Gange, die Leute kamen in Stimmung. Die bekannten Musikstücke sangen sie alle mit und klatschten dabei in die Hände.

Das Tanzen machte durstig, Youssuf besorgte mehr Bier, danach Whisky, dann wieder Bier, irgendwann auch Raki. Und immer wieder Bier. Bassams Freude wandelte sich zu Glück, zu berauschendem Glück, zu unwirklichem Glück. Er wusste nicht, wie lange die Party ging, er wusste nicht, ob er noch tanzte oder schlief oder durch die Stadt fuhr oder träumte, er wusste nur, dass er plötzlich in Youssufs Zimmer stand, er mit Roza, die, betrunken wie er und pausenlos auf ihn einredend, immer wieder sein Gesicht in die Hände nahm und ihn küsste und in Richtung Matratze drängte. Sie machte sich an seinem Gürtel zu schaffen, was er interessiert beobachtete, bis ihm zu dämmern schien, was da gerade passierte.

„Ich ... weiß nicht", stammelte er und versuchte, Rozas Hände zu greifen.

„Ich mach´ das schon", sagte Roza entschieden und gab ihm einen kleinen Schubser. Bassam verlor das Gleichgewicht und landete auf der Matratze. Er lachte. Er war zu keiner Gegenwehr mehr fähig. Durch den Nebel seines Rausches bemerkte er, wie ihm Schuhe, Hose und auch der Rest der Kleidung ausgezogen wurden. Wie einzelne Momente eines Films sah er Bilder aufblitzen. Rozas Kopf zwischen seinen Beinen, sein Kopf zwischen ihren Beinen, ihre Möse in sein Gesicht gepresst, ihr Hintern riesengroß über ihm schwebend, Roza auf ihm reitend, er sie von hinten nehmend. Und irgendwann, nach fünf Stunden oder auch nur fünf Minuten, nichts als Schwärze.

Bassam wachte auf, als ihm jemand die Hand auf die Schulter legte. Er blinzelte und erkannte einen Becher, aus dem es dampfte und nach Kaffee roch. Er fühlte sich hundeelend, in seinem Kopf pochte ein dumpfer Schmerz.

Der Becher wurde von einer Hand gehalten, die in einen nackten Arm mündete. Bassam stemmte die Augen auf. Roza lächelte ihn an.

„Trink!", forderte sie ihn auf und hielt ihm den Becher direkt unter die Nase. Sie hatte ein Laken umgewickelt, aus dem ihre tätowierten Arme herausragten.

Die Tattoos hatte Bassam am Abend zuvor gar nicht bemerkt. Er kräuselte die Stirn und stützte sich auf die Arme. Ächzend setzte er sich auf und lehnte sich mit dem Rücken gegen die Wand. Er verzog das Gesicht vor Schmerz, nahm den Becher und nippte am Kaffee.

„Du kannst ganz schön was vertragen", sagte Roza und setzte sich im Schneidersitz vor ihn. Das Laken verrutschte und Bassam konnte ihre Schamhaare sehen.

„Entschuldige", sagte er mit verkaterter Stimme. „Ich ... mir geht es nicht gut." Er massierte seine linke Schläfe und schaute Roza an. Ihre Schminke war verwischt, sie hatte Ringe unter den Augen. Sie war wesentlich älter als er noch am Vorabend gedacht hatte, ihr Haaransatz war grau und ihre Zähne schlecht gepflegt. Sie roch nach billigem Parfüm.

„Das wird schon wieder", sagte sie freundlich. „Trink erstmal den Kaffee, während ich mich anziehe."

Sie stand auf, ließ ohne Scham das Laken fallen und schlüpfte in ihre Kleidung. Dann verließ sie das Zimmer, um nach wenigen Minuten mit aufgeräumten Haaren und neuer Schminke zurückzukommen. „Fertig", sagte sie.

Bassam stand auf und streifte sich rasch die Hose über. „Ich ... bringe dich nach Hause", sagte er, obwohl ihm ganz und gar nicht danach war, in diesem Zustand das Bett zu verlassen.

„Lass mal", winkte Roza ab. „Dein Bruder hat schon alles beglichen, das Taxi eingeschlossen."

„Beglichen?" Bassam verstand nicht.

„Du schuldest mir nichts. Aber trotzdem danke für das Angebot." Sie ging schon voran durch den Flur, wo ihnen einer der anderen Mitbewohner begegnete, den er unter dem Namen Mustafa kannte.

„Hallo, Roza", grüßte der kurz, bevor er im Badezimmer verschwand.

„Du kennst ihn?", fragte Bassam. Sein Hirn schien den Ereignissen noch nicht folgen zu können.

Roza streckte den Kopf vor und zwinkerte ihm zu. „Ich kenne alle hier, mein Junge", flüsterte sie. „Bis demnächst." Sie ließ die Eingangstür offenstehen und winkte Bassam noch einmal von der Treppe aus zu.

Bassam schloss die Tür und lehnte sich mit dem Rücken dagegen. Er nahm einen Schluck aus dem Becher. Aus dem Badezimmer kam Mustafa und grinste ihn im Vorbeigehen an. „Scharfer Feger, nicht wahr?", sagte er und verschwand in seinem Zimmer.

Bassam schloss die Augen und ließ den Kopf nach hinten fallen, bis er an die Tür stieß. Sofort zuckte er wieder vor und verzog das Gesicht vor Schmerzen. In seinem Bauch grummelte es, seine Kehle wurde plötzlich eng. Er hielt sich die Hand vor den Mund und stürzte ins Badezimmer und schaffte es gerade noch, den Klodeckel hochzuklappen, bevor er einen undefinierbaren Brei herauskotzte und sich sein Magen so oft zusammenkrampfte, bis er nur noch laut würgte und nichts mehr da war, was er herauskotzen konnte. Erschöpft sank er zurück, sein Kopf dröhnte und pochte und schien zu platzen vor Schmerz und Druck.

„Ist alles in Ordnung?", hörte er die Stimme Mustafas, der durch die Geräusche aufmerksam geworden war und jetzt in der Badezimmertür stand. Bassam schüttelte nur den Kopf und stöhnte.

„Zuviel getrunken, was?", fragte Mustafa. Er öffnete ein Schränkchen neben der Dusche und nahm ein Plastikfläschchen heraus. „Nimm zwei davon", sagte er und reichte Bassam die Schmerztabletten. „Wir haben Kräutertee in der Küche. Soll ich …?"

Bassam winkte ab, nahm aber das Fläschchen. „Ich komm schon klar. War nur ein bisschen viel auf einmal …"

Mustafa lächelte. „Aber manchmal muss man halt über die Stränge schlagen. Gute Besserung." Er winkte Bassam zu und ging wieder in sein Zimmer.

Bassam schluckte zwei der Tabletten und stellte das Fläschchen wieder in den Schrank. Dann beugte er sich über das Waschbecken, spülte den Mund aus und nahm ein paar große Schlucke Wasser. Er schloss die Tür, zog sich aus und stellte sich unter die Dusche. Er duschte abwechselnd heiß und kalt, um einen klaren Kopf zu bekommen. Seine Glieder fühlten sich bleischwer an, die Muskeln schienen wie gelähmt. Nicht einmal eine Einkaufstüte hätte er jetzt heben können.

Er schüttete den Rest Kaffee in das Waschbecken und füllte den Becher mit Wasser. Nackt und tropfend ging er zurück ins Zimmer, legte sich auf die Matratze und zog die Decke über sich. Wenige Minuten später war er eingeschlafen.

Youssuf kam am frühen Nachmittag. Er gab sich keine Mühe, leise zu sein, als er das Zimmer betrat, und zog den Vorhang zur Seite.

„Willst du den ganzen Tag verschlafen?", sagte er laut, beugte sich zu seinem Bruder hinunter und rüttelte ihn leicht an der Schulter. „Die Sonne scheint und wir müssen nicht arbeiten. Lass uns Shisha rauchen gehen! Dort treffen wir auch die anderen Jungs!"

Bassam drehte sich langsam um, öffnete aber nicht die Augen. „Wie ... spät ist es?", fragte er mit rauer Stimme.

„Viel zu spät, um noch zu schlafen!" Youssufs gute Laune tat fast weh.

„Ich will aber schlafen."

„Ach komm, das kannst du mir doch nicht erzählen. Wie war die Nacht?"

Jetzt öffnete Bassam die Augen und blinzelte seinen Bruder an. „Du ... hast sie bezahlt. Du hast mir eine Hure bezahlt."

Youssuf lachte. „Du hast es verdient! Seit Monaten hast du dir nichts gegönnt, nur gearbeitet und gearbeitet. Du brauchtest das." Er schlug sich vor die Brust. „Wir Männer brauchen das!"

Bassam setzte sich auf und lehnte sich gegen die Wand. „Du hättest es mir sagen sollen. Ich dachte, das wären Freundinnen von dir."

„Na klar, sind sie auch."

„Ist Ayşe auch ...?"

Youssuf machte eine vielsagende Geste. „Huren als Freundinnen, Freundinnen als Huren! Was ist schon dabei?! Sie sind in Ordnung, glaub´ mir."

„Mustafa ... kennt sie auch."

„Na ja, er ist auch ein Mann. Wie alle, die hier wohnen."

Bassam sprach langsam. „Du meinst, ihr alle habt sie schon ..."

„Gevögelt? Na klar! Wir sind ihre besten Kunden. Wir bekommen sogar einen Sonderpreis."

Bassam lehnte den Kopf gegen die Wand und schloss die Augen. „Was hast du mir da gestern gegeben?"

Youssuf zuckte die Achseln. „Irgend so ein Partyzeugs. Sowas wie Ecstasy. Oder auch nicht. So genau weiß ich das nicht. Aber es haut gut rein, nicht wahr?"

„Mir ist schlecht. Ich hab´ mir die Seele aus dem Leib gekotzt."

„Das vergeht schon wieder. Komm, zieh dich an, wir gehen Shisha rauchen!"

„Geh allein Shisha rauchen, ich bleibe hier."

„Nun komm schon!" Youssuf griff Bassams Arm und wollte ihn hochziehen, aber sein Bruder entwand sich dem Griff.

„Ich bleibe hier!", sagte Bassam bestimmt.

Youssuf hob beide Hände, als wollte er seine Unschuld beteuern. „Ist ja gut. Niemand will dich zu deinem Glück zwingen."

„Ich muss schlafen. Mein Kopf zerspringt."

„Schon klar. Bleib hier und ruh dich aus. Brauchst du etwas?"

Bassam schüttelte gequält den Kopf. „Nur ein dunkles Zimmer."

Youssuf zog die Vorhänge wieder zu. „Bis später."

„Inshallah."

Bassam schlief fast bis zum Abend. Dann ging er in die Küche, machte sich einen Tee und aß ein Toastbrot mit Hummus. Sein Magen rebellierte, krampfte sich aber nicht zusammen. Später schaltete Bassam den Fernseher ein und sah sich einen türkischen Heldenfilm an, bis er wieder einschlief.

Die folgenden Wochen erledigte Bassam seine Geschäfte wie gewohnt, blieb aber an den Wochenenden zu Hause oder setzte sich in eine Teestube, obwohl ihn Youssuf immer wieder aufforderte, doch etwas zu erleben. Aber Bassam war nicht nach Erlebnissen, es fehlte nicht mehr viel, um den Schlepper zu bezahlen, und das war das Wichtigste. Vielleicht noch drei Wochen, vielleicht vier, wenn alles lief wie bisher.

Es war an einem Donnerstagmorgen, als er ein Paket in Beşiktaş abholte, nicht weit vom Fußballstadion. Der Afghane, der ihm das Paket vor einem Supermarkt übergab, grüßte ihn nicht einmal und zog fahrig an seiner Zigarette. Kaum hatte er Bassam die Ware ausgehändigt, drehte er sich schon um und eilte davon.

Bassam zuckte die Achseln. Manchmal waren Überbringer oder Empfänger halt ein wenig nervös. Bassam war nicht mehr nervös, er hatte sich an die Fahrten durch die Stadt gewöhnt, versorgte sich mit Informationen über Polizeikontrollen und fühlte sich sicher in der Anonymität Istanbuls. Das Paket sollte nach Sultanbeyli auf der asiatischen Seite der Stadt. Gut zwei Stunden würde er brauchen, vielleicht ein wenig mehr. Er überlegte kurz, ob er die Metro oder die Fähre nehmen sollte, entschied sich dann aber für die Fähre. Es war ein sonniger Tag. Warum also nicht die Überfahrt genießen und die Nase in den Wind halten?

Er ging zum hinteren Deck, zündete sich eine Zigarette an und stützte die Ellbogen auf die Reling. Er spürte das Vibrieren der Dieselmotoren, das Wasser schäumte und glitzerte, der Wind zerrte an seinen Haaren. Er fühlte sich großartig und lächelte. Bald würde er in Deutschland leben.

Hinter ihm kam Unruhe auf. Er drehte sich um und sah mehrere Männer, die ihre Ausweise zückten und die Passagiere aufforderten, ihre Dokumente zu zeigen. Diejenigen, die offenkundig Touristen waren und ständig Fotos schossen, grüßten sie nur und ließen sie unbehelligt. Bassam aber hatte nichts mit einem Touristen gemein, er konnte Türke, Syrer, Jordanier oder sonst was sein, hatte Alltagskleidung an und keine Kamera. Bei ihm würden sie keine Ausnahme machen.

Sein Herz schlug ihm bis zum Hals. Augenblicklich bereute er es, nicht die Metro genommen zu haben. Im Notfall hätte er an jeder Haltestelle aussteigen können. Aber hier, mitten auf dem Wasser?

Jetzt bloß nicht durchdrehen! Sich ganz normal verhalten! Aber wie machte man das, wenn die Situation alles andere als normal war? Es war nur eine Frage von wenigen Minuten, bis sie zu ihm kamen und den Ausweis verlangten.

Bassam zog nervös an der Zigarette, schaute zur asiatischen Seite Istanbuls und zwang sich, scheinbar gelangweilt zum Eingang der Passagierkabine zu schlendern. Er tat so, als ob sein

Handy klingelte und hielt es ans Ohr. Ohne Eile öffnete er die Tür und trat in die Großraumkabine, in der die Passagiere auf langen Bänken saßen und aus den Fenstern oder auf die Bildschirme schauten, die an den Kopfenden angebracht waren und auf denen irgendeine TV-Komödie gezeigt wurde.

Ein paar Reihen weiter wurde kontrolliert. Die Zivilbeamten waren etwa in der Mitte der Passagierkabine angekommen, Bassam blieb nicht viel Zeit. Er setzte sich ans Fenster in der ersten Reihe, ließ seine Tasche mit dem Paket nach unten gleiten und schob sie mit den Füßen unter die Bank. Dann entfernte er mit fahrigen Händen die SIM-Karte und säuberte mit dem Zipfel seines Hemdes sein Handy von Fingerabdrücken, stand wieder auf und ging zur anderen Seite. Unauffällig warf er das Handy in den Papierkorb neben der Bank, setzte sich in die Mitte und sah auf den Bildschirm. Er brach die SIM-Karte entzwei und schnippte ihre Stücke in die Ecke des Raumes. Er atmete tief durch. Er wusste nicht, was da auf ihn zukam. Vielleicht würden sie ihn nur verwarnen, vielleicht in einen Bus zurück nach Mardin setzen. Vielleicht.

„Ihren Ausweis, bitte!"

Bassam starrte ein wenig zu lange auf die Dienstmarke, die ihm der Zivilbeamte zeigte, so dass der seine Aufforderung wiederholte, diesmal etwas lauter. Bassam griff in die Innentasche seiner Jacke und fingerte das Dokument hervor. Der Polizist betrachtete es mit gerunzelter Stirn.

„Sie sind Syrer?"

Bassam war versucht zu antworten *Das steht doch in meiner Aufenthaltserlaubnis*, beherrschte sich dann aber. „Ja", erwiderte er stattdessen.

„Und Sie sind in Mardin gemeldet."

Bassam bejahte.

„Sind Sie Kurde?"

„Nein, bin ich nicht."

„Ihre Aufenthaltserlaubnis ist nur für Mardin gültig. Haben Sie eine Reisegenehmigung?"

Bassam schüttelte den Kopf und presste die Lippen aufeinander.

„Was machen Sie dann hier in Istanbul?"

„Ich …". Bassam suchte nach Worten. Er durfte auf keinen Fall seinen Bruder da mit hineinziehen. „Ich lebe seit Jahren in Mardin. Ich habe dort … mit Flüchtlingen gearbeitet. Aber man … muss auch mal raus. Und Istanbul wollte ich schon immer mal kennenlernen."

Das klang harmlos. Besser, er gab sich naiv. Vielleicht hatte man Verständnis dafür, dass er nur mal einen Tapetenwechsel brauchte.

„Sie wissen, dass das nicht gestattet ist."

„Nein. Ich meine … es ist doch nur für ein paar Tage."

„Wo wohnen Sie?"

Bassam kratzte sich am Kopf. „Mal hier, mal da. Ich finde immer was."

„Also ohne feste Adresse."

„Ich bin ja hier nur … zu Besuch. Meine Adresse ist in Mardin. Meine feste Adresse, meine ich."

„Ich muss Sie bitten, uns zu begleiten", sagte der Beamte streng und winkte einen uniformierten Kollegen heran. „Wir müssen Ihre Angaben überprüfen."

„Ist denn das wirklich nötig? Ich meine … ich kann mich in den nächsten Bus nach Mardin setzen …"

Der uniformierte Polizist griff Bassam ohne weitere Worte am Arm und zog ihn mit sich. Er ging mit ihm zum Ausgang in der Mitte der Fähre, wo bereits eine von Polizisten umringte Gruppe von Verdächtigen stand. Einem hatte man Handschellen angelegt, manche schauten ängstlich, andere trotzig, alle rauchten, bis auf den mit den Handschellen. Jeder versuchte sich auszumalen, was nun mit ihm geschehen würde.

Auf der Polizeiwache wurde die gesamte Gruppe in eine Zelle gesperrt und einer nach dem anderen zur Befragung geholt. Die meisten kamen nach kurzer Zeit zurück, einige blieben weg.

Als sie Bassam holten, war es bereits später Nachmittag. Zwischendurch hatte es Wasser in Plastikflaschen gegeben und für jeden ein Sandwich. Dennoch hatte Bassam Hunger. Er wurde von einem Uniformierten in einen fensterlosen Raum geführt, wo er an einen einfachen, quadratischen Holztisch gesetzt wurde. Der Uniformierte blieb an der Tür stehen und verschränkte die Hände hinter dem Rücken.

Auf dem Tisch stand ein kleines Aufnahmegerät, ein Mikrofon und eine Flasche Wasser. Die Neonröhre an der Decke verbreitete ein kaltes Licht, es roch nach Schweiß.

Jetzt betrat ein dickbäuchiger Beamter den Raum und nahm Bassam gegenüber Platz. Er legte einen Schreibblock und einen Bleistift vor sich ab und zog sein abgewetztes Jackett aus. Langsam, als hätte er alle Zeit der Welt, hängte er es über die Stuhllehne und glättete mit beiden Händen sein graumeliertes Haar, bevor er sich setzte. Er deutete auf die Flasche Wasser. „Bedienen Sie sich", sagte er freundlich, griff den Bleistift und schaltete das Aufnahmegerät ein. Er las laut Bassams Namen, dessen Geburtsdatum und die Namen der Eltern von der Aufenthaltserlaubnis ab und schaute immer wieder Bassam an, der die Angaben bestätigte.

„Sprechen Sie gut Türkisch oder brauchen wir einen Übersetzer?"

„Ich spreche Türkisch", sagte Bassam.

Der Dickbäuchige nickte zufrieden. „Sie wissen, warum Sie hier sind?"

„Ja, ich ... bin zu Besuch in Istanbul."

„Sie wissen auch, dass Sie nicht so einfach ohne eine behördliche Genehmigung in der Türkei herumreisen können?"

„Ich ... mir war das nicht ganz klar. Es sind doch nur ein paar Tage."

„Seit wann sind Sie in Istanbul?"

Bassam wusste, was auf dem Spiel stand. Er räusperte sich. „Seit ... vier Tagen."

„Sicher?"

Wieder musste Bassam sich räuspern. „Ja. Sicher." Er griff die Wasserflasche, öffnete sie und nahm einen Schluck.

Der Beamte gab dem Uniformierten an der Tür ein Zeichen. Der verließ den Raum und kam kurz darauf mit einer Tasche und einem Handy zurück, Bassams Tasche und Handy. Er legte beides auf den Tisch.

Bassam zuckte innerlich zusammen. Jetzt nur nicht die Beherrschung verlieren!

„Gehört das Ihnen?", fragte der Dicke. Seine anfängliche Freundlichkeit war verschwunden. Seine Stimme hatte einen strengen Ton angenommen.

Bassam schüttelte den Kopf. „Nein." Wenn man keine Fingerabdrücke fand, konnte man ihm kaum etwas nachweisen, hoffte er.

„Noch nie vorher gesehen?"

Bassam versuchte, einen Anschein von Gleichgültigkeit zu erwecken und zuckte die Achseln. „Nicht, dass ich wüsste."

„Wir haben das auf der Fähre nur einige Meter von dem Platz entfernt gefunden, wo Sie gesessen haben." Der Dicke hob den Kopf, lehnte sich zurück und verschränkte die Arme vor der Brust. Er schaute Bassam mit gerunzelter Stirn an.

„Ja, aber … Was ist mit der Tasche? Was hat das alles mit mir zu tun?", fragte Bassam.

„Jemand hat Sie mit der Tasche gesehen, draußen auf dem Deck."

„Das kann nicht sein!", protestierte Bassam. Er musste es mit der Flucht nach vorn versuchen. „Wahrscheinlich gehört sie dem, der das behauptet! Mir jedenfalls gehört die Tasche nicht!"

„Kein Grund, sich so aufzuregen." Der Polizeibeamte hob scheinbar beschwichtigend die Hände.

„Doch! Wenn ich angeschuldigt werde …"

„Wieso angeschuldigt? Wissen Sie, was in der Tasche ist?"

„Nein." Bassam fing an zu schwitzen und wischte sich über die Stirn.

Der Dickbäuchige fixierte ihn mit zusammengekniffenen Augen. „Was könnte da wohl drin sein?"

„Ich habe keine Ahnung!" Bassams Worte sollten trotzig klingen, doch seine Kehle wurde eng. „Sie versuchen doch nur, mir etwas anzuhängen!", fügte er mit rauer Stimme hinzu.

„Wir brauchen Ihnen nichts anzuhängen." Der Beamte gab sich betont entspannt. „Sie sind ohne behördliche Erlaubnis gereist und damit illegal in Istanbul. Das ist eine Tatsache. Tasche hin oder her. Sie können aber auch kooperieren, uns ein wenig über die Tasche erzählen, und wir werden sehen, was wir dann für Sie tun können."

Bassams Herz raste. „Ich weiß nicht, was das alles soll und was Sie von mir wollen! Das ist nicht meine Tasche und nicht mein Handy."

Der Beamte beugte sich wieder vor und stützte die Ellbogen auf den Tisch. „Weißt du, was wir mit dir machen werden, wenn du nicht auspackst?", quetschte er zwischen den Zähnen hervor. „Wir werden dich in diesen Scheißkrieg in deinem Scheißland zurückschicken, und dann kannst du sehen, wie lange du da überlebst. Du wirst dort in irgendeinem Loch verrotten!"

Bassam sprang auf. Sofort stand der Uniformierte neben ihm, bereit einzugreifen.

„Das können Sie nicht mit mir machen!", schrie Bassam. Sein Atem flog. In seiner Stimme mischten sich Verzweiflung und Wut. „Flüchtlinge dürfen nicht in Kriegsgebiete zurückgeschickt werden!"

Auch der Dickbäuchige erhob sich jetzt und stemmte die Fäuste auf den Tisch. „Du hast ja keine Ahnung, was wir mit euch machen können! Mir ist es scheißegal, ob du hier in einem Gefängnis verfaulst oder von Assads Schergen stückweise in die Hölle geschickt wirst, solange du mir nicht sagst, was es genau damit auf sich hat!" Er deutete auf die Tasche. „Für wen arbeitest du? Wohin wolltest du die Drogen bringen?"

„Ich weiß nicht, wovon Sie sprechen!", schrie Bassam, aus seinen Augen schossen Tränen. „Ich habe nichts mit Drogen zu tun!" Deutschland war weit weg, viel zu weit. In diesen wenigen Minuten wurde es unerreichbar.

Sollte er gestehen? Sollte er seinen Bruder verraten? Sollte er die Hoffnung und die Träume der ganzen Familie zunichtemachen?

„Ich weiß nicht, wovon Sie sprechen", wiederholte Bassam schluchzend und sank wieder auf den Stuhl. „Machen Sie doch mit mir, was Sie wollen. Aber ich habe Rechte! Es gibt internationale Konventionen!"

„Einen Scheißdreck hast du! Ihr werdet hier nur so lange geduldet, wie wir das wollen! Und inzwischen seid ihr mehr als lange genug hier! Wir wollen euch hier nicht mehr!"

Der Dickbäuchige gab dem Uniformierten ein Zeichen mit dem Kopf, Bassam wurde abgeführt. Doch anstatt in die Zelle mit den anderen Verdächtigen steckte man ihn in eine Einzelzelle ohne Fenster irgendwo im Untergeschoss und löschte das Licht. Er tastete sich zur Pritsche vor und legte sich hin. Er starrte in die Dunkelheit. Nur ein dünner, schmaler Lichtstreifen kroch unter der Zellentür hindurch und nahm ihm das Gefühl, sich in einem Zustand ohne Zeit und Raum zu befinden.

Wenige Tage später fand Bassam sich in einem fast ebenso dunklen Bus wieder, zusammen mit gut vierzig anderen Syrern, die die Polizei in Istanbul festgenommen hatte. Sie bestiegen den Bus in der Tiefgarage der Polizeistation, er hatte keine Fenster, nur eine kleine Neonröhre an der Decke verbreitete ein schwaches gelbliches Licht. Niemand hatte ihnen gesagt, wohin man sie brachte, sie wussten nur, dass es eine lange Reise werden würde.

Das Abteil der Passagiere war durch eine Stahltür von der Fahrerkabine abgetrennt. Vor der Tür, in einer Art Käfig, saßen zwei Polizisten. Bassam konnte nicht erkennen, ob sie bewaffnet waren, aber sie schienen sich mehr für ihre Handys zu interessieren als für die Passagiere.

Manchmal hielt der Bus für eine Weile an. Sie hörten Männerstimmen, manchmal ein Lachen, aber niemand öffnete die Tür und ließ Tageslicht in den Bus. Sie wussten nicht einmal, ob es Tag oder Nacht war. Von Zeit zu Zeit kam jemand durch die Stahltür, um Verpflegung und Wasser zu bringen, doch ein schwarzer Vorhang dahinter verhinderte einen Blick nach draußen. Am Ende des Busses gab es eine Toilette, die mit der Dauer der Reise einen stärker werdenden Gestank verbreitete.

Die Sitze waren unbequem und ließen sich nicht verstellen, sodass man sich nicht nach hinten lehnen und schlafen konnte. Dennoch nickte Bassam immer wieder ein, sein Kopf sank gegen die Schulter seines Nachbarn, der wiederum Bassams Kopf als Stütze nutzte.

Irgendwann, als Bassams Hals schon ganz steif war und schmerzte, gab es eine längere Pause. Von draußen hörte Bassam das Wort *Ausweise,* und wenig später trat ein Beamter ein und las laut von einer Liste die Namen der Passagiere ab. Einer nach dem anderen meldete sich, und der Beamte machte seine Häkchen hinter den Namen. Als er alle Namen durch hatte, verließ er den Bus.

„Wir sind an der Grenze", raunte Bassams Nachbar. „Sie deportieren uns nach Syrien."

Im Bus kam Unruhe auf. „Das können sie nicht machen!", sagte jemand.

„Ruhe!", rief einer der Polizisten im Käfig und stand auf. „Sofort Ruhe!"

„Sie bringen uns nach Syrien!", rief Bassam und erhob sich. „Das dürfen Sie nicht! Das ist gegen die Genfer Konvention!"

„Ruhe und sitzen bleiben!", schrie der andere Polizist, der plötzlich eine Pistole in der Hand hatte und sie deutlich sichtbar über den Kopf hielt. „Besser, ihr macht jetzt keine Dummheiten!"

Die Gefangenen starrten entgeistert die Polizisten an. Diejenigen, die aufgestanden waren, sanken wieder auf ihre Sitze zurück. Mehrere stießen ein *Allah, steh uns bei* aus. Irgendwer weinte.

„Ihr werdet an einen sicheren Ort zu unseren Freunden in Syrien gebracht!", rief der erste Polizist.

„Es gibt keinen sicheren Ort in Syrien!", schrie jemand zurück.

„Wir haben ein Abkommen ausgehandelt. Es wird euch nichts geschehen!"

„Ein Abkommen mit Assad? Er wird es genauso brechen wie alle anderen Abkommen!"

„Nicht mit Assad. Ihr werdet ins Rebellengebiet gebracht."

„Nach Idlib?", fragte Bassam. „Zu den Islamisten?"

„Ihr werdet dort sicher sein. Sie sind Freunde der Türkei."

Bassam schüttelte ungläubig den Kopf. „Das darf doch nicht wahr sein", sagte er und vergrub das Gesicht in den Händen. „Die werden uns als Kanonenfutter benutzen!"

Die Polizisten wurden wenig später von anderen Wächtern abgelöst, die keine Uniform, stattdessen schwarze Kappen und Maschinenpistolen trugen. Bassam konnte nicht sagen, ob es Kämpfer der FSA waren oder ob sie von einer anderen Gruppe stammten. Der Bus ließ die Grenze hinter sich. Die Straße war voller Schlaglöcher, es ging nur im Schritttempo voran. Die Gefangenen waren still und starrten ins Leere, als ob sie sich alle aufgegeben hätten. Niemand von ihnen hätte sagen können, wie lange sie schon unterwegs waren. Es schien eine Ewigkeit her zu sein, seit sie Istanbul verlassen hatten. Nun waren sie in Syrien, das ihnen keine Heimat mehr war, sondern Feindesland, und das Land, von dem sie geglaubt hatten, dass es ihre Heimat sein könnte, hatte sie verstoßen, hatte sie ausgestoßen.

Der Bus hielt. Draußen wurden Befehle gerufen, und plötzlich stach brutales Tageslicht durch die Stahltür, die zur Fahrerkabine führte.

„Wir sind da!", rief jemand, der mitten im Licht stand und den Bassam nicht erkennen konnte. „Alle raus!"

Zögernd und mühsam erhoben sich die Gefangenen und stützten sich an den Sitzen ab, während sie unsicher dem Licht entgegen gingen. Sie hielten die Hände hoch, um sich vor der plötzlichen Grellheit zu schützen, und tasteten sich die Stufen des Busses hinunter.

Sie befanden sich auf einem Platz in einem Dorf, die Morgensonne stand noch niedrig, und um den Platz hatten sich einige der Bewohner versammelt. Mehrere mit Maschinenpistolen bewaffnete Männer umringten den Bus, einige von ihnen hatten Patronengurte um die Schultern gelegt und betrachteten die Ankömmlinge mit grimmigen Mienen. Sie machten deutlich, wer an diesem Ort die Macht hatte.

Die Wächter mit den schwarzen Kappen redeten mit einem alten Mann, von dem Bassam annahm, dass es der Dorfvorsteher war, und übergaben ihm einige Dokumente und eine Tasche. Der Alte blätterte in den Papieren, warf einen Blick in die Tasche und nickte. Er bat die Wächter in ein Haus am Rande des Platzes, während zwei Bewaffnete Wasser an die Ankömmlinge verteilten, die vor dem Bus warteten und die Sonne spüren wollten. Ein paar Worte wurden gewechselt, einer der Bewaffneten klopfte einigen der Männer auf die Schulter.

Nach etwa einer Stunde kamen die Wächter mit dem Alten zurück. Sie waren guter Laune, verabschiedeten sich vom Dorfvorsteher, winkten den Bewaffneten zu und stiegen in den Bus, ohne noch einmal mit ihren Gefangenen zu reden. Der Alte trat auf die Männer zu, während der Bus in einer Staubwolke verschwand.

„Herzlich willkommen in unserem Dorf", sagte er mit einem freundlichen Lächeln.

Bassam und die anderen grüßten zurück. Sie schauten sich unsicher um.

„Entschuldigt bitte die Umstände", fuhr der Alte fort. „Bitte folgt mir, damit wir euch versorgen können."

Er ging voran zu einem Gebäude, das nur aus einem Wellblechdach bestand, das von sechs gemauerten Säulen gestützt wurde.

Ein paar Tische mit Stühlen standen dort, am Rand war ein improvisiertes Buffet aufgebaut. Es gab frisches Brot, Hummus, eingelegte Bohnen, gefüllte Weinblätterröllchen und etliche andere Speisen, für Bassam ein Fest nach den Tagen in der Zelle und im Bus.

Man ließ sie Hunger und Durst stillen, bevor der Dorfvorsteher sie noch einmal willkommen hieß und ihnen versicherte, dass jeder eine Unterkunft bekommen sollte, alles Weitere würde sich finden. Damit übergab er an einen der Bewaffneten, der sich als Kommandant vorstellte und die Ankömmlinge anwies, vor der Kommandantur zu warten, wo jeder aufgerufen werden und seine Anweisungen erhalten würde.

Bassam trat gegen Mittag in die Kommandantur. Hinter einem großen Schreibtisch saß ein junger Mann mit Bart und Brille und tippte etwas in ein Laptop ein. Daneben stapelten sich die Ausweise der Ankömmlinge. Der Kommandant saß im Hintergrund auf einem Sessel und beobachtete das Geschehen.

Es folgte die übliche Prozedur: Name, Geburtsdatum, Vater, Mutter und so weiter. Dann streckte der junge Mann die Brust vor und sah Bassam über den Laptop hinweg an.

„Lesen Sie regelmäßig den Koran?", fragte er.

Bassam zog die Augenbrauen hoch. „Ich ... ja, natürlich." Er wusste um die Situation in Idlib. Den islamistischen HTS-Rebellen hatten sich inzwischen auch etliche IS-Kämpfer angeschlossen. Es war also Vorsicht geboten bei der Beantwortung der Fragen.

Der junge Mann gab die Antwort in den Laptop ein. „Wie oft am Tag beten Sie?"

„Fünfmal."

„Haben Sie schon einmal Alkohol getrunken?"

„Vielleicht ... in meiner Jugend. Zwei- oder dreimal." Besser, nicht allzu sauber zu erscheinen.

Sein Gegenüber schaute ihn durchdringend an, bevor er die Information eintippte.

„Haben Sie in der syrischen Armee gedient?"

„Nein, habe ich nicht."

„Können Sie eine Waffe bedienen?"

„Nein."

„Wie lange haben Sie in der Türkei gelebt?"

Die Liste der Fragen schien kein Ende zu nehmen, doch Bassam antwortete geduldig. Schließlich lehnte sich der junge Mann zurück, der Kommandant trat zu Bassam.

„Hier gilt die Scharia", sagte er streng. „Wir dulden keine Abweichler und keine Ungläubigen. Du wirst dich nützlich machen und dabei helfen, diesen Ort zu deiner und unserer Heimat zu machen. Und es sind Opfer nötig, um einen Ort zur Heimat zu machen. Stimmst du mir da zu?"

Bassam schluckte. „Ja, ich stimme zu."

„Du kannst entweder diese Heimat mit der Waffe verteidigen oder du kannst mit täglicher, harter Arbeit beweisen, dass du es wert bist, wenn andere dies für dich tun. Du hast die Wahl. Du hast Zeit bis morgen."

Das also war das Versprechen der türkischen Polizisten: ein sicherer Ort. Zumindest so lange, wie Bassam und die anderen sich an die Scharia hielten, das Leben von frommen Muslimen führten und den Befehlen ihrer Herrscher folgten. Ein Kalifat, wie es der IS nicht besser hätte einrichten können. Freunde der Türkei.

24

Seit dem Tod Faribaas waren achtzehn Monate vergangen. Gelegentlich öffnete der Damm, hinter dem sich Richards Schmerz staute, seine Schleusen, doch rissen ihn die Fluten nicht mehr von den Beinen wie noch vor einiger Zeit, um ihn dann an irgendwelchen Ufern orientierungslos zurückzulassen. Er hatte sich wieder im Griff, wenn ihm auch die Arbeit zusehends schwerer fiel.

Er dachte immer noch oft an Faribaa, und inzwischen hatte er eine kleine Sammlung von Erinnerungsstücken zusammentragen können, die er bei wiederholtem Putzen, Aufräumen oder Möbelrücken in seiner Wohnung gefunden hatte. Außer den zwölf langen, schwarzen Haaren Faribaas fanden sich nun im Schrein, zu dem die Eckvitrine geworden war, eine ihrer Haarspangen, der kleine, goldfarbene Deckel ihres Lippenstifts, ein Metallknopf von einer ihrer Blusen und die Plastikabdeckung eines Kameraobjektivs. Es mochten kleine, unbedeutende Gegenstände sein, doch wenn Richard manchmal vor dem Schrein stand und sie betrachtete, brachten sie ihn zurück zu Faribaas Lächeln, ihren Umarmungen, der Wärme ihres Körpers. Er hätte viel gegeben, auch ein Tuch oder gar einen vergessenen Slip zu finden, etwas, das ihren Geruch in sich trug, aber er suchte vergeblich danach. Dennoch hoffte er auf weitere Überbleibsel ihrer Gegenwart, die unter Schränken oder an anderen verwaisten Orten verborgen sein mochten.

Im Büro bemerkte Richard, dass sich die Stimmung unter seinen syrischen Kollegen verändert hatte. Sie waren stiller und ernster geworden, eine gewisse Bedrückung lag in der Luft. Als er nach dem Mittagessen in die Küche ging, um sich einen Kaffee zu holen, sah er Halim, der auf dem Balkon stand und rauchte, die Ellbogen auf die Brüstung gestützt und den Blick in den Vorgarten gerichtet. Kurzentschlossen ging Richard zu ihm, den Becher dampfenden Kaffee in der Hand.

„Nachdenklich?" fragte Richard.

Halim wiegte den Kopf. „Ein wenig."

„Macht dir irgendetwas Sorgen?"

„Sorgen macht sich jeder von uns." Halim stellte sich aufrecht hin, zog an der Zigarette und inhalierte tief. „Aber wir hatten immer noch Hoffnung, dass sich in Syrien etwas zum Guten verändert. Diese Hoffnung schwindet mit jedem Tag mehr."

„Aber Syrien wird nie wieder so sein, wie es war", sagte Richard und nippte am Kaffee.

„Mag sein, aber ich war noch nie in meinem Leben so enttäuscht", fuhr Halim fort und schüttelte den Kopf. „Die Flüchtlinge sind zum Strandgut des Krieges geworden, an fremde Küsten in fremden Ländern gespült. Und überall geraten sie in das Geschachere der Politik um Geld, Boden und Einfluss. Verhandelt wird nur noch, um den Kuchen neu zu verteilen."

„Das ist fast wie im neunzehnten Jahrhundert", stimmte Richard zu. „Da wurden die Clans und Fürstentümer aufgerüstet und in den Kampf für fremde Interessen geschickt."

In der Balkontür erschien Christian mit einem Becher in der Hand und blieb ruckartig stehen. „Stör ich?"

„Ganz und gar nicht", erwiderte Richard. „Wir reden gerade darüber, wie schlimm die Lage in Syrien ist."

„Kann man wohl sagen", sagte Christian und lehnte sich an die Balkonbrüstung. „Und in der Türkei steht es auch nicht zum Besten."

„Immerhin hat bei den Kommunalwahlen die Opposition in Istanbul, Ankara und Izmir gesiegt", sagte Halim.

„Aber der Präsident übt sich in den Instrumenten der Autokratie und annulliert die Wahlen in Istanbul."

„Was?!" entfuhr es Richard.

„Habe ich gerade im Internet gelesen."

„Das ist ja nicht zu fassen!"

„Ich kann den Präsidenten gut verstehen", sagte Christian süffisant. „Istanbul ist der größte Selbstbedienungsladen der Türkei. Wer da regiert, kann die ganze Verwandtschaft mit Posten und Pöstchen versorgen, öffentliche Aufträge an Freunde vergeben und sich selbst ein dickes finanzielles Polster für den Ruhestand verschaffen. Das gibt man doch nicht so einfach aus der Hand. Also gibt es Neuwahlen in Istanbul."

„Wenigstens gibt es noch Wahlen", sagte Halim. „In Syrien hätte der Diktator die ganze Sache vom Tisch gewischt, alles zur Wahlfälschung erklärt und womöglich einen seiner Söhne auf den Bürgermeisterstuhl gesetzt, damit die Ordnung wiederhergestellt wird."

„Gut, dass es keine Diktatur in der Türkei gibt", sagte Christian und grinste vielsagend.

Richard schüttelte den Kopf. „Levent würde jetzt protestieren."

„Du nicht?"

Richard räusperte sich. „Darauf antworte ich jetzt lieber nicht."

Sechs Wochen später fiel das Ergebnis der Neuwahlen in Istanbul noch eindeutiger für die Opposition aus, und der Präsident gab zähneknirschend seine Niederlage zu. Doch um ein Zeichen seiner ungebrochenen Stärke zu setzen, lautete sein nächster Befehl, die Kurden im Nordosten Syriens anzugreifen. Die hatten gerade den IS in seinen letzten Hochburgen besiegt, hatten Rakka, die Hauptstadt des Kalifats, endgültig erobert und Tausende Fundamentalisten gefangen genommen, alles im Namen der Demokratie und Amerikas. Von dort waren die Waffen gekommen, von dort die Befehle und von dort die Versprechen, womöglich auf Dauer Nordostsyrien zur Heimat zu machen. Viele sahen schon ihren Traum vom eigenen Kurdenstaat verwirklicht. Doch in Amerika war ein neuer Präsident gewählt worden.

„Es ist unglaublich!", entrüstete sich Merve, als das Thema beim Kaffeetrinken in der Küche aufkam. „Die Kurden haben Tausende Kämpfer geopfert, und nun werden sie von den Amerikanern im Stich gelassen!"

„Versprechen im Krieg sind wie eine Kerze im Wind," sagte Christian. „Es genügt ein Lufthauch, und alles ist dunkel."

„Das ist ziemlich viel Poesie für einen solchen Betrug", meinte Richard. „Die Türkei verschiebt ein weiteres Mal ihre Grenzen."

„Hmm", murmelte Christian. „Ungefähr in Richtung Osmanisches Reich."

Merve schüttelte den Kopf. „Ich erkenne mein Land nicht wieder. Diese Träume, sich zur regionalen Großmacht aufzuschwingen, machen mir Angst."

Wenige Tage später betrat Leon Richards Büro, schloss die Tür und setzte sich an den runden Besprechungstisch. Richard seufzte in Erwartung neuer Probleme und setzte sich dazu.

„Unsere Partner in der Provinz Aleppo haben sich beschwert, dass die Lebensmittel und medizinischen Hilfsgüter, die wir vor ein paar Tagen geschickt haben, nicht angekommen sind", begann Leon.

Richard zog die Augenbrauen hoch und schaute ihn erwartungsvoll an. „Sind sie irgendwo steckengeblieben?"

Leon grinste vielsagend. „Die Spedition hat uns informiert, dass die gesamte Ladung beschlagnahmt wurde. Und du wirst nicht erraten, wer dahintersteckt!"

„Nun spuck´s schon aus!", sagte Richard ungeduldig. Wenn etwas von den Lieferungen verschwand, landete man sehr schnell bei Korruption und Selbstbereicherung.

„Die türkische Regierung!"

Richard runzelte ungläubig die Stirn. „ALERT?"

Leon zuckte die Achseln. „Die Fahrer wurden von der türkischen Armee angehalten und mussten ihre LKWs über Jarablusch bis an die Grenze zu Nordost-Syrien fahren. Dort mussten sie die Ladung in einem Armeestützpunkt entladen."

„Das darf doch wohl nicht wahr sein! Das waren fünfzig Tonnen Lebensmittel und Medizin! Die Menschen in Aleppo brauchen das!"

„Das stimmt. Aber die Freunde der Regierung, die jetzt gerade gegen die Kurden im Nordosten Syriens in die Schlacht geschickt werden, brauchen das auch."

„Die FSA?"

„Wer sonst?! Krieg führen ist teuer. Da bedient man sich lieber ein bisschen aus der humanitären Hilfe anstatt alles aus eigener Tasche zu zahlen."

„Gibt es dafür Beweise?"

Leon atmete tief durch. „Die Spedition hat uns schriftliche Erklärungen von allen Fahrern gegeben, um sich uns gegenüber abzusichern, darin stehen alle Details. Es gibt sogar Namen von Beteiligten, Zeitangaben, Kopien der Logbücher und die Aufzeichnungen der Tracker, mit denen die LKWs ausgestattet sind. Und einer der Fahrer hat heimlich ein halbes Dutzend Fotos mit seinem Handy gemacht. Genug Informationen für einen handfesten Skandal."

Richard kochte vor Wut, als er die Zentrale in Berlin informierte. „Wir müssen da etwas unternehmen!" forderte er von seinem Chef.

„Ich werde das Auswärtige Amt informieren," erwiderte der.

„Das wird doch wieder im Sand verlaufen! Genauso wie die Sache mit dem Missbrauch unserer Zelte!"

„Man hat uns gebeten, dies der stillen Diplomatie zu überlassen."

„Und? Haben sie etwas unternommen?"

„Bisher habe ich noch nichts gehört. Aber ich werde nochmal nachfragen."

„Das bringt doch alles nichts!"

„Was schlägst du denn vor?"

„Wir sollten uns an die Presse wenden", sagte Richard und beruhigte sich ein wenig. „Es muss öffentlicher Druck erzeugt werden."

„Du weißt, dass das heikel für uns werden kann."

„Aber wie lange willst du denn noch warten? Was muss denn noch alles passieren, bis wir endlich handeln?" Richard hörte, wie sein Chef einen tiefen Seufzer tat. „Wir haben Dokumente, die das beweisen, und genug Zeugen, die das alles bestätigen können", sagte er eindringlich.

„Richard, ich werde das Auswärtige Amt informieren", sagte

sein Chef bestimmt. „Und du wirst nichts auf eigene Faust unternehmen. Ist das klar?"

Richard musste schlucken. Er wollte protestieren, hielt sich jedoch zurück. „Ist klar", sagte er nur und legte auf. Eine bleischwere Enttäuschung senkte sich über ihn, eine Enttäuschung, die sich auch mit Single Malts nicht hinunterspülen ließ.

„Das Ganze ist ein Söldnerkrieg!", wetterte Levent beim Mittagessen, und sein Vorwurf war an Baschar gerichtet. „Die FSA hat ihre Ziele verraten und lässt sich mehr denn je vor den Karren der türkischen Interessen spannen!"

„Sie hätte Assad gestürzt, wenn die Russen und die Iraner sich nicht eingemischt hätten", erwiderte Baschar. „Sie wurde in diese Rolle gezwungen. Ohne die Türken wäre auch Idlib schon gefallen. Und jetzt muss die FSA halt den Türken helfen."

„Nennst du das *helfen*?! In einen Angriffskrieg ziehen?! Die Kurdengebiete Syriens waren der einzige Teil des Landes, in dem so etwas wie Frieden herrschte! Und in dem es eine funktionierende Verwaltung gab! Eine demokratische Verwaltung!"

Baschar wiegte den Kopf. „Na ja, so sehr demokratisch nun auch wieder nicht."

„Sehr viel demokratischer als hier in der Türkei oder sonst wo in dieser Region!"

Levent wandte sich an Richard. „Ich verstehe nicht, warum ein NATO-Land einen Angriffskrieg führen darf. Sagt denn eure Kanzlerin nichts dazu?"

Richard zuckte die Achseln. „Die Kanzlerin sagt nur selten etwas, und wenn doch, dann bestimmt nicht allzu deutlich."

„Sie ist die mächtigste Frau der Welt, da hat sie doch ein Gewicht in der NATO."

„Soviel ich weiß, darf sich ein NATO-Land verteidigen, wenn es sich bedroht fühlt, und dazu auch die Verbündeten um Unterstützung bitten. Aber ich weiß nicht, wie dehnbar der

Begriff der Verteidigung ist."

„Wahrscheinlich ziemlich dehnbar. Und überhaupt, gegen wen denn verteidigen? Die Kurden im Norden Syriens haben immer wieder gesagt, dass sie einfach nur friedlich leben wollen. Niemand hat je daran gedacht, die Türkei zu bedrohen! Aber ich glaube, dem Präsidenten ist die NATO gar nicht mehr so wichtig. Wieso hätte er sonst dieses russische Raketenabwehrsystem gekauft?"

„Vielleicht weil es preiswerter war", meinte Christian. „Eine Kalaschnikow ist auch sehr viel billiger als ein amerikanisches M16-Gewehr."

„Woher weißt du das denn?", fragte Richard.

Christian grinste ihn an. „Allgemeinbildung."

„Unser Präsident will so sein wie der russische", sagte Levent. „Ihr werdet sehen, in ein paar Jahren haben wir hier wieder eine Demokratie, aber keine europäische, sondern eine russische!"

„Und was sagt Europa dazu?", fragte Baschar. „Ich meine, die Türkei will doch in die Europäische Union ..."

„Die Türkei sitzt seit den Sechzigern im Warteraum Europas", sagte Christian. „Und wenn der Präsident so weitermacht, wird sie auch dort bleiben oder sogar wieder nach Hause geschickt."

„Vielleicht waren die Wahlen in Istanbul ja ein Zeichen dafür, dass sich langsam etwas ändert", warf Richard ein.

„Der Angriff auf den Nordosten Syriens wird dem Präsidenten wieder Auftrieb geben", widersprach Levent. „In Deutschland hatte sich sogar ein Fußballverein für die Freilassung dieses Journalisten eingesetzt. Hier salutieren die Fußballspieler nach einem Tor vor den Kameras, um die Soldaten zu feiern, die in Syrien einmarschieren! Und sie bekommen sogar noch Beifall dafür!"

Die Mittagspause war zu Ende und damit auch die Diskussion. Allerdings drängte sich das Thema auch ins Büro. Am Nachmittag kam Philip zu Richard und legte ihm die Kopie einer Zeichnung auf den Schreibtisch: eine Hand, auf deren Rücken die türkische Flagge tätowiert war und die mit einem Insektenspray Kakerlaken vergiftete. Die Kakerlaken krabbelten auf einer Landkarte, die das Kurdengebiet im Nordosten Syriens zeigte, einige von ihnen lagen tot auf dem Rücken.

„Geschmacklos", sagte Richard. „Geschmacklos und rassistisch."

Philip nickte. „Zeigt einer unserer Finanzassistenten auf seiner Facebook-Seite."

Richard schüttelte verständnislos den Kopf. Er ahnte, welcher Mitarbeiter gemeint war. Ein glühender Nationalist, der seine Freizeit damit verbrachte, mit Gleichgesinnten in Teestuben zu diskutieren und jede Gelegenheit nutzte, zusammen mit ihnen fahnenschwenkend durch die Straßen zu ziehen.

„Was soll ich machen?", fragte Philip. „Er hat die Karikatur aus einer Zeitung, ist also wohl auch Regierungsmeinung."

Richard schaute angewidert auf die Zeichnung. „Hat er auf seiner Seite auch gepostet, dass er für uns arbeitet?"

„Das geht aus anderen Kommentaren und Fotos hervor."

Richard spürte Zorn, der sich rasch zur Wut steigerte. Nicht eine ohnmächtige Wut, sondern eine, die sich Bahn brechen wollte und ihm die Hitze ins Gesicht trieb. In seinen Schläfen pochte das Blut.

Vielleicht ist dies der Moment, dachte er. Der Moment, nicht mehr zu schweigen, sondern endlich zu handeln, etwas zu riskieren und den Einsatz zu erhöhen, so wie Faribaa es einst von ihm gefordert und es selbst getan hatte. Es gab schon viele solcher Momente, aber Richard nahm fast immer die Notwendigkeit seiner Arbeit zum Vorwand, um keine Maßnahmen ergreifen zu müssen.

„Was ist los?", fragte Philip, der wohl die Veränderung in Richards Gesicht wahrnahm.

„Wir können in keinem Fall mit solchen Ansichten identifiziert werden!", sagte Richard und musste sich beherrschen, um nicht laut zu werden. „Das geht gegen alles, wofür unsere Organisation steht. Und wofür wir stehen!"

Philip runzelte die Stirn. „Und was hast du vor?"

„Wir werden ihn feuern."

Philips Augen weiteten sich vor Schreck. „Das kann ich nicht machen! Wenn ich ihn feuere, kann ich auch gleich meine Koffer packen. Er wird sofort die Behörden informieren. Es sind Leute im Gefängnis gelandet, weil sie den Einmarsch kritisiert haben."

„Du brauchst ihn nicht zu feuern", beruhigte Richard ihn. „Ich werde das machen. Damit bist du aus der Schusslinie."

„Wird er auch erfahren, warum er seinen Job verliert?"

„Natürlich! Wegen Verletzung unseres Verhaltenskodex. Dann wird er wissen warum."

„Du weißt, was du riskierst", warnte Philip.

Richard lächelte, als er sich an Faribaas Worte erinnerte. „Man kann nicht durchs Leben gehen, ohne etwas zu riskieren."

Philip schaute ihn erstaunt an, schien dann aber zu verstehen. Er räusperte sich. „Wenn das mal gutgeht. Wann willst du ihn feuern?"

„Noch heute. Ich werde mit Fidan alles in die Wege leiten."

Zwei Stunden später verließ ein wutschäumender Finanzassistent mit seiner Kündigung in der Hand das Büro. Offenbar verlor er keine Zeit, die Behörden zu informieren, denn schon am nächsten Morgen kam die Polizei. Zunächst schien alles wie Routine. Die zwei Beamten ließen sich die üblichen Dokumente zeigen und stellten die üblichen Fragen. Doch dann sagte einer der Polizisten etwas zu Richard und blickte ihn streng an.

„Sie möchten gerne mit dir in deinem Zimmer sprechen", übersetzte Merve und runzelte die Stirn.

„Selbstverständlich", entgegnete Richard. „Aber Şaban und du müssen dabei sein. Worum geht es denn?"

„Es gibt da ein Problem", sagte der Polizist.

Eine Ahnung kam in Richard auf. Sollte er mit der Entlassung des Finanzassistenzen zu weit gegangen sein? Wollte man ihn einschüchtern?

Nachdem Şaban gekommen war, schloss er die Tür zu seinem Büro, ließ alle am Besprechungstisch Platz nehmen und fragte die

Besucher höflich, ob sie Tee wollten. Sie lehnten ab. Einer von ihnen, dessen mächtiger pechschwarzer Schnurrbart die Lippen fast vollständig überdeckte, sagte etwas. Merve schaute Richard erschrocken an und übersetzte.

„Es liegt eine Anzeige gegen dich vor."

Richard zog überrascht die Augenbrauen hoch. „Eine Anzeige? Was wirft man mir denn vor?"

Wenn ihn nicht alles täuschte, wurden Şaban und Merve um eine Spur blasser, als sie die Antwort des Beamten hörten.

„Unterstützung einer terroristischen Vereinigung", übersetzte Merve und musste sich räuspern.

Jetzt wurde auch Richard anders. Ein Schwall Adrenalin schwemmte ihm ins Blut, seine Kehle wurde eng. Man fuhr also umgehend schwere Geschütze auf. Vor seinem inneren Auge erschien bereits eine kahle Einzelzelle, in der er einsam auf einer Pritsche hockte.

„Das ist doch absurd", erwiderte er und musste seine Aufregung unter Kontrolle halten. „Wer behauptet denn so etwas?"

„Wir haben Hinweise erhalten und müssen dem nachgehen", sagte der Polizist.

„Sie haben Hinweise bekommen? Ist das ein Verhör?"

„Nein, wir wollen uns nur ein Bild von der Situation machen und ein paar Informationen sammeln."

„Wen soll ich denn wie unterstützt haben?"

„Haben Sie etwas gegen das Vorgehen der Türkei gegen terroristische Gruppen?", fragte jetzt der andere Beamte, ohne auf Richards Frage einzugehen. Er trug zwar keinen Schnurrbart, jedoch eine Anstecknadel der Partei des Präsidenten.

Richard schluckte. Er musste jetzt vorsichtig sein mit seinen Antworten und durfte keinen Spielraum für Interpretationen lassen.

„Jeder Staat hat das Recht, gegen Terrorgruppen vorzugehen, die seine Sicherheit bedrohen", sagte er und bemühte sich, seine

Stimme sachlich klingen zu lassen.

„Und unser Vorgehen gegen die Terroristen im Nordosten Syriens? Wie stehen Sie dazu?"

Şaban warf Richard einen besorgten Blick zu. Auf seiner Stirn hatten sich Schweißperlen gebildet. Merve drehte nervös einen Kugelschreiber zwischen den Fingern.

Wieder erinnerte sich Richard an Faribaas Worte, und merkwürdigerweise wurde er ganz ruhig in diesem Moment. Sein Puls verlangsamte sich, der Kloß im Hals verschwand. Er beugte sich nach vorne, legte die Ellbogen auf dem Tisch ab und verschränkte die Finger.

„Wenn von dort aus Angriffe stattfinden oder ein konkreter Angriff droht, hat die Türkei selbstverständlich das Recht, sich zu verteidigen", sagte er dann.

Jeder im Raum wusste, dass es weder einen Angriff noch die Androhung eines Angriffs aus dem Nordosten Syriens gegeben hatte. Im Gegenteil, die Kurden, die dort siedelten, hatten immer wieder betont, dass sie in Frieden mit den Nachbarn leben wollten, dass sie einfach in Ruhe gelassen werden wollten.

Die beiden Beamten schauten einander an und verständigten sich stumm. Der mit dem Schnurrbart zuckte die Achseln. „Wenn wir noch etwas von Ihnen brauchen, melden wir uns", sagte er zu Richard. Dann standen beide auf und verabschiedeten sich.

Richard atmete erleichtert durch. „War´s das?", fragte er Şaban, als die Polizisten das Büro verlassen hatten.

Şaban wischte sich den Schweiß von der Stirn, die Farbe war in sein Gesicht zurückgekehrt. „Das ist ja nochmal gutgegangen", sagte er. „Ich weiß nicht, ob da noch etwas kommt. Aber ich werde Ohren und Augen offenhalten und einige Telefonate führen."

„Ist denn die Sache noch nicht erledigt?"

„Das kann man nie wissen. In diesen Zeiten ist alles möglich."

Als an den folgenden Tagen nichts weiter passierte, betrachtete Richard die Angelegenheit als abgeschlossen. Er spürte

Erleichterung, nicht nur darüber, dass die Polizei sich nicht wieder meldete, sondern auch darüber, dieses Mal nicht geschwiegen zu haben, um zur Tagesordnung überzugehen. Er schmunzelte bei dem Gedanken, dass Faribaa vielleicht sogar ein wenig stolz auf ihn gewesen wäre.

Doch am Freitagvormittag kam Şaban völlig aufgelöst und außer Atem in Richards Büro und schloss die Tür. „Du sollst verhaftet werden", raunte er.

Einen Moment lang war Richard sprachlos. In seinem Kopf überschlugen sich die Gedanken. „Was?", brachte er hervor.

„Der Haftbefehl soll am Montag ausgestellt werden!"

„Man will mich verhaften?", fragte Richard ungläubig.

„Ich habe es eben erfahren. Das ist ernst."

Richard war fassungslos und hatte Mühe, einigermaßen klar zu denken. „Wie ernst?"

„Du musst weg von hier. Du weißt, was mit Kerstin passiert ist. Ein Haftbefehl ist noch viel schlimmer."

Richard hatte das Gefühl, den Boden unter den Füßen zu verlieren. „Ich muss das Land verlassen?"

Şaban schaute ihn aus großen Augen an, seine Lippen zitterten. Er nickte stumm.

Richard musste sich räuspern, um ein Wort herauszubekommen. „Wann?", fragte er.

„So schnell wie möglich", entgegnete Şaban. „Am besten schon morgen."

Richard fuhr sich mit beiden Händen durch die Haare und schüttelte den Kopf, als ob er dadurch einen bösen Traum abschütteln könnte. Er musste einsehen, dass er keine Wahl hatte. Eine Verhaftung konnte bedeuten, dass er monatelang, vielleicht sogar jahrelang in eine Zelle gesperrt wurde. Er musste die Flucht ergreifen, sich vor Willkür und Gesetzlosigkeit in Sicherheit bringen, zum Flüchtling werden.

„Ich werde die Logistiker bitten, einen Flug für mich zu buchen", sagte er und wollte schon zur Tür gehen.

„Nein!", sagte Şaban bestimmt. „Es ist besser, niemand weiß davon. Du musst den Flug selbst buchen, von deinem privaten Computer aus. Ich fahre dich dann zum Flughafen."

„Ich soll mich von hier heimlich aus dem Staub machen?", fragte Richard entgeistert. „Ohne mich von meinem Team zu verabschieden?"

„Je mehr davon wissen, desto gefährlicher wird es für dich", erklärte Şaban. „Wenn die Polizei davon erfährt, kommt sie wahrscheinlich schon heute."

Richard zwang sich zur Ruhe. Jetzt galt es, Schritt für Schritt eine Krisensituation zu bewältigen, wie er es schon so oft gemacht hatte. Zwar hatte er bisher nie im Zentrum der Krise gestanden, aber das machte kaum einen Unterschied. Es gab ein Problem, also musste er es lösen.

„Ich werde nach Hause fahren, den Flug buchen und meine Koffer packen", sagte er entschlossen. „Ich sage dir dann Bescheid, wann du mich abholen kannst."

„Gut", sagte Şaban. „Es … tut mir leid, dass es so gekommen ist."

„Das muss dir nicht leidtun. Wir wissen beide, dass ich damit rechnen musste."

Nachdem Şaban den Raum verlassen hatte, überlegte Richard kurz. Dann gab er sich einen Ruck. Er kopierte sämtliche Dateien seines Computers, E-Mails und die Namensliste seines Handys auf einen USB-Stick. Er füllte seinen Rucksack mit Dokumenten und Kopien und steckte alles ein, was für die Presse nützlich sein könnte. Dieses Mal gab es keinen Kompromiss.

Zu Hause setzte Richard sich an sein privates Laptop, buchte den Flug für den nächsten Morgen und gab Şaban Bescheid. Dann legte er zwei Koffer aufs Bett und begann mit dem Packen. Als er fertig war, ging er ins Wohnzimmer zur Eckvitrine, nahm seine Schätze heraus und legte sie auf den Tisch. Auf seinem Handy öffnete er ein Foto von Faribaa und betrachtete es lange.

„Alle sollen erfahren, was hier geschieht", sagte er mit rauer Stimme. „Und niemand soll mehr schweigen können."

Bei Single Malt und ruhigem Jazz erinnerte Richard sich an den Geruch von Faribaas Haar, an ihre weichen Lippen, an ihren Blick, wenn sie ihn fotografierte. Bis spät in die Nacht saß er dort und nahm Abschied von ihr.

Glossar

AK-Parti	Die Regierungspartei AKP
Birra	Bier
FSA	Free Syrian Army – Freie Syrische Armee
Inshallah	So Gott will
Merhaba	Guten Tag
Mezze	Vorspeisen
PKK	Bewaffnete Arbeiterpartei der Kurden
Polis	Polizei
Sarap	Wein
Tamam	Okay
Teseküller	Vielen Dank
Türkye	Türkei
Türkçe	Türkisch
Yok	Nein, nicht

Der Bandit
Von Dirk Hegmanns.
Ein spannender Roman zur Geschichte Brasiliens.

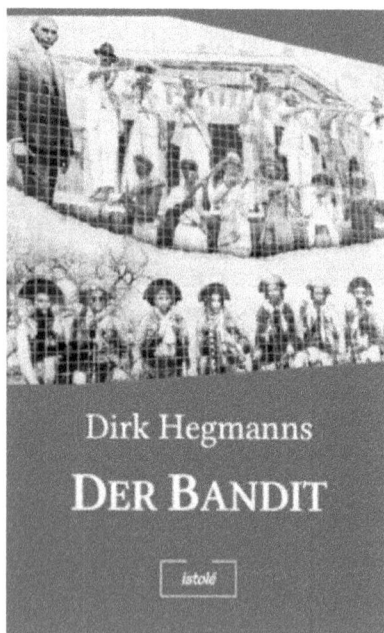

Im Nordosten Brasiliens herrschen um 1900 die Grundbesitzer nach ihren eigenen Gesetzen. Doch der Bauernsohn Virgulino widersetzt sich eines Tages der Willkürherrschaft und sammelt eine verschworene Gemeinschaft von Gesetzlosen um sich. Unter dem Namen Lampião beginnt er einen Guerillakrieg gegen das Unrecht, der bald den gesamten Nordosten Brasiliens dominiert.

Doch je erfolgreicher er ist, desto gnadenloser wird er gejagt, und auch vor Verrat kann er nicht mehr sicher sein.

Dem Autor und Brasilienkenner Dirk Hegmanns gelingt mit diesem Roman ein authentisches und faszinierendes Bild von Brasilien in einer Zeit, die den Beginn großer Umwälzungen in der Gesellschaft des Landes markiert.

Jetzt erhältlich – Als gedrucktes Buch und EPUB!
www.akres-publishing.com

Sappho und das Blut des Flüchtlings
Von Gino Pacifico.
Gedichte zu Emigration und Immigration.

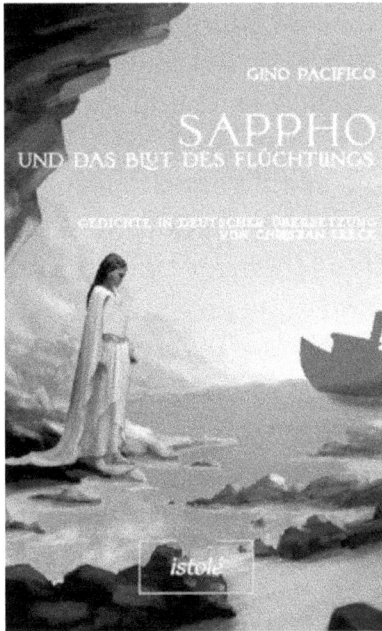

Der Titel der Gedichtreihe ist durch die tragischen Ereignisse auf der Insel Lesbos im Jahr 2020 inspiriert. Der Leser wird durch Sappho, der ersten aller Dichterinnen, durch diese Anthologie begleitet. Das Wiedererwachen der Dichterin „unter stetigem, herbem Knallen der brennenden und wütenden Höllenluft" im Flüchtlingscamp stellt Mahnung und Hoffnung an den Leser zugleich dar. Europa fordert sie zur „Einheit zum Wohle aller" auf.

In Pacificos Gedichten werden auch Fremdsein und Heimatgefühl der Gastarbeitergeneration im 20. Jahrhundert thematisiert und als Lehre für die Gegenwart mit dem Appell einer gelungenen Integration verwendet.

9 783910 347502